Charlotte Brontë, geboren am 21. April 1816 in Thornton, ist am 31. März 1855 in Haworth/Yorkshire gestorben.

Im Jahre 1857, drei Jahre nach Charlotte Brontës Tod, wurde ihr Roman *Der Professor* veröffentlicht. Es war ihr erster Roman. Sie hatte ihn bereits 1846 geschrieben, noch vor *Jane Eyre*, ihrem größten Erfolg. *Shirley* und *Villette* folgten in den Jahren darauf.

Der Professor, der hier in der ersten deutschen Übersetzung vorgelegt wird, ist eine Liebesgeschichte mit autobiographischen Bezügen, treffsicheren zeitkritischen Anmerkungen und einfühlsamen Persönlichkeitsstudien, geschrieben mit jener geradezu unnachahmlich feinen Ironie, die dieses Werk zu einem reinen Lesevergnügen macht, wenn man die Irrungen und Wirrungen des »Professors« William Crimsworth auf dem Kontinent nachvollzieht. Er war nach Brüssel gegangen, um dort sein Glück zu finden und auch zu machen. Er verliebt sich in seine Schülerin Frances und muß sich zur gleichen Zeit den Nachstellungen seiner Direktorin Mademoiselle Reuter erwehren, die den etwas naiven jungen Mann zu Beginn seiner Lehrtätigkeit an ihrem Institut zu gewinnen sucht.

Von Charlotte Brontë als insel taschenbuch erschienen: Erzählungen aus Angria (it 1285); Jane Eyre (it 813); Shirley (it 1145); Über die Liebe (it 1249); von Anne Brontë: Agnes Grey (it 1093); von Emily Brontë: Die Sturmhöhe (it 141).

Über Leben und Werk der Schwestern Brontë: Elsemarie Maletzke und Christel Schütz (Hg.), Die Schwestern Brontë. Leben und Werk in Texten und Bildern (it 814).

insel taschenbuch 1354

Charlotte Brontë

Der Professor

Charlotte Brontë
Der Professor

Aus dem Englischen von
Gottfried Röckelein
Insel Verlag

insel taschenbuch 1354
Erste Auflage 1991
Insel Verlag Frankfurt am Main und Leipzig

Lizenzausgabe mit freundlicher Genehmigung
des ars vivendi verlags, Cadolzburg
Hinweise zu dieser Ausgabe am Schluß des Bandes
Vertrieb durch den Suhrkamp Taschenbuch Verlag
Umschlag nach Entwürfen von Willy Fleckhaus
Satz: LibroSatz, Kriftel · Druck: Ebner Ulm
Printed in Germany

1 2 3 4 5 6 – 96 95 94 93 92 91

VORWORT

Dieses kleine Buch wurde vor *Jane Eyre* und vor *Shirley* geschrieben, doch kann es deshalb keine Nachsicht beanspruchen mit der Begründung, es sei ein erster Versuch. Ein erster Versuch war es gewißlich nicht, da die Feder, die es schrieb, sich schon zuvor vielfach abgenutzt hatte in der Übung mehrerer Jahre. In der Tat hatte ich noch nichts veröffentlicht, als ich mit *Der Professor* begann, aber im Verlaufe so mancher unreifer Bemühungen, die ich, kaum daß ich sie verfaßt, schon wieder vernichtete, hatte ich mich frei gemacht von irgendwie gearteten und von mir vielleicht früher einmal gehegten Vorlieben für ausschmückende und weitschweifig überladene Entwürfe und gab dem den Vorzug was klar, natürlich und geradlinig war. Zur gleichen Zeit hatte ich mir eine Reihe von Grundsätzen – Handlung, Begebenheiten etc. betreffend – angeeignet, welche wohl damals in der Theorie allgemein gebilligt wurden, deren Resultate jedoch, wenn in die Praxis umgesetzt, einem Schriftsteller eher Überraschungen als Vergnügen bescheren.

Ich hatte mir vorgenommen, daß sich mein Romanheld so durchs Leben kämpfen sollte, wie ich erlebt hatte, daß es Männer in der Wirklichkeit taten: daß er nie einen Schilling erhalten sollte, den er nicht selbst verdient hatte; daß keine überraschenden Wendungen ihn von einem Augenblick zum anderen zu Wohlstand oder in eine hohe Stellung gelangen lassen sollten; daß er, ehe er auch nur ein schattiges Plätzchen finden konnte, um sich auszuruhen, zumindest halbwegs den ›Berg der Schwierigkeiten‹ erklommen haben sollte; daß er außerdem kein Mädchen von Schönheit oder keine Dame von Rang heiraten sollte. Als Sohn Adams sollte er Adams Schicksal teilen und im Verlaufe seines Lebens einen sehr vermischten und bescheidenen Becher der Freude leeren.

Zwischenzeitlich habe ich den Eindruck gewonnen, daß die Verleger im allgemeinen einen solchen Entwurf nicht sonderlich schätzten, sondern daß sie lieber etwas Phantasievolleres und Poetischeres gehabt hätten – etwas, das einer erregten Vorstellungskraft mehr entgegengekommen wäre, mit einem Sinn für Pathos, mit zarteren, erhabeneren, eher unirdischen Gefühlsregungen. In der Tat: Solange ein Schriftsteller nicht versucht hat, ein Manuskript dieser Art loszuwerden, solange kann er gar keine Kenntnis davon haben, welche Fülle von Empfindsamkeiten und romantischen Sehnsüchten in manchen Herzen verborgen liegt, von denen der Autor nie geargwöhnt hatte, daß sie derartige Schätze beherbergen. Für gewöhnlich nimmt man an, daß Kaufleute das Realistische bevorzugen; auf die Probe gestellt, erweist sich diese Vorstellung oft als falsch: eine leidenschaftliche Vorliebe für das Ungestüme, Wunderbare und Erregende, für das Fremdartige, Haarsträubende und Schreckliche wühlt etliche Gemüter auf, die sich nach außen ruhig und nüchtern geben.

Da dem nun einmal so ist, wird der Leser begreifen, daß diese kurze Erzählung sich einigen Bewährungsproben hatte unterziehen müssen, ehe sie ihn in der Form eines gedruckten Buches erreichen konnte – und so war es denn auch. Und letztendlich liegen die schlimmste Bewährungsprobe und die schwerste Prüfung noch vor ihr; aber es erwächst ihr Trost, indem sie Befürchtungen unterdrückt, sich auf den Stab bescheidener Erwartungen stützt und leise flüstert, während sie den Blick hebt und sich der Öffentlichkeit stellt.

Wer am Boden liegt, braucht den Fall nicht zu fürchten.

Currer Bell.

Obiges Vorwort wurde von meiner Frau mit Blick auf die Veröffentlichung von *Der Professor* kurz nach dem Erscheinen von *Shirley* geschrieben. Nachdem man sie von ihrem Vorhaben abgebracht hatte, benutzte die Autorin einiges aus den Materialien in einem nachfolgenden Werk – *Vilette.* Da diese beiden Geschichten sich jedoch größtenteils nicht ähnlich sind, wurde mir wiederholt angetragen, *Der Professor* doch nicht länger der Öffentlichkeit vorzuenthalten. Aus diesem Grunde habe ich der Veröffentlichung zugestimmt.

Haworth Parsonage, 22. September 1856.

A. B. Nicholls.

1. KAPITEL

Einführung

Als ich kürzlich meine Papiere durchsah, fand ich in meinem Schreibtisch die nachfolgende Kopie eines Briefes, den ich ein Jahr zuvor an einen alten Schulfreund geschrieben hatte:

»Lieber Charles, – ich glaube, daß zu der Zeit, als Du und ich zusammen in Eton waren, keiner von uns beiden das gewesen ist, was man als einen ›populären Charakter‹ bezeichnen könnte. Du warst ein sarkastisches, wachsames, streitlustiges, kaltblütiges Subjekt; mein eigenes Porträt will ich gar nicht erst versuchen zu zeichnen, aber ich kann mich nicht erinnern, von auffallender Attraktivität gewesen zu sein, oder? Von welch animalischem Magnetismus wir beide angezogen wurden, weiß ich nicht; mit Sicherheit verspürte ich nichts von einem Pylades-und-Orest-Gefühl Dir gegenüber, und ich habe Grund anzunehmen, daß Du Deinerseits gleichermaßen frei von allen romantischen Schwingungen mir gegenüber warst. Dennoch: Außerhalb der Unterrichtsstunden gingen wir beständig zusammen spazieren und unterhielten uns. Wenn der Gegenstand unserer Unterhaltung unsere Kameraden oder Lehrer waren, verstanden wir einander, und wenn ich auf etwas zu sprechen kam, das mit Gefühl und Zuneigung zu tun hatte, mit einer unbestimmten Liebe gegenüber einem besonders auffallenden oder schönen Objekt in der belebten oder unbelebten Natur, dann hat mich Deine sardonische Kälte nicht berührt. Über solche Brüskierungen fühlte ich mich damals schon erhaben und tue das auch jetzt noch.

Viel Zeit ist vergangen, seit ich Dir geschrieben, und noch mehr Zeit, seit ich Dich gesehen habe. Als ich kürzlich aus Zufall eine Zeitung aus Deiner Grafschaft in die Hand nahm, fiel mein Blick auf Deinen Namen. Ich fing an, der alten Zeiten zu gedenken; all das durchzugehen, was sich ereignet hat, seit wir uns trennten; und ich setzte mich hin und begann diesen Brief. Wie es Dir seither ergangen ist, weiß ich nicht; aber falls es Dir beliebt zuzuhören, sollst Du erfahren, wie das Leben mit mir umgesprungen ist.

Nachdem ich Eton verlassen hatte, hatte ich zunächst eine Unterredung mit meinen Onkeln mütterlicherseits, Lord Tynedale und dem Ehrenwerten John Seacombe. Sie fragten mich, ob ich nicht eine geistliche Laufbahn einschlagen wolle, und mein adeliger Onkel offerierte mir für diesen Fall die Pfründe von Seacombe, über die er verfügen darf; danach deutete mein anderer Onkel, Mr Seacombe, an, daß ich, würde ich Pfarrer in Seacombe-cum-Scaife werden, eventuell die Erlaubnis erhielte, als Herrin meines Hauses und Vorsteherin meiner Gemeinde eine meiner sechs Cousinen zu nehmen, die seine Töchter sind und die ich allesamt nicht ausstehen kann.

Ich lehnte beides ab, die geistliche Laufbahn und die Ehe. Ein guter Kirchenmann ist etwas Gutes, aber ich wäre ein sehr schlechter geworden. Was die Ehefrau angeht: Schon der Gedanke, lebenslänglich an eine meiner Cousinen gebunden zu sein, ist wie ein Alptraum! Kein Zweifel, sie sind gebildet und hübsch; aber weder ihre Bildung noch ihre Reize bringen in meinem Innern auch nur eine Saite zum Schwingen. Sich vorzustellen, die Winterabende am Wohnzimmerkamin des Pfarrhauses in Seacombe alleine mit einer von ihnen – zum Beispiel mit der großen und gutgebauten Statue Sarah – zu verbringen: nein. Unter diesen Umständen würde ich ein genauso schlechter Ehemann wie Geistlicher sein.

Als ich die Angebote meiner Onkel abgelehnt hatte, fragten sie mich, ›was ich zu tun beabsichtigte‹. Ich sagte, daß ich darüber nachdenken würde. Sie erinnerten mich daran, daß ich keinerlei Vermögen hatte und auch keines in Aussicht, und nach einer beträchtlichen Pause verlangte Lord Tynedale streng zu wissen, ob ich daran dächte, ›den Fußstapfen meines Vaters zu folgen und Kaufmann zu werden‹. Solcherlei Gedanken hatte ich nicht gehegt. Ich glaube nicht, daß ich die Begabung habe, einen guten Kaufmann abzugeben; meine Neigung, mein Ehrgeiz gehen nicht in diese Richtung. Aber die Verachtung in Lord Tynedales Miene, als er das Wort *Kaufmann* aussprach, war so groß, der spöttische Sarkasmus seines Tonfalls so deutlich, daß ich mich auf der Stelle entschied. Für mich war mein Vater nicht mehr als ein Name, aber mir gefiel es überhaupt nicht, daß man diesen Namen mir gegenüber mit Hohn und Spott erwähnte. So antwortete ich schnell und erregt: ›Etwas besseres, als den Fußstapfen meines Vaters zu folgen, kann ich nicht tun; jawohl, ich will Kaufmann werden.‹ Meine Onkel machten mir keine Vorhaltungen; sie und ich schieden in gegenseitiger Abneigung voneinander. Wenn ich auf diese Unterredung zurückblicke, finde ich, daß ich absolut richtig gehandelt habe, als ich die Last von Tynedales Gönnerschaft abschüttelte, daß ich aber töricht war, meine Schultern gleichzeitig einer neuen Last anzubieten, und zwar einer Last, die möglicherweise viel unerträglicher sein konnte und von deren Problemen ich mit Sicherheit noch keine Vorstellung besaß.

Ich schrieb augenblicklich an Edward – Du kennst doch Edward, meinen einzigen Bruder, zehn Jahre älter als ich, mit der Tochter eines reichen Mühlenbesitzers verheiratet und jetzt Eigentümer der Fabrik und der Firma, die meinem Vater gehörten, ehe er scheiterte. Du weißt, daß mein

Vater, der einst als wahrer Krösus gegolten hatte, kurz vor seinem Tod bankrott ging, und daß meine Mutter ihn ungefähr noch ein halbes Jahr in bitterer Armut überlebte, ohne jeden Beistand von seiten ihrer adeligen Brüder, die sie durch ihre Ehe mit Crimsworth, dem Provinzfabrikanten von X-, tödlich gekränkt hatte. Gegen Ende des halben Jahres brachte sie mich auf die Welt, die sie anschließend selbst und, wie ich glaube, mit wenig Bedauern verließ, da diese nur wenig Hoffnung oder Trost für sie bereithielt.

Die Verwandten meines Vaters kümmerten sich um Edward und mich, bis ich neun Jahre alt war. Zu diesem Zeitpunkt ergab es sich zufällig, daß das Mandat eines bedeutenden Wahlkreises in unserer Grafschaft vakant wurde. Mr Seacombe bewarb sich darum. Mein Onkel Crimsworth, ein gerissener Kaufmann, benutzte die Gelegenheit und schrieb einen recht groben Brief an den Kandidaten, der besagte, daß für den Fall, daß Mr Seacombe und Lord Tynedale sich nicht bereit erklärten, etwas zur Unterstützung der verwaisten Kinder ihrer Schwester zu tun, er ihr unbarmherziges und bösartiges Verhalten ihrer Schwester gegenüber anprangern und alles daran setzen würde, um Mr Seacombes Wahl zu hintertreiben. Jener Gentleman und auch Lord T. wußten nur allzu gut, daß die Crimsworths ein skrupelloser und entschlossener Menschenschlag waren; sie wußten gleichfalls, daß sie innerhalb der Grafschaft -shire Einfluß hatten; und indem sie aus der Not eine Tugend machten, stimmten sie zu, die Kosten für meine Erziehung zu tragen. Ich wurde nach Eton geschickt, wo ich zehn Jahre blieb, und in diesem ganzen Zeitraum haben Edward und ich uns nie getroffen. Als er volljährig geworden war, wurde er Kaufmann und übte sein Gewerbe mit solchem Fleiß, Können und Erfolg aus, daß er nun, in seinem dreißigsten Lebensjahr, dabei war, sehr schnell immer vermögender zu werden. Ich wurde davon in Kenntnis gesetzt durch unregelmäßige, kurze Briefe, die ich von ihm erhielt, etwa drei- bis viermal jährlich. Besagte Briefe schlossen nie ohne einen Ausdruck entschiedener Feindschaft gegenüber dem Haus Seacombe und nie ohne Mißbilligung der Tatsache, daß ich, wie er sagte, von den milden Gaben eben jenes Hauses lebte. Zuerst, während ich noch ein Knabe war, konnte ich nicht verstehen, warum ich nicht, da ich doch keine Eltern hatte, meinen Onkeln Tynedale und Seacombe für meine Erziehung zu Dank verpflichtet sein sollte. Doch je mehr ich heranwuchs und je mehr ich von der beharrlichen Feindseligkeit erfuhr und dem Haß bis zum Tode, den sie gegenüber meinem Vater hegten, von den Leiden meiner Mutter, kurz gesagt, von all dem Unrecht in unserer Familie – von da an empfand ich Scham über die Abhängigkeit, in der ich lebte, und ich faßte den Entschluß, mein tägliches Brot nicht länger aus den Händen entgegenzunehmen, die sich geweigert hatten, meiner todkranken Mutter das Nötigste an Hilfe zu gewähren. Es waren genau diese Gefühle, die mich bestimmten, als ich die Stelle eines Pfarrers von Seacombe und die eheliche Verbindung mit einer meiner aristokratischen Cousinen ablehnte.

Da nun somit ein nicht mehr rückgängig zu machender Bruch zwischen meinen Onkeln und mir herbeigeführt worden war, schrieb ich an Edward; schrieb ihm, was geschehen war, und informierte ihn von meiner Absicht, seinen Fußstapfen zu folgen und Kaufmann zu werden. Außerdem fragte ich ihn, ob er mich einstellen könne. Seine Antwort drückte keinerlei Billigung meiner Handlungsweise aus, sondern er schrieb, ich könne, wenn ich dies wollte, zu ihm nach X- reisen, und er würde ›sehen, was sich tun ließe, um mich mit Arbeit zu versorgen‹. Ich unterdrückte jeglichen, auch nur *gedachten* Kommentar zu seinem Schreiben, packte Koffer und Reisetasche und machte mich augenblicklich auf nach Norden.

Nach zweitägiger Reise (Eisenbahnen gab es damals noch nicht) kam ich an einem verregneten Nachmittag im Oktober in der Stadt X- an. Ich war immer der Meinung gewesen, daß Edward in dieser Stadt lebte, aber bei meinen Erkundigungen erfuhr ich, daß lediglich Mr Crimsworths Tuchfabrik und Lagerhaus in der verräucherten Gegend von Bigben Close gelegen waren; sein Wohnhaus, seine *Residenz*, lag vier Meilen außerhalb, auf dem Lande.

Es war später Abend, als ich an den Toren jener Behausung anlangte, die man mir als die meines Bruders bezeichnet hatte. Während ich die Auffahrt hinaufschritt, konnte ich durch die Schatten der Dämmerung und den naßkalt düsteren Dunst, der diese noch verstärkte, erkennen, daß das Haus groß und das es umgebende Grundstück recht weitläufig waren. Ich blieb einen Augenblick auf dem Rasen vor der Vorderfront stehen, lehnte mich gegen einen hohen Baum, der genau in der Mitte wächst, und betrachtete voller Interesse die äußere Erscheinung von Crimsworth Hall.

›Edward ist reich‹, dachte ich bei mir. ›Ich hatte angenommen, daß es ihm gutging, aber ich wußte nicht, daß ihm ein Herrensitz dieser Art gehört.‹ Ich unterbrach meine Bewunderungen, Spekulationen, Mutmaßungen etc., begab mich zum Vordereingang und läutete. Ein Diener öffnete, ich stellte mich vor, er nahm mir meinen nassen Umhang und die Reisetasche ab und geleitete mich in einen Raum, der als Bibliothek eingerichtet war und wo es ein helles Feuer gab und brennende Kerzen auf dem Tisch. Er informierte mich, daß sein Herr noch nicht von X-market zurückgekehrt sei, daß er aber gewiß innerhalb einer halben Stunde hier eintreffen werde.

Ich wurde mir selbst überlassen, und so setzte ich mich in den gepolsterten Sessel, der mit rotem Maroquin bezogen war und neben dem Kamin stand, und während meine Augen die Flammen beobachteten, die von den glühenden Kohlen emporzüngelten, und zusahen, wie von Zeit zu Zeit die Asche durch den Rost fiel, erging sich mein Geist in Vermutungen über das Zusammentreffen, das bevorstand. Unter all den Unwägbarkeiten, die Gegenstand dieser Vermutungen waren, gab es etwas, das einigermaßen sicher war – ich lief nicht Gefahr, eine schwere Enttäuschung hinnehmen zu müssen; davor bewahrte mich die Bescheidenheit meiner Erwartungen. Ich erhoffte keinerlei überschäumende brüderliche Zärtlichkeit; Edwards Briefe waren immer so gewesen, daß sie das Aufkommen oder die Pflege solcher Einbildungen gar nicht erst zuließen. Dennoch: Während ich so dasaß und auf seine Ankunft wartete, fühlte ich mich angespannt – sehr angespannt –, ich kann Dir nicht sagen, warum; meine Hand, der das Ergreifen einer blutsverwandten Hand so vollkommen fremd war, ballte sich zur Faust, um das Zittern zu unterdrücken, mit der die Ungeduld sie gerne hätte erbeben lassen.

Ich dachte an meine Onkel; und als ich mich mit den Überlegungen befaßte, ob Edwards Gleichgültigkeit wohl der kalten Verachtung ebenbürtig wäre, die ich stets von ihnen erfahren hatte, hörte ich, wie die Tore der Einfahrt geöffnet wurden: Räder rollten auf das Haus zu; Mr Crimsworth war angekommen; und nachdem einige Minuten verstrichen waren und in der Halle ein kurzer Dialog zwischen ihm und dem Diener stattgefunden hatte, näherte sich sein Schritt der Tür zur Bibliothek; schon dieser Schritt allein kündigte den Herrn des Hauses an.

Ich hatte noch immer eine verschwommene Erinnerung an Edward, so wie er vor zehn Jahren war – ein großer, drahtiger, unfertiger Junge; *jetzt*, als ich mich aus meinem Sitz erhob und mich der Tür der Bibliothek zuwandte, sah ich einen gutaussehenden und kräftigen Mann von heller Gesichtsfarbe, gutgebaut und von athletischer Figur. Der erste Blick enthüllte mir einen Zug von unvermittelter Direktheit und Schärfe, der sich sowohl in seinen Bewegungen als auch in seiner Haltung, seinem Blick und seinem allgemeinen Gesichtsausdruck äußerte. Er begrüßte mich knapp und musterte mich im Augenblick des Händeschüttelns von Kopf bis Fuß; er setzte sich in den maroquinbezogenen Sessel und bot mir mit einer Handbewegung einen anderen Sitzplatz an.

›Ich war der Meinung, du würdest mich im Stadtbüro aufsuchen‹, sagte er; und ich bemerkte, daß seine Stimme einen barschen Tonfall hatte, den er sich vermutlich angewöhnt hatte; er sprach außerdem mit dem gutturalen Akzent des Nordens, der in meinen Ohren, welche die silberhelle Sprechweise des Südens gewohnt waren, hart klang.

›Der Wirt des Gasthauses, vor dem die Kutsche hielt, hat mich hierher geschickt‹, sagte ich. ›Zunächst bezweifelte ich die Richtigkeit seiner Auskunft, da ich nicht wußte, daß dir ein solcher Herrensitz gehört.‹

›Oh, das ist schon in Ordnung!‹ erklärte er, ›ich habe mich nur eine halbe Stunde verspätet, da ich auf dich wartete – das ist alles. Ich nahm an, du würdest mit der Kutsche um acht kommen.‹

Ich drückte mein Bedauern darüber aus, daß er hatte warten müssen. Er antwortete nicht, sondern stocherte im Feuer umher, wie um einen Augenblick der Ungeduld zu überbrücken. Dann musterte er mich erneut.

Ich spürte eine innere Befriedigung, daß ich im ersten Moment unseres Zusammentreffens keinerlei Wärme, keinerlei Überschwang geoffenbart hatte; daß ich diesen Mann mit ruhiger und fester Gleichmut begrüßt hatte.

›Hast du mit Tynedale und Seacombe vollständig gebrochen?‹ fragte er schnell.

›Ich glaube nicht, daß ich zukünftig irgendwelche Verbindungen zu ihnen haben werde; meine Zurückweisung ihrer Vorschläge wird, wie ich mir vorstellen kann, als Barriere für jeglichen zukünftigen Umgang dienen.‹

›Gut‹, sagte er, ›ich möchte dir lediglich den Rahmen unserer Beziehung ins Gedächtnis zurückrufen, nämlich den, daß »niemand zwei Herren gleichzeitig dienen kann«. Freundschaftliche Beziehungen mit Lord Tynedale schließen Hilfe von meiner Seite aus.‹. In seinem Blick lag überflüssigerweise eine Art Drohung, als er diese Bemerkung abschloß und mich ansah.

Ich verspürte keine Veranlassung, ihm zu erwidern, und begnügte mich damit, in meinem Innern Mutmaßungen über die unterschiedlichen menschlichen Geistesverfassungen anzustellen. Ich weiß nicht, welche Schlußfolgerung Mr Crimsworth aus meinem Schweigen zog – ob er es als ein Anzeichen von Widerspenstigkeit oder als einen Beweis dafür ansah, daß er mich durch seine herrische Art eingeschüchtert hatte. Nachdem er mich lange und hart angestarrt hatte, erhob er sich jäh von seinem Sitz.

›Morgen‹, sagte er, ›werde ich dich noch auf einige weitere wichtige Punkte aufmerksam machen; aber jetzt ist es Zeit für das Abendessen, und Mrs. Crimsworth wartet vermutlich bereits auf uns; kommst du mit?‹

Er schritt aus dem Raum, und ich folgte ihm. Beim Durchqueren der Halle überlegte ich, wie Mrs. Crimsworth wohl sein würde. ›Ist sie‹, fragte ich mich, ›wohl genauso anders als all das, was mir gefällt, wie es Tynedale, Seacombe, die Fräuleins Seacombe und der liebevoll-freundliche

Verwandte sind, der jetzt vor mir geht? Oder ist sie besser als diese? Werde ich in der Unterhaltung mit ihr etwas von meiner wahren Natur offenbaren dürfen, oder –?‹ Weitere Vermutungen wurden durch meinen Eintritt ins Speisezimmer abgebrochen.

Eine Lampe, die unter einem Schirm aus Mattglas brannte, beleuchtete ein hübsches Zimmer mit einer Wandtäfelung aus Eiche; das Abendessen war auf dem Tisch; am Kamin, als habe sie unseren Eintritt erwartet, stand eine Dame; sie war jung, groß und wohlgeformt; ihre Kleidung war hübsch und elegant, soweit ich auf den ersten Blick feststellen konnte. Sie und Mr Crimsworth begrüßten einander mit fröhlicher Ausgelassenheit; sie tadelte ihn halb spielerisch, halb schmollend wegen seiner Verspätung; ihre Stimme (bei der Beurteilung eines Charakters ziehe ich immer die Stimme mit in Betracht) war kräftig; das ließ auf Vitalität schließen, dachte ich. Mr Crimsworth erstickte bald ihr lebhaftes Schelten mit einem Kuß, einem Kuß, der noch immer den Bräutigam erkennen ließ (sie waren damals noch kein Jahr verheiratet gewesen); sie nahm ihren Platz am Eßtisch in allerbester Stimmung ein. Als sie meiner gewahr wurde, bat sie um Verzeihung, daß sie mich nicht vorher bemerkt hatte, und schüttelte mir dann die Hand, so wie es Damen tun, wenn eine Woge der Hochstimmung sie veranlaßt, gegenüber jedem von heiterer Freundlichkeit zu sein, sogar gegenüber dem langweiligsten ihrer Bekannten. Des weiteren fiel mir nun auf, daß sie eine gesunde Gesichtsfarbe hatte und daß ihre Gesichtszüge zwar ausgeprägt, aber angenehm waren; ihr Haar war rot – vollkommen rot. Sie und Edward unterhielten sich angeregt, immer im Ton gespielten Zanks; sie war leicht verärgert, oder tat jedenfalls so, daß er heute das Gig mit einem bösartigen Pferd gefahren hatte, und er machte sich über ihre Ängste lustig. Einige Male wandte sie sich an mich.

›Also, Mr William, ist es nicht töricht von Edward, so zu reden? Er sagt, daß er nur Jack und kein anderes Pferd fahren will, und das Scheusal hat ihn schon zweimal umgeworfen.‹

Wenn sie sprach, bemerkte man eine Art Lispeln, nicht unangenehm, aber kindlich. Ich sah auch bald, daß da noch mehr war als nur reine Mädchenhaftigkeit – ein leicht kindhafter Ausdruck in ihren keineswegs zierlichen Gesichtszügen. Dieses Lispeln und dieser Ausdruck waren in Edwards Augen ohne Zweifel etwas Reizvolles und würden dies auch in den Augen der meisten Männer sein, nur nicht in meinen. Ich suchte ihren Blick, begierig, aus ihren Augen Geist und Klugheit herauszulesen, die ich weder in ihrem Gesicht erkennen noch aus ihrer Unterhaltung heraushören konnte; ihre Augen strahlten heiter, waren aber eher klein; durch die Iris sah ich abwechselnd Lebhaftigkeit, Eitelkeit und Koketterie hervorlugen, aber ich wartete vergeblich darauf, ein Quentchen Geist zu erhaschen. Ich bin kein Orientale; ein weißer Hals, karminrote Lippen und Wangen, Kringel glänzender Locken sind mir zu wenig ohne jenen Funken des Prometheus, der auch dann noch lebendig ist, nachdem Rosen und Lilien verblaßt sind und das brünierte Haar grau geworden ist. Bei Sonnenschein und in Zeiten des Wohlstands und Glücks sind Blumen etwas sehr Schönes; aber wieviele naßkalte Tage gibt es im Leben – Novembergezeiten des Unheils, wenn Herd und Heim eines Mannes in der Tat kalt wären, wäre da nicht der reine, aufmunternde Glanz des Intellekts.

Nachdem ich die schön geschriebene Seite von Mrs. Crimsworths Gesicht durchgelesen hatte, tat ein tiefer, unfreiwilliger Seufzer meine Enttäuschung kund; sie nahm ihn als Huldigung ihrer Schönheit, und Edward, der offensichtlich stolz auf sein blühendes und hübsches junges

Weib war, warf mir einen Blick zu, halb spöttisch, halb zornig.

Ich wandte mich von beiden ab, und als ich mich müde und abgespannt im Zimmer umsah, bemerkte ich zwei Bilder, die in die Eichentäfelung eingelassen waren, je eines auf jeder Seite des Kaminsimses. Ich hörte auf, die scherzhafte Konversation zwischen Mr und Mrs. Crimsworth weiter zu verfolgen und widmete meine Gedanken der näheren Betrachtung jener Bilder. Es handelte sich um Porträts, um eine Dame und einen Herrn, beide gekleidet nach der Mode von vor zwanzig Jahren. Der Herr war im Lichtschatten. Ich konnte ihn nicht gut sehen. Die Dame kam in den vollen Genuß eines Lichtstrahls von der leicht abgeblendeten Lampe. Ich erkannte sie augenblicklich; ich hatte das Bild bereits in meiner Kindheit gesehen; es war meine Mutter. Dieses Bild und sein Gegenpart waren die einzigen Erbstücke, die aus dem Ausverkauf von meines Vaters Besitz gerettet werden konnten.

Ich erinnerte mich, daß mir als Knabe das Gesicht gefallen hatte, aber *damals* hatte ich nicht verstanden, warum; *jetzt* wußte ich, wie selten es ein solches Gesicht auf der Welt gibt, und in heißer Dankbarkeit und Wertschätzung betrachtete ich den nachdenklichen, doch sanften Gesichtsausdruck. Der ernste, graue Blick übte auf mich einen starken Zauber aus, ebenso gewisse Linien in den Gesichtszügen, die auf das wahrhaftigste und zärtlichste Empfinden hinwiesen. Ich war traurig, daß es sich nur um ein Bild handelte.

Bald überließ ich Mr und Mrs. Crimsworth sich selbst; ein Diener führte mich zu meinem Schlafgemach; indem ich die Zimmertür schloß, schloß ich alle Eindringlinge aus – Dich, Charles, genauso wie den Rest. –

Soviel für heute,

William Crimsworth.«

Auf diesen Brief bekam ich nie eine Antwort; ehe mein alter Freund ihn erhielt, hatte er eine Ernennung durch die Regierung auf einen Posten in den Kolonien angenommen und war bereits auf dem Weg zu dem Schauplatz seiner Amtspflichten. Was seitdem aus ihm geworden ist, weiß ich nicht.

Die Zeit der Muße, die mir jetzt zur Verfügung steht und die ich für seine persönliche Erbauung zu verwenden gedacht hatte, werde ich nun gänzlich der des allgemeinen Publikums widmen. Meine Geschichte ist nicht aufregend, und sie hat, vor allem, nichts Wunderbares an sich; aber vielleicht ist sie für manche Menschen von Interesse, die sich im gleichen Beruf wie ich abgemüht haben und die in meinen Erfahrungen immer wiederkehrende eigene Überlegungen finden werden. Der obige Brief soll als Einführung dienen. Nunmehr werde ich beginnen.

2. KAPITEL

Ein schöner Oktobermorgen folgte dem nebligen Abend, der Zeuge meiner ersten Einführung in Crimsworth Hall geworden war. Ich war frühzeitig aufgestanden und spazierte nun über die ausgedehnten, parkähnlich angelegten Rasenflächen, die das Haus umgaben. Die Herbstsonne, die gerade über den Hügeln der Grafschaft -shire aufging, offenbarte eine angenehme Landschaft: Wälder, braun und saftig, wechselten sich mit Feldern ab, deren Ernte erst vor kurzem eingebracht worden war; ein Fluß, der zwischen den Wäldern dahinglitt, fing auf seiner Oberfläche den schon etwas kalten Glanz der Oktobersonne und des Himmels ein. Entlang dem Flußufer deuteten in kurzen Abständen hohe, zylindrische Schornsteine, schlanken Rundtürmen nicht unähnlich, auf die Fabriken hin, welche von den Bäumen halb verdeckt wurden; hie und da sah man Herrensitze in der Art von Crimsworth Hall in schönen Hanglagen. Insgesamt strahlte die Landschaft etwas Unbeschwertes, Lebendiges, Fruchtbares aus. Dampfkraft, Handel, Maschinen hatten schon längst jede Romantik und Abgeschiedenheit aus ihr verbannt. Fünf Meilen weit entfernt öffnete sich zwischen den sanften Hügeln ein Tal, das in seiner Senke die große Stadt X- beherbergte. Eine dichte, beständige Dunstschicht brütete über dem Ort; dort lag Edwards ›Konzern‹.

Ich zwang meine Augen, diese Aussicht genau zu betrachten; ich zwang Geist und Seele, eine Zeitlang darauf zu verweilen; und als mir klar wurde, daß in meinem Herzen keinerlei angenehme Empfindungen ausgelöst, daß in mir keine jener Hoffnungen geweckt wurden, die ein Mann verspüren sollte, wenn er seinen Lebensweg bildlich vor sich ausgebreitet sieht – da sagte ich zu mir: »William, du bist ein Rebell, der sich gegen das Leben auflehnt; du bist ein Narr, der nicht weiß, was er will; du hast dich für eine kaufmännische Laufbahn entschieden, und du wirst Kaufmann werden, Schau hin!« Und ich fuhr im Geiste fort: »Schau dir den Ruß und den Rauch in dieser Senke an und werde dir darüber klar, daß dort dein Platz ist! Dort gibt es nichts zu träumen, dort gibt es nichts zu spekulieren und zu theoretisieren. Dorthin sollst du, um zu arbeiten!«

Nachdem ich mich dieserart selbst zurechtgewiesen hatte, kehrte ich ins Haus zurück. Mein Bruder war im Frühstückszimmer. Ich trat ihm beherrscht gegenüber; ich konnte ihm nicht heiter und gelassen gegenübertreten. Er stand auf dem Läufer mit dem Rücken zum Feuer. Was las ich nicht alles aus seinem Blick, als sich unsere Augen trafen, als ich auf ihn zuging, um ihm einen guten Morgen zu wünschen! Wie sehr ging das alles wider meine Natur! Er sagte brüsk »Guten Morgen« und nickte, und mit einer Bewegung, die mehr ein Ansichreißen als ein Aufnehmen war, ergriff er eine Zeitung vom Tisch und begann sie mit der Miene eines Vorgesetzten zu lesen, der einen Vorwand benutzt, um der lästigen Qual einer Unterhaltung mit einem Untergebenen zu entgehen. Ich hatte wohl daran getan zu beschließen, eine Weile auszuharren, denn ansonsten hätte sein Verhalten die starke Abneigung wohl unerträglich gemacht, die zu unterdrücken ich mich gerade bemüht hatte. Ich betrachtete ihn; ich maß seine robuste Gestalt und die kräftigen Proportionen; ich sah mein eigenes Spiegelbild in dem Spiegel über dem Kaminsims; ich amüsierte mich, indem ich beide Bilder miteinander verglich. Tatsächlich sah ich ihm ähnlich, obgleich ich nicht so gut aussah. Meine Züge waren nicht so regelmäßig; meine Augen waren dunkler, meine Brauen länger; vom Körperbau her war ich deutlich unterlegen: dünner, leichtgewichtiger, nicht so groß. Als animalisches Wesen übertraf mich Edward bei weitem. Sollte er geistig genauso überragend sein wie körperlich, dann würde ich der Sklave sein müssen, denn von ihm durfte ich nicht die Großmut des Löwen erwarten gegenüber dem, der schwächer war als er selbst. Sein kalter, habgieriger Blick, seine strenge, abweisende Art verrieten mir, daß er mich nicht schonen würde. Ob ich wohl die Geisteskraft hatte, es mit ihm aufzunehmen? Ich wußte es nicht; ich war noch nie auf die Probe gestellt worden.

Der Eintritt von Mrs. Crimsworth brachte meine Gedanken für einen Augenblick durcheinander. Sie sah gut aus, war ganz in Weiß gekleidet, und ihr Gesicht und ihre Erscheinung strahlten die Frische des Morgens und die einer Braut aus. Ich sprach sie mit jenem Grad von Unbekümmertheit an, welche ihre heitere Fröhlichkeit vom vergangenen Abend zu erlauben schien, aber sie erwiderte kühl und zurückhaltend; ihr Mann hatte sie instruiert. Sie sollte sich gegenüber seinem Angestellten keine allzu großen Vertraulichkeiten erlauben.

Sobald das Frühstück vorüber war, teilte mir Mr Crimsworth mit, daß das Gig gerade vorgefahren werde und daß er mich in fünf Minuten aufbruchbereit für eine Fahrt nach X- erwarte. Ich ließ ihn nicht warten. Bald schossen wir mit hoher Geschwindigkeit die Straße entlang. Das Pferd, das er fuhr, war das gleiche bösartige Tier, dessentwegen Mrs. Crimsworth sich am Vorabend so besorgt gezeigt hatte. Ein- oder zweimal schien Jack geneigt zu sein, sich bockig zu zeigen, aber eine kräftige und unmißverständliche Betätigung der Peitsche aus der unbarmherzigen Hand seines Herrn zwang ihn schnell, sich zu unterwerfen, und Edwards geweitete Nasenlöcher drückten seinen Triumph über den Ausgang des Kräftemessens aus. Während der ganzen, kurzen Fahrt sprach er kaum mit mir, und er öffnete nur gelegentlich die Lippen, um sein Pferd zu verwünschen.

In X- herrschte das lebhafteste Treiben, als wir hineinfuhren. Wir verließen die sauberen Straßen, wo die Wohnhäuser und Läden standen, die Kirchen und öffentlichen Gebäude; wir verließen all dies und bogen ab zum Gelände der Fabriken und Lagerhäuser. Von dort aus passierten wir zwei massive Tore, die in einen großen, gepflasterten Hof führten, und wir befanden uns in Bigben Close, und vor uns war die Tuchfabrik, die Ruß aus ihrem hohen Schornstein spuckte und deren dicke Ziegelmauern die Bewegungen ihrer eisernen Eingeweide zitternd nachvollzogen. Arbeiter gingen hin und her; Lastkarren wurden mit Stoffballen beladen. Mr Crimsworth schaute von einer Seite zur anderen und schien mit einem Blick alles, was vorging, aufzunehmen. Er hielt an, überließ Pferd und Gig der Obhut eines Mannes, der herbeieilte, um ihm die Zügel abzunehmen, und hieß mich, ihm zum Büro zu folgen. Wir traten ein. Wie verschieden war dieser Ort von den Salons in Crimsworth Hall: ein Ort für Geschäfte, mit einem nackten Bretterboden, einem Geldschrank, zwei hohen Schreibpulten mit Hockern und einigen Stühlen. An einem der Pulte saß ein Mann, der seine altmodische Mütze abnahm, als Mr Crimsworth eintrat, und der einen Augenblick später bereits wieder in seine Schreib- oder Rechentätigkeit vertieft war, ich weiß nicht, in welches von beidem.

Mr Crimsworth legte seinen Regenmantel ab und setzte sich ans Feuer. Ich blieb beim Ofen stehen. Er sagte sogleich:

»Steighton, Sie können hinausgehen. Ich habe mit diesem Herrn etwas Geschäftliches zu besprechen. Kommen Sie wieder herein, wenn Sie die Glocke hören.«

Der Mann am Schreibpult erhob sich, ging hinaus und schloß die Tür hinter sich. Mr Crimsworth stocherte das Feuer auf und saß einen Augenblick nachdenklich da, die Lippen zusammengepreßt, die Stirn gerunzelt. Ich konnte nichts weiter tun als ihn beobachten. Was er doch für ein schön geschnittenes Gesicht hatte! Was für ein gutaussehender Mann er doch war! Woher kam dann nur diese angespannte Miene, dieser verkniffene und harte Ausdruck auf seiner Stirn, in all seinen Zügen?

Er wandte sich mir zu und begann abrupt:

»Du bist also nach X- gekommen, um dich zum Kaufmann ausbilden zu lassen?«

»Ja, so ist es.«

»Bist du fest entschlossen dazu? Ich muß das auf der Stelle wissen.«

»Ja.«

»Na schön. Ich bin zwar nicht verpflichtet, dir zu helfen, aber ich habe hier eine Stelle frei, falls du dafür geeignet bist. Ich werde dich probehalber einstellen. Was kannst du? Kannst du irgend etwas, außer diesem nutzlosen Unfug, den man in der Höheren Schule und auf der Universität lernt – Griechisch, Latein und so weiter?«

»Ich habe Mathematik studiert.«

»Das habe ich mir fast gedacht. Blödsinn!«

»Ich kann Französisch und Deutsch schreiben und lesen.«

»Hm!« Er überlegte einen Moment, zog dann eine Schublade aus einem Schreibtisch neben sich heraus, entnahm ihr einen Brief und gab ihn mir.

»Kannst du das lesen?« fragte er.

Es war ein deutscher Geschäftsbrief. Ich übersetzte ihn. Ich konnte nicht sagen, ob er zufrieden war oder nicht; seine Haltung blieb steif.

»Es ist von Vorteil«, sagte er nach einer Pause, »daß du eine Ahnung von sinnvoller Tätigkeit hast, die dich vielleicht in die Lage versetzen wird, selbst für deinen Unterhalt aufzukommen. Da du Französisch und Deutsch kannst, werde ich dich als Zweiten Sekretär einstellen, der die Korrespondenz mit dem Ausland zu führen hat. Ich werde dir ein gutes Gehalt zahlen – 90 Pfund jährlich – und jetzt«, fuhr er mit erhobener Stimme fort, »höre mir ein für allemal zu, was ich zu der Beziehung zwischen uns und diesem ganzen Humbug zu sagen habe! Über diesen Punkt muß absolute Klarheit herrschen; ich lasse mir da nichts bieten. Ich werde dir keinesfalls irgend etwas nachsehen, nur weil du mein Bruder bist. Wenn es sich herausstellt, daß du dumm, nachlässig, zerstreut, faul bist oder sonst irgendwelche Fehler hast, die den Interessen des Hauses abträglich sind, werde ich dich entlassen, so wie ich das bei jedem anderen Angestellten tun würde. Neunzig Pfund jährlich sind ein gutes Gehalt, und ich erwarte von dir den vollen Gegenwert für mein Geld. Halte dir auch immer vor Augen, daß die Basis unserer Arbeit hier in meiner Firma eine rein geschäftsmäßige ist: Geschäftsmäßiges Auftreten, Denken und Fühlen, das ist es, was mir gefällt. Hast du verstanden?«

»Teilweise«, erwiderte ich. »Vermutlich willst du sagen, daß ich für mein Gehalt meine Arbeit tun soll; daß ich keine Vergünstigungen deinerseits erwarten soll und daß ich mit Ausnahme meines Verdienstes von dir keinerlei Hilfe zu erwarten habe; das ist genau das, was ich mir wünsche, und unter diesen Bedingungen willige ich ein, als dein Angestellter zu arbeiten.«

Ich machte auf dem Absatz kehrt und schritt zum Fenster. Dieses Mal erforschte ich sein Gesicht nicht, um seine Meinung herauszufinden: Ich weiß es nicht, was er dachte, und es war mir auch gleichgültig. Nach einem Schweigen von mehreren Minuten begann er erneut:

»Du erwartest möglicherweise, daß man dir in Crimsworth Hall eine Wohnung einrichtet und daß du mit mir zusammen in dem Gig zur Arbeit und wieder zurückfahren kannst. Ich möchte jedoch klarstellen, daß mir ein solches Arrangement höchst ungelegen käme. Ich möchte den Sitzplatz in meinem Gig gerne für Herren zur Verfügung haben, die ich aus geschäftlichen Gründen möglicherweise über Nacht mit nach Hause zu nehmen gedenke. Du wirst dir eine Bleibe in X- suchen.«

Ich verließ das Fenster und ging zum Ofen zurück.

»Selbstverständlich werde ich mir eine Bleibe in X- suchen«, antwortete ich. »Es würde mir gar nicht gefallen, in Crimsworth Hall zu wohnen.«

Mein Ton war ruhig. Ich spreche immer ruhig. Aber in

Mr Crimsworths Auge loderte der Zorn; er rächte sich auf eher merkwürdige Art. Er wandte sich mir zu und sagte grob:

»Du bist vermutlich völlig mittellos. Wovon willst du das Vierteljahr leben, ehe dein erstes Gehalt fällig ist?«

»Ich werde schon zurechtkommen«, sagte ich.

»Wovon willst du leben?« wiederholte er lauter.

»Ich werde leben, so gut ich kann, Mr Crimsworth.«

»Dich verschulden und ins Unglück stürzen, das wirst du! So wird's kommen«, antwortete er. »Mag sein, daß du extravagante aristokratische Angewohnheiten hast. Wenn dem so ist, dann lege sie ab; ich dulde hier nichts dergleichen, und ich werde dir niemals einen Schilling extra geben, welche Verbindlichkeiten auch immer du eingehen wirst. Merke dir das.«

»Jawohl, Mr Crimsworth. Sie werden herausfinden, daß ich ein gutes Gedächtnis habe.«

Ich sprach nicht weiter. Ich hielt die Zeit für großartige Verhandlungen und Unterredungen für noch nicht gekommen. Ich hatte das instinktive Gefühl, daß es töricht wäre, bei einem Menschen wie Edward das eigene Temperament allzu sehr überschäumen zu lassen. Im Innern sagte ich zu mir: »Ich werde meinen Becher unter diesen steten Tropfen stellen; dort soll er stehen, still und stumm. Sobald er voll ist, wird er von selbst überlaufen – bis dahin: Geduld. Zwei Dinge sind sicher: Ich habe die Fähigkeit, die Arbeit auszuführen, die mir Mr Crimsworth zugeteilt hat; ich kann für meinen Lohn gewissenhafte Arbeit leisten, und dieser Lohn reicht aus, daß ich leben kann. Was die Tatsache anbelangt, daß mein Bruder mir gegenüber die Haltung eines herrischen, schroffen Vorgesetzten einnimmt, so ist das sein Fehler, nicht der meine; und sollen mich seine Ungerechtigkeit, seine Übellaunigkeit schon jetzt von dem Weg abbringen, den ich mir erwählt habe? Nein. Ehe ich davon abweiche, werde ich ihn zumindest weit genug beschreiten, um zu sehen, in welche Richtung mein Lebensweg tendiert. Bis jetzt stehe ich nur am Eingang und versuche, mich hinein zu drängen, und das Tor ist reichlich eng. Eigentlich müßte der Weg zu einem guten Ziel führen.« Während ich solche Überlegungen anstellte, läutete Mr Crimsworth eine Glocke; sein Erster Sekretär, der Mann, der zu Beginn unserer Unterredung hinausgeschickt worden war, trat wieder ein.

»Mr Steighton«, sagte er, »zeigen Sie Mr William die Briefe der Gebrüder Voss und machen Sie ihm englische Abschriften der Antwortschreiben. Er wird sie übersetzen.«

Mr Steighton, ein Mann von etwa fünfunddreißig Jahren, mit einem Gesicht, das zugleich schlau und grob war, beeilte sich, diesen Auftrag auszuführen. Er legte die Briefe auf den Schreibtisch, und bald saß ich darüber und befaßte mich mit der Übertragung der englischen Antworten ins Deutsche. Ein Gefühl freudigen Stolzes begleitete diesen ersten Versuch, mir meinen Lebensunterhalt selbst zu verdienen – ein Gefühl, das durch die Anwesenheit des Aufsehers, der sich neben mich stellte und mir einige Zeit beim Schreiben zusah, weder getrübt noch abgeschwächt wurde. Ich war der Meinung, daß er versuchen wollte, etwas über meinen Charakter herauszubekommen, aber ich fühlte mich vor seiner forschenden Neugier so sicher, als hätte ich einen Helm mit heruntergeklapptem Visier auf. Mehr noch: Ich begegnete ihm in der selbstsicheren Haltung von jemandem, der einem ungebildeten Menschen einen Brief in griechisch zeigt; dieser würde die Zeilen sehen, einzelne Buchstaben erkennen, aber nichts damit anzufangen wissen. Wir beide waren grundverschieden voneinander, und die Offenbarungen meines Wesens waren für ihn wie die Worte einer unbekannten Sprache. Binnen kurzem wandte er sich unvermittelt ab, als sei er konsterniert, und verließ das Büro. Noch zweimal kehrte er im Verlauf jenes Tages zurück; jedes Mal machte er sich ein Glas Brandy mit Wasser zurecht und trank es aus, und die Zutaten und Gerätschaften dafür holte er aus einem Schrank neben dem Kamin. Nachdem er einen Blick auf meine Übersetzungen geworfen hatte – er konnte sowohl Französisch als auch Deutsch lesen –, ging er wieder schweigend hinaus.

3. KAPITEL

Ich diente Edward als Zweiter Sekretär, treu, pünktlich, fleißig. Was man mir zu tun gab, war ich fähig und willens, gut zu tun. Mr Crimsworth beobachtete mich scharf und hielt nach Fehlern Ausschau, fand jedoch keine. Er beauftragte Timothy Steighton, seinen Günstling und Aufpasser, mich ebenfalls im Auge zu behalten. Tim war verwirrt; ich war ebenso gewissenhaft wie er, und schneller. Mr Crimsworth stellte Nachforschungen darüber an, wie ich lebte, ob ich Schulden machte; nein, die Rechnungen meiner Wirtin waren stets beglichen. Ich hatte eine kleine Unterkunft gemietet, deren Kosten ich aus einem schmalen Budget zu begleichen bewerkstelligte, nämlich dem Geld, das ich in Eton von meinem Taschengeld gespart und aufgehoben hatte; denn da es von jeher ein Greuel wider meine Natur gewesen ist, um finanzielle Hilfe zu bitten, hatte ich mir frühzeitig Verhaltensweisen einer selbstverleugnenden Sparsamkeit anerzogen. Mit peinlichster Sorgfalt hatte ich mir meine monatliche Zuwendung eingeteilt, um der Gefahr vorzubeugen, zu irgendeinem Zeitpunkt einer zukünftigen Notlage Hilfe von außen zu erbitten. Ich erinnere mich, daß ich zu jener Zeit von vielen ein Geizhals genannt wurde, und ich pflegte den Tadel mit diesem Trost zu verbinden: besser, jetzt mißverstanden zu werden, als später abgewiesen. Heute erhielt ich den Lohn dafür; ich hatte ihn schon zuvor einmal erhalten, als bei der Trennung von meinen irritierten Onkeln einer von ihnen eine Fünfpfundnote vor mich auf den Tisch warf, die ich in der Lage war, dort liegen zu lassen, indem ich sagte, daß für die Kosten meiner Reise bereits gesorgt sei. Mr Crimsworth trug Tim auf herauszufinden, ob meine Wirtin irgendwelche Klagen, meinen Lebenswandel betreffend, vorzubringen hätte. Sie antwortete, daß sie mich für einen sehr religiösen Menschen hielte, und sie fragte ihrerseits Tim, ob er glaubte, daß ich möglicherweise die Absicht hätte, eines Tages in den Dienst der Kirche zu treten; denn, so sagte sie, sie habe junge Vikare als Mieter in ihrem Haus gehabt, die mir in bezug auf Wohlverhalten und Unauffälligkeit nicht annähernd gleich gewesen seien. Tim war selbst ›ein religiöser Mensch‹; tatsächlich gehörte er den Methodisten an, was ihn – wohlverstanden – nicht davon abhielt, gleichzeitig ein abgefeimter Schurke zu sein, und er war sehr verdutzt, als er diesen Bericht über meine Frömmigkeit vernahm. Nachdem er ihn an Mr Crimsworth weitergegeben hatte, machte dieser Gentleman, der selbst nie eine Stätte der Andacht besuchte und keinen anderen Gott kannte als Mammon, aus der Information eine Angriffswaffe, um meine Gleichmut zu erschüttern. Er begann damit, mehrfach versteckte und hämische Bemerkungen zu äußern, deren Sinn ich anfänglich nicht begriff, bis mir meine Wirtin zufällig von der Unterhaltung erzählte, die sie mit Mr Steighton gehabt hatte. Da ging mir ein Licht auf. Daraufhin war ich vorbereitet, wenn ich ins Büro kam, und es gelang mir, den blasphemischen

Sarkasmus des Fabrikbesitzers, als er das nächste Mal auf mich abzielte, von einem Schutzschild undurchdringlicher Gleichgültigkeit abprallen zu lassen. Binnen kurzem ermüdete es ihn, seine Munition an eine Statue zu verschwenden, aber er warf die Pfeile nicht weg; er hielt sie heimlich in seinem Köcher bereit.

Einmal während meiner Dienstzeit als Angestellter wurde ich nach Crimsworth Hall eingeladen. Es geschah anläßlich einer großen Gesellschaft, die zu Ehren des Geburtstags des Hausherrn gegeben wurde. Es war schon immer seine Angewohnheit gewesen, seine Angestellten zu ähnlichen Jahrestagen und Jubiläen einzuladen, und so konnte er mich kaum übergehen. Ich wurde jedoch streng im Hintergrund gehalten. Mrs. Crimsworth, elegant in Satin und Spitze gekleidet, strotzte vor Jugend und Gesundheit, gewährte mir jedoch nicht mehr Beachtung, als sich durch eine vage Geste ausdrücken ließ. Crimsworth wechselte selbstverständlich kein Wort mit mir. Ich wurde keiner aus der Gruppe der jungen Damen vorgestellt, die, eingehüllt in silbernen Wolken aus weißem Tüll und Musselin, wohlgeordnet mir gegenüber auf der anderen Seite eines langen und hohen Raumes saßen. Genaugenommen war ich ziemlich isoliert und konnte die strahlenden Damen nur aus der Ferne betrachten und, wenn ich der glitzernden Szene überdrüssig war, mich zur Abwechslung dem Studium des Teppichmusters widmen. Mr Crimsworth stand auf dem Läufer, den Ellbogen auf dem marmornen Kaminsims gestützt, und um ihn herum eine Gruppe sehr hübscher Mädchen, mit denen er fröhlich plauderte. Aus dieser Position warf mir Mr Crimsworth einen Blick zu; ich sah abgespannt, einsam und niedergeschlagen aus wie ein deprimierter Hauslehrer oder eine Gouvernante. Er war zufrieden.

Man begann zu tanzen. Ich hätte es nur allzu gern gesehen, wenn man mich einem netten und intelligenten Mädchen vorgestellt hätte, wenn ich die Möglichkeit und die Gelegenheit gehabt hätte zu zeigen, daß ich das Vergnügen gesellschaftlichen Umgangs nicht nur selbst verspüren, sondern auch weitervermitteln konnte, daß ich – kurzum – kein Holzklotz oder kein Stück Möbel war, sondern ein handelnder, denkender, empfindender Mann. Viele lächelnde Gesichter und graziöse Körper glitten an mir vorbei, aber das Lächeln wurde für andere Augen verschwendet und die Körper von anderen Händen als den meinen geführt. Voller Qual wandte ich mich ab, verließ die Tanzenden und schlenderte in das eichengetäfelte Speisezimmer. Keine Faser des Mitgefühls verband mich mit irgendeinem Lebewesen in diesem Haus; ich suchte nach dem Bild meiner Mutter und fand es. Ich nahm eine Wachskerze von einem Ständer und hielt sie hoch. Ich sah lange und ernst hin; mein Herz verwuchs mit dem Bild. Ich erkannte, daß meine Mutter mir viel von ihren Zügen und ihrem Ausdruck vererbt hatte – die Stirn, die Augen, die Gesichtsfarbe. Keine gewöhnliche Schönheit erfreut den egozentrischen Menschen so sehr, wie ein verfeinertes und veredeltes Abbild seiner selbst; aus diesem Grund betrachten Väter mit Selbstgefälligkeit die Züge im Antlitz ihrer Töchter, in denen häufig das eigene Ebenbild gefunden wird, schmeichelhaft verbunden mit sanftem Teint und zartem Profil. Ich dachte gerade darüber nach, wie dieses Bild, das mir so interessant schien, auf einen unparteiischen Betrachter wirken würde, als dicht hinter mir eine Stimme die Worte sprach:

»Hm! Aus diesem Gesicht spricht Klugheit.«

Ich drehte mich um. An meinem Ellbogen stand ein hochgewachsener Mann, jung, obgleich wahrscheinlich fünf oder sechs Jahre älter als ich, in gewisser Hinsicht von einer Erscheinung, die alles andere als gewöhnlich war. Dennoch bin ich momentan nicht geneigt, ein detailliertes Porträt von ihm zu zeichnen, so daß sich der Leser mit der Silhouette begnügen muß, die ich gerade grob entworfen habe. In jenem Augenblick sah ich selbst auch nicht mehr von ihm; ich versuchte nicht, die Farbe seiner Augenbrauen herauszufinden, oder die der Augen; ich sah seine Statur und den Umriß seiner Gestalt; ich sah auch eine anspruchsvoll aussehende Stülpnase. Diese Beobachtungen, wenige an der Zahl und verallgemeinernder Natur (die letztere ausgenommen), genügten, da sie es mir ermöglichten, ihn wiederzuerkennen.

»Guten Abend, Mr Hunsden«, murmelte ich mit einer Verbeugung und begann mich danach zu entfernen, wie ein schüchterner Einfaltspinsel, der ich ja auch war – und warum? Einfach deswegen, weil Mr Hunsden ein Fabrikant und Mühlenbesitzer war und ich nur ein Angestellter und mich mein Instinkt von Vorgesetzten und Höhergestellten wegtrieb. Ich hatte Hunsden häufig in Bigben Close gesehen, wohin er beinahe wöchentlich kam, um Geschäfte mit Mr Crimsworth zu tätigen, aber ich hatte ihn nie angesprochen, noch er mich, und ich verspürte so etwas wie einen unwillkürlichen Groll ihm gegenüber, denn mehr als einmal war er stummer Zeuge der Kränkungen gewesen, die Edward mir zuteil werden ließ. Nach meiner Überzeugung konnte er mich nur für einen geistig minderbemittelten Sklaven halten, weswegen ich nun daran ging, seine Gegenwart zu meiden und seiner Konversation zu entkommen.

»Wo gehen Sie denn hin?« fragte er, als ich mich langsam zur Seite entfernte. Ich hate bereits bemerkt, daß Mr Hunsden zu abrupten Sprechweisen neigte, und verstockt sagte ich zu mir selbst:

»Er glaubt wohl, er kann mit einem armseligen Angestellten reden, wie es ihm beliebt; aber vielleicht bin ich gar nicht in der unterwürfigen Stimmung, die er sich einbilden mag, und seine plumpe Vertraulichkeit behagt mir überhaupt nicht.«

Ich erwiderte leichthin irgend etwas, was eher nichtssagend als höflich war, und schob mich weiter von ihm fort. Kalt pflanzte er sich vor mir auf und versperrte mir den Weg.

»Bleiben Sie noch etwas hier«, sagte er, »es ist zu heiß im Tanzsaal, und außerdem tanzen Sie ja nicht; Sie haben keine Partnerin für diesen Abend.«

Er hatte recht, und während er sprach, mißfielen mir weder sein Blick noch sein Ton, noch sein Verhalten; meine *amour-propre*, meine Selbstachtung, war versöhnt. Er hatte mich nicht aus einer Herablassung heraus angesprochen, sondern weil er, nachdem er sich zur Erfrischung in das kühle Speisezimmer zurückgezogen hatte, jetzt jemanden als Gesprächspartner suchte, um sich eine Zeitlang angenehm zu unterhalten. Ich hasse es, wenn man mich von oben herab behandelt, aber ich bin gerne jemandem gefällig. Ich blieb.

»Das ist ein gutes Bild«, fuhr er fort und kam wieder auf das Porträt zu sprechen.

»Halten Sie das Gesicht für hübsch?« fragte ich.

»Hübsch! Nein – wie sollte es hübsch sein bei diesen tiefliegenden Augen und hohlen Wangen? Aber es ist außergewöhnlich; sie scheint über etwas nachzudenken. Mit dieser Frau, würde sie noch leben, könnte man sich über andere Themen als Kleider, Besuche und Komplimente unterhalten.«

Ich war einer Meinung mit ihm, sagte es aber nicht. Er fuhr fort:

»Nicht daß ich einen Kopf dieser Art bewundern würde; es fehlt ihm an Charakter und Kraft; da steckt zuviel Sen-si-bi-li-tät (so sprach er es aus, indem er gleichzeitig die Lippen kräuselte) in diesem Mund; außerdem ist auf die Stirn das Wort ›Aristokratin‹ geschrieben, was sich auch in der Figur ausdrückt. Ich hasse eure Aristokraten.«

»Sie glauben also, Mr Hunsden, daß sich adelige Abkunft aus einem dafür charakteristischen Körperbau und Gesichtsausdruck ablesen läßt?«

»Zum Henker mit der adeligen Abkunft! Kein Mensch bezweifelt, daß euere Barönchen möglicherweise einen ›charakteristischen Körperbau und Gesichtsausdruck‹ haben, genauso wie es bei uns Geschäftsleuten in der Grafschaft -shire der Fall ist. Aber welche Anatomien sind denn besser? Die ihrigen ganz gewiß nicht. Bei ihren Frauen ist es ein bißchen anders: Sie kultivieren die Schönheit von Kindheit an und mögen durch sorgfältige Pflege und andauernde Übung einen gewissen Grad von Vortrefflichkeit in dem Punkt erreichen, genau wie orientalische Odalisken. Doch selbst diese Überlegenheit ist zweifelhaft. Vergleichen Sie die Gestalt in diesem Bild mit Mrs. Edward Crimsworth! Welche von beiden ist das schönere Wesen?«

Ich erwiderte ruhig: »Vergleichen Sie sich selbst mit Mr Edward Crimsworth, Mr Hunsden.«

»Oh, ich weiß, Crimsworth hat eine bessere Figur als ich; außerdem hat er eine gerade Nase, geschwungene Augenbrauen und all das. Aber diese Vorzüge – falls es Vorzüge sind – hat er nicht von seiner Mutter geerbt, der adeligen Dame, sondern von seinem Vater, dem alten Crimsworth, welcher, nach Auskunft *meines* Vaters, der für die Grafschaft -shire typischste Tuchfärber gewesen ist, der je Indigo in einen Bottich geschüttet hat; und obendrein war er noch der schönste Mann von allen drei Landkreisen. Sie sind es,

William, der der Aristokrat Ihrer Familie ist, und Sie sind nicht einmal annähernd ein so hübscher Bursche wie Ihr plebejischer Bruder.«

Da war etwas in Mr Hunsdens unverblümter Redeweise, das mir eher gefiel als mißfiel, weil es mich in einen Zustand innerer Ruhe versetzte. Ich führte die Unterhaltung mit einigem Interesse fort.

»Woher kommt es, daß Sie wissen, daß ich Mr Crimsworths Bruder bin? Ich dachte, daß Sie und alle anderen mich für nichts weiter als einen armseligen Angestellten halten.«

»Nun ja, das tun wir auch; und was sind Sie denn anders, als ein armseliger Angestellter? Sie machen Crimsworths Arbeit, und er entlohnt Sie dafür – zudem noch recht schäbig.«

Ich schwieg. Zwar grenzte Hunsdens Sprache nun ans Unverschämte, doch kränkte mich seine Art nicht im geringsten; sie weckte nur meine Neugierde. Ich wünschte mir, er möge fortfahren, was er nach einer Weile auch tat.

»Diese Welt ist eine absurde«, sagte er.

»Wie das, Mr Hunsden?«

»Ich bin erstaunt, daß Sie das fragen: Sie sind doch selbst ein klarer Beweis für die Absurdität, die ich erwähnte.«

Ich beschloß bei mir, er solle aus eigenem Antrieb und ohne daß ich ihn dazu drängte erklären, was er meinte, und so nahm ich mein Schweigen wieder auf.

»Ist es Ihre Absicht, Kaufmann zu werden?« fragte er sogleich.

»Das war vor drei Monaten meine aufrichtige Absicht.«

»Ph! Was sind Sie doch für ein Narr! Genauso sehen Sie aus, wie ein Kaufmann! Das sieht man schon an Ihrem geschäftstüchtigen und kaufmännischen Gesicht!«[1]

»Mein Gesicht ist so, wie es der Herr gemacht hat, Mr Hunsden.«

»Der Herr hat weder Ihr Gesicht noch Ihren Kopf für diesen Ort hier gemacht. Ihre Physiognomie verrät Idealismus, Argumentationsfähigkeit, Eigendünkel, Gewissenhaftigkeit – was wollen Sie mit alldem hier? Aber wenn Ihnen Bigben Close gefällt, dann bleiben Sie; das ist Ihre Angelegenheit, nicht meine.«

»Vielleicht habe ich keine andere Wahl.«

»Na schön, was kümmert's mich; mir ist das absolut gleichgültig, was Sie machen oder wohin Sie gehen. Aber jetzt ist mir kalt, ich will wieder tanzen; und da drüben auf der Sofaecke sehe ich ein so schönes Mädchen bei ihrer Mama sitzen; wäre doch gelacht, wenn ich sie nicht auf der Stelle als Tanzpartnerin kriegen würde. Da ist Waddy – Sam Waddy geht zu ihr hin; und wie ich den ausstechen werde!«

Und Mr Hunsden schritt davon. Ich beobachtete ihn durch die geöffneten Falttüren. Er überholte Waddy, bat das schöne Mädchen um den Tanz und führte sie im Triumph davon. Sie war eine große, gutgewachsene, elegant gekleidete junge Frau mit voll entwickelten Formen, etwa so wie Mrs. E. Crimsworth. Hunsden wirbelte sie mit Elan durch den Walzer. Für den ganzen Rest des Abends blieb er an ihrer Seite, und aus ihrer munteren und zufriedenen Miene las ich, daß es ihm gelang, bei ihr einen angenehmen Eindruck zu hinterlassen. Auch die Mama (eine stämmige Person namens Mrs. Lupton, mit einer turbanähnlichen Kopfbedeckung) sah zufrieden und erfreut aus; vermutlich schmeichelten prophetische Visionen ihrem inneren Auge. Die Hunsdens stammten aus einem alten Geschlecht; und so verächtlich sich Yorke (dies war der Name meines Gesprächspartners von vorhin) gegenüber den Vorzügen edler Abstammung auch äußerte, so wußte er doch insgeheim um den Rang, der ihm von einem alten, wenn auch nicht sehr vornehmen Stammbaum verliehen wurde, und er genoß ihn an einem Ort wie X-, wo die Emporkömmlinge wie Pilze aus dem Boden schossen und wo eine Redensart besagte, daß von den Einwohnern nicht einmal einer von tausend seinen eigenen Großvater kannte. Darüber hinaus waren die einstmals reichen Hunsdens immer noch unabhängig, und Berichten zufolge berechtigten Yorkes geschäftliche Erfolge zu der Hoffnung, daß es ihm gelingen würde, das teilweise zerrüttete Vermögen des Hauses Hunsden wieder zu Blüte und Wohlstand zu bringen. Unter Berücksichtigung solcher Umstände hatte Mrs. Lupton allen Grund, in ihrem offenen Gesicht eine Miene der Selbstzufriedenheit zur Schau zu tragen, während sie beobachtete, wie der Erbe von Hunsden Wood dabei war, ihrer geliebten Sarah Martha heftig den Hof zu machen. Ich konnte jedoch, aus der Distanz der Gelassenheit, das tatsächliche Geschehen vermutlich richtiger einschätzen, und ich erkannte bald, daß es eigentlich nur unzulängliche Gründe für eine Mutter gab, sich selbst zu beglückwünschen; mir kam es so vor, als sei der Gentleman mehr darauf bedacht, Eindruck zu machen als Eindrücke aufzunehmen. Ich weiß nicht, was Mr Hunsden an sich hatte, daß er, während ich ihn beobachtete (ich hatte nichts Besseres zu tun), in mir hin und wieder die Vorstellung von einem Ausländer hervorrief. Gestalt und Gesicht hätten ausgesprochen englisch sein können, obgleich man auch dort einen leichten Stich ins Französische erkennen konnte; aber ihm fehlte die englische Zurückhaltung: Irgendwo und irgendwie hatte er die Kunst gelernt, sich völlig ungezwungen zu geben und keine insulare Schüchternheit als Barriere zwischen sich und seinen Vorstellungen von einem angenehmen und vergnüglichen Leben zuzulassen. Kultiviertheit war es nicht, wonach er strebte, aber vulgär konnte man ihn auch nicht nennen; er war nicht seltsam – kein

Kauz –, doch ähnelte er niemandem, den ich jemals zuvor getroffen hatte; sein gesamtes Verhalten vermittelte einen vollständigen, souveränen Einklang mit sich selbst. Gelegentlich aber überzog ein undefinierbarer Schatten seine Miene wie eine Verfinsterung, was mir wie ein Anzeichen für plötzliche und starke Zweifel an sich selbst, den eigenen Worten und Taten vorkam, – wie eine bohrende Unzufriedenheit gegenüber seinem Leben oder seiner sozialen Stellung, gegenüber seinen Zukunftsaussichten oder seinen geistigen Fähigkeiten; ich weiß nicht, was zutrifft. Vielleicht war alles nur eine grillenhafte Laune.

4. KAPITEL

Kein Mann gesteht gerne ein, daß er in der Wahl seines Berufes einen Fehler gemacht hat, und jeder Mann, der diese Bezeichnung verdient, wird lange gegen Wind und Flut anrudern, ehe er sich den Aufschrei gestattet: »Ich kann nicht mehr weiter!« und sich kraftlos zurück an Land treiben läßt. Schon seit meiner ersten Woche in X- hatte ich meine berufliche Tätigkeit als verdrießlich empfunden. Die Arbeit selbst, das Abschreiben und Übersetzen von Geschäftsbriefen, war trocken und langweilig genug, aber wenn es nur das gewesen wäre, hätte ich die Last ertragen können. Ich bin von Natur aus nicht ungeduldig, und beseelt von dem zweifachen Wunsch, meinen Lebensunterhalt zu verdienen und mir selbst und andern gegenüber meine Entscheidung, Kaufmann zu werden, zu rechtfertigen, hätte ich es schweigend hingenommen, wie meine besten Fähigkeiten verrosteten und verkümmerten; ich hätte es nicht einmal leise geflüstert, auch nicht innerlich, daß ich mich nach Freiheit sehnte; ich hätte jeden Seufzer aus meinem Herzen weggesperrt, mit dem vielleicht meine Seele ihre Not in der Enge, dem Rauch, der Monotonie und dem freudlosen Lärm von Bigben Close und ihr lechzendes Verlangen nach einer freieren und frischeren Umgebung mitzuteilen gewagt hätte; ich hätte das Götzenbild der Pflichterfüllung und den Fetisch der Beharrlichkeit in meiner kleinen Schlafkammer in der Unterkunft von Mrs. King aufgestellt, und diese beiden wären die Götter meines Haushalts geworden, von denen mich meine über alles geliebte und insgeheim gepflegte Phantasie, die Zarte und Machtvolle, niemals, weder durch Sanftheit noch durch Stärke, hätte entfremden dürfen. Aber all dies geschah nicht. Die Antipathie, die zwischen mir und meinem Arbeitgeber erwachsen war und die mit jedem Tag tiefere Wurzeln schlug und düsterere Schatten verbreitete, schloß mich von jedem noch so flüchtigen Sonnenstrahl des Lebens aus; und ich begann, mich wie eine Pflanze zu fühlen, die in der feuchten Dunkelheit eines Brunnens aus der glitschigen Mauer wächst.

Antipathie ist das einzige Wort, das das Gefühl ausdrücken kann, das Edward Crimsworth mir gegenüber hatte – ein großenteils spontanes Gefühl, das mit Leichtigkeit durch jede, auch die unbedeutendste Bewegung von mir, durch jeden Blick, durch jedes Wort ausgelöst werden konnte. Mein südenglischer Akzent ärgerte ihn; meine gute schulische Erziehung, die sich in meiner Redeweise niederschlug, reizte ihn; meine Pünktlichkeit, Akkuratesse und mein Fleiß verfestigten seine Abneigung und verliehen ihr das starke Aroma und den bitteren Beigeschmack von Mißgunst; er befürchtete, ich könnte eines Tages gleichfalls ein erfolgreicher Geschäftsmann werden. Wäre ich ihm in irgendeiner Hinsicht unterlegen gewesen, hätte er mich nicht so von Grund auf gehaßt; aber all das, was *er* konnte, konnte ich auch, und was noch schlimmer war: Er argwöhnte, daß ich das Reich innerer, geistiger Werte, an dem er keinen Anteil hatte, mit dem Schloß des Schweigens vor ihm versperrte. Hätte er mich nur ein einziges Mal in eine lächerliche oder demütigende Position bringen können, hätte er mir vieles verziehen, aber ich wurde von drei meiner Fähigkeiten beschützt: Vorsicht, Takt, Beobachtungsgabe; und Edwards rastlos nach Beute Ausschau haltende Boshaftigkeit konnte nie die Luchsaugen dieser meiner naturgegebenen Wächter täuschen. Tag für Tag belauerte seine Heimtücke mein Taktgefühl, in der Hoffnung, es würde einschlafen, so daß er es schlangengleich im Schlummer überwältigen konnte; doch Taktgefühl, wenn es echt ist, schläft niemals.

Ich hatte gerade mein erstes Vierteljahresgehalt bekommen und war auf dem Heimweg zu meiner Unterkunft, Herz und Gemüt voll der angenehmen Empfindung, daß mein Dienstherr, der mir mein Geld gegeben hatte, mir jeden einzelnen Penny dieses Hungerlohns mißgönnte. (Ich hatte schon seit langem aufgehört, Mr Crimsworth als meinen Bruder zu betrachten; er war ein harter Leuteschinder; er wollte der unbeugsame Tyrann sein – mehr war er auch nicht für mich). Gedanken, nicht mannigfaltiger, sondern nachhaltiger Art, beschäftigten mich. Zwei Stimmen sprachen in meinem Innern. Wieder und wieder formulierten sie die gleichen, monotonen Sätze. Die eine sagte: »William, dein Leben ist unerträglich.« Die andere: »Was kannst du tun, um es zu ändern?« Ich ging schnell, denn es war eine kalte, frostige Januarnacht. Als ich mich meiner Unterkunft näherte, wandte ich mich von einer allgemeinen Betrachtung meiner Lage der besonderen Überlegung zu, ob mein Feuer wohl ausgegangen sein würde; und als ich zum Fenster meines Wohnzimmers blickte, sah ich keinerlei aufmunterndes rotes Glühen.

»Diese Schlampe von einer Dienstmagd hat sich wie üblich nicht darum gekümmert«, sagte ich, »und ich werde lediglich die graue Asche sehen, wenn ich hineingehe. Es ist eine schöne, sternklare Nacht, ich gehe noch etwas spazieren.«

Es *war* eine schöne Nacht, und die Straßen waren trocken und, für die Verhältnisse in X-, sogar sauber. Beim Turm der Pfarrkirche konnte man die Sichel des Halbmonds sehen, und Hunderte von Sternen glänzten und funkelten an allen Enden des Himmels.

Unbewußt lenkte ich meine Schritte aus der Stadt hinaus aufs Land. Ich war in die Grove Street gelangt und begann, ein angenehmes Gefühl zu verspüren, als ich verschwommen die Bäume am Stadtrand wahrnahm, die ein Haus einschlossen. Gerade als ich schnellen Schrittes vorbeiging, sprach mich plötzlich eine Person an, die über dem Eisentor von einem der kleinen Gärten lehnte, welche den hübschen Wohnhäusern in dieser Straße vorgelegen sind.

»Was zum Teufel soll die Eile? So etwas muß Lot Sodom verlassen haben, als er glaubte, Feuer und flüssiges Eisen würden auf die Stadt regnen.«

Ich verhielt kurz und sah zu dem Sprecher hin. Ich roch den Duft und sah die rote Glut einer Zigarre, auch den dunklen Umriß eines Mannes, der sich über das Pförtchen zu mir her beugte.

»Sie sehen, ich meditiere wie Isaak auf dem Feld zur Abendzeit«, fuhr der Schemen fort. »Eine, weiß Gott, unerquickliche Arbeit! Zumal das Schicksal mir anstelle von Rebecca auf einem Kamelhöcker, mit Geschmeide um den Armen und einem Ring in der Nase, lediglich einen Büroschreiber in einem grauen Tweed-Umhang schickt.«

Die Stimme war mir vertraut; die zweite Äußerung ermöglichte es mir, die Identität des Sprechers zu erfassen.

»Mr Hunsden! Guten Abend.«

»Guten Abend, in der Tat! Doch Sie wären an mir vorbei gegangen, ohne mich zu kennen, wenn ich nicht so höflich gewesen wäre, Sie als erster anzusprechen.«

»Ich habe Sie nicht erkannt.«

»Eine famose Entschuldigung! Sie hätten mich erkennen müssen! Ich habe Sie erkannt, obgleich Sie wie eine Dampfmaschine ausgeschritten sind. Ist die Polizei hinter Ihnen her?«

»Das wäre der Mühe nicht wert; ich bin viel zu unbedeutend, um ihre Aufmerksamkeit auf mich zu ziehen.«

»Oh weh, armer Schafhirte! Weh und Ach über diesen Tag! Welch ein Anlaß des Bedauerns, und wie niedergeschlagen müßt Ihr sein, dem Klang Euerer Stimme nach zu urteilen! Aber wenn Sie nicht vor der Polizei davonrennen, vor wem rennen Sie dann davon? Vor dem Teufel?«

»Im Gegenteil, ich bin auf dem Weg zu ihm.«

»So ist's recht. Sie kommen gerade im richtigen Augenblick: Heute ist Dienstag abend. Dutzende von Marktgigs und Karren fahren heute abend nach Dinneford zurück, und er, oder ein paar von den Seinigen, sitzen üblicherweise überall mit drin. Wenn Sie also eintreten und sich eine halbe Stunde in meinen Junggesellensalon setzen wollen, können Sie ihn ohne Schwierigkeiten erwischen, wenn er vorbeikommt. Dennoch glaube ich, Sie ließen ihn heute abend besser allein, denn er wird viele Kunden zu bedienen haben. Dienstag ist sein Hauptarbeitstag in X- und Dinneford. Auf alle Fälle, kommen Sie doch herein.«

Er öffnete schwungvoll die Gartentür, während er sprach.

»Möchten Sie wirklich, daß ich hereinkomme?« fragte ich.

»Wie es Ihnen beliebt – ich bin allein. Ihre Gesellschaft

für eine oder zwei Stunden wäre mir angenehm. Aber sollten Sie es vorziehen, mir nicht so weit entgegenzukommen, dann werde ich nicht darauf bestehen. Ich hasse es, andere Menschen zu langweilen.«

Mir gefiel es genauso, die Einladung anzunehmen, wie es Hunsden gefiel, sie auszusprechen. Ich schritt durch das Tor und folgte ihm zur Haustür, die er aufmachte; von dort durchquerten wir einen Flur und betraten seinen Salon. Die Tür wurde geschlossen, und er bedeutete mir mit einem Armzeichen, mich in einen Sessel beim Kamin zu setzen. Ich setzte mich und sah mich um.

Es war ein Raum mit angenehmer Atmosphäre, gleichzeitig behaglich und schön. In dem lichten Kamin brannte ein für diese Grafschaft typisches Feuer, rot, hell und großzügig, keines jener knausrigen Südengland-Feuerchen, die aus einem bißchen aufgehäufter Holzkohlenglut in einer Ecke des Kaminrosts bestehen. Auf dem Tisch verbreitete eine beschirmte Lampe ein weiches, angenehmes und gleichmäßiges Licht. Das Mobiliar war nahezu luxuriös für einen noch jugendlichen Junggesellen, und es bestand aus einer Couch und zwei sehr bequemen Sesseln; beiderseits des Kaminsimses wurden die Aussparungen in der Wand durch Bücherregale gefüllt; sie waren gut bestückt und makellos geordnet. Die schlichte Eleganz des Zimmers kam meinem Geschmack entgegen; ich hasse Unordentlichkeit und Schlampigkeit. Aus dem, was ich sah, schloß ich, daß Hunsdens Vorstellungen in diesen Punkten mit den meinigen übereinstimmten. Während er einige Broschüren und Zeitschriften vom großen Tisch aufs Sideboard trug, ließ ich meinen Blick über die Bücher in dem Regal schweifen, das mir am nächsten war. Französische und deutsche Werke dominierten: die alten französischen Dramatiker, diverse moderne Autoren, Thiers, Villemain, Paul de Kock,

George Sand, Eugène Sue; auf deutsch: Goethe, Schiller, Zschokke, Jean Paul Richter; auf englisch gab es Werke über politische Ökonomie. Ich stellte keine weiteren Untersuchungen an, denn Mr Hunsden selbst rief meine Aufmerksamkeit zurück.

»Sie sollen etwas zu trinken haben«, sagte er, »denn eigentlich müßte Ihnen der Sinn nach einer Erfrischung stehen, nachdem Sie wer weiß wie weit in solch einer kanadischen Nacht gewandert sind; aber es wird nicht Brandy mit Wasser sein, und es wird keine Flasche Port sein, noch eine solche mit Sherry. Ich führe keine derartigen Gifte. Ich habe Rheinwein für meinen eigenen Bedarf, und Sie mögen wählen zwischen diesem und Kaffee.«

Auch hierin kam Hunsden meinem Geschmack entgegen: Wenn es eine allgemein akzeptierte Sitte gab, die ich mehr als alle anderen verabscheute, dann war es das gewohnheitsmäßige Zusichnehmen von geistigen Getränken und starken Weinen. Ich hatte jedoch keinerlei Gelüste nach seinem saueren deutschen Nektar, aber ich mochte Kaffee, und so erwiderte ich:

»Geben Sie mir Kaffee, Mr Hunsden.«

Ich bemerkte, daß ihm meine Antwort gefiel; er hatte zweifellos erwartet, daß seine rigorose Ankündigung, mir weder starke Weine noch geistige Getränke anzubieten, eine ernüchternde Wirkung auf mich haben würde. Er warf nur einen forschenden Blick auf mein Gesicht, um sich zu vergewissern, ob meine Herzlichkeit echt war oder nur vorgetäuschte Höflichkeit. Ich lächelte, weil ich ihn vollkommen verstand; und während ich seine moralische Standfestigkeit zu würdigen wußte, war ich doch gleichzeitig über sein Mißtrauen amüsiert. Er schien befriedigt zu sein, läutete die Glocke und bestellte Kaffee, der augenblicklich hereingebracht wurde. Ihm selbst genügten einige Weintrauben und ein Glas mit etwas Sauerem darin. Mein Kaffee war ausgezeichnet; ich sagte es ihm und gab mein schauderndes Mitgefühl kund, zu dem mich sein mönchisches Mal inspirierte. Er antwortete nicht und hatte meine Bemerkung wohl auch nicht gehört. In diesem Augenblick hatte eine jener Verdüsterungen, die ich zuvor erwähnte, sein Gesicht überzogen, sein Lächeln ausgelöscht und den üblichen wachen, neckischen Glanz seiner Augen durch einen geistesabwesenden und befremdeten Blick ersetzt. Ich verwandte die Pause des Schweigens für eine rasche Erkundung seiner Physiognomie. Ich hatte ihn noch nie zuvor genau betrachtet, und da ich kurzsichtig bin, hatte ich nur eine vage, sehr allgemeine Vorstellung von seiner Erscheinung gewonnen. Jetzt war ich überrascht, bei näherer Beobachtung zu bemerken, wie fein, fast feminin seine Gesichtszüge waren. Seine große Gestalt, die langen und dunklen Locken, seine Stimme und sein Verhalten allgemein hatten mich mit der Vorstellung von etwas Kraftvollem und Massivem beeindruckt. Nichts von alldem. Meine eigenen Züge waren aus einem viel gröberen und vierschrötigeren Holz geschnitzt als die seinen. Ich erkannte, daß zwischen dem inneren und dem äußeren Menschen ein Gegensatz bestehen mußte; auch Spannungen mußte es geben; denn ich vermutete, daß sein Geist ein Mehrfaches an Willenskraft und Ehrgeiz hatte als sein Körper an Muskeln und Fasern. Vielleicht lag in dieser Unvereinbarkeit von körperlicher Beschaffenheit und seelischer Grundstimmung das Geheimnis dieser sprunghaften Stimmungswechsel zum Düsteren. Er *wollte*, aber er *konnte* nicht, und der athletische Geist blickte mit finsterer Verachtung auf seinen eher gebrechlichen Kompagnon herab. Was sein gutes Aussehen anging, so hätte ich gerne die Meinung einer Frau zu diesem Punkt gehört. Es schien mir, daß sein Gesicht auf eine Frau die gleiche Wirkung ausüben könnte wie ein sehr apartes und interessantes, jedoch kaum hübsch zu nennendes weibliches Gesicht auf einen Mann. Ich habe seine dunklen Locken erwähnt; sie waren über einer weißen und ausreichend gewölbten Stirn seitwärts gebürstet. Seine Wangen waren von einer eher hektischen Frische. Seine Gesichtszüge wären auf Leinwand vermutlich gut zur Geltung gekommen, in Marmor jedoch mittelmäßig: sie waren plastisch. Persönlichkeit und Charakter hatten jeden einzelnen geprägt, doch Äußerungen des Gefühls veränderten sie nach Belieben, prägten sie neu und schmiedeten merkwürdige Metamorphosen. Bald verliehen sie ihm den Ausdruck eines mürrischen Stiers, bald den eines schalkhaften und nichtsnutzigen Mädchens. Meistens vermischten sich beide Erscheinungsformen und schufen eine seltsame, uneinheitliche Miene.

Aus seinem Schweigen auftauchend, begann er:

»William! Was sind Sie doch für ein Narr, daß Sie in dem trostlosen Quartier von Mrs. King wohnen, wo Sie sich eine Wohnung hier in Grove Street nehmen und einen Garten haben könnten, so wie ich!«

»Ich wäre zu weit von der Fabrik entfernt.«

»Was soll denn das? Es würde Ihnen guttun, zwei- oder dreimal täglich zu Fuß dorthin zu gehen und wieder zurück. Und außerdem: Sind Sie schon ein solches Fossil geworden, daß Sie sich nie wünschen, eine Blume oder ein grünes Blatt zu sehen?«

»Ich bin kein Fossil.«

»Was sind Sie dann? Tag für Tag und Woche für Woche sitzen Sie an diesem Schreibtisch in Crimsworths Büro und kritzeln mit einem Federhalter auf Papier wie ein Automat. Nie stehen Sie auf; nie sagen Sie, daß Sie müde sind; nie bitten Sie um Urlaub; nie gönnen Sie sich Abwechslung oder Entspannung. Sie genehmigen sich nicht die Ausschweifung eines Abends, noch pflegen Sie wilden Umgang oder frönen starken Getränken.«

»Tun Sie das, Mr Hunsden?«

»Glauben Sie nicht, mich mit kurzen Fragen verwirren zu können. Ihr Fall und der meine sind diametral verschieden, und es ist Unsinn, den Versuch zu unternehmen, Parallelen zu ziehen. Ich sage, daß ein Mann, der geduldig erträgt, was eigentlich unerträglich sein sollte, ein Fossil ist.«

»Woher erwerben Sie das Wissen um meine Geduld?«

»Ja, lieber Mann, glauben Sie denn, Sie sind ein Geheimnis? Neulich abends schienen Sie überrascht über meine Kenntnis, welcher Familie Sie zugehören; jetzt finden Sie Anlaß zum Erstaunen, weil ich Sie geduldig nenne. Was, glauben Sie, mache ich mit meinen Augen und Ohren? Ich war mehr als einmal in Ihrem Büro, wenn Crimsworth Sie wie einen Hund behandelt hat; rief nach einem Buch, beispielsweise, und wenn Sie ihm das falsche gaben, oder was er als das falsche zu bezeichnen beliebte, schleuderte er es Ihnen fast ins Gesicht; begehrte von Ihnen, die Türe zu öffnen oder zu schließen, als seien Sie sein Lakai; ganz zu schweigen von Ihrer Rolle bei der Party vor etwa einem Monat, wo Sie weder Sitzplatz noch Partnerin hatten, sondern sich herumtrieben wie ein armer, schäbiger Schmarotzer. Und wie Sie geduldig waren, in jedem einzelnen Fall ohne Ausnahme!«

»Schön, Mr Hunsden, und was nun?«

»Ich kann Ihnen kaum sagen, was nun. Die zu ziehende Schlußfolgerung, Ihren Charakter betreffend, hängt von der Natur der Motive ab, die Ihr Verhalten bestimmen. Wenn Sie so geduldig sind, weil Sie hoffen, schließlich etwas aus Crimsworth herauszuholen, ungeachtet seiner Tyrannei, oder vielleicht mit ihrer Hilfe, dann sind Sie das, was die Welt einen korrupten Mietling nennt, oder vielleicht auch ein sehr kluger Bursche. Wenn Sie so geduldig sind, weil Sie es für Ihre Pflicht halten, der Beleidigung mit Unterwürfigkeit zu begegnen, dann sind Sie ein absoluter Einfaltspinsel und keinen Schuß Pulver wert. Wenn Sie so geduldig sind, weil Sie von Natur aus phlegmatisch, langweilig und nicht erregbar sind und sich nicht zum Widerstand aufraffen können, tja, dann hat Gott Sie geschaffen, damit Sie zerquetscht werden, und dann legen Sie sich um Himmels willen auf die Erde, legen Sie sich flach hin und lassen Sie sich schön von Juggernaut überrollen.«

Mr Hunsdens Beredsamkeit war nicht, wie man bemerkt haben wird, von der glatten und öligen Sorte. Seine Art zu sprechen mißfiel mir sehr. Mir schien, als würde ich in ihm einen jener Charaktere wiedererkennen, die zwar selbst zur Genüge sensibel sind, gegenüber der Sensibilität anderer jedoch von egoistischer Unbarmherzigkeit. Darüber hinaus war er, obschon er weder wie Crimsworth noch wie Lord Tynedale war, doch ätzend und, wie ich argwöhnte, auf seine Art anmaßend: Da lag ein despotischer Ton in der Nachdrücklichkeit genau jener Vorwürfe, mit denen er den Unterdrückten zur Rebellion gegen den Unterdrücker aufzustacheln gedachte. Ich fixierte ihn noch starrer, als ich es bisher getan hatte, und sah in seinem Blick und seinem Gesichtsausdruck die Entschlossenheit geschrieben, sich selbst eine so uneingeschränkte Freiheit herauszunehmen, daß diese wahrscheinlich des öfteren den rechtmäßigen Freiraum seiner Mitmenschen beeinträchtigen würde. Ich überging diese Gedanken schnell und lachte ein leises und unfreiwilliges Lachen, wozu mich der Anflug einer Einsicht in die Inkonsequenz des Menschen veranlaßte. Es war so, wie ich dachte: Hunsden hatte erwartet, daß ich seine unrichtigen und beleidigenden Mutmaßungen, seinen bitteren und hochmütigen Spott mit Ruhe entgegennahm; aber er selbst ärgerte sich über ein Lachen, das kaum lauter als ein Flüstern war.

Seine Stirn verfinsterte sich, seine engen Nasenlöcher weiteten sich etwas.

»Ja«, begann er, »ich sagte Ihnen, Sie seien ein Aristokrat, und wer, wenn nicht ein Aristokrat, würde ein solches Lachen wie dieses lachen und so dreinblicken, wie Sie das tun? Ein Lachen kalten Hohns, ein Blick träger Auflehnung; Ironie des Gentlemans, Ressentiment des Patriziers. Was hätten Sie für einen Adeligen abgegeben, William Crimsworth! Sie sind dafür wie geschaffen. Schade, daß Fortuna die Natur vereitelte! Man beachte die Gesichtszüge, die Figur, selbst die Hände: nichts als Vornehmheit, gräßliche Vornehmheit! Ja, wenn Sie nur ein Gut und einen Herrensitz hätten, und einen Park, und einen Titel: Wie könnten Sie sich da der Exklusivität hingeben, die Rechte Ihrer Klasse wahren, Ihren Pächtern respektvolle Formen im Umgang mit dem Adel beibringen, sich auf Schritt und Tritt der zunehmenden Macht des Volkes entgegenstemmen, die verfaulte Ordnung Ihrer Klasse hochhalten und um ihretwillen bereit sein, knietief im Blut des Pöbels zu waten! Aber so wie es nun mal ist, haben Sie keine Macht. Sie können gar nichts tun. Sie sind ein Wrack, das an den Gestaden des Kommerzes gestrandet ist, zum Konflikt mit Männern der Tat gezwungen, mit denen Sie nicht mithalten können, denn *aus Ihnen wird nie ein Geschäftsmann werden.*«

Der erste Teil von Hunsdens Rede berührte mich überhaupt nicht, oder, falls er das tat, doch nur, um mich darüber zu wundern, wie sehr Voreingenommenheit seine Beurteilung meines Charakters ins Gegenteil verkehrt hatte. Der abschließende Satz jedoch berührte mich nicht nur, er erschütterte mich. Der Schlag, den er austeilte, war ein gravierender, denn es war die Wahrheit, welche die Waffe führte. Wenn ich jetzt lächelte, dann nur aus Geringschätzung meiner selbst.

Hunsden sah seinen Vorteil; er stieß nach.

»Im Geschäftsleben werden Sie es nie zu etwas bringen«, fuhr er fort; »zu nichts weiter als zu der Kruste trockenen Brotes und dem Schluck klaren Wassers, von denen Sie jetzt leben. Ihre einzige Chance, zu einem Auskommen zu gelangen, liegt darin, daß Sie eine wohlhabende Witwe heiraten oder mit einer reichen Erbin durchbrennen.«

»Ich überlasse die Durchführung derartiger Winkelzüge jenen, die sie sich ausdenken«, sagte ich und erhob mich.

»Und sogar dies ist hoffnungslos«, fuhr er kühl fort. »Welche Witwe wollte Sie schon haben? Viel weniger noch, welche Erbin? Für die eine sind Sie nicht kühn und verwegen genug, für die andere zu wenig gutaussehend und attraktiv. Möglicherweise glauben Sie, Sie sehen intelligent und elegant aus. Tragen Sie Ihren Intellekt und Ihre Kultiviertheit zu Markte, und teilen Sie mir dann in einer vertraulichen Note mit, welcher Preis dafür geboten wird!«

Mr Hunsden hatte sich für den Abend eingestimmt. Die Saite, die er anschlug, war verstimmt, aber er würde keine andere zupfen. Der Disharmonien überdrüssig, von denen ich jeden Tag und den ganzen Tag über reichlich hatte, beschloß ich schließlich, daß Stille und Einsamkeit schriller Unterhaltung vorzuziehen seien. Ich entbat ihm eine gute Nacht.

»Was, Bursche! Ihr geht? Na dann, Gute Nacht. Ihr werdet die Tür wohl finden.« Und er blieb vor dem Feuer sitzen, während ich das Zimmer und das Haus verließ. Ich hatte bereits eine gute Strecke auf meinem Rückweg zu meiner Behausung hinter mich gebracht, ehe ich bemerkte, daß ich sehr schnell ging und schwer atmete und daß meine Nägel fast in den Flächen meiner geballten Hände steckten und daß ich die Zähne fest zusammenbiß. Nachdem ich diese Entdeckung gemacht hatte, entkrampfte ich Gangart, Fäuste und Kiefer, aber es gelang mir nicht so ohne weiteres, die Wogen der Trauer und des Schmerzes, die schnell meinen Kopf durchfluteten, zum Abebben zu bewegen. Warum machte ich aus mir einen Kaufmann? Warum habe ich heute abend Hunsdens Haus betreten? Warum muß ich mich morgen bei Tagesanbruch in Crimsworths Fabrik begeben? Die ganze Nacht hindurch stellte ich mir diese Fragen, und die ganze Nacht hindurch verlangte ich glühend eine Antwort von meiner Seele. Ich fand keinen Schlaf. Mein Kopf brannte, meine Füße froren. Schließlich läuteten die Fabrikglocken, und ich sprang aus dem Bett, wie die anderen Sklaven auch.

5. KAPITEL

Bei allem gibt es einen kritischen Punkt, bei jedem Gefühlszustand und in jeder Lebenslage. Ich wälzte diese Binsenwahrheit in meinem Kopf, während ich in der frostigen Dämmerung eines Januarmorgens die abschüssige und nunmehr vereiste Straße hinabeilte, die von Mrs. Kings Haus hinunter nach Bigben Close führte. Die Belegschaft der Fabrik war mir um beinahe eine Stunde voraus, und die Mühle war vollständig erleuchtet und in vollem Betrieb, als ich eintraf. Ich begab mich auf meinen Posten im Büro wie gewöhnlich. Das Feuer dort, gerade erst entzündet, rauchte nur. Steighton war noch nicht eingetroffen. Ich schloß die Tür und setzte mich an den Schreibtisch. Meine Hände, vor wenigen Minuten in halb gefrorenem Wasser gewaschen, waren noch immer taub. Ich konnte nicht schreiben, ehe sie nicht wieder zu Leben erwacht waren, und so überlegte ich weiter, und der Gegenstand meiner Überlegungen war immer noch der ›kritische Punkt‹. Unzufriedenheit mit mir selbst beeinträchtigte zunehmend den Verlauf meiner Meditationen.

»Jetzt komm, William Crimsworth«, sagte mein Gewissen – oder was auch immer das ist, was in uns ist und uns in die Pflicht nimmt – »komm und mache dir ein klares Bild von dem, was du haben willst oder was du nicht haben willst. Du redest vom kritischen Punkt – bitte sehr: Hat dein Stehvermögen bereits den kritischen Punkt erreicht? Es ist noch keine vier Monate alt. Was bist du dir doch wie ein fest entschlossener Bursche vorgekommen, als du Tynedale sagtest, du würdest in deines Vaters Fußstapfen treten, und was für ein hübsches Gestapfe das wohl werden wird! Wie gut dir doch X- gefällt! Wie doch genau in diesem Augenblick seine Straßen, seine Läden, seine Warenhäuser, seine Fabriken die angenehmsten Assoziationen in dir hervorrufen! Wie dich die Aussicht auf den vor dir liegenden Tag aufheitert! Briefe abschreiben bis Mittag, einsames Essen in deiner Behausung, Briefe abschreiben bis zum Abend, Einsamkeit; denn auch die Gesellschaft der Browns, Smiths, Nicholls und Eccles bereitet dir kein Vergnügen. Und was Hunsden angeht, so hast du dir vorgestellt, daß dir aus seiner Umgebung Angenehmes widerfahren würde, – hi! hi! Wie hat dir denn die Kostprobe von letzter Nacht geschmeckt? War sie süß? Dennoch ist er ein talentierter Mensch mit eigenen Ideen, und selbst er mag dich nicht. Deine Selbstachtung verbietet dir, ihn zu mögen. Er hat an dir immer nur das Negative gesehen; er wird an dir immer nur das Negative sehen. Eure Stellungen sind zu verschieden, und lägen sie auch auf gleicher Ebene, könnten sich euere Geister doch nicht aneinander anpassen. Hege folglich nie die Hoffnung, den Honig der Freundschaft aus dieser dornenbewehrten Pflanze zu gewinnen. Hoppla, Crimsworth! Wohin wenden sich deine Gedanken? Du läßt die Erinnerung an Hunsden hinter dir, wie eine Biene den Felsen, wie ein Vogel die Wüste, und dein Sehnen breitet leicht seine Flügel aus, hin zu einem Land der Wunschbilder, wo du es wagst, jetzt bei anbrechendem Tageslicht – bei dem Tageslicht von X- – von Geistesverwandtschaft, Muße und Harmonie zu träumen. Diese drei wirst du in dieser Welt niemals antreffen; sie sind Engel. Die Seelen der schon vollendeten Gerechten werden ihnen vielleicht im Himmel begegnen, aber deine Seele wird niemals vollendet sein. Es schlägt acht! Deine Hände sind aufgetaut – an die Arbeit!«

»Arbeit? Warum sollte ich arbeiten?« sagte ich mürrisch. »Ich kann nicht gefallen, obgleich ich wie ein Sklave schufte.« – »Arbeite! Arbeite!« wiederholte die innere Stimme. »Auch wenn ich arbeite, wird sich nichts ändern«, grollte ich; aber nichtsdestoweniger zog ich einen Packen Briefe heraus und begann mit der mir übertragenen Aufgabe, einer Aufgabe, so undankbar und bitter wie die jenes Israeliten aus dem Buch Exodus, der über die sonnenverbrannten Felder Ägyptens kroch, auf der Suche nach Strohhalmen und Getreidestoppeln, um damit seine tägliche Norm an Ziegeln zu fertigen.

Etwa um zehn Uhr hörte ich Mr Crimsworths Gig in den Hof biegen, und nach ein oder zwei Minuten betrat er das Büro. Es war seine Gewohnheit, einen Blick auf Steighton und mich zu werfen, seinen Regenmantel aufzuhängen, eine Minute mit dem Rücken zum Feuer zu stehen und dann hinaus zu gehen. Heute wich er nicht von seinen üblichen Gewohnheiten ab; der einzige Unterschied war der, daß seine Miene, anstatt nur hart zu sein, mißmutig war; sein Blick, anstatt kalt zu sein, wütend. Er studierte mich eine Minute oder zwei länger als sonst, ging aber schweigend hinaus.

Es wurde zwölf Uhr. Die Glocke läutete für eine Arbeitsunterbrechung; die Arbeiter der Belegschaft gingen zum Essen; Steighton ging ebenfalls und beauftragte mich, die Buchhaltung zuzusperren und den Schlüssel mitzunehmen. Ich band gerade ein Bündel Papiere zusammen und legte sie an ihren Platz, um anschließend meinen Schreibtisch abschließen zu können, als Crimsworth wieder unter der Tür erschien, eintrat und sie hinter sich schloß.

»Du wirst noch einen Augenblick hierbleiben«, sagte er mit tiefer, brutaler Stimme, während sich seine Nasenlöcher weiteten und seine Blicke unheilverkündendes Feuer versprühten.

Alleine mit Edward, erinnerte ich mich unserer verwandtschaftlichen Beziehung, und indem ich mich daran erinnerte, vergaß ich den Unterschied der Stellung. Ich schob Unterwürfigkeit und ausgesuchte Formen der Rede beiseite; ich antwortete mit schlichter Kürze.

»Es ist Zeit, nach Hause zu gehen«, sagte ich und drehte den Schlüssel im Schloß meines Schreibtisches herum.

»Du bleibst hier!« wiederholte er. »Und nimm die Hand von dem Schlüssel weg! Laß ihn stecken!«

»Warum?« fragte ich. »Welchen Grund gibt es, von meiner Routine abzuweichen?«

»Tu, was ich dir befehle«, war die Antwort, »und keine Fragen! Du bist mein Angestellter. Gehorche mir! Was hast du da gerade gemacht –?« Er machte in einem Atemzug so weiter, als eine abrupte Pause verriet, daß der Zorn für den Augenblick die Oberhand über die Artikulation gewonnen hatte.

»Du kannst nachsehen, wenn du es wissen willst«, entgegnete ich. »Da ist der offene Schreibtisch, da sind die Papiere.«

»Zum Teufel mit deiner Unverschämtheit! Was hast du da gerade gemacht?«

»Deine Arbeit, und ich habe sie gut gemacht.«

»Du Heuchler und Schwätzer! Du schmeichlerisches, scheinheiliges Schmierhorn!« (Dieser letzte Ausdruck ist, glaube ich, typisch für die Grafschaft -shire und bezieht sich auf das mit schwarzem, ranzigem Walöl gefüllte Horn, das man üblicherweise bei den Wagenrädern aufgehängt sieht und das benutzt wird, um dieselben zu schmieren).

»Komm, Edward Crimsworth, genug davon. Es ist an der Zeit, daß du und ich miteinander abrechnen. Ich habe meinem Dienst bei dir eine dreimonatige Probezeit gegeben, und er erscheint mir nun als die ekelhafteste Sklaverei unter der Sonne. Suche dir einen anderen Sekretär. Ich bleibe nicht länger.«

»Was! Du wagst es, mir zu kündigen? Dann warte wenigstens, bis du deinen Lohn bekommst.« Er nahm die schwere Kutscherpeitsche vom Haken, die neben seinem Regenmantel hing.

Ich erlaubte mir ein Lachen mit einer Spur Verachtung, die ich mich nicht zu verbergen bemühte. Sein Zorn kochte über, und nachdem er ein halbes Dutzend ordinärer, gotteslästerlicher Flüche ausgestoßen hatte, ohne es jedoch zu wagen, die Peitsche zu erheben, fuhr er fort:

»Ich habe dich durchschaut und kenne dich durch und durch, du gemeiner, jämmerlicher Speichellecker! Was hast du da in der ganzen Ortschaft über mich erzählt? Beantworte mir das!«

»Über dich? Ich verspüre nicht die geringste Lust, über dich zu sprechen.«

»Du lügst! Andauernd redest du über mich. Du hast es dir zur ständigen Angewohnheit gemacht, dich öffentlich über die Behandlung zu beklagen, die du durch mich erfährst. Du hast es weit und breit herumerzählt, daß ich dir einen niedrigen Lohn zahle und dich wie einen Hund umherstoße. Ich wünschte, du wärst ein Hund! Dann würde ich mich nicht von der Stelle rühren, bevor ich dir nicht mit dieser Peitsche den letzten Fetzen Fleisch von den Knochen geprügelt hätte, und noch in diesem Augenblick würde ich damit beginnen!‹

Er schwang sein Werkzeug. Das Ende des Lederriemens berührte gerade noch meine Stirn. Ein warmer, erregter Kitzel rann durch meine Adern. Mein Blut schien sich plötzlich zu stauen und raste danach schnell und heiß seine Bahnen entlang. Ich stand behend auf, ging um den Schreibtisch herum zu der Stelle, an der er stand und stellte mich vor ihn in.

»Nieder mit dieser Peitsche!« sagte ich, »und erkläre mir auf der Stelle, was du meinst.«

»Bürschchen! Mit wem sprichst du hier?«

»Mit dir. Ich glaube, sonst ist niemand da. Du sagst, ich hätte dich verleumdet, hätte mich über niedrigen Lohn und schlechte Behandlung beklagt. Nenne deine Gründe für diese Behauptungen.«

Crimsworth konnte nicht über den Dingen stehen, und als ich streng eine Erklärung verlangte, gab er mit lauter, keifender Stimme eine ab.

»Gründe! Die sollst du haben. Und dreh dich ins Licht, damit ich dein freches Gesicht sehe, wenn es sich von rot nach schwarz verfärbt, wenn du hörst, wie du als Lügner und Heuchler überführt wirst. Bei einer Bürgerversammlung im Rathaus hatte ich gestern das Vergnügen zu hören, wie mich der Redner, der in dem zur Debatte stehenden

Punkt mein Gegner war, beleidigte, indem er Anspielungen auf meine Privatangelegenheiten machte, mit Gewäsch über ›Ungeheuer ohne natürliche Zuneigungen‹, ›Familiendespoten‹ und dergleichen Dreck. Und als ich mich erhob, um zu antworten, ertönte ein Geschrei des schmutzigen Pöbels, wobei mich die Nennung deines Namens augenblicklich befähigte, die Ecke auszumachen, in der diese hinterhältige Attacke geboren wurde. Ich sah mich um und erblickte diesen heimtückischen Schurken Hunsden, der als Wortführer agierte. Vor einem Monat habe ich dich in vertrauter Unterhaltung mit Hunsden in meinem Haus ertappt, und ich weiß, daß du letzte Nacht in Hunsdens Wohnung warst. Leugne es, wenn du dich traust.«

»Oh, ich werde das nicht leugnen! Und wenn Hunsden die Leute aufgehetzt hat, um dich auszubuhen, dann war das ganz richtig. Du verdienst es, daß das Volk dich verwünscht, denn ein schlechterer Mensch, ein mitleidsloserer Herr, ein brutalerer Bruder als du hast selten existiert.«

»Bürschchen! Bürschchen!« wiederholte Crimsworth, und um seinen Ausruf zu unterstreichen, knallte er mit der Peitsche genau über meinem Kopf.

Eine Minute genügte, sie ihm zu entringen, in zwei Stükke zu brechen und unter den Kaminrost zu werfen. Er stürzte blindlings auf mich los. Ich wich aus und sagte:

»Rühr mich an, und ich bringe dich vor das nächstbeste Gericht.«

Menschen wie Crimsworth verlieren immer etwas von ihrer exorbitanten Überheblichkeit, wenn man ihnen fest und ruhig widersteht. Es lag nicht in seinem Interesse, vor Gericht gebracht zu werden, und ich vermute, er sah, daß ich meinte, was ich sagte. Nachdem er mich lange und seltsam angestarrt hatte, mal wie ein Stier, mal erstaunt, schien er sich zu bedenken, daß ihm letztendlich sein Geld eine ausreichende Überlegenheit gegenüber einem Bettler wie mir verschaffte und daß er eine sicherere und würdigere Möglichkeit der Rache zur Verfügung hatte als die doch etwas riskante der eigenhändigen Züchtigung.

»Nimm deinen Hut«, sagte er. »Nimm, was dir gehört, und geh zu dieser Tür hinaus! Geh dorthin zurück, wo du herkommst, du Hungerleider! Bettle, stehle, hungere, laß dich deportieren, mach, was du willst! Aber du riskierst Kopf und Kragen, wenn du dich noch einmal unter meine Augen wagst! Wenn ich je davon höre, daß du deinen Fuß auf einen Zentimeter Boden setzt, der mir gehört, dann kaufe ich mir einen Mann, der dich durchprügelt.«

»Es ist unwahrscheinlich, daß du dazu Gelegenheit haben wirst. Wenn ich erst einmal von deinem Grund und Boden herunter bin, was sollte mich dann in Versuchung bringen, wieder dorthin zurückzukehren? Ich verlasse ein Gefängnis; ich verlasse einen Tyrannen; ich verlasse etwas, das schlimmer ist als das Schlimmste, das ich noch vor mir haben könnte; also keine Angst vor meiner Wiederkehr.«

»Geh, oder ich mache dir Beine!« rief Crimsworth aus.

Ich ging gemächlich zu meinem Schreibtisch, entnahm das, was mein Eigentum war, steckte es in meine Tasche, verschloß den Schreibtisch und legte den Schlüssel obenauf.

»Was entfernst du da aus dem Schreibtisch?« verlangte der Fabrikbesitzer zu wissen. »Laß alles an seinem Ort zurück, oder ich werde einen Polizisten holen und dich durchsuchen lassen.«

»Dann sieh nur gründlich nach«, sagte ich und nahm meinen Hut von der Wand, zog meine Handschuhe an und ging geruhsam aus dem Büro – ging hinaus, um es nie wieder zu betreten.

Ich erinnere mich, daß ich, als die Fabrikglocke Mittag läutete und ehe Mr Crimsworth eintrat und die erwähnte Szene sich abspielte, einen recht erheblichen Appetit gehabt und etwas ungeduldig darauf gewartet hatte, das Signal zur Mittagspause zu hören. Ich vergaß ihn jedoch. Das Bild von Kartoffeln mit gebratenem Hammelfleisch wurde aus meinem Bewußtsein gelöscht durch den Aufruhr und den Tumult, welche der Vorgang der letzten halben Stunde dort erzeugt hatte. Ich wollte nichts, außer zu Fuß zu gehen, um dadurch die Tätigkeit meiner Muskeln in Einklang mit der Tätigkeit meiner Nerven zu bringen; und das tat ich auch, und ich ging schnell und weit. Was konnte ich auch sonst tun? Eine Last war mir von der Seele genommen. Ich fühlte mich leicht und befreit. Ich war von Bigben Close weggegangen, ohne mir selbst untreu zu werden, ohne daß meine Selbstachtung verletzt wurde. Ich hatte die Umstände nicht erzwungen; die Umstände hatten mich befreit. Das Leben stand wieder offen vor mir; sein Horizont war nicht länger von den hohen, schwarzen Mauern begrenzt, die Crimsworths Fabrik umgaben. Zwei Stunden waren verstrichen, ehe sich meine Empfindungen so weit besänftigt hatten, daß ich in Ruhe erkennen konnte, für welch weite und klare Perspektiven ich jene enge, rußige Umgebung eingetauscht hatte. Als ich endlich aufsah, siehe da!, lag genau vor mir Grovetown, eine Ortschaft mit Einfamilienhäusern, etwa fünf Meilen von X- entfernt. Wie ich dem Stand der bereits weit im Westen stehenden Sonne entnehmen konnte, näherte sich der kurze Wintertag schon seinem Ende. Ein kalter, frostiger Nebel stieg vom Fluß auf, an dem X- liegt und an dessen Ufer die Straße entlang führt, die ich eingeschlagen hatte. Er verwischte die Konturen auf der Erde, aber er ließ das klare, eisige Blau des Januarhimmels nicht verblassen. Weit und breit herrschte eine große Stille. Diese

Zeit des Tages war eine Zeit der Ruhe, da die Menschen zumeist in ihren Häusern beschäftigt waren und die Stunde der abendlichen Entlassung aus den Fabriken noch nicht gekommen war. Lediglich der Laut des munter dahineilenden Wassers durchdrang die Luft, denn der Fluß war tief und reichlich gefüllt, angeschwollen von der Schmelze eines späten Schneefalls. Ich blieb eine Weile stehen und beugte mich über eine Mauer; und während ich hinab auf die Strömung sah, beobachtete ich den schnellen Fortgang der Wellen. Ich befahl meinem Gedächtnis, einen genauen und dauerhaften Eindruck des Bildes aufzunehmen und ihn für zukünftige Jahre zu bewahren. Die Kirchenglocke von Grovetown schlug vier. Ich sah auf und erblickte das letzte Licht der Sonne dieses Tages, rotglänzend durch die blattlosen Zweige einiger alter Eichen, die die Kirche einsäumten, und ihr Licht verlieh dem Bild die Farben und Zeichnungen, die ich mir wünschte. Ich verhielt noch einen Augenblick, bis der liebliche, bedächtige Klang der Glocke vollständig in der Luft verklungen war. Dann, als Ohr, Auge und Gefühl zufriedengestellt waren, verließ ich die Mauer und wandte einmal mehr mein Gesicht Richtung X-.

6. KAPITEL

Ich betrat die Stadt als hungriger Mensch. Das Mittagessen, das ich vergessen hatte, kehrte verführerisch in meine Erinnerung zurück, und schnellen Schrittes und mit deutlichem Appetit ging ich die schmale Straße hinauf, die zu meiner Wohnung führte. Es war dunkel, als ich die Vordertür öffnete und ins Haus trat. Ich fragte mich, was wohl mein Feuer machen würde; der Abend war kalt, und mir schauderte bei der Aussicht auf eine Feuerstelle voll funkenloser Asche. Zu meiner freudigen Überraschung fand ich beim Eintritt in mein Wohnzimmer einen sauberen Kamin und ein schönes Feuer vor. Ich hatte dieses Phänomen noch kaum wahrgenommen, als ich eines anderen Anlasses zur Verwunderung gewahr wurde. Der Sessel neben dem Kamin, den ich sonst immer benutzte, war bereits belegt. Eine Person saß darin mit über der Brust gekreuzten Armen und auf den Vorleger ausgestreckten Beinen. Kurzsichtig, wie ich bin, zweifelhaft, wie der Schein des Feuers war, bedurfte es eines Augenblicks der genaueren Prüfung, ehe ich in der Lage war, in dieser Person meinen Bekannten, Mr Hunsden, zu erkennen. Ich konnte selbstredend nicht sehr erfreut sein, ihn zu sehen, in Anbetracht der Art und Weise, in der ich ihn am Abend zuvor verlassen hatte, und während ich zum Kamin ging, das Feuer aufstocherte und kühl »Guten Abend« sagte, bekundete mein Verhalten genauso wenig Herzlichkeit, wie ich empfand. Dennoch überlegte ich, was ihn wohl hierher geführt hatte; und ich überlegte gleichfalls, welche Beweggründe ihn dazu gebracht hatten, sich so aktiv zwischen mich und Edward zu drängen. Ihm, so schien es, hatte ich meine willkommene Entlassung zu verdanken. Dennoch konnte ich mich nicht überwinden, ihm Fragen zu stellen oder ungeduldige Neugierde zu zeigen. Sollte es ihm belieben, eine Erklärung abzugeben, würde ich ihn nicht hindern, aber sie sollte völlig freiwillig von seiner Seite aus erfolgen. Ich war der Meinung, daß er das Thema anschneiden würde.

»Sie sind mir gegenüber zu einer Dankesschuld verpflichtet«, waren die ersten Worte.

»Bin ich das?« sagte ich. »Ich hoffe, es handelt sich um keine große Schuld, denn ich bin viel zu arm, um mich mit schwerwiegenden Verbindlichkeiten irgendwelcher Art zu belasten.«

»Dann können Sie auf der Stelle Ihren Bankrott erklären, denn diese Verbindlichkeit hat mindestens das Gewicht einer Tonne. Als ich hereinkam, fand ich Ihr Feuer erloschen vor, und ich ließ es wieder anzünden und veranlaßte, daß diese lustlose Schlampe von einer Dienstmagd so lange hierblieb und es mit dem Blasebalg anfachte, bis es ordentlich brannte. Jetzt sagen Sie schon ›Danke!‹«

»Nicht, bevor ich etwas gegessen habe. Ich kann niemandem danken, wenn ich dermaßen hungrig bin.«

Ich läutete die Glocke und bestellte Tee und kaltes Fleisch.

»Kaltes Fleisch!« rief Hunsden aus, als die Dienstmagd die Tür schloß. »Was sind Sie doch für ein Schlemmer, Mensch! Fleisch zum Tee! Sie werden an Völlerei sterben.«

»Nein, Mr Hunsden, das werde ich nicht.« Ich verspürte einen Zwang, ihm zu widersprechen. Ich war gereizt vor Hunger, gereizt, ihn hier sitzen zu sehen, und gereizt wegen seiner fortgesetzt ungehobelten Art.

»Es ist das zuviele Essen, was Sie so übellaunig macht«, sagte er.

»Woher wissen Sie das?« fragte ich. »Das sieht Ihnen ähnlich, eine vorwitzige Meinung zu äußern, ohne auch nur im geringsten mit den Umständen des Falls vertraut zu sein. Ich habe kein Mittagessen gehabt.«

Was ich sagte, klang pikiert und bissig genug, aber Hunsdens einzige Reaktion bestand darin, daß er mich ansah und lachte.

»Der Arme!« greinte er nach einer Pause. »Er hat kein Mittagessen gehabt, nicht wahr? Ach was! Vermutlich ließ sein Herr ihn nicht nach Hause gehen. Hat Crimsworth Ihnen befohlen, zur Strafe zu fasten, William?«

»Nein, Mr Hunsden.« Glücklicherweise wurde in diesem mißvergnüglichen Moment der Tee hereingebracht, und ich machte mich augenblicklich über Brot und Butter und kalten Braten her. Nachdem ich einen Teller leergegessen hatte, wurde ich wieder soweit menschlich, daß ich Mr Hunsden zu verstehen gab, daß er nicht dort zu sitzen und zuzusehen bräuchte, sondern zum Tisch kommen und es mir gleichtun könne, wenn er wolle.

»Aber ich will nicht im entferntesten«, sagte er und zitierte unverzüglich durch einen kräftigen Zug am Klingelseil die Dienstmagd herbei und teilte ihr seinen Wunsch nach einem Glas Wasser mit getoastetem Brot mit. »Und noch etwas Kohle«, fügte er hinzu. »Mr Crimsworth soll ein schönes Feuer haben, solange ich bleibe.«

Während seine Aufträge ausgeführt wurden, schob er seinen Sessel zum Tisch, um mir gegenüber zu sitzen.

»Gut«, fuhr er fort. »Sie sind ohne Arbeit, wie ich vermute.«

»Ja«, sagte ich, und ich war nicht geneigt, die Befriedigung zu zeigen, die ich dieserhalb verspürte; und der Laune des Augenblicks nachgebend, griff ich das Thema auf, als sei ich über das Geschehene eher betroffen, als daß ich es wie eine Wohltat betrachtete. »Ja – dank Ihrer Hilfe bin ich das. Crimsworth hat mir binnen einer Minute gekündigt und mich entlassen, auf Grund irgendeiner Einmischung Ihrerseits in einer öffentlichen Versammlung, wie ich verstanden habe.«

»Ach nein! Das hat er erwähnt? Er hat mich beobachtet, wie ich den Burschen ein Zeichen gab, nicht wahr? Was wußte er denn über seinen Freund Hunsden zu sagen – etwas Nettes?«

»Er nannte Sie einen heimtückischen Schurken.«

»Oh, da kennt er mich noch nicht! Ich bin einer jener schüchternen Menschen, die nicht gleich aus sich herausgehen, und er ist gerade erst im Begriff, mich näher kennenzulernen. Aber er wird sehen, daß ich einige gute

Qualitäten habe – ausgezeichnete sogar! Die Hunsdens waren schon immer unübertroffen gewesen, wenn es darum ging, einen Halunken zur Strecke zu bringen. Ein richtiggehender, verachtenswerter Schurke ist ihre natürliche Beute; sie konnten nie von ihm lassen, wo immer sie ihn auch antrafen. Sie haben vorhin das Wort vorwitzig benutzt. Dieses Wort bezeichnet eine grundlegende Charaktereigenschaft unserer Familie; es ist auf uns angewendet worden von Generation zu Generation. Wir haben feine Nasen für Machtmißbrauch und Mißhandlungen; einen Schweinehund riechen wir aus einer Meile Entfernung. Wir sind geborene Weltverbesserer, radikale Reformierer; und es war für mich unmöglich, in der gleichen Stadt wie Crimsworth zu leben, wöchentlich mit ihm in Kontakt zu treten, Zeuge einiger seiner Verhaltensweisen Ihnen gegenüber zu werden (wobei Sie persönlich mir gleichgültig sind; mich interessiert nur die brutale Ungerechtigkeit, mit der er Ihren natürlichen Anspruch auf Gleichheit unterdrückte). Ich will damit sagen, daß es mir unmöglich war, in dieser Situation nicht den Engel oder Dämon meiner Sippe in mir rumoren zu spüren. Ich folgte meinem Instinkt, stellte mich einem Tyrannen entgegen und zerbrach eine Kette.«

Nun interessierte mich diese Rede sehr; einerseits, weil sie Hunsdens Wesen zum Vorschein brachte, andererseits, weil sie seine Motive erklärte. Sie interessierte mich so sehr, daß ich vergaß, darauf einzugehen, und ich saß schweigend da und grübelte über eine Unmenge von Gedanken nach, die sie mir vermittelt hatte.

»Sind Sie mir dankbar?« fragte er bald darauf.

Ich war in der Tat dankbar, oder wenigstens beinahe, und ich glaube, daß ich ihn in diesem Moment halb mochte, ungeachtet seines Vorbehalts, daß er das, was er getan hatte, nicht meinetwegen getan hatte. Aber die Natur des Menschen ist vertrackt. Nicht imstande, seine eindeutige Frage positiv zu beantworten, leugnete ich jede Neigung zur Dankbarkeit und gab ihm den Rat, er möge sich doch, wenn er eine Belohnung für sein Engagement erwarte, in einer besseren Welt danach umsehen, da es unwahrscheinlich sei, daß er sie hier finden würde. In seiner Erwiderung bezeichnete er mich als »gefühllosen aristokratischen Taugenichts«, woraufhin ich ihn anklagte, mir mein täglich Brot weggenommen zu haben.

»Ihr Brot war schmutzig, Mensch!« schrie Hunsden, »schmutzig und ungenießbar! Es ging durch die Hände eines Tyrannen, denn ich sage Ihnen, Crimsworth ist ein Tyrann – ein Tyrann gegenüber seinen Fabrikarbeitern, gegenüber seinen Angestellten, und eines Tages auch gegenüber seiner Frau.«

»Unsinn! Brot ist Brot, und Gehalt ist Gehalt. Ich habe meines dank Ihrer Hilfe verloren.«

»Letztendlich haben Sie auch recht mit dem, was Sie sagen«, lenkte Hunsden ein. »Ich muß zugestehen, ich bin eher angenehm überrascht, Sie eine solch realistische Bemerkung äußern zu hören, wie diese letzte. Ich hatte mir nämlich vorgestellt, auf Grund vorhergehender Studien Ihres Charakters, daß der freudige Gefühlsüberschwang auf Grund Ihrer erst kürzlich wiedergewonnenen Freiheit bei Ihnen zumindest zeitweilig jeden Gedanken vorausschauender Klugheit ausgelöscht haben könnte. Ich denke jetzt besser von Ihnen, da Sie beständig auch den Blick auf das Notwendige gerichtet halten.«

»Beständig den Blick auf das Notwendige gerichtet halten! Was kann ich denn sonst tun? Ich muß leben, und um zu leben, muß ich das haben, was Sie ›das Notwendige‹ nennen, was ich nur durch Arbeit bekommen kann. Ich wiederhole: Sie haben mir meine Arbeit genommen.«

»Was haben Sie jetzt vor?« fragte Hunsden kühl weiter. »Sie haben einflußreiche Verwandte. Ich vermute, die werden Sie bald mit einer neuen Stelle versorgen.«

»Einflußreiche Verwandte? Wen? Ich würde gerne ihre Namen wissen.«

»Die Seacombes.«

»Dummes Zeug! Ich habe mit ihnen gebrochen.«

Hunsden betrachtete mich ungläubig.

»Das habe ich«, sagte ich, »und zwar definitiv.«

»Sie meinen wohl, sie haben mit Ihnen gebrochen, William.«

»Wie Sie belieben. Sie boten mir ihre Gönnerschaft an, unter der Voraussetzung, daß ich in den Kirchendienst eintrete. Ich lehnte sowohl die Bedingungen als auch ihr Geld ab. Ich zog mich von meinen kaltherzigen Onkeln zurück und warf mich statt dessen lieber in die Arme meines älteren Bruders, aus dessen liebevoller Umarmung ich nun durch die grausame Einmischung eines Fremden gerissen werde, und zwar durch Sie, kurzgesagt.«

Ich konnte ein halbes Lächeln nicht unterdrücken, während ich dies sagte. Eine ähnlich unvollständige Gefühlsbekundung erschien im gleichen Moment auf Hunsdens Lippen.

»Oh ja, das sehe ich!« sagte er und sah mir in die Augen, und es war offensichtlich, daß er wirklich bis auf den Grund meines Herzens sah. Nachdem er ein oder zwei Minuten mit aufgestütztem Kinn dagesessen hatte, eifrig mit der fortgesetzten und genauen Prüfung meines Gesichtsausdrucks beschäftigt, fuhr er fort:

»Im Ernst: Sie haben also von den Seacombes nichts zu erwarten?«

»Doch, Zurückweisung und Ablehnung. Warum fragen Sie mich zweimal? Wie könnte es Händen, die mit der Tinte einer Buchhaltung befleckt sind, mit der Schmiere einer Tuchfabrik beschmutzt, je wieder erlaubt sein, in Kontakt mit aristokratischen Handflächen zu geraten?«

»Da gäbe es Schwierigkeiten, zweifellos. Dennoch sind Sie ein so vollkommener Seacombe in Ihrer Erscheinung, Ihrer Figur, Ihrer Sprache, beinahe auch in Ihrem Verhalten, daß ich mich frage, warum sie Sie verstoßen.«

»Sie haben mich verstoßen; also sprechen Sie nicht mehr davon.«

»Bereuen Sie es, William?«

»Nein.«

»Warum nicht, mein Junge?«

»Weil sie keine Menschen sind, denen gegenüber ich je eine Art von Sympathie oder Mitgefühl hätte haben können.«

»Nach meiner Meinung sind Sie einer von ihnen.«

»Das beweist lediglich, daß Sie nichts von alldem verstehen. Ich bin der Sohn meiner Mutter, aber nicht der Neffe meiner Onkel.«

»Dennoch: Einer Ihrer Onkel ist ein Lord, obgleich ein ziemlich obskurer und kein sehr reicher, und der andere trägt den Titel Ehrenwerter. Sie sollten praktisch denken!«

»Unsinn, Mr Hunsden. Sie wissen oder sollen wissen, daß ich, selbst wenn ich gewünscht hätte, mich meinen Onkeln zu unterwerfen, mich nie mit der von ihnen geforderten Grazie hätte verbeugen können, um ihre Gunst zu gewinnen. Ich hätte meinen eigenen Seelenfrieden geopfert und hätte dafür ihre Gönnerschaft doch nicht gewonnen.«

»Sehr wahrscheinlich. Also rechneten Sie sich aus, daß es am klügsten sei, ab sofort nur noch Ihren eigenen Grundsätzen zu folgen.«

»Genau. Ich muß meinen eigenen Grundsätzen folgen; ich muß es, bis zum Tag meines Todes, denn die Grundsätze anderer Leute kann ich weder nachvollziehen noch zu den meinigen machen noch sie verwirklichen.«

Hunsden gähnte. »Na gut«, sagte er, »bei alldem sehe ich eine Sache ganz klar, und das ist, daß mich die Angelegenheit nichts angeht.« Er streckte sich und gähnte wieder. »Wie spät wird es wohl sein?« fuhr er fort. »Ich habe eine Verabredung für sieben Uhr.«

»Viertel vor sieben, nach meiner Uhr.«

»Also, dann werde ich gehen.« Er stand auf. »Sie werden sich nicht noch einmal als Kaufmann versuchen?« sagte er und legte seinen Ellbogen auf den Kaminsims.

»Nein; ich glaube nicht.«

»Sie wären ein Narr, wenn Sie es täten. Wahrscheinlich werden Sie sich den Vorschlag Ihrer Onkel doch noch überlegen und die kirchliche Laufbahn einschlagen.«

»Da müßte sich zuerst in meinem Inneren und Äußeren eine einzigartige Erneuerung vollziehen, bevor ich das täte. Ein guter Kleriker gehört zu den besten Menschen.«

»Wirklich? Das glauben Sie?« unterbrach Hunsden spöttisch.

»Das glaube ich sogar ganz bestimmt. Aber ich habe nicht die besonderen Fähigkeiten, die einen guten Kleriker ausmachen; und anstatt einen Beruf zu ergreifen, für den ich nicht berufen bin, erdulde ich lieber die ärgste Not der Armut.«

»Sie sind ein mächtig schwieriger Kunde. Sie wollen kein Kaufmann und kein Pfarrer werden; Sie können kein Anwalt oder Arzt oder feiner Herr werden oder sein, weil Sie kein Geld haben. Ich würde Ihnen empfehlen zu reisen.«

»Was? Ohne Geld?«

»Sie müssen reisen, um das Geld aufzuspüren, Mensch. Sie sprechen Französisch – mit einem gräßlichen englischen Akzent sicherlich – aber immerhin, Sie sprechen es. Fahren

Sie auf den Kontinent und sehen Sie zu, was sich dort für Sie tut.«

»Gott weiß, wie gern ich das täte!« rief ich mit spontaner Begeisterung aus.

»Fahren Sie: Was zum Kuckuck hindert Sie? Für fünf bis sechs Pfund kommen Sie beispielsweise bis Brüssel, wenn Sie Ihr Geld einzuteilen verstehen.«

»Das würde mich schon die Notwendigkeit lehren, wenn ich es nicht verstünde.«

»Also, dann fahren Sie, und wenn Sie dort sind, strengen Sie Ihren Grips an, und es wird Ihnen schon etwas einfallen. Ich kenne Brüssel fast ebenso gut wie X-, und ich bin sicher, daß das für einen wie Sie besser ist als London.«

»Aber ich brauche eine Verdienstmöglichkeit, Mr Hunsden! Ich muß dorthin gehen, wo ich Arbeit finden kann; und wie könnte ich eine Empfehlung oder ein Vorstellungsgespräch für Brüssel oder dort eine Stelle bekommen?«

»Jetzt spricht das Organ der Vorsicht. Sie hassen es, einen Schritt zu tun, ehe Sie nicht jeden Zentimeter des Weges kennen. Sie haben nicht ein Blatt Papier und Federhalter und Tinte?«

»Ich denke schon«, und ich holte bereitwillig Schreibzeug herbei, denn ich erriet, was er im Begriff war zu tun. Er setzte sich, schrieb ein paar Zeilen, faltete, versiegelte und adressierte einen Brief und streckte ihn mir hin.

»Da, Mr Vor- und Umsicht, dies ist ein Wegbereiter, der Ihnen die ersten und gröbsten Hindernisse auf Ihrem neuen Pfad beiseite räumt. Ich weiß gut genug, mein Junge, daß Sie keiner von denen sind, die ihren Hals in eine Schlinge stecken, ohne zu wissen, wie sie ihn wieder herausbekommen können, und damit tun Sie recht. Ein unbekümmerter Mensch ist mir ein Greuel, und nichts kann mich je dazu überreden, mich in die Belange eines solchen einzumischen.

Diejenigen, die in ihren eigenen Angelegenheiten unbekümmert sind, sind das im allgemeinen noch zehnmal mehr, wenn es um ihre Freunde geht.«

»Das ist ein Empfehlungsschreiben, wie ich vermute?« sagte ich und nahm den Brief entgegen.

»Ja. Mit diesem Brief in der Tasche werden Sie nicht Gefahr laufen, sich in einem Zustand völliger Armut und Mittellosigkeit wiederzufinden, was Sie, wie ich weiß, als Abstieg betrachten würden – ich übrigens auch. Die Person, der Sie den Brief übergeben werden, weiß im allgemeinen zwei oder drei respektable Stellen, für die er Ihnen eine Weiterempfehlung geben kann.«

»Das ist genau das, was ich brauche«, sagte ich.

»Schön, und wo bleibt Ihre Dankbarkeit?« forderte Mr Hunsden. »Können Sie nicht ›Dankeschön‹ sagen?«

»Ich habe fünfzehn Pfund und eine Uhr, die mir meine Patin, die ich nie gesehen habe, vor achtzehn Jahren schenkte«, war meine eher unpassende Antwort; und zusätzlich nannte ich mich einen glücklichen Menschen und bekannte, daß ich nicht ein einziges Wesen der Christenheit beneidete.

»Und Ihre Dankbarkeit?«

»Ich werde mich sofort auf den Weg machen, Mr Hunsden – morgen, wenn alles gut geht. Ich bleibe nicht einen Tag länger in X-, als ich muß.«

»Sehr gut, aber es würde sich ziemen, in gebührendem Maße die Hilfestellung anzuerkennen, die Ihnen zuteil wurde. Beeilen Sie sich! Gleich schlägt es sieben. Ich warte darauf, daß man mir dankt.«

»Würden Sie bitte aus dem Weg gehen, Mr Hunsden? Ich brauche einen Schlüssel, der am Ende des Kaminsimses liegt. Ich werde meinen Koffer packen, ehe ich zu Bett gehe.«

Die Hausuhr schlug sieben.

»Der Bursche ist ein Heide«, sagte Hunsden, nahm seinen Hut vom Sideboard, verließ das Zimmer und lachte in sich hinein. Ich verspürte halb die Neigung, ihm zu folgen. Ich hatte wirklich vor, X- am nächsten Morgen zu verlassen und würde gewiß keine Gelegenheit mehr haben, ihm Aufwiedersehen zu sagen. Die Haustür krachte ins Schloß.

»Laß ihn gehen«, sagte ich. »Eines Tages treffen wir uns wieder.«

7. KAPITEL

Lieber Leser, Sie waren vielleicht noch nie in Belgien? Sie kennen vielleicht die Physiognomie des Landes nicht? Sie haben seine Charakteristika nicht in Ihrem Gedächtnis präsent, wie ich sie in dem meinigen?

Drei – nein, vier Bilder begrenzen die vierwändige Zelle, in der für mich die Ereignisse der Vergangenheit aufbewahrt sind. Zunächst: Eton. Alles in dem Bild erscheint aus entfernter Perspektive, in den Hintergrund zurückweichend, verkleinert; doch mit lebhaften Farben, grün, frisch, mit einem Frühlingshimmel voll glänzender, doch regnerischer Wolken; denn meine Kindheit bestand nicht nur aus Sonnenschein – sie hatte ihre bewölkten, kalten, stürmischen Stunden. Zweitens: X –, sehr groß, schmutzig; die Leinwand rissig und verräuchert, ein gelber Himmel, rußgeschwärzte Wolken; keine Sonne, kein Blau; die Vegetation der Vororte verfault und verdreckt – eine sehr deprimierende Szenerie.

Drittens: Belgien, und vor dieser Landschaft werde ich eine Pause machen. Was das vierte Bild angeht, so wird es von einem Vorhang verdeckt, den ich vielleicht anschließend wegziehen werde, oder auch nicht, ganz wie es meinem Gutdünken und meinem Können entspricht. Jedenfalls für den Augenblick muß es ungestört hängenbleiben. Belgien! Unromantischer und unpoetischer Name, doch ein Name, der, wann immer geäußert, in meinem Ohr einen Klang hat und in meinem Herzen ein Echo, wie sie keine andere Abfolge von Silben erzeugen kann, wie immer süß oder klassisch sie auch sein mögen. Belgien! Ich wiederhole das Wort, jetzt, da ich alleine kurz vor Mitternacht hier sitze. Es rüttelt meine Welt aus der Vergangenheit wach wie der Ruf der Auferstehung; die Gräber öffnen sich, die Toten erheben sich. Ich sehe, wie Gedanken, Gefühle, Erinnerungen, welche schliefen, aus den Erdklumpen aufsteigen, die meisten von ihnen lichtumkränzt. Doch während mein Blick auf ihren nebelhaften Formen verweilt und ich mich bemühe, ihre genauen Umrisse zu bestimmen, erstirbt der Ruf, der sie aufgeweckt hat, und sie sinken nieder, einzeln und alle zusammen, wie eine leichte Girlande aus Dunstschleiern, aufgesogen von ihren Gefäßen, zurückgerufen in die Urnen, wieder versiegelt in den Gruften. Lebt wohl, ihr leuchtenden Phantome!

Das ist Belgien, lieber Leser. Ich bitte Sie! Nennen Sie das Bild nicht eintönig oder fade! Für mich war es weder eintönig noch fade, als ich es zum ersten Mal erblickte. Ich verließ Ostende an einem milden Februarmorgen, befand mich auf der Straße nach Brüssel, und nichts konnte mir flach oder öde vorkommen. Meine Lebenslust besaß eine Kraft, die nach dem Schönsten und Besten, dem Ursprünglichen, Kühnen und Exquisiten strebte. Ich war jung; ich war von guter Gesundheit; dem Vergnügen war ich noch nie begegnet; keine seiner Lustbarkeiten hatte auch nur eine meiner natürlichen Fähigkeiten ermüdet oder übersättigt. Freiheit und Ungebundenheit umfing ich zum ersten Mal mit meinen Armen, und die Wirkung ihrer lächelnden Umarmungen erfüllte mein Leben mit neuer Kraft wie die Sonne und der Westwind. Ja, zu jener Zeit fühlte ich mich wie ein morgendlicher Reisender, der keine Zweifel hegt, daß er von dem Berg aus, den er gerade erklimmt, einen prächtigen Sonnenaufgang erblicken wird. Was macht's, daß der Pfad steil, staubig und steinig ist? Er sieht es nicht. Seine Augen sind fest auf jenen Gipfel gerichtet, der bereits rötlich schimmert, rötlich und golden, und wenn er oben ankommt, ist er sich der Szene jenseits gewiß. Er weiß, daß er der Sonne gegenübertreten wird, daß der Wagen des Sonnengottes genau jetzt über dem östlichen Horizont auftaucht und daß die vorauseilende Brise, die er auf seiner Wange spürt, dem Gott für seinen Umlauf eine unbehinderte, unermeßlich weite Bahn über das blaue Himmelszelt eröffnet, an Wolken vorbei, lieblich wie Perlmutt und rot wie die Glut des Feuers. Schwierigkeiten und Mühen sollten mein Los sein, aber aufrecht gehalten von meinem Tatendrang, vorwärtsgetrieben von Hoffnungen, die so verlockend wie vage waren, betrachtete ich ein solches Los nicht als beschwerlich. Jetzt bestieg ich den Berg im Schatten. Steine der verschiedensten Größen und Dornbüsche waren in meinem Weg, aber meine Augen waren auf die purpurrote Spitze über mir gerichtet. Meine Vorstellungskraft war jenseits, bei dem strahlenden Firmament, und ich bemerkte weder die Steine unter meinen Füßen noch die Dornen, die mir Gesicht und Hände zerkratzten.

Ich blickte oft, und stets mit Entzücken, zum Fenster der Postkutsche hinaus (es sei daran erinnert, daß dies nicht die Zeit der Züge und Eisenbahnen war). Also: Was sah ich da? Ich werde es Ihnen getreulich berichten. Grüne, schilfige Sümpfe; Felder, fruchtbar aber flach, in kleinen Parzellen bebaut, was sie wie vergrößerte Küchengärten erscheinen ließ; Reihen beschnittener Bäume, die alle wie gestutzte Weiden aussahen und sich den Horizont entlangzogen; enge Kanäle, träge neben den Straßen dahinfließend, bemalte, flämische Bauernhäuser; einige sehr schmutzige und elende Hütten; einen grauen, toten Himmel; nasse Straßen, nasse Felder, nasse Hausdächer. Nicht ein schönes, kaum ein pittoreskes Objekt kam mir auf der ganzen Fahrt vor die Augen; doch für mich war alles schön, alles mehr noch als pittoresk. Dies dauerte etwa so lange, wie das Tageslicht anhielt, obgleich die Nässe vieler vorausgegangener, feuchter Tage das ganze Land durchweicht hatte. Als es dunkel wurde, setzte der Regen wieder ein, und durch den strömenden Regen und die sternenlose Nacht hindurch erhaschte mein Auge das erste Leuchten der Lichter von Brüssel. Ich sah wenig von der Stadt in dieser Nacht, außer ihre Lichter. Nachdem ich die Postkutsche verlassen hatte, brachte mich eine Mietdroschke zum Hôtel de –, wo mir ein Mitreisender empfohlen hatte abzusteigen. Ich aß ein Touristenmahl, ging zu Bett und schlief den Schlaf eines Touristen.

Am nächsten Morgen erwachte ich aus sehr langer und erholsamer Nachtruhe mit der Vorstellung, ich sei noch immer in in X-, und als ich begriff, daß es schon heller Tag war, schreckte ich hoch und war der Meinung, verschlafen zu haben und deshalb zu spät ins Büro zu kommen. Das momentane und schmerzliche Gefühl von Zwang und Unfreiheit verschwand angesichts des wiederbelebten und wiederbelebenden Bewußtseins von Freiheit und Ungebundenheit, als ich die weißen Vorhänge von meinem Bett zurückwarf und in eine geräumige, hohe, fremde Kammer blickte. Wie verschieden sie war von dem kleinen und finsteren, obgleich nicht ungemütlichen Zimmer, das ich für ein oder zwei Nächte in einem angesehenen Gasthaus in

London belegt hatte, während ich auf das Ablegen des Postschiffes wartete! Doch es sei mir fern, die Erinnerung an jenes kleine, finstere Zimmer zu entweihen! Auch dies ist meiner Seele teuer, denn dort war es, als ich in Stille und Dunkelheit dalag, daß ich zum ersten Mal die große Glocke von St. Paul hörte, wie sie der Stadt London die Mitternacht verkündete, und wie gut erinnere ich mich der tiefen, bedächtigen Töne, so voll beladen mit kolossaler Gleichmut und Kraft. Vom winzig kleinen Fenster dieses Zimmers aus sah ich zum ersten Mal *die* Kathedrale undeutlich durch den Londoner Nebel aufragen. Ich glaube, daß die Empfindungen, die von jenen ersten Lauten, jenen ersten Anblicken geweckt wurden, nur ein einziges Mal wahrgenommen werden. Halte sie in Ehren, Gedächtnis; versiegele sie in Urnen und verwahre sie in sicheren Nischen! Na gut – ich stand auf. Reisende pflegen von den Zimmern in fremden Unterkünften als kahl und unbehaglich zu erzählen. Ich war der Meinung, daß meine Kammer stattlich und heiter aussah. Sie hatte so große Fenster – *croisées*, die sich wie Türen öffneten, mit so großen, klaren Fensterscheiben. Was für ein großer Spiegel stand auf meiner Kommode, und ein weiterer schöner Spiegel strahlte über dem Kaminsims! Wie sauber und glänzend sah der gestrichene Fußboden aus! Ich kleidete mich an und ging nach unten, und die breite Marmortreppe flößte mir beinahe Ehrfurcht ein, ebenso wie die hohe Halle, in welche sie führte. Auf dem ersten Treppenabsatz traf ich ein flämisches Hausmädchen. Sie trug hölzerne Schuhe, ein kurzes, rotes Unterkleid und eine Hausjacke aus bedruckter Baumwolle. Ihr Gesicht war derb, ihre Physiognomie eminent dumm. Als ich sie auf französisch ansprach, antwortete sie mir auf flämisch und in einer Art, die das Gegenteil von höflich war. Dennoch fand ich sie reizend. Wenn sie auch nicht hübsch oder höflich war, so war sie doch nach meiner Auffassung sehr malerisch. Sie erinnerte mich an die weiblichen Figuren in bestimmten holländischen Gemälden, die ich in früheren Jahren in Seacombe Hall gesehen hatte.

Ich begab mich in den Aufenthaltsraum. Auch dieser war sehr geräumig und sehr hoch und wurde von einem Ofen erwärmt. Der Fußboden war schwarz, und der Ofen war schwarz, und die meisten Möbel waren schwarz. Doch noch nie erfuhr ich ein unbeschwerteres Gefühl von Beschwingtheit als zu dem Zeitpunkt, wo ich mich an einen sehr langen, schwarzen Tisch setzte (der jedoch teilweise von einem weißen Tuch bedeckt wurde) und mir, nachdem ich mein Frühstück bestellt hatte, aus einer kleinen, schwarzen Kaffeekanne meinen Kaffee eingoß. Anderen Augen als den meinigen mag der Ofen trostlos vorgekommen sein, aber er war unbestreitbar sehr warm, und bei ihm saßen zwei Herren, die sich auf französisch unterhielten. Unmöglich, ihrer schnellen Artikulation zu folgen oder viel von dem Sinn dessen, was sie sagten, zu erfassen; doch Französisch aus dem Mund von Franzosen, oder Belgiern (ich war damals noch nicht empfindlich gegenüber den Schrecken des belgischen Akzents), war Musik in meinen Ohren. Bald erkannte mich einer der Herren als Engländer, zweifellos an der Art, mit der ich den Bediensteten ansprach, denn ich bestand darauf, französisch in meinem grauenhaften südenglischen Stil zu sprechen, obwohl der Mann Englisch verstand. Der Gentleman sah ein oder zweimal zu mir herüber und redete mich dann höflich in sehr gutem Englisch an. Ich erinnere mich, daß ich mir bei Gott wünschte, ich könnte genauso gut französisch sprechen. Seine flüssige Redeweise und seine korrekte Aussprache vermittelten mir einen angemessenen ersten Eindruck vom kosmopolitischen Charakter der Großstadt, in der ich mich befand. Es war meine erste Erfahrung mit jener Fertigkeit in lebenden Sprachen, von der ich hinterher herausfand, daß sie in Brüssel so verbreitet war.

Ich verweilte über meinem Frühstück, solange ich konnte. Während es auf dem Tisch stand und während jener Fremde weiterhin mit mir redete, war ich ein freier, unabhängiger Reisender; aber schließlich wurde abgetragen, und die beiden Herren verließen den Raum. Plötzlich löste sich die Illusion auf, und die Realität mit ihren Pflichten kehrte zurück. Ich, Sklave und Leibeigener, soeben erst aus dem Joch entlassen, seit einer Woche von einundzwanzigjährigem Zwang befreit, mußte aus Notwendigkeit die Fesseln der Abhängigkeit wieder anlegen. Kaum hatte ich ein bißchen von dem Hochgefühl gekostet, ohne Vorgesetzten zu sein, als auch schon die Pflicht ihre strenge Losung ausgab: »Wohlan, suche dir einen neuen Dienst!« Ich trödle nie über einer unangenehmen und notwendigen Aufgabe; ich habe nie Freude *vor* getaner Arbeit, das liegt nicht in meiner Natur. Es war mir unmöglich, geruhsam und entspannt durch die Stadt zu spazieren – obwohl ich sah, daß der Morgen sehr schön war – ehe ich nicht Mr. Hunsdens Empfehlungsschreiben übergeben und mich damit halbwegs auf die neue Situation eingestimmt hatte. Ich riß meine Gedanken von Freiheit und Hochgefühl los, ergriff meinen Hut und zwang meinen widerwilligen Körper zum Hôtel de – hinaus auf die fremde Straße.

Es war ein schöner Tag, doch ich betrachtete weder den blauen Himmel noch die stattlichen Häuser um mich herum. Mein Trachten war auf eine Sache gerichtet: »Mr Brown, Numero –, Rue Royale« zu finden, denn so lautete die Adresse auf meinem Brief. Auf Grund von Erkundigungen gelang mir das; schließlich stand ich vor der ersehnten Tür, klopfte, fragte nach Mr. Brown und wurde eingelassen.

Man führte mich in ein kleines Frühstückszimmer, wo ich mich in der Gegenwart eines älteren Herrn vorfand, der sehr ernst, geschäftsmäßig und vornehm aussah. Er empfing mich sehr höflich. Ich übergab Mr. Hunsdens Brief. Nach einer kleinen, belanglosen Plauderei fragte er mich, ob es etwas gebe, wobei sein Rat oder seine Erfahrung von Nutzen sein könnten. Ich sagte ja und teilte ihm anschließend mit, daß ich kein vermögender feiner Herr sei, der zu seinem Vergnügen reiste, sondern ein ehemaliger Buchhaltungssekretär, der eine Beschäftigung suchte, und dies sofort. Er erwiderte, daß er mir als einem Freund von Mr Hunsden bereitwillig helfen werde, so gut er könne. Nach einigem Nachdenken nannte er eine Stelle in einem Handelshaus in Lüttich und eine andere in einem Buchladen in Louvain.

»Schreiberling und Ladengehilfe!« murmelte ich vor mich hin. »Nein.« Ich schüttelte den Kopf. Ich hatte den Hocker des Schreibers gedrückt; ich haßte ihn. Ich glaubte, daß es andere Stellen gab, die mir mehr entsprechen würden; außerdem wollte ich Brüssel nicht verlassen.

»In Brüssel weiß ich keine Arbeit«, antwortete Mr Brown, »es sei denn, Sie wären tatsächlich willens, sich dem Lehrberuf zu widmen. Ich bin mit dem Direktor einer großen Lehranstalt bekannt, der auf der Suche nach einem Professor für Englisch und Latein ist.«

Ich überlegte zwei Minuten, dann griff ich die Idee begierig auf.

»Genau das ist es, Sir!« sagte ich.

»Aber«, fragte er, »verstehen Sie Französisch gut genug, um belgische Knaben Englisch zu lehren?«

Glücklicherweise konnte ich diese Frage bejahen; ich hatte Französisch bei einem Franzosen studiert und sprach die Sprache verständlich, wenn auch nicht fließend. Ich konnte sie außerdem gut lesen und einigermaßen schreiben.

»Dann«, fuhr Mr Brown fort, »denke ich, daß ich Ihnen die Stelle versprechen kann, denn Monsieur Pelet wird keinen Professor ablehnen, der von mir empfohlen wurde. Aber kommen Sie heute nachmittag um fünf Uhr wieder hierher, und ich werde Sie ihm vorstellen.«

Das Wort ›Professor‹ beeindruckte mich. »Ich bin kein Professor«, sagte ich.

»Oh«, gab Mr Brown zurück, »hier in Belgien bedeutet ›Professor‹ Lehrer, mehr nicht.«

Mein Gewissen war beruhigt, und ich dankte Mr. Brown und zog mich für den Augenblick zurück. Dieses Mal trat ich leichten Herzens auf die Straße hinaus; die Aufgabe, die ich mir für diesen Tag gestellt hatte, war erledigt. Jetzt durfte ich mir einige freie Stunden gönnen. Unbeschwert sah ich nach oben. Zum ersten Mal entdeckte ich die glitzernde Klarheit der Luft, die tiefe Bläue des Himmels, den fröhlichen, sauberen Anblick der getünchten oder bemalten Häuser. Ich sah, welch schöne Straße die Rue Royale war, und während ich gemächlich ihren breiten Gehsteig entlangspazierte, hörte ich nicht auf, die stattlichen Hotels zu betrachten, bis die Palisaden, die Tore und die Bäume des Parks ins Blickfeld kamen und meinem Auge eine neue Attraktion darboten. Ich erinnere mich, daß ich vor dem Betreten des Parks einige Zeit lang in den Anblick der Statue des Generals Belliard versunken war. Dann ging ich weiter zu der großen Treppe genau dahinter, und ich blickte hinab in eine schmale Seitenstraße, die, wie ich später erfuhr, Rue d'Isabelle genannt wurde. Ich habe noch deutlich vor Augen, daß mein Blick auf der grünen Tür eines ziemlich großen Hauses gegenüber ruhte, wo ein Messingschild die Inschrift trug: ›Pensionnat de Demoiselles‹. Pensionat! Das Wort rief eine unbehagliche Empfindung in meinem Gedächtnis hervor; es schien von Zwang zu sprechen. Einige der Demoiselles, ohne Zweifel externe Schülerinnen, kamen in diesem Augenblick aus der Tür. Ich suchte nach einem hübschen Gesicht unter ihnen, aber ihre enganliegenden, kleinen französischen Häubchen verbargen ihre Züge. Einen Augenblick später waren sie verschwunden.

Ich hatte einen beträchtlichen Teil Brüssels durchquert, ehe es fünf Uhr war, aber mit dem Glockenschlag war ich wieder in der Rue Royale. Man führte mich erneut in Mr Browns Frühstückszimmer, wo ich ihn, wie zuvor, am Tisch sitzend fand, und er war nicht allein; ein Herr stand neben dem Kamin. Zwei Worte der Vorstellung präsentierten ihn als meinen zukünftigen Vorgesetzten. »M. Pelet, Mr Crimsworth; Mr Crimsworth, M. Pelet.« Eine beiderseitige Verbeugung beendete die Zeremonie. Ich weiß nicht, welcherart meine Verbeugung war; vermutlich von ganz gewöhnlicher Art, denn ich war in ruhiger, ausgeglichener Gemütsverfassung; ich verspürte nichts von der Erregung, die mich bei meinem ersten Gespräch mit Edward Crimsworth befallen hatte. M. Pelets Verbeugung war außerordentlich höflich, doch nicht theatralisch, kaum französisch. Wir wurden anschließend einander gegenübergesetzt. Mit angenehmer Stimme, leise und mit Rücksicht auf meine ausländischen Ohren sehr prononciert und bedächtig, eröffnete mir M. Pelet, daß er soeben von *»le respectable M. Brown«* eine Schilderung meiner Fertigkeiten und meines Charakters erhalten habe, die ihn von allen Zweifeln, die Richtigkeit meiner Einstellung als Professor für Englisch und Latein betreffend, befreie. Nichtsdestoweniger und nur der Form halber wolle er mir einige Fragen stellen, um meine Fähigkeit zu prüfen. Er tat es und verlieh mit schmeichelhaften Worten seiner Befriedigung über meine Antworten Ausdruck. Als nächstes kam die Rede auf das Thema des Honorars zu sprechen; es wurde auf eintausend Francs jährlich festgesetzt; bei freier Kost und Wohnung. »Und darüber hinaus«, schlug M. Pelet vor, »da Ihre Dienste in meinem Institut täglich für einige Stunden nicht beansprucht werden, können Sie gegebenenfalls Lehraufträge bei anderen Seminaren annehmen und so Ihre Freistunden gewinnbringend ausfüllen.«

Mir erschien dies sehr entgegenkommend. Und in der Tat fand ich später heraus, daß die Bedingungen, unter denen mich M. Pelet engagiert hatte, für eine Stadt wie Brüssel wirklich sehr liberal waren; denn wegen der großen Zahl von Lehrern wurde hier eine Unterrichtstätigkeit nicht besonders gut bezahlt. Außerdem wurde vereinbart, daß ich bereits am folgenden Tag in meine neue Stelle eingeführt werden sollte. Danach schieden M. Pelet und ich voneinander.

Ja – und was war er für ein Mensch? Und welches waren meine Eindrücke ihn betreffend? Er war ein Mann von etwa vierzig Jahren, von mittlerer Größe und eher hagerer Gestalt. Sein Gesicht war blaß, seine Wangen eingesunken und seine Augen tiefliegend. Seine Züge waren angenehm und regelmäßig; sie hatten einen französischen Einschlag (denn M. Pelet war nicht Flame, sondern Franzose, sowohl von Geburt als auch von elterlicher Abstammung her), doch war der Anteil von Härte, sonst untrennbar verbunden mit gallischen Zügen, in seinem Fall gemildert durch sanfte, blaue Augen und einen melancholischen, fast leidenden Ausdruck. Seine Physiognomie war *›fine et spirituelle‹*. Ich benutze zwei französische Worte, da sie besser als alle englischen Begriffe jene Art von Intellekt beschrieben, die sich in seinem Antlitz widerspiegelte. Insgesamt war er eine interessante und einnehmende Persönlichkeit. Ich war nur erstaunt über die absolute Abwesenheit all der üblichen Charakteristika seines Berufes und fürchtete beinahe, er könne nicht streng und resolut genug für einen Schulmeister sein. Zumindest vom Äußeren her gesehen stellte M. Pelet einen totalen Kontrast zu meinem vergangenen Vorgesetzten, Edward Crimsworth, dar.

Beeinflußt von dem Eindruck, den ich von seiner Sanftheit und Freundlichkeit gewonnen hatte, war ich doch ziemlich überrascht, als ich am nächsten Tag zum Haus meines neuen Arbeitgebers kam und mir ein erster Blick auf das gewährt wurde, was die Stätte meines zukünftigen Wirkens sein sollte, nämlich auf die großen, hohen und hellen Schulzimmer, in denen ich eine zahlreiche Versammlung von Schülern, Knaben selbstverständlich, erblickte, deren Gesamteindruck alle Anzeichen eines gutbesetzten, florierenden und wohldisziplinierten Lehrinstituts vermittelte. Während ich in Gesellschaft von M. Pelet durch die Klassen schritt, herrschte allerorten tiefe Stille, und falls sich ein gelegentliches Murmeln oder Flüstern erhob, brachte es ein einziger Blick aus den ernsten Augen dieses außerordentlich liebenswürdigen Pädagogen augenblicklich zum Verstummen. Es war erstaunlich, dachte ich, daß sich ein so milder Tadel als so wirksam erwies. Nachdem ich alle Klassen gründlich besichtigt hatte, drehte sich M. Pelet zu mir um und sagte:

»Würde es Ihnen etwas ausmachen, die Jungen hier jetzt sofort zu übernehmen und ihren Leistungsstand im Englischen zu überprüfen?«

Der Vorschlag kam unerwartet. Ich hatte gedacht, man würde mir zumindest einen Tag gewähren, um mich vorzubereiten. Aber es ist ein schlechtes Vorzeichen, eine Karriere mit einem Zögern zu beginnen, und so trat ich einfach an das Lehrerpult, neben dem wir standen, und sah in den Kreis meiner Schüler. Ich brauchte einen Augenblick, um meine Gedanken zu sammeln und um auf französisch den Satz zu entwerfen, mit dem ich beabsichtigte, die Arbeit aufzunehmen. Ich machte ihn so kurz wie möglich:

»Messieurs, prenez vos livres de lecture.«

»Anglais ou français, monsieur?« verlangte ein untersetzter, mondgesichtiger junger Flame in einer Hemdbluse zu wissen. Die Antwort war glücklicherweise einfach:

»Anglais.«

Ich beschloß, mir in dieser ersten Unterrichtsstunde so wenige Schwierigkeiten wie möglich zu bereiten. Es wäre nichts damit gewonnen gewesen, meiner ungeübten Zunge zuzumuten, Erklärungen abzugeben; mein Akzent und mein Idiom wären allzu offen für die Kritik der jungen Herren vor mir gewesen, und in bezug auf meine Schüler spürte ich, es würde nötig sein, sich sofort in eine vorteilhafte Position zu begeben, und dementsprechend verfuhr ich auch.

»Commencez!« rief ich, als sie alle ihre Bücher herausgeholt hatten. Der mondgesichtige Jugendliche (namens Jules Vanderkelkov, wie ich später erfuhr) übernahm den ersten Satz. Das *»livre de lecture«* war *»The Vicar of Wakefield«*, viel benutzt in ausländischen Schulen, da man der Meinung war, es enthalte erstklassige Beispiele gesprochener englischer Sprache. So wie Jules den Satz vortrug, hätte es sich jedoch auch um einen Runentext handeln können, was die Ähnlichkeit der von ihm ausgesprochenen Worte mit der Sprache anging, die üblicherweise zwischen den Einwohnern Großbritanniens benutzt wird. Mein Gott! Was für ein Nuscheln, Näseln und Krächzen! Alles, was er sagte, sagte er in der Kehle oder durch die Nase, so wie die Flamen eben sprechen, aber ich hörte ihn mir bis zum Ende seines Absatzes und ohne ein Wort der Berichtigung an, woraufhin er höchst selbstzufrieden dreinsah, zweifellos

davon überzeugt, daß er seine Aufgabe wie ein geborener und leibhaftiger *»Anglais«* ausgeführt hatte.

»Arrêtez!« sagte ich. Eine Pause trat ein, während der ich sie alle mit ruhigem und etwas strengem Blick betrachtete. Ein Hund, wenn man ihn fest genug und lange genug anstarrt, wird Zeichen der Verlegenheit und Gereiztheit erkennen lassen, und so war es schließlich auch mit meiner Bank von Belgiern. Ich bemerkte, daß einige Gesichter vor mir begannen, mürrisch dreinzublicken, und andere beschämt, und so legte ich langsam meine Hände zusammen und rief mit einer tiefen *›voix de poitrine‹* aus:

»*Comme c'est affreux!* Wie schrecklich!«

Sie sahen einander an, schmollten, wurden rot und zappelten mit den Füßen. Es gefiel ihnen nicht, sah ich, aber es beeindruckte sie, und zwar auf eine Weise, die ich mir wünschte. Nachdem ich dergestalt ihren Eigendünkel zurechtgestutzt hatte, war der nächste Schritt, in ihrer Achtung zu steigen; keine leichte Sache in Anbetracht dessen, daß ich kaum zu sprechen wagte, aus Furcht, meine eigenen Unzulänglichkeiten zu offenbaren.

»Écoutez, messieurs!« sagte ich und bemühte mich, in meinen Akzent den mitleidsvollen Ton eines höheren Wesens zu legen, das, angerührt von dem ungeheueren Ausmaß an Hilflosigkeit, welches anfänglich nur seine Verachtung erregte, sich schließlich doch herabläßt, Hilfestellung zu gewähren. Ich begann dann, den *»Vicar of Wakefield«* von vorne zu lesen, und las mit langsamer, deutlicher Stimme etwa zwanzig Seiten, während sie die ganze Zeit über stumm dasaßen und mit gebannter Aufmerksamkeit zuhörten. Als ich fertig war, war beinahe eine Stunde verstrichen. Ich erhob mich und sagte:

»C'est assez pour aujourd'hui, messieurs; demain nous recommencerons, et j'espère que tout ira bien.«[2]

Mit diesem orakelhaften Satz verbeugte ich mich und verließ in Begleitung von M. Pelet das Klassenzimmer.

»C'est bien! C'est très bien!« sagte mein Direktor, als wir sein Besuchszimmer betraten. *»Je vois que monsieur a de l'adresse; cela me plaît, car, dans l'instruction, l'adresse fait tout autant que le savoir.«*[3]

Vom Besuchszimmer aus führte mich M. Pelet zu meiner Wohnung, meinem *»chambre«*, wie Monsieur mit einer gewissen Miene der Selbstgefälligkeit sagte. Es war ein sehr kleines Zimmer, mit einem außerordentlich kleinen Bett, aber M. Pelet gab mir zu verstehen, daß ich es ganz allein bewohnen durfte, was natürlich ein großer Trost war. Obgleich in seinen Ausmaßen so begrenzt, hatte es doch zwei Fenster. Da es in Belgien keine Fenstersteuer wie in England gab, scheuten sich die Menschen nicht, möglichst viel Licht in ihre Häuser hineinzulassen. Gerade hier ist diese Bemerkung jedoch nicht sehr *à propos*, denn eines dieser Fenster war mit Brettern vernagelt; das offene Fenster sah hinaus auf den Spielplatz der Jungen. Ich besah mir das andere und fragte mich, welchen Ausblick es bieten würde, würde man die Bretter entfernen. M. Pelet las vermutlich den Ausdruck in meinem Blick; er erklärte:

»La fenêtre fermée donne sur un jardin appartenant à un pensionnat de demoiselles«, sagte er, *»et les convenances exigent – enfin, vous comprenez – n'est-ce pas, monsieur?«*[4]

»Oui, oui«, war meine Erwiderung, und ich sah natürlich drein, als sei ich völlig zufriedengestellt. Aber nachdem sich M. Pelet zurückgezogen und die Tür hinter sich geschlossen hatte, war das erste, was ich tat, die vernagelten Bretter genauer zu untersuchen, in der Hoffnung, eine Ritze oder einen Spalt zu finden, die ich vergrößern könnte, um damit einen verstohlenen Blick auf das geheiligte Areal zu erhaschen. Meine Forschungen waren vergeblich, denn die

Bretter waren gut zusammengefügt und solide vernagelt. Es ist erstaunlich, wie sehr ich mich enttäuscht fühlte. Wie angenehm, dachte ich, wäre es doch gewesen, hinaus auf einen mit Blumen und Bäumen bepflanzten Garten zu blikken, wie amüsant, den Demoiselles bei ihrem Spiel zuzusehen und das weibliche Wesen in den verschiedensten Phasen zu studieren, während ich selbst durch einen züchtigen Musselin-Vorhang vor Blicken geschützt war! Stattdessen hatte ich jetzt, zweifellos dank der absurden Skrupel irgendeiner alten Anstandsdame von Direktorin, lediglich die Wahl, einen leeren, mit Kies bedeckten Hof zu betrachten mit einem großen *»pas de géant«*[5] in der Mitte, und den eintönigen Mauern und Fenstern eines Knabenschulhauses. Nicht nur an jenem Tag, sondern noch viele Male danach, besonders in Augenblicken der Trübsal und Niedergeschlagenheit, sah ich mit unzufriedenen Blicken zu den aufreizenden Brettern hin, verspürte den Drang, sie wegzureißen und einen Blick auf die Grünfläche zu erhaschen, die ich mir dahinter vorstellte. Ich wußte, daß nahe beim Fenster ein Baum wuchs, denn obwohl es noch keine Blätter gab, deren Rascheln ich hätte hören können, so vernahm ich doch oft des Nachts das Klopfen von Zweigen gegen die Fensterscheibe. Tagsüber, wenn ich aufmerksam lauschte, konnte ich durch die Bretter sogar die Stimmen der Demoiselles hören, wenn sie Pause hatten, und, um die aufrichtige Wahrheit zu sprechen, meine empfindsamen Betrachtungen gerieten gelegentlich ein wenig in Unordnung durch die nicht immer silberhellen, ja eigentlich allzuoft recht schamlosen Laute, die aus dem unsichtbaren Paradies unter mir heraufschwirrten und lärmend in meine Einsamkeit eindrangen. Um kein Blatt vor den Mund zu nehmen: Mir schien es keineswegs eindeutig zu sein, ob die Lungen von Mlle Reuters Mädchen oder jene von M. Pelets Jungen die stärkeren waren, und wenn es ums Kreischen ging, schlugen die Mädchen die Jungen zweifellos um Längen. Ich vergaß übrigens zu sagen, daß Reuter der Name der alten Dame war, die veranlaßt hatte, daß mein Fenster mit Brettern vernagelt wurde. Ich sage ›alte‹ Dame, denn selbstverständlich hielt ich sie für eine solche, nach den Maßnahmen ihrer gouvernantenhaften Sittsamkeit zu urteilen; außerdem wurde sie gesprächsweise von niemandem als ›jung‹ erwähnt. Ich erinnere mich, daß ich sehr amüsiert war, als ich zum ersten Mal ihren Vornamen vernahm; er war Zoraïde – Mademoiselle Zoraïde Reuter. Aber die Völker auf dem Kontinent erlauben sich Extravaganzen bei der Auswahl von Namen, die wir nüchternen Engländer uns nie gestatten. Ich glaube in der Tat, daß unsere Auswahlliste zu beschränkt ist.

Zwischenzeitlich wurde der vor mir liegende Weg immer ebener und angenehmer. In wenigen Wochen überwand ich die lästigen Hindernisse, die unweigerlich am Anfang jeder Laufbahn stehen. Binnen kurzem hatte ich soviel Sprechfertigkeit im Französischen erworben, daß ich problemlos mit meinen Schülern umgehen konnte; und da ich ihnen von Anfang an mit entsprechender Festigkeit begegnet war und unbeirrt fortfuhr, meinen frühen Vorteil weiterhin zu wahren, versuchten sie nie zu meutern – ein Umstand, den jeder, der in irgendeiner Weise mit den Zuständen in belgischen Schulen vertraut ist und der das Verhältnis kennt, welches Professoren und Schüler in diesen Institutionen nur allzuoft zueinander haben, als bedeutsam und ungewöhnlich ansehen wird. Ehe ich dieses Kapitel abschließe, will ich ein Wort über die Methode sagen, meine Art des Unterrichts betreffend; meine Erfahrungen mögen vielleicht für andere von Nutzen sein.

Es erforderte keine sonderlich genaue Beobachtung, den

Charakter der Jugendlichen aus der Provinz Brabant herauszufinden, aber es bedurfte eines gewissen Feingefühls, die eigenen Maßnahmen ihren Fähigkeiten anzupassen. Ihr intellektuelles Vermögen war im allgemeinen schwach, ihre körperlichen Bedürfnisse ausgeprägt. So lagen zur selben Zeit Unfähigkeit und eine Art von schwerfälliger Kraft in ihrer Natur; sie waren schwer von Begriff, aber sie waren auch einzigartig dickköpfig, schwer wie Blei, und, genau wie Blei, höchst schwierig zu bewegen. So wie der Fall lag, wäre es wahrlich absurd gewesen, von ihnen große geistige Anstrengungen erzwingen zu wollen. Da sie nur über ein kurzes Gedächtnis, beschränkte Intelligenz und schwaches Denkvermögen verfügten, schreckten sie mit Schaudern vor jeder Tätigkeit zurück, die genaues Studium oder tieferes Nachdenken erforderte. Wäre die verhaßte Leistung durch unüberlegte und willkürliche Maßnahmen von seiten des Professors aus ihnen herausgepreßt worden, hätten sie wie eine halsstarrige, quiekende, verzweifelte Herde von Schweinen reagiert: obschon als einzelne nicht tapfer, so doch unbarmherzig in ihrem Treiben *en masse*.

Ich erfuhr, daß vor meinem Eintreffen in M. Pelets Institut der vereinte Ungehorsam der Schüler die Entlassung von mehr als einem englischen Lehrer bewirkt hatte. Es war deshalb nötig, nur höchst bescheidene Anstrengungen von Naturen zu fordern, die so wenig veranlagt waren, sich anzustrengen – auf jede erdenkliche Weise einem Verstand zu helfen, der so wenig aufnahmebereit und so beschränkt war – immer sanft und ruhig zu bleiben, rücksichtsvoll, ja bis zu einem gewissen Punkt nachgiebig, bei Veranlagungen, die auf so irrationale Art verdreht waren. Aber sobald Sie diesen äußersten Punkt der Nachsicht erreicht haben, müssen Sie Ihren Fuß unverrückbar niedersetzen, ihn eingraben, ihn im Fels verankern – unbeweglich werden, wie die Türme von Ste-Gudule; denn einen Schritt, nur einen halben Schritt weiter, und Sie plumpsen kopfüber in einen Abgrund von Dummheit. Und wenn Sie dort erst einmal angelangt sind, erhalten Sie flugs Beweise flämischer Dankbarkeit und Großherzigkeit in der Form von ganzen Schauern von brabantischer Spucke und handvollweise niederländischem Schmutz.[6] Sie müssen den Pfad des Lernens bis auf das vollkommenste ebnen und jeden Kieselstein aus dem Weg räumen; aber dann schließlich müssen Sie mit Entschiedenheit darauf bestehen, daß der Schüler Ihren Arm ergreift und sich ruhig die vorbereitete Straße entlang leiten läßt. Nachdem ich das Niveau meines Unterrichts der geistigen Fähigkeit meines beschränktesten Schülers angepaßt hatte, nachdem ich mich als der mildeste und toleranteste aller Lehrer erwiesen hatte – von dem Zeitpunkt an verwandelte mich ein einziges Wort der Unverschämtheit, eine einzige Geste des Ungehorsams augenblicklich in einen Diktator. Ich bot ihnen nur eine Alternative an: Unterordnung und Eingeständnis von Fehlern, oder schmähliche Hinausweisung. Diese Methode funktionierte, und meine Stellung festigte sich schrittweise auf einer soliden Basis. ›Wie der Vater, so der Sohn‹, heißt es, und das dachte ich oft, wenn ich diese Söhne betrachtete und mich der politischen Geschichte ihrer Väter erinnerte. Pelets Schule war lediglich eine Miniaturausgabe der belgischen Nation.

8. KAPITEL

Und Pelet selbst? Hielt meine Sympathie ihm gegenüber an? Oh ja, ich mochte ihn außerordentlich gern! Nichts konnte sanftmütiger, feiner, höflicher und sogar freundlicher sein als sein Verhalten mir gegenüber. Von ihm mußte ich weder kalte Mißachtung, irritierende Einmischung noch wichtigtuerisches Beharren auf der Vorgesetztenposition erdulden. Ich fürchte jedoch, daß zwei arme, fleißige belgische Hilfslehrer in dem Institut nicht soviel Gutes hätten sagen können; für sie war der Direktor in seiner Art immer nur trocken, ernst und abweisend. Ich glaube, er erkannte ein- oder zweimal, daß ich etwas entsetzt über den Unterschied war, den er zwischen mir und ihnen machte; und er begründete es, indem er sagte, mit einem stillen, sarkastischen Lächeln:

»Ce ne sont que des Flamands – allez!«[7]

Und dann nahm er ruhig die Zigarre von den Lippen und spuckte auf den gestrichenen Boden des Zimmers, in welchem wir saßen. Ganz sicher waren sie Flamen, und beide hatten die typische flämische Physiognomie, in der sich intellektuelle Minderbemitteltheit in Linien niederschlägt, die niemand übersehen kann; aber dennoch waren sie Menschen, und letztendlich ehrliche Menschen; und ich konnte nicht einsehen, warum die Tatsache, daß sie in diesem flachen und eintönigen Land alteingesessen waren, als Vorwand dienen sollte, um sie beständig mit Strenge und Verachtung zu behandeln. Diese Auffassung von Ungerechtigkeit verdarb etwas die Freude, die ich sonst vielleicht an Pelets nachsichtigem und liebenswürdigem Wesen mir gegenüber gehabt hätte. Sicherlich war es angenehm, nach getaner Tagesarbeit seinen Arbeitgeber als intelligenten und fröhlichen Mitmenschen vorzufinden; und wenn er manchmal ein bißchen sarkastisch war und manchmal ein bißchen zu schmeichlerisch, und wenn ich auch entdeckte, daß seine Güte mehr eine Sache des äußeren Scheins als der Wirklichkeit war, und wenn ich gelegentlich argwöhnte, daß unter einer äußeren Hülle aus Samt Stein oder Stahl sein mochten – niemand ist vollkommen. Und da ich die

Atmosphäre von Brutalität und Anmaßung, in der ich andauernd in X- gelebt hatte, so leid war, verspürte ich jetzt, wo ich in ruhigeren Regionen vor Anker ging, keine Neigung, sofort eine naseweise Suche nach Unzulänglichkeiten aufzunehmen, die gewissenhaft versteckt und sorgsam vor meinen Blicken verschleiert wurden. Ich war bereit, Pelet als denjenigen zu nehmen, als der er sich gab, ihm wohlwollend und freundlich zu vertrauen, so lange kein widriger Vorfall ihn als einen anderen enthüllte. Er war nicht verheiratet, und ich erkannte bald, daß er alle Vorstellungen eines Franzosen, eines Parisers von der Ehe und den Frauen hatte. Ich vermutete eine Spur von Laxheit in seinen moralischen Ansichten; da lag so etwas Kühles und Blasiertes in seiner Stimme, wann immer er Anspielungen machte auf das, was er *›le beau sexe‹* nannte; aber er war zu sehr der Gentleman, um Themen anzuschneiden, die mir unangenehm gewesen wären, und er war in der Tat intelligent und freute sich wirklich sehr über intellektuelle Streitpunkte, von denen er und ich genügend fanden, um uns darüber zu unterhalten, ohne sie im Schmutz suchen zu müssen. Ich haßte die Art und Weise, wie er von der Liebe sprach; ich verabscheute aus tiefster Seele Lasterhaftigkeit und Unzucht. Er fühlte den Unterschied in unseren Anschauungen, und im beiderseitigen Einvernehmen hielten wir uns von diesem Thema fern.

Pelets Haus und Küche wurden von seiner Mutter geführt, einer echten, alten Französin. Sie war einst hübsch gewesen – zumindest erzählte sie es mir, und ich bemühte mich, ihr zu glauben. Jetzt war sie häßlich, wie es nur alte Frauen auf dem Kontinent sein können; obgleich es vielleicht nur die Art war, wie sie sich kleidete, die sie häßlicher aussehen ließ, als sie tatsächlich war. Innerhalb des Hauses ging sie ohne Kopfbedeckung umher, das graue Haar grotesk zerzaust; zudem trug sie daheim selten ein Kleid, nur einen schäbigen Baumwollunterrock; auch Schuhe waren ihren Füßen fremd, und an ihrer Stelle bevorzugte sie geräumige Pantoffeln, die an den Fersen abgetragen waren. Andererseits, wann immer es ihr Vergnügen bereitete, außer Haus zu erscheinen, wie zum Beispiel an Sonntagen und an Festtagen, zog sie Kleider in leuchtenden Farben an, meist aus dünnem Stoff, dazu eine Seidenhaube mit einem Blumenkranz und einem sehr schönen Schal. Insgesamt war sie keine bösartige Frau, aber eine ausdauernde und klatschsüchtige Schwätzerin. Meistens hielt sie sich in oder bei der Küche auf, und sie schien die vornehme Gegenwart ihres Sohnes eher zu meiden; ihn betrachtete sie offensichtlich mit Ehrfurcht. Wenn er sie tadelte, waren seine Vorwürfe streng und unnachsichtig; aber dieser Unannehmlichkeit unterzog er sich selten.

Madame Pelet hatten ihren eigenen Bekanntenkreis, ihre eigene Schar auserwählter Besucher, die ich jedoch selten sah, weil sie sie im allgemeinen in dem Raum empfing, den sie ihr ›Kabinett‹ nannte, ein kleines Loch von einem Zimmer, das sich an die Küche anschloß und zu dem man eine oder zwei Stufen hinabsteigen mußte. Auf diesen Stufen habe ich übrigens Madame Pelet nicht selten mit einem Holzteller auf den Knien sitzen sehen, beschäftigt mit der dreifachen Tätigkeit des Essens ihrer Mahlzeit, des Klatschens mit ihrer liebsten Bediensteten, dem Hausmädchen, und des Verschimpfens ihres Feindes, des Kochs. Sie aß so gut wie nie mit ihrem Sohn zusammen, und es war völlig ausgeschlossen, daß sie sich am Tisch der Schüler zeigte. Diese Einzelheiten werden englischen Ohren reichlich fremd klingen, aber Belgien ist nicht England, und die Sitten Belgiens sind nicht die unseren.

In Anbetracht dieser Lebensgewohnheiten von Madame

Pelet war ich folglich einigermaßen überrascht, als am frühen Abend eines Donnerstags (Donnerstag war immer ein halber Feiertag), während ich gerade einsam in meinem Zimmer saß und einen riesigen Stapel englischer und lateinischer Übungsarbeiten korrigierte, ein Bediensteter an die Tür klopfte und mir nach dem Öffnen Madame Pelets Grüße ausrichtete, und sie wäre glücklich, wenn ich mein *›goûter‹* (eine Mahlzeit, die unserem englischen ›Tee‹ entspricht) mit ihr zusammen im Speisezimmer einnehmen würde.

»*Plaît-il?* Wie bitte?« sagte ich, da ich glaubte, ich hätte falsch verstanden, denn Mitteilung und Einladung waren so ungewöhnlich. Die gleichen Worte wurden wiederholt. Ich nahm natürlich an, und beim Hinuntergehen fragte ich mich, was wohl der alten Dame eingefallen sein mußte. Ihr Sohn war außer Haus, um den Abend im Saal der Grande Harmonie zu verbringen oder in sonst einem Club, bei dem er Mitglied war. Gerade als ich die Hand auf den Griff der Speisezimmertür legte, schoß mir eine absurde Idee durch den Kopf.

»Sie wird doch nicht auf ein Liebesabenteuer mit mir aus sein?« fragte ich mich. »Ich habe von alten Französinnen gehört, die diesbezüglich merkwürdige Dinge tun. Und das *›goûter‹*? Für gewöhnlich beginnen solche Affären mit Essen und Trinken, glaube ich.«

Angst und Entsetzen lagen in dieser Einflüsterung meiner erregten Phantasie, und wenn ich mir die Zeit genommen hätte, dabei zu verweilen, wäre ich ohne Zweifel auf der Stelle umgekehrt, in meine Kammer gerannt und hätte mich eingeschlossen. Aber wann immer sich eine Gefahr oder etwas Schreckliches hinter dem Schleier der Ungewißheit verbergen, ist es der vordringlichste Wunsch des Kopfes, sich der nackten Wahrheit zu vergewissern und sich den

Ausweg der Flucht für den Moment aufzuheben, wenn sich die grausame Erwartung erfüllt. Ich drehte den Türknauf und hatte augenblicklich die fatale Türschwelle überschritten, die Tür hinter mir geschlossen und stand jetzt vor Madame Pelet.

Gütiger Himmel! Ihr erster Anblick schien meine schlimmsten Befürchtungen zu erfüllen. Da saß sie nun, herausgeputzt in einem hellgrünen Musselinkleid, auf dem Kopf ein Spitzenhütchen mit blühenden roten Rosen als Verzierung. Der Tisch war sorgfältig gedeckt; es gab Obst, Kuchen und Kaffee, und eine Flasche mit etwas darinnen; ich wußte nicht, was es war. Auf meiner Stirn brach schon kalter Schweiß aus, und ich sah schon über die Schulter nach der geschlossenen Tür hin, als mein verstörter Blick zum Ofen wanderte, wo, zu meiner unaussprechlichen Erleichterung, eine zweite Person in einem großen Fauteuil daneben saß. Es war ebenfalls eine Frau, und zudem eine alte Frau, und sie war so dick und rosig, wie Madame Pelet mager und gelb war. Ihre Kleidung war gleichermaßen sehr erlesen, und Frühlingsblumen in verschiedenen Farbschattierungen umrundeten in einem leuchtenden Kranz die Krone ihrer violettfarbigen Samthaube.

Mir blieb nur für diese allgemeinen Beobachtungen Zeit, denn Madame Pelet trat mit einem Schritt nach vorn, der wohl graziös und elastisch sein sollte, und sprach mich folgendermaßen an:

»Monsieur ist in der Tat sehr entgegenkommend, seine Bücher zu verlassen, seine Studien, auf Grund der Bitte einer unbedeutenden Person, wie ich es bin. Will Monsieur das Maß seiner Freundlichkeit voll machen und mir erlauben, ihn meiner lieben Freundin, Madame Reuter, vorzustellen, die im Nachbarhause residiert, der Schule der jungen Damen?«

»Ah!« dachte ich, »ich wußte, daß sie alt ist«, und verbeugte mich und setzte mich. Madame Reuter plazierte sich an den Tisch mir gegenüber.

»Wie gefällt Ihnen Belgien, Monsieur?« fragte sie in breitestem Brüsseler Akzent. Ich konnte zwischenzeitlich gut unterscheiden zwischen der eleganten und reinen Pariser Sprechweise von M. Pelet, zum Beispiel, und der gutturalen Aussprache der Flamen. Ich antwortete höflich und fragte mich dann, wie eine so derbe und unförmige alte Frau, wie die vor mir stehende, ein Pensionat für junge Damen leiten konnte, von dem ich nur in Worten des höchsten Lobes hatte sprechen hören. Tatsächlich gab es Anlaß zur Verwunderung. Madame Reuter sah eher wie eine fröhliche, lebenslustige flämische *›fermière‹*[8] oder sogar wie eine *›maîtresse d'auberge‹*[9] aus als wie eine gesetzte, würdige, strenge *›directrice de pensionnat‹*. Im allgemeinen nehmen sich die älteren Frauen auf dem Kontinent, oder doch zumindest die in Belgien, eine Freiheit der Manieren, der Rede und des Aussehens, vor der unsere ehrenwerten *›granddames‹* als absolut ungehörig und dem guten Ruf abträglich zurückschrecken würden, und Madame Reuters vergnügte Miene war der Beweis dafür, daß sie keine Ausnahme von der Regel ihres Landes war. In ihrem linken Auge lag ein verschmitztes und anzügliches Zwinkern; das rechte hielt sie gewohnheitsmäßig halb geschlossen, was mir in der Tat sehr merkwürdig vorkam. Nach mehreren vergeblichen Versuchen, die Beweggründe dieser zwei seltsamen alten Geschöpfe herauszufinden, warum sie mich zu ihrem *›goûter‹* eingeladen hatten, gab ich es schließlich fast auf, fand mich damit ab, daß es sich zwangsläufig um ein Rätsel handeln mußte, saß da und betrachtete zuerst die eine, dann die andere und ließ zwischenzeitlich den Konfitüren, Kuchen und dem Kaffee, womit sie mich großzügig versorgten, aufmerksam Gerechtigkeit widerfahren. Auch sie aßen, und das mit gutem Appetit, und nachdem sie von der festen Nahrung eine große Portion vernichtet hatten, schlugen sie ein *›petit verre‹*, ein Gläschen vor. Ich lehnte ab. Ganz anders die Damen Pelet und Reuter; jede goß sich ein nach meinem Dafürhalten recht großes Glas Punsch ein, und nachdem sie die Gläser nahe beim Ofen abgestellt hatten, zogen sie sich noch die Stühle dorthin und luden mich ein, das gleiche zu tun. Ich gehorchte; und als ich so brav zwischen ihnen saß, wurde ich zuerst von Madame Pelet angesprochen, danach von Madame Reuter.

»Sprechen wir nun über das Geschäftliche«, sagte Madame Pelet, und sie begann, eine weitschweifige Rede zu halten, deren Sinn sich so wiedergeben läßt, daß sie am heutigen Spätnachmittag deshalb um das Vergnügen meiner Gesellschaft gebeten hatte, um ihrer Freundin Madame Reuter Gelegenheit zu geben, mir einen wichtigen Vorschlag zu unterbreiten, der sich möglicherweise als sehr vorteilhaft für mich herausstellen könnte.

»Pourvu que vous soyez sage«, sagte Madame Reuter, *»et à vrai dire, vous en avez bien l'air.*[10] Nehmen Sie doch ein Schlückchen von dem Punsch (oder *ponche*, wie sie es aussprach); es ist ein wohlschmeckendes und gesundes Getränk nach einem reichhaltigen Mahl.«

Ich verbeugte mich, lehnte aber wieder ab. Sie fuhr fort:

»Ich empfinde«, sagte sie nach einem feierlichen Schluck, »ich empfinde tief die Bedeutung des Auftrags, mit dem mich meine liebe Tochter betraut hat, denn Sie werden sich wohl dessen bewußt sein, Monsieur, daß es meine Tochter ist, welche das Institut im Nachbarhaus leitet?«

»Ah! Ich dachte, Sie selbst seien es, Madame.« In diesem Augenblick fiel es mir tatsächlich wieder ein, daß es ja Mademoiselle und nicht Madame Reuters Pensionat hieß.

»Ich? Oh, nein! Ich führe den Haushalt und kümmere mich um die Diener, wie es meine Freundin Madame Pelet für Monsieur, ihren Sohn, macht – weiter nichts. Ah! Sie dachten, ich gebe Unterricht, nicht wahr?«

Und sie lachte laut und lang, als sei diese Vorstellung für ihre Phantasie von ungeheuerem Reiz.

»Madame ist im Unrecht, wenn sie lacht«, bemerkte ich. »Wenn Madame keine Unterrichtsstunden gibt, dann doch sicher nicht, weil sie das nicht könnte«. Und ich zückte ein weißes Einstecktuch und führte es mit französischer Grazie an meiner Nase vorbei, während ich mich gleichzeitig verbeugte.

»Quel charmant jeune homme!« flüsterte Madame Pelet mit leiser Stimme. Madame Reuter, weniger romantisch veranlagt, da sie Flämin und nicht Französin war, lachte nur erneut.

»Ich befürchte, Sie sind eine gefährliche Person«, sagte sie. »Wenn Sie derartig geschickt im Erfinden von Komplimenten sind, wird Zoraïde sich ganz bestimmt vor Ihnen ängstigen. Wenn Sie sich aber wohl verhalten, werde ich Ihr Geheimnis bewahren und ihr nicht sagen, wie gut Sie schmeicheln können. Nun, hören Sie zu, welche Art von Vorschlag sie Ihnen macht. Sie hat gehört, daß Sie ein ausgezeichneter Professor sind, und da Sie wünscht, für ihre Schule die allerbesten Lehrer zu bekommen, *car Zoraïde fait tout comme une reine, c'est une véritable maîtresse-femme*[11], hat sie mich beauftragt, heute nachmittag hier vorbeizuschauen und bei Madame Pelet die Möglichkeit zu sondieren, Sie zu engagieren. Zoraïde ist ein vorsichtiger General; sie macht nie Vorstöße, ohne zuerst die Gegend genau zu erkunden. Ich glaube nicht, daß es ihr gefallen würde, wenn sie wüßte, daß ich Ihnen ihre Absichten schon enthüllt habe. Sie hat mich nicht angewiesen, so weit zu gehen, aber ich dachte mir, es würde nicht schaden, wenn ich Sie in das Geheimnis einweihe, und Madame Pelet war der gleichen Meinung. Passen Sie jedoch auf, daß Sie keine von uns an Zoraïde verraten – an meine Tochter, meine ich. Sie selbst ist so verschwiegen und vorsichtig, daß sie es nicht versteht, wie jemand Spaß an ein klein wenig Klatsch finden kann –«

»C'est absolument comme mon fils!«[12] rief Madame Pelet.

»Die ganze Welt hat sich so verändert, seit wir Mädchen waren!« fiel die andere ein. »Die jungen Leute heutzutage haben so altmodische Ansichten! Aber um darauf zurückzukommen, Monsieur. Madame Pelet wird die Frage Ihrer Unterrichtstätigkeit im Institut meiner Tochter gegenüber ihrem Sohn erwähnen, und er wird mit Ihnen sprechen. Und morgen werden Sie dann zu uns hinüberkommen und darum bitten, meine Tochter sprechen zu können, und Sie werden das Thema so anschneiden, als hätte eine erste diesbezügliche Andeutung Sie über M. Pelet selbst erreicht. Und achten Sie bitte darauf, daß Sie keinesfalls meinen Namen erwähnen, da ich Zoraïde unter keinen Umständen kränken möchte.«

»Bien! Bien!« unterbrach ich, denn all dieses Geplapper und Drumherumreden begann mich sehr zu langweilen. »Ich werde M. Pelet konsultieren, und die Sache soll zu Ihrer Zufriedenheit geregelt werden. Guten Abend, Mesdames, ich bin Ihnen unendlich zu Dank verpflichtet.«

»Comment! Vous vous en allez déjà?«[13] rief Madame Pelet aus.

»Prenez encore quelquechose, monsieur; une pomme cuite, des biscuits, encore une tasse de café ?«[14]

»Merci, merci, madame – au revoir.« Und ich verließ endlich die Wohnung.

Nachdem ich wieder in meinem Zimmer angelangt war,

machte ich mich daran, das Ereignis dieses Spätnachmittags noch einmal zu durchdenken. Es schien insgesamt eine kuriose Angelegenheit zu sein, die kurios gehandhabt wurde. Die zwei alten Frauen hatten ein umständliches Verwirrspiel zustande gebracht; dennoch wurde mir klar, daß das in meinem Bewußtsein dominierende Gefühl das der Befriedigung war. Zuallererst wäre es eine Abwechslung, in einem anderen Seminar zu unterrichten, und zweitens wäre das Unterrichten junger Damen sehr interessant; überhaupt in ein Mädcheninternat eingelassen zu werden, würde eine ganz neue Erfahrung in meinem Leben darstellen. »Außerdem«, dachte ich, während ich das zugenagelte Fenster betrachtete, »werde ich jetzt endlich den mysteriösen Garten sehen. Ich werde beides erblicken: die Engel und ihr Paradies.«

9. KAPITEL

M. Pelet konnte natürlich nichts gegen den Vorschlag von Mlle Reuter einwenden, da die Erlaubnis, derartige zusätzliche Beschäftigungen anzunehmen, sollten sie angeboten werden, einen Unterpunkt der Bedingungen bildeten, zu denen er mich eingestellt hatte. Es wurde daher im Verlauf des nächsten Tages vereinbart, daß es mir freigestellt sei, an vier Nachmittagen in der Woche Unterricht in Mlle Reuters Institut zu geben.

Als der Abend kam, bereitete ich mich darauf vor, hinüber zu gehen, um mit Mademoiselle selbst ein Gespräch über das Thema zu suchen. Ich hatte vorher noch keine Zeit gehabt, den Besuch abzustatten, da ich den ganzen Tag über vollauf mit unterrichtlichen Arbeiten beschäftigt gewesen war. Ich erinnere mich noch sehr gut, daß ich, ehe ich meine

Kammer verließ, eine kurze Debatte mit mir selbst führte, ob ich statt meiner üblichen Kleidung nicht etwas Eleganteres anziehen sollte. Schließlich entschied ich, daß dies verschwendete Mühe sein würde. »Zweifellos«, dachte ich, »ist sie eine hölzerne alte Jungfer. Obschon Madame Reuters Tochter, so mag sie doch gut und gerne mehr als vierzig Lenze zählen. Außerdem, falls es umgekehrt sein sollte, falls sie sowohl jung als auch hübsch ist: Ich bin keine Schönheit, und keine Kleidung kann mich dazu machen, und deshalb gehe ich, wie ich bin.« Und schon machte ich mich auf den Weg, im Vorübergehen einen flüchtigen Blick seitwärts zum Toilettentisch werfend, der von einem Spiegel überragt wurde. Ein schmales, unregelmäßiges Gesicht sah ich da, mit eingesunkenen, dunklen Augen unter einer breiten Stirn, der Teint weit davon entfernt, blühend oder anziehend zu sein; etwas Junges, aber nicht Jugendliches, kein Objekt, die Liebe einer Dame zu gewinnen, keine Zielscheibe für Cupidos Pfeile.

Ich war bald am Eingang des Pensionats. Einen Augenblick später hatte ich die Glocke gezogen. Nach einem weiteren Augenblick wurde die Tür geöffnet, und dahinter erschien ein Gang, der abwechselnd mit weißem und schwarzem Marmor gefliest war. Die Wände waren ebenfalls in einer Marmorimitation gestrichen, und am entgegengesetzten Ende öffnete sich eine Glastür, durch die ich Büsche und ein Stück Rasen sah, schön anzusehen im Sonnenschein eines milden Spätnachmittags im Frühling, denn es war jetzt Mitte April.

Dies also war mein erster flüchtiger Blick auf *den* Garten, aber ich hatte nicht die Zeit, ihn lange zu betrachten. Die Pförtnerin, nachdem sie meine Frage, ob ihre Herrin zu Hause sei, bejahend beantwortet hatte, öffnete die Falttüre zu einem Raum zur Linken, führte mich hinein und schloß sie hinter mir. Ich fand mich in einem Salon mit einem sehr schön gestrichenen, auf Hochglanz polierten Fußboden wieder. Stühle und Sofas bedeckt mit weißen Tüchern, ein grünes Porzellanöfchen, die Wände behangen mit Bildern in vergoldeten Rahmen, eine vergoldete Stutzuhr und anderer Zierat auf dem Kaminsims, ein großer Lüster von der Mitte der Decke herabhängend, Spiegel, Wandkonsolen, Musselin-Vorhänge und ein hübscher Mitteltisch vervollständigten das Mobiliar. Alles sah äußerst sauber und glänzend aus, aber der allgemeine Eindruck wäre eher etwas kalt und nüchtern gewesen, hätte nicht ein zweites Paar großer Falttüren, die weit offen standen und einen weiteren und kleineren Salon enthüllten, der gemütlicher eingerichtet war, dem Auge Erleichterung geboten. Dieser Raum war mit Teppichen ausgelegt, und in ihm gab es ein Piano, eine Couch, eine Chiffonière, und vor allem enthielt er ein hohes Fenster mit karmesinroten Vorhängen, welches, da nicht zugezogen, einen erneuten Blick auf den Garten ermöglichte, durch die großen, sauberen Fensterscheiben, um die herum Efeublätter und Weinranken gezogen waren.

»Monsieur Creemsvort, n'est-ce pas?« sagte eine Stimme hinter mir, und, unfreiwillig zusammenzuckend, drehte ich mich um. Ich war so von der Betrachtung des schönen kleinen Salons gefesselt gewesen, daß ich den Eintritt einer Person in den größeren Raum nicht bemerkt hatte. Es war jedoch Mlle Reuter, die mich jetzt ansprach und dicht neben mir stand; und nachdem ich mich mit rasch wiedergefundener Kaltblütigkeit verbeugt hatte, denn ich gerate nicht leicht in Verlegenheit, eröffnete ich die Konversation mit einigen Bemerkungen über den angenehmen Ausblick aus ihrem kleinen Kabinett und den Vorteil, den sie durch den Besitz eines Gartens gegenüber M. Pelet hatte.

»Ja«, sagte sie, »das habe ich auch oft gedacht«, und fügte

hinzu: »Es ist mein Garten, Monsieur, der mich dieses Haus behalten läßt, ansonsten wäre ich wahrscheinlich schon lange in größere Räumlichkeiten umgezogen. Aber wie Sie sehen, könnte ich meinen Garten nicht mitnehmen, und ich würde wohl kaum einen so großen und schönen irgendwo in der Stadt finden.«

Ich billigte ihre Beurteilung.

»Aber Sie haben ihn noch nicht gesehen«, sagte sie und erhob sich. »Kommen Sie zum Fenster, wo Sie einen besseren Blick haben.« Ich folgte ihr. Sie schob das Fenster auf. Ich beugte mich hinaus und sah das umschlossene Grundstück, das mir bis dahin eine unbekannte Region gewesen war, in seiner ganzen Größe. Es war ein langes, nicht sehr breites Stück kultivierten Bodens mit einer Art Allee in der Mitte, die von eindrucksvollen, alten Obstbäumen eingerahmt war. Es gab einen Rasen, ein Rosenbeet, einige Blumenrabatten und, auf der anderen Seite, ein Gebüsch, dicht bepflanzt mit Spanischem Flieder, Goldregen und Akazien. Ich fand es schön und wohltuend, sehr sogar, denn solch eine lange Zeit war verstrichen, seit ich überhaupt einen Garten gesehen hatte. Aber es war nicht nur Mlle Reuters Garten, auf dem meine Augen verweilten. Als ich mir ihre gutgepflegten Beete und die knospenden Büsche angesehen hatte, erlaubte ich meinem Blick, auf sie selbst zurückzuschweifen, und ich wandte ihn keineswegs wieder hastig ab.

Ich hatte erwartet, ein großes, mageres, gelbes, nonnenhaftes Standbild in Schwarz zu sehen, mit enganliegender weißer Haube und unter dem Kinn festgebunden. Statt dessen stand neben mir eine kleine und rundliche Frau, die in der Tat älter als ich sein mochte, aber noch immer jung war. Nach meiner Meinung konnte sie nicht älter als sechs- oder siebenundzwanzig sein. Sie war anmutig wie eine anmutige Engländerin; sie hatte keine Haube auf; ihr Haar war nußbraun, und sie trug es in Locken. Hübsch waren ihre Gesichtszüge nicht, noch sehr sanft, noch sehr regelmäßig, doch waren sie auch in keiner Beziehung gewöhnlich und nichtssagend, und ich sah bereits Grund, sie für ausdrucksvoll zu halten. Welches war ihr hervorstechendstes Merkmal? Waren es Scharfsinn und Klugheit? Vernunft? Ja, wahrscheinlich; aber ich konnte es noch nicht mit Bestimmtheit sagen. Ich entdeckte jedoch eine gewisse Heiterkeit des Blicks und Frische des Teints, höchst vergnüglich anzusehen. Die Farbe ihrer Wangen war wie das Rot eines guten Apfels, der im Kern so gesund ist, wie er rot ist auf der Schale.

Mlle Reuter und ich kamen auf das Geschäftliche zu sprechen. Sie sagte, sie sei sich noch nicht völlig der Klugheit dieses Schrittes sicher, den sie gerade tat, da ich noch so jung sei und die Eltern möglicherweise etwas gegen einen Professor wie mich für ihre Töchter haben könnten. »Aber es ist oftmals gut, nach seinem eigenen Urteil zu handeln«, sagte sie, »und den Eltern voranzugehen, statt ihnen hinterher. Die Eignung eines Professors ist keine Frage des Alters; und nach allem, was ich höre und was ich selbst beobachte, würde ich Ihnen eher vertrauen als M. Ledru, dem Musiklehrer, der ein verheirateter Mann von beinahe fünfzig Jahren ist.«

Ich brachte zum Ausdruck, daß ich hoffte, sie würde mich ihrer guten Meinung für würdig finden; daß ich, so wie ich mich kannte, unfähig war, in mich gesetztes Vertrauen zu mißbrauchen. »*Du reste*, und außerdem«, sagte sie, »wird die Aufsicht streng gehandhabt werden.« Und dann begann sie, die Bedingungen zu diskutieren. Sie war sehr vorsichtig, ganz auf der Hut. Sie verhandelte nicht unbedingt, sondern sie sondierte mich behutsam, um herauszufinden, welches meine Erwartungen sein könnten; und da sie mich nicht dazu bringen konnte, eine Summe zu nennen, argumentierte und argumentierte sie mit flüssiger, doch ruhiger Weitschweifigkeit der Rede und nagelte mich schließlich auf fünfhundert Francs pro Jahr fest – nicht allzu viel, aber ich war einverstanden. Bevor die Verhandlungen abgeschlossen waren, begann es leicht zu dämmern. Ich drängte nicht, denn mir gefiel es gut, dazusitzen und sie sprechen zu hören. Ich war belustigt über die Art von geschäftstüchtigem Talent, das sie entfaltete. Selbst Edward hätte sich nicht geschickter verhalten können, obwohl er wahrscheinlich eher eine unhöfliche Direktheit und Nachdrücklichkeit an den Tag gelegt hätte. Und sie brachte so viele Begründungen vor und so viele Erklärungen, und letztendlich gelang es ihr, sich selbst als uneigennützig, ja aufgeschlossen und großzügig darzustellen. Schließlich beendete sie ihre Ausführungen mit der Einsicht, sie könne nichts weiter sagen, denn da ich in alle Punkte einwilligte, gab es keinen Grund mehr für sie, sich rhetorisch zu üben. Ich fühlte mich verpflichtet aufzustehen. Ich wäre lieber noch ein wenig länger sitzen geblieben. Was, außer meinem kleinen, leeren Zimmer, erwartete mich schon bei meiner Rückkehr? Und meine Augen fanden ihr Vergnügen daran, Mlle Reuter anzusehen, ganz besonders jetzt, wo das Zwielicht ihre Gesichtszüge etwas sanfter machte, und in der Unschärfe der Abenddämmerung kam mir ihre Stirn frei und hoch und erhaben vor, ihr Mund schien von einem Anflug von Liebenswürdigkeit berührt und gleichzeitig von Linien der Vernunft bestimmt zu sein. Als ich mich zum Gehen erhob, streckte ich ganz bewußt meine Hand aus, obwohl mir bekannt war, daß dies der Etikette ausländischer Gewohnheiten zuwiderlief. Sie lächelte und sagte:

»Ah! C'est comme tous les Anglais«[15], aber sie gab mir sehr freundlich die Hand.

»Es ist das Privileg meines Landes, Mademoiselle«, sagte ich, »und denken Sie daran, daß ich es immer beanspruchen werde.«

Sie lachte leichthin und gutmütig und mit einer natürlichen Ausgeglichenheit, die sich in allem offenbarte, was sie tat – einer Ausgeglichenheit, die sich auf mich übertrug und die mir einzigartig gefiel; zumindest dachte ich das an jenem Abend. Brüssel schien mir ein sehr angenehmer Ort zu sein, als ich wieder auf die Straße hinausging, und es sah ganz so aus, als würde sich mir eine unbeschwerte, ereignisreiche, aufwärts gerichtete Karriere eröffnen, und zwar genau von jenem milden, ruhigen Aprilabend an. Ein so leicht zu beeindruckendes Wesen ist der Mann, oder wenigstens doch so ein Mann, wie ich einer war in jenen Tagen.

10. KAPITEL

Am nächsten Tag schienen die Morgenstunden in M. Pelets Schule sehr langsam zu verstreichen. Ich wünschte mir den Nachmittag herbei, um wieder in das benachbarte Pensionat gehen zu können und dort meine erste Unterrichtsstunde in seinen freundlichen Mauern zu geben; denn freundlich erschienen sie mir. Gegen Mittag kam die Stunde der Erholungspause; um ein Uhr aßen wir. Die Zeit zog sich hin, und endlich zeigte der tiefe Glockenton von Ste-Gudule, der langsam zwei schlug, den Augenblick an, auf den ich gewartet hatte.

Am Fuß der schmalen Hintertreppe, die von meinem Zimmer hinabführte, begegnete ich M. Pelet.

»Comme vous avez l'air rayonnant!« sagte er. *»Je ne vous ai jamais vu aussi gai. Que s'est-il donc passé?«*

»Apparemment que j'aime les changements«, erwiderte ich.

»Ah! Je comprends – c'est cela – soyez sage seulement. Vous êtes bien jeune – trop jeune pour le rôle que vous allez jouer; il faut prendre garde – savez-vous?«

»Mais quel danger y a-t-il?«

»Je n'en sais rien – ne vous laissez pas aller à de vives impressions – voilà tout.«[16]

Ich lachte. Das Gefühl eines erlesenen Vergnügens strich über meine Nerven bei dem Gedanken an die mit Wahrscheinlichkeit auftauchenden ›impulsiven Eindrücke‹. Es war das Leblose, die Gleichförmigkeit der Tagesabläufe, das bis dahin mein Fluch gewesen war. Meine Eleven aus dem Knabenseminar mit ihren Hemdblusen erzeugten nie irgendwelche ›impulsiven Eindrücke‹ in mir, es sei denn gelegentlich solche des Ärgers. Ich verabschiedete mich von M. Pelet, und während ich den Gang entlangschritt, verfolgte mich eines seiner typischen Gelächter – ein sehr französischer, ausschweifender, spöttischer Ton.

Wieder stand ich vor der Tür des Nachbarhauses und wurde bald erneut in den freundlichen Gang mit seinen sauberen, taubengrauen Wänden aus imitiertem Marmor geführt. Ich folgte der Pförtnerin, stieg eine Stufe hinunter, bog um eine Ecke und fand mich in einer Art Korridor wieder. Eine seitliche Tür öffnete sich, und Mlle Reuters kleine, ebenso graziöse wie mollige Gestalt erschien. Jetzt konnte ich ihre Kleidung bei vollem Tageslicht sehen. Ein hübsches, einfaches Kleid aus *mousseline-laine*, einem leichten Wollstoff, paßte vollendet zu ihrer kompakten, rundlichen Figur. Ein feiner, kleiner Spitzenkragen um den Hals, ebensolche Manschetten an den Handgelenken und adrette Pariser Schnürstiefel an den Füßen vervollkommneten ihre

Erscheinung auf das vorteilhafteste. Doch wie ernst war ihr Gesicht, als sie plötzlich auf mich zukam! Sorgen und Geschäftigkeit waren in ihrem Blick und auf ihrer Stirn. Sie sah beinahe streng und finster drein. Ihr *»Bonjour, Monsieur«* war sehr höflich, aber so korrekt, so alltäglich, daß es unvermittelt ein kaltes, feuchtes Tuch über meine *»vives impressions«* breitete. Die Bedienstete wandte sich ab, als ihre Herrin erschien, und ich ging langsam den Korridor entlang, Seite an Seite mit Mlle Reuter.

»Monsieur wird heute die erste Klasse unterrichten«, sagte sie. »Ein Diktat oder eine Leseübung wird vielleicht für den Anfang am besten sein, da dies die einfachsten Formen des Unterrichts in einer Fremdsprache sind; und am Anfang fühlt sich der Lehrer naturgemäß etwas unsicher.«

Sie hatte ganz recht, wie mir die Erfahrung bestätigt hatte; ich konnte ihr nur beipflichten. Wir schritten schweigend dahin. Der Korridor endete in einer Halle, geräumig, hoch und quadratisch; eine Glastüre an einer Seite zeigte in ein langes, schmales Refektorium, mit Tischen, einem Schrank und zwei Lampen; es war leer. Große Glastüren an der Vorderseite öffneten sich zum Spielplatz und zum Garten hin; eine breite Treppe führte spiralförmig an der gegenüberliegenden Seite hinauf; die übrige Wand wies ein Paar großer Falttüren auf, die jetzt geschlossen waren und zweifellos zu den Klassen führten.

Mlle Reuter warf mir einen Seitenblick zu, wahrscheinlich um sich zu vergewissern, ob ich konzentriert genug war, um in ihr Allerheiligstes geführt zu werden. Ich vermute, sie beurteilte meine Verfassung als einigermaßen selbstbeherrscht, denn sie öffnete die Tür, und ich folgte ihr hinein. Ein raschelnder Laut des Sich-Erhebens begrüßte uns beim Eintreten. Ohne nach rechts oder links zu sehen, ging ich geradewegs durch den Gang zwischen zwei Reihen von Bänken und Tischen und ergriff Besitz von dem leeren Stuhl und dem einsamen Pult, die erhöht auf einem Podium standen, eine Stufe hoch, um den einen Teil der Klasse zu beherrschen; der andere Teil war unter der Aufsicht einer gleichermaßen erhöhten Maîtresse. Am Ende des Podiums, und befestigt an einem beweglichen Raumteiler, der dieses Klassenzimmer von einem anderen jenseits abtrennte, war eine große, schwarze und glänzende Holztafel. Ein dickes Stück weißer Kreide lag auf meinem Pult zum Zwecke der Erhellung grammatikalischer oder verbaler Unklarheiten, die möglicherweise in meinem Unterricht auftauchten, durch Anschreiben derselben an die Tafel. Ein feuchter Schwamm kam neben der Kreide zum Vorschein, um es mir zu ermöglichen, die Hinweise wieder zu tilgen, wenn sie ihre beabsichtigte Schuldigkeit getan hatten.

Ich machte diese Beobachtungen sorgfältig und ganz bewußt, ehe ich mir einen Blick auf die Bänke vor mir gestattete. Nachdem ich die Kreide zurechtgelegt, zurück zur Tafel geschaut, den Schwamm befühlt hatte, um mich zu vergewissern, daß er sich im Zustand der angemessenen Feuchtigkeit befand, hielt ich mich für gelassen genug, um ruhig aufblicken und bedächtig in die Runde sehen zu können.

Als erstes fiel mir auf, daß Mlle Reuter bereits hinausgeschlüpft war; sie war nirgendwo zu sehen. Nur eine *Maîtresse*, eine Lehrerin, diejenige, welche das entsprechende Gegenstück zu meinem Podium beanspruchte, blieb weiterhin anwesend, um mich zu bewachen. Sie war etwas im Dunkeln, und bei meiner Kurzsichtigkeit konnte ich nur erkennen, daß sie von dünner, knochiger Gestalt war und einen ziemlich talgigen Teint hatte, und daß ihre Haltung, während sie saß, gleichermaßen Lustlosigkeit und Affektiertheit vermittelte. Deutlicher zu sehen, auffallender, beschienen vom vollen Licht des klaren Fensters war die Belegschaft der Bänke direkt vor mir, von denen einige Mädchen im Alter von vierzehn, fünfzehn, sechzehn waren, einige junge Frauen von achtzehn (wie es mir vorkam) bis zwanzig. Sittsamste Kleidung, einfachste Haartracht waren ihnen gemeinsam; und gutmütige Gesichter von rötlicher, blühender Farbe, große und glänzende Augen, voll ausgebildete Formen, fast schon stämmige, schienen vorzuherrschen. Ich ertrug diesen ersten Anblick nicht wie ein Stoiker; ich war geblendet, ich senkte die Augen, und mit irgendwie leiser Stimme murmelte ich:

»*Prenez vos cahiers de dictée, mesdemoiselles.*«[17]

So hatte ich die Knaben in Pelets Schule nicht aufgefordert, ihre Lesebücher herauszunehmen. Ein Geraschel folgte und ein Öffnen der Schreibpulte. Hinter den erhobenen Deckeln, die vorübergehend die auf der Suche nach den Heften gebeugten Köpfe verbargen, hörte ich Kichern und Wispern.

»*Eulalie, je suis prête à pâmer de rire*«, bemerkte die eine.

»*Comme il a rougi en parlant!*«

»*Oui, c'est un véritable blanc-bec.*«

»*Tais-toi, Hortense – il nous écoute.*«[18]

Und dann gingen die Deckel nach unten und die Köpfe erschienen wieder. Mir waren drei aufgefallen, die Flüsterinnen, und ich zögerte nicht, ihnen einen langen und festen Blick zuzuwerfen, als sie nach ihrem zeitweiligen Verschwinden wieder zum Vorschein kamen. Es ist erstaunlich, welche Gelöstheit und welchen Mut mir ihre kleinen, vorlauten Bemerkungen gaben. Die Vorstellung, die mir Angst eingejagt hatte, war gewesen, daß die jungen Dinger vor mir, mit ihren nonnenähnlichen Gewändern und brav geflochtenen Haaren eine Art halbe Engel seint könnten. Das helle Kichern, das unbesonnene Flüstern hatten mein Bewußtsein von diesem törichten und bedrückenden Bild einigermaßen befreit.

Die drei, auf die ich mich beziehe, saßen ganz vorne, einen halben Meter von meinem Podium entfernt, und gehörten zu denen, die schon am ehesten fraulich aussahen. Ihre Namen lernte ich später kennen, aber ich kann sie genausogut jetzt erwähnen; sie hießen Eulalie, Hortense, Caroline. Eulalie war groß und sehr schön geformt; sie war blond und hatte die Gesichtszüge einer niederländischen Madonna; manch eine *›figure de Vierge‹* habe ich auf holländischen Bildern gesehen, die genau der ihren glich; ihre Figur oder ihr Gesicht wiesen überhaupt nichts Kantiges auf, alles war Wölbung und Rundung; weder Nachdenklichkeit, noch Empfindung, noch Leidenschaft störten durch Linien oder Erröten die Gleichmäßigkeit ihrer blassen, reinen Haut; ihre stattliche Brust hob sich mit der Regelmäßigkeit ihres Atems, ihre Augen bewegten sich ein wenig; nur anhand dieser Lebenszeichen hätte ich sie von einer großen, schönen, in Wachs gegossenen Gestalt unterscheiden können. Hortense war von mittlerer Größe und stämmig; ihre Figur ungraziös, ihr Gesicht auffallend, lebendiger und glänzender als das von Eulalie; ihr Haar war dunkelbraun, ihr Teint von gesunder Farbe; in ihrem Blick lagen Lustigkeit und Schalk; vielleicht besaß sie Zielstrebigkeit und Verstand, aber keiner ihrer Gesichtszüge wies auf diese Qualitäten hin.

Caroline war klein, jedoch offensichtlich voll entwickelt; rabenschwarzes Haar, sehr dunkle Augen, absolut regelmäßige Züge, ein farbloser Oliventeint, ein helles Gesicht und eine fahle Halsregion bildeten bei ihr jene Kombination einzelner Punkte, deren Zusammenwirken viele Menschen als die Vervollkommnung von Schönheit ansehen. Wie sie es fertig brachte, mit der reinen Blässe ihrer Haut und der klassischen Geradheit ihrer Linien sinnlich auszusehen, weiß ich nicht. Ich glaube, es war das Zusammenwirken zwischen Augen und Lippen, und das Resultat in der Vorstellung des Betrachters war eindeutig. Jetzt war sie sinnlich, und in zehn Jahren würde sie derb sein; die Ankündigung vieler zukünftiger Torheiten stand ihr klar ins Gesicht geschrieben.

Wenn ich schon diese Mädchen mit wenigen Hemmungen ansah, dann sahen sie mich mit noch weniger an. Eulalie hob ihren starren Blick zu dem meinigen und schien teilnahmslos, aber zuversichtlich einen spontanen Tribut für ihre beträchtlichen Reize zu erwarten. Hortense betrachtete mich frech und kicherte gleichzeitig, während sie mit einer Miene kecker Direktheit sagte:

»*Dictez-nous quelquechose de facile pour commencer, monsieur.*«[19]

Caroline schüttelte die losen Ringellöckchen ihres fülligen, aber etwas groben Haares über die rollenden, schwarzen Augen. Sie öffnete die Lippen, die voll waren wie die einer heißblütigen Maronnegerin, zeigte ihre regelmäßigen, funkelnden Zähne dazwischen und gewährte mir gleichzeitig ein Lächeln ›*de sa façon*‹. Schön wie Pauline Borghese, sah sie im Augenblick kaum unschuldiger aus als Lucrezia Borgia. Caroline stammte aus vornehmer Familie. Der Charakter der adeligen Mutter wurde mir später geschildert, und danach hörte ich auf, mich über die frühreifen Talente der Tochter zu wundern. Ich sah sofort, daß diese drei sich für die Königinnen der Schule hielten, und mir war klar, daß sie mit ihrem Glanz den ganzen Rest in den Schatten verbannten. So hatten sie in weniger als fünf Minuten mir ihren Charakter enthüllt, und in weniger als fünf Minuten hatte ich mir einen Harnisch stählernen

Gleichmuts umgeschnallt und ein Visier undurchdringlicher Sachlichkeit herabgelassen.

»Nehmen Sie Ihre Federhalter und beginnen Sie zu schreiben«, sagte ich mit so trockener und tonloser Stimme, als spräche ich nur mit Jules Vanderkelkov und Co.

Das Diktat begann nunmehr. Meine drei Schönen unterbrachen mich unaufhörlich mit albernen kleinen Fragen und unerbetenen Zwischenbemerkungen, die ich teilweise gar nicht beantwortete, teilweise sehr ruhig und nur sehr knapp.

»Comment dit-on point et virgule en Anglais, monsieur?«

»Semi-colon, mademoiselle.«

»Simi-collong? Ah, comme c'est drôle!« (Kichern.)

»J'ai une si mauvaise plume – impossible d'écrire!«

»Mais, monsieur – je ne sais pas suivre – vous allez si vite.«

»Je n'ai rien compris, moi!«[20]

Hier erhob sich ein allgemeines Gemurmel, und die Lehrerin machte zum ersten Mal den Mund auf und stieß hervor:

»Silence, mesdemoiselles!«

Kein Silentium folgte – im Gegenteil: Die drei Damen in der vordersten Reihe begannen lauter zu sprechen:

»C'est difficile, l'anglais!«

»Je déteste la dictée.«

»Quel ennui d'écrire quelquechose que l'on ne comprend pas!«[21]

Einige aus den hinteren Bänken lachten; die Klasse fing an, unruhig zu werden; es war nötig, sofort Maßnahmen zu ergreifen.

»Donnez-moi votre cahier«[22], sagte ich zu Eulalie in barschem Ton, beugte mich nach vorn und nahm es, noch ehe sie Zeit hatte, es mir zu geben.

»Et vous, mademoiselle – donnez-moi le vôtre«[23], fuhr ich fort, etwas sanfter, und sprach ein kleines, blasses, unscheinbar

aussehendes Mädchen an, das in der ersten Reihe der anderen Gruppe saß und das mir sofort als eines der häßlichsten und aufmerksamsten der Klasse aufgefallen war. Sie stand auf, kam zu mir herüber und lieferte ihr Heft ab mit einem ernsten, sittsamen Knicks. Ich überflog die beiden Diktate. Das von Eulalie war hingeschmiert, voller Kleckse und dummer Fehler; Sylvies (so hieß das häßliche, kleine Mädchen) war sauber geschrieben, enthielt keine Sinnfehler und nur ein paar wenige Rechtschreibfehler. Ungerührt las ich beide Übungstexte laut vor, nannte die Fehler und sah dann Eulalie an.

»C'est honteux!« sagte ich, zerriß in aller Ruhe ihr Diktat in vier Teile und überreichte ihr die Fetzen. Ich gab Sylvie ihr Heft mit einem Lächeln zurück und sagte:

»C'est bien – je suis content de vous.«[25]

Sylvie sah still zufrieden drein, Eulalie plusterte sich wie ein gereizter Truthahn auf, aber die Unruhe war beseitigt. An die Stelle von eingebildeter Koketterie und aussichtslosem Flirten war in der ersten Bank ein mürrisches Schweigen getreten, das mir weitaus lieber war, und der Rest meines Unterrichts ging ohne Unterbrechung vorüber.

Das Scheppern einer Glocke draußen im Hof kündigte den Augenblick der Beendigung schulischer Mühsal an. Ich hörte unsere eigene Glocke zur gleichen Zeit und die eines bestimmten öffentlichen Kollegs unmittelbar danach. Jede Ordnung löste sich augenblicklich auf. Alle Schüler sprangen hoch. Ich hastete los, um meinen Hut zu ergreifen, mich vor der *Maîtresse* zu verbeugen und den Raum zu verlassen, ehe die Woge der Externen sich aus den inneren Klassenzimmern ergoß, wo ich fast einhundert Schülerinnen eingesperrt wußte und deren lauter werdenden Tumult ich schon hörte.

Ich hatte kaum die Halle durchquert und den Korridor erreicht, als Mlle Reuter auf mich zukam.

»Kommen Sie einen Augenblick mit herein«, sagte sie und hielt die Tür eines Nebenraums auf, aus dem sie bei meiner Ankunft herausgetreten war. Es war ein *salle à manger*, ein Eßzimmer, wie aus dem Buffet und der mit Gläsern und Porzellan gefüllten Vitrine, die einen Teil der Einrichtung bildeten, hervorging. Noch ehe sie die Tür hinter uns geschlossen hatte, war der Korridor bereits voll mit Tagesschülerinnen, die ihre Mäntel, Hauben und Henkeltaschen von den hölzernen Haken rissen, an denen sie aufgehängt waren. Die schrille Stimme einer *Maîtresse* war zwischendurch immer wieder zu hören, wie sie sich vergeblich bemühte, ein Mindestmaß an Ordnung durchzusetzen; vergeblich, sage ich, denn Disziplin gab es keine bei diesen Rabauken, und doch wurde die Schule als eine der bestgeführten in Brüssel angesehen.

»Sie haben jetzt Ihre erste Unterrichtsstunde gehalten«, begann Mlle Reuter völlig ruhig und gelassen, als sei sie sich des Chaos überhaupt nicht bewußt, von dem wir nur durch eine einzige Wand getrennt wurden.

»Waren Sie mit Ihren Schülerinnen zufrieden, oder gaben Ihnen irgendwelche Umstände in ihrem Verhalten Anlaß zur Klage? Verheimlichen Sie mir nichts, schenken Sie mir Ihr uneingeschränktes Vertrauen.«

Glücklicherweise fühlte ich, daß ich alle Kraft besaß, um ohne fremde Hilfe mit meinen Schülerinnen fertig zu werden. Die Verklärung, der goldene Dunstschleier, der meinen Scharfblick anfänglich geblendet hatte, hatte sich zum größten Teil aufgelöst. Ich kann nicht sagen, daß ich erbost oder niedergeschlagen war durch den Kontrast, den die Realität eines *pensionnat de demoiselles* gegenüber meinem vagen Ideal von einer solchen Gemeinschaft darstellte; ich war jetzt nur gescheiter geworden und amüsiert. Folglich verspürte ich keine Neigung, mich bei Mlle Reuter zu beklagen, und ich begegnete ihrer rücksichtsvollen Aufforderung zum Vertrauen mit einem Lächeln.

»Tausend Dank, Mademoiselle, es ist alles glatt gegangen.«

Sie sah mehr als zweifelnd drein.

»Et les trois demoiselles du premier banc?«[26] sagte sie.

»Ah! tout va au mieux!«[27] war meine Antwort, und Mlle Reuter hörte auf, mich auszufragen. Aber ihr Blick – weder offen noch strahlend, noch schmelzend, noch entflammt, sondern scharf, durchdringend und geschäftsmäßig – zeigte mir, daß sie meine Antwort parierte; ein kurzes Aufblitzen in ihren Augen sagte ganz klar: »Sei so zugeknöpft, wie du willst, ich brauche deine Offenheit nicht. Was du zu verbergen wünschst, weiß ich bereits.«

In einem kaum wahrnehmbaren Umschwung veränderte sich das Verhalten der Direktorin. Die angestrengt geschäftsmäßige Miene verschwand aus ihrem Gesicht, und sie fing an, über das Wetter und die Stadt zu plaudern und sich nachbarlich nach M. und Madame Pelet zu erkundigen. Ich beantwortete all ihre kleinen Fragen. Sie zog das Gespräch in die Länge, und ich folgte ihr weiterhin durch all seine kleinen Windungen. Sie blieb so lange sitzen, sagte so vieles und wechselte so oft die Themen unserer Unterhaltung, daß es nicht schwierig war zu erkennen, daß sie ein besonders Ziel damit verfolgte, mich aufzuhalten. Aus den Worten allein hätte man diese Absicht nicht heraushören können, aber ihre ganze Haltung verriet sie. Während ihre Lippen nur liebenswürdige Allgemeinplätze äußerten, kehrten ihre Augen immer wieder zu meinem Gesicht zurück. Sie sah mich nicht voll und direkt an, sondern aus den Augenwinkeln, ganz heimlich, ganz verstohlen, aber ich glaube, ich habe alle ihre Blicke bemerkt. Ich beobachtete sie so genau, wie sie mich beobachtete. Ich begriff bald, daß sie meinem wahren Charakter nachspürte. Sie suchte nach ausgeprägten Punkten, und nach wunden Punkten, und nach exzentrischen Punkten. Mal versuchte sie es auf diese Art, mal auf jene, in der Hoffnung, letztlich doch noch eine Ritze, eine Lücke zu finden, in die sie ihren festen, kleinen Fuß stellen und ihn mir damit ins Genick setzen konnte – als Herrin meiner Natur. Mißverstehen Sie mich nicht, lieber Leser: Sie wollte keinen erotischen Einfluß auf mich gewinnen. Zu diesem Zeitpunkt war es lediglich die Macht der Politikerin, die sie anstrebte. Ich war jetzt als Professor in ihrem Institut angestellt, und sie wollte herausfinden, wo sie mir geistig überlegen war, wie sie mich gefühlsmäßig und meinungsmäßig leiten konnte.

Das Spiel gefiel mir sehr, und ich tat nichts, um sein Ende zu beschleunigen. Manchmal machte ich ihr Hoffnungen, indem ich einen Satz ziemlich erbärmlich begann, und wenn sich ihr scharfer Blick aufhellte, dann glaubte sie, sie hätte mich; und nachdem ich sie ein wenig des Wegs geführt hatte, machte ich mit großem Vergnügen kehrt und schloß mit makelloser, klarer Logik, woraufhin ihre Kontenance zusammenfiel. Schließlich kam eine Bedienstete herein, um das Abendessen anzukündigen. Damit war das Geplänkel zwangsläufig beendet, und wir schieden, ohne daß eine Seite hätte Vorteile verbuchen können. Mlle Reuter hatte mir noch nicht einmal Gelegenheit gegeben, sie mit Gefühl zu attackieren, und mir war es gelungen, ihre kleinen, listigen Schachzüge zu durchkreuzen. Es war ein unentschiedener Kampf nach allen Regeln. Ich streckte wieder die Hand aus, als ich das Zimmer verließ, und sie gab mir die ihrige; es war eine kleine und weiße Hand, aber wie war sie kalt! Ich sah ihr auch direkt in die Augen – und zwang sie dadurch zu einem aufrichtigen Blick. Dieser letzte Test verlief gegen mich: Sie blieb, wie sie war – zurückhaltend, beherrscht, gleichmütig. Ich war enttäuscht.

»Langsam werde ich klüger«, dachte ich, während ich zurück in M. Pelets Haus ging. »Sieh dir diese kleine Frau aus dem wirklichen Leben an. Ist sie so wie die Frauen der Romanschriftsteller und Romanzenschreiber? Wenn man Schilderungen weiblicher Chraktere in der Dichtung oder der fiktionalen Literatur liest, dann möchte man meinen, daß ein weibliches Wesen nur aus Gefühl besteht, entweder zum Guten oder zum Schlechten. Hier ist ein Exemplar, und zwar ein höchst vernünftiges und zudem recht ansehnliches, dessen hauptsächliche Eigenschaft der abstrakte Verstand ist. Kein Talleyrand war je leidenschaftsloser und nüchterner als Zoraïde Reuter!« So dachte ich damals. Hinterher fand ich heraus, daß erkaltete Sensibilität durchaus vereinbar ist mit starken Neigungen.

11. KAPITEL

In der Tat war die Unterhaltung mit der gewitzten kleinen Politikerin recht lang gewesen, und als ich in meinem Quartier ankam, entdeckte ich, daß das Abendessen nahezu schon vorbei war. Zu spät zu den Mahlzeiten zu erscheinen war ein Verstoß gegen die Hausordnung, und wäre es einer der flämischen Hilfslehrer gewesen, der solchermaßen nach dem Abtragen der Suppe und dem Beginn des ersten Ganges eingetreten wäre, hätte ihn M. Pelet wahrscheinlich mit einem öffentlichen Tadel begrüßt und hätte ihm zur Strafe Suppe und Fisch gestrichen. So aber schüttelte dieser höfliche, aber parteiische Gentleman nur sein Haupt, und während ich Platz nahm, meine Serviette entrollte und still mein ketzerisches Tischgebet aufsagte, sandte er liebenswürdigerweise einen Diener in die Küche, um mir einen Teller *›purée aux carottes‹* zu holen (denn dies war ein Fasttag), und ehe er den ersten Gang zurückgehen ließ, behielt er für mich eine Portion von dem Stockfisch ein, aus dem dieser bestand. Nach dem Mahl stürzten die Jungen zu ihren abendlichen Spielen nach draußen; Kint und Vandam (die beiden Hilfslehrer) folgten ihnen natürlich. Die armen Kerle! Wenn sie nicht so stumpfsinnig, so seelenlos, so gleichgültig gegenüber allen Dingen droben im Himmel und unten auf der Erde ausgesehen hätten, hätte ich sie außerordentlich bemitleiden können wegen ihrer schweren Aufgabe, diesen wilden Knaben überallhin und immer nachzulaufen. Statt dessen verspürte ich die Neigung, mich selbst als bevorzugten Musterknaben zu verspotten, als ich mich anschickte, zu meiner Kammer hinaufzusteigen, in der Gewißheit, dort zwar kein Vergnügen, so doch aber Freiheit vorzufinden. Aber an diesem Abend (wie auch an vielen anderen zuvor) sollte ich noch eine weitere Auszeichnung erfahren.

»Eh bien, mauvais sujet!«[28] sagte die Stimme von M. Pelet hinter mir, gerade als ich meinen Fuß auf die erste Stufe der Treppe setzte, *»où allez-vous? Venez à la salle à manger, que je vous gronde un peu.«*[29]

»Ich bitte um Verzeihung, Monsieur«, sagte ich, als ich ihm zu seinem privaten Sprechzimmer folgte, »daß ich so spät zurückgekommen bin, es war nicht meine Schuld.«

»Das ist es ja, was ich wissen möchte«, erwiderte M. Pelet und führte mich in den behaglichen Salon mit seinem schönen Holzfeuer, denn zu dieser Jahreszeit hatte man den Ofen entfernt. Er läutete die Glocke, bestellte »zweimal Kaffee«, und schon saßen er und ich in beinahe englischer Gemütlichkeit da, links und rechts des Kamins, zwischen uns ein kleiner runder Tisch mit einer Kanne Kaffee, einer Zuckerdose und zwei großen, weißen Porzellantassen. Während M. Pelet damit beschäftigt war, aus einer Kiste eine Zigarre auszusuchen, kehrten meine Gedanken zu den beiden geächteten Hilfslehrern zurück, deren Stimmen ich sogar jetzt noch hören konnte, wie sie sich heiser bemühten, auf dem Spielplatz Ordnung zu schaffen.

»C'est une grand responsabilité, que la surveillance«[30], bemerkte ich.

»*Plaît-il?* Wie bitte?« sagte M. Pelet.

Ich gab zu bedenken, daß Messieurs Vandam und Kint nach meiner Meinung manchmal etwas ermüdet von ihrer schweren Arbeit sein müßten.

»Des bêtes de somme – des bêtes de somme«[31], brummte der Direktor verächtlich. Zwischenzeitlich bot ich ihm seine Tasse Kaffee an.

»Servez-vous, mon garçon«[32], sagte er verbindlich, nachdem ich ihm zwei große Würfel kontinentalen Zuckers in die Tasse getan hatte. »Und jetzt erzählen Sie mir, warum Sie so lange bei Mlle Reuter geblieben sind. Ich weiß, daß der Unterricht in ihrem Institut, genau wie ich in meinem, um vier Uhr endet, und als Sie zurückkehrten, war es schon nach fünf.«

»Mademoiselle wünschte, mit mir zu sprechen, Monsieur.«

»Na sowas! Und worüber, wenn man fragen darf?«

»Mademoiselle sprach über nichts, Monsieur.«

»Ein sehr ergiebiges Thema! Und hat sie darüber im Klassenzimmer vor den Schülern referiert?«

»Nein. Genau wie Sie, Monsieur, bat sie mich in ihren Salon.«

»Und Madame Reuter – die alte Anstandsdame – Klatschpartnerin meiner Mutter, war selbstverständlich auch anwesend?«

»Nein, Monsieur; ich hatte die Ehre, mit Mademoiselle ganz allein sein zu dürfen.«

»C'est joli–cela«[33], bemerkte M. Pelet, und er lächelte und sah ins Feuer.

»Honi soit qui mal y pense«[34], murmelte ich bedeutsam.

»Je connais un peu ma petite voisine – voyez-vous?«[35]

»In diesem Fall wird Monsieur in der Lage sein, mir zu helfen herauszufinden, was Mademoiselles Gründe dafür waren, mich eine tödliche Stunde lang vor ihrem Sofa sitzen und mich die weitschweifigste und flüssigste Dissertation über die blankesten Nichtigkeiten anhören zu lassen.«

»Sie hat Ihren Charakter sondiert.«

»Das habe ich mir gedacht.«

»Hat sie Ihren wunden Punkt herausgefunden?«

»Welches ist mein wunder Punkt?«

»Nun, das Gefühl. Jede beliebige Frau, die ihren Speer tief genug hineinstößt, wird schließlich auf eine unergründlich tiefe Quelle der Sensibilität in Eurer Brust stoßen, Crimsworth.«

Ich spürte, wie das Blut in meiner Herzgegend pulsierte und mir warm in die Wangen stieg.

»Einige Frauen, vielleicht, Monsieur.«

»Gehört Mlle Reuter zu ihnen? Kommen Sie, sprechen Sie frei heraus, mein Sohn; *elle est encore jeune, plus âgée que toi peut-être, mais juste assez pour unir la tendresse d'une petite maman à l'amour d'une épouse dévouée, n'est-ce pas que cela t'irait supérieurement?«*[36]

»Nein, Monsieur. Ich hätte es lieber, daß meine Frau meine Frau ist und nicht zur Hälfte meine Mutter.«

»Dann ist sie dir etwas zu alt?«

»Nein, Monsieur, sie wäre nicht einen Tag zu alt, wenn sie mir sonst gefallen würde.«

»In welchem Punkt gefällt sie dir denn nicht, William? Sie sieht doch recht annehmbar aus, nicht wahr?«

»Unbedingt. Ihre Haare und ihr Teint sind genau das, was ich bewundere; und ihre Figur, obgleich typisch belgisch, ist voller Grazie.«

»Bravo! Und ihr Gesicht? Ihre Physiognomie? Wie gefällt sie dir?«

»Etwas hart, besonders der Mund.«

»Ah ja! Ihr Mund«, sagte M. Pelet und kicherte in sich hinein. »Ihr Mund verrät Charakter und Festigkeit, aber sie hat ein sehr angenehmes Lächeln, findest du nicht?«

»Eher ein verschmitztes.«

»Stimmt, aber dieser Ausdruck von Verschmitztheit oder Schläue kommt von ihren Augenbrauen. Hast du ihre Augenbrauen bemerkt?«

Ich antwortete, daß ich das nicht hätte.

»Du hast sie also nicht mit gesenktem Blick gesehen?« sagte er.

»Nein.«

»Das ist nichtsdestoweniger ein besonderer Genuß. Beobachte sie, wenn sie etwas zu sticken oder eine andere Frauenarbeit in der Hand hat und dann wie ein Bild des Friedens dasitzt, ruhig und auf ihre Nadeln und ihre Seide konzentriert, während um sie herum irgendeine Diskussion stattfindet, im Verlauf derer Besonderheiten eines Charakters erörtert oder wichtige Gesichtspunkte geprüft werden. Sie nimmt daran nicht teil; ihr bescheidenes, feminines Wesen ist ganz bei ihrer Stickerei; keiner ihrer Gesichtszüge bewegt sich; weder erlaubt sie sich ein zustimmendes Lächeln, noch ein ablehnendes Stirnrunzeln; ihre kleinen Hände vollführen fleißig ihre unscheinbare Tätigkeit; wenn sie nur diese Tasche fertigstellen kann, oder diesen Kopfputz vollenden, dann genügt ihr das. Wenn Herren sich ihrem Stuhl nähern, dann legt sich eine noch größere Ruhe, eine noch frömmere Sittsamkeit über ihre Züge und umhüllt ihre gesamte Pose. Beobachte dann ihre Augenbrauen, *et dîtes-moi, s'il n'y a pas du chat dans l'un et du renard dans l'autre.*«[37]

»Ich werde bei der nächstbesten Gelegenheit genau aufpassen«, sagte ich.

»Und dann«, fuhr M. Pelet fort, »wird das Augenlid zukken, die leicht getönten Wimpern werden eine Sekunde gehoben werden, und ein blaues Auge wird unter ihrem Schutz hervorblicken, kurz, schlau, forschend in die Runde sehen und sich wieder zurückziehen.«

Ich lächelte, und M. Pelet ebenfalls, und nach einigen Minuten des Schweigens fragte ich:

»Was glauben Sie: Wird sie je heiraten?«

»Heiraten! Werden Vögel sich paaren? Natürlich ist es ihre Absicht und ihr Entschluß zu heiraten, wenn sich ein passender Partner findet, und niemand ist sich besser des Eindrucks bewußt, den sie machen kann, als sie selbst. Niemand liebt das stille Becircen mehr. Ich sollte mich täuschen, wenn sie nicht schon den Abdruck ihrer heimlichen Schritte in Euerem Herzen zurückgelassen hätte, Crimsworth?«

»Den Abdruck ihrer Schritte? Zum Kuckuck, nein! Mein Herz ist doch kein Brett, um darauf herumzuspazieren.«

»Aber die sanfte Berührung einer *patte de velours*[38] richtet doch keinen Schaden an.«

»Sie bietet mir keine *patte de velours* an. Mir gegenüber ist sie ganz Form und Reserviertheit.«

»Für den Anfang. Laßt Respekt das Fundament sein, Zuneigung das erste Stockwerk, Liebe den Überbau; Mlle Reuter ist eine geschickte Architektin.«

»Und gegenseitige Anziehung, M. Pelet – wie ist es damit? Wird Mademoiselle diesen Punkt nicht berücksichtigen?«

»Doch, doch, zweifellos; das wird der Zement zwischen den einzelnen Steinen sein. Und da wir jetzt zur Genüge über die Direktorin gesprochen haben, wie steht's mit den Schülerinnen? *N'y a-t-il pas de belles études parmi ces jeunes têtes?*«[39]

»Objekte für Charakterstudien? Ja; zumindest einige kuriose, denke ich. Aber aus einer ersten Besichtigung kann man noch nicht viele Schlüsse ziehen.«

»Ah, Ihr neigt zur Besonnenheit; aber nun sagt mir doch, wart Ihr nicht ein wenig verlegen vor diesen blühenden, jungen Geschöpfen?«

»Zu Beginn, ja; aber ich habe mich zusammengenommen und es mit gebührender Kaltblütigkeit überstanden.«

»Ich glaube kein Wort.«

»Es ist dennoch die Wahrheit. Zuerst hielt ich sie für Engel, aber sie haben mich nicht lange bei dieser Wahnvorstellung verweilen lassen. Drei von den ältesten und hübschesten übernahmen die Aufgabe, mich wieder zurechtzurücken, und sie machten das so geschickt, daß ich sie innerhalb von fünf Minuten durchschaut hatte, zumindest als das, was sie waren: drei absolute Koketten.«

»Je les connais!« rief M. Pelet aus. *»Elles sont toujours au premier rang à l'église et à la promenade; une blonde superbe, une jolie espiègle, une belle brune.«*[40]

»Genau.«

»Liebliche Wesen, sie alle – Köpfe für einen Künstler. Was für eine Gruppe würden sie abgeben, wenn man sie zusammentäte! Eulalie (ich kenne ihre Namen), mit ihrem glatten, geflochtenen Haar und der ruhigen Elfenbeinstirn. Hortense, mit ihren vollen Kastanienlocken, die so üppig verknotet sind, geflochten, gedreht, als wüßte sie nicht, wohin mit dieser ganzen Fülle; mit ihren zinnoberroten Lippen, rosaroten Wangen und ihrem schelmisch lachenden Blick. Und Caroline de Blémont! Ah, das ist Schönheit! Schönheit in Vollendung! Was für eine Pracht schwarzer Locken um dieses Gesicht einer mohammedanischen Paradiesesjungfrau herum! Welch faszinierende Lippen! Welch herrlich schwarze Augen! Ihr Byron hätte sie angebetet, und Sie – Sie kalter, frigider Inselbewohner! – Sie spielten den Verschlossenen, den Unsensiblen in der Gegenwart einer so exquisiten Aphrodite?«

Ich hätte über die Schwärmerei des Direktors lachen können, hätte ich sie für echt gehalten, aber da lag etwas in seinem Ton, das diesen Enthusiasmus unecht erscheinen ließ, Ich spürte, daß er Leidenschaftlichkeit nur vortäuschte, um mich von meiner Wachsamkeit abzulenken, um mich meinerseits aus der Reserve zu locken, und deshalb brachte ich nur die Andeutung eines Lächelns zustande. Er fuhr fort:

»Gestehet, William: Erscheint nicht das nur gute Aussehen von Zoraïde unelegant und alltäglich, verglichen mit dem strahlenden Charme einiger Schülerinnen?«

Die Frage brachte mich aus der Fassung, aber ich spürte jetzt ganz klar, daß mein Vorgesetzter sich bemühte (aus Motiven, die er selbst am besten kannte und die ich damals nicht zu ergründen wußte), in mir Vorstellungen und Wünsche zu erwecken, die unvereinbar mit dem waren, was richtig und anständig ist. Die Niedertracht dieser Einflüsterungen erwies sich als Gegengift, und als er weiter hinzufügte –

»Jedes dieser drei schönen Mädchen wird einmal ein hübsches Vermögen haben, und mit etwas Geschick kann ein intelligenter, junger Bursche mit feinen Manieren, wie Ihr, sich zum Herrn der Hand, des Herzens und des Geldbeutels einer jeden aus dem Trio machen.«

– reagierte ich mit einem Blick und einem fragenden »Monsieur?«, die ihn überraschten.

Er lachte ein gezwungenes Lachen, bestand darauf, nur gescherzt zu haben, und verlangte zu wissen, ob ich tatsächlich geglaubt hätte, er meinte es ernst. Gerade da läutete die Glocke. Die Spielstunde war vorbei. Es war einer jener Abende, an dem M. Pelet seinen Schülern regelmäßig dramatische oder belletristische Texte vorlas. Er wartete meine Antwort nicht ab, sondern stand auf, verließ das Zimmer und summte dabei eine muntere Béranger-Weise.

12. KAPITEL

Während ich weiterhin Dienst in Mlle Reuters Schule tat, fand ich täglich aufs neue Gelegenheit, das Ideal mit der Wirklichkeit zu vergleichen. Was hatte ich schon über den weiblichen Charakter gewußt, bevor ich nach Brüssel kam? Herzlich wenig. Und welche Vorstellung hatte ich davon? Eine vage, ungefähre, nebulöse, strahlende. Und als ich jetzt damit in Berührung kam, stellte er sich als etwas sehr Konkretes heraus, gelegentlich auch als recht hart und oftmals schwer; da lag Metall drin, sowohl Blei als auch Eisen.

Lassen wir die Idealisten, die Träumer von irdischen Engeln und menschlichen Blumen doch einmal zusehen, während ich meine Bildmappe öffne und ihnen eine oder zwei Skizzen zeige, die nach der Natur gezeichnet sind. Ich fertigte diese Skizzen im Unterrichtsraum der zweiten Klasse in Mlle Reuters Institut an, wo die Ansammlung von etwa einhundert Exemplaren der Gattung ›*jeune fille*‹[41] eine ergiebige Variation des Grundmodells darstellten. Die waren ein vermischtes Sortiment und unterschieden sich nach sozialer Herkunft und nach Nationalität. Während ich auf meinem Podium saß, hatte ich vor meinen Augen Französinnen, Engländerinnen, Belgierinnen, Österreicherinnen und Preußinnen. In ihrer Mehrheit gehörten sie der bürgerlichen Klasse an; doch es gab viele Komtessen unter ihnen, die Töchter von zwei Generälen und von mehreren Obristen, Hauptleuten und Regierungsbeamten. Diese Damen saßen Seite an Seite mit Mädchen, die dazu bestimmt waren, Verkäuferinnen zu werden, und mit Fläminnen, echten Abkömmlingen der Urbevölkerung. In der Kleidung sahen sie einander fast gleich, und in ihren Verhaltensweisen gab es kaum Unterschiede. Ausnahmen bestätigten lediglich die allgemeine Regel, und die Mehrheit diktierte den Ton innerhalb der Schule, und dieser Ton war rauh, lärmend und gekennzeichnet durch unverhüllte Rücksichtslosigkeit untereinander und gegenüber den Lehrern; durch strebsame, egoistische Verfolgung eigener Interessen und Bedürfnisse; durch schroffe Gleichgültigkeit gegenüber den Interessen und Bedürfnissen aller anderen. Die meisten von ihnen waren in der Lage, dreist zu lügen, wenn es ihnen vorteilhaft erschien. Alle beherrschten sie die Kunst des Schönredens, wenn damit ein Punkt zu gewinnen war, und sie konnten einem von der Sekunde an ohne Vorankündigung und mit meisterlicher Darbietung die kalte Schulter zeigen, wo Höflichkeit nicht länger profitabel war. Offene Streitereien gab es unter ihnen so gut wie gar nicht, aber Verleumdungen und Zuträgerei waren weit verbreitet. Enge Freundschaften waren durch die Schulordnung verboten, und kein einziges Mädchen schien mehr Gefühle für ein anderes zu hegen, als unbedingt nötig war, um sich einer Freundin zu vergewissern für den Fall, daß die Einsamkeit lästig sein würde. Eigentlich hätten sie alle zusammen in Unkenntnis jeglicher Laster und Unmoral erzogen werden sollen. Die Vorsichtsmaßnahmen, die ergriffen wurden, um sie unwissend, wenn auch nicht unschuldig zu lassen, waren zahllos. Woher kam es dann, daß kaum eines jener Mädchen, nachdem sie das Alter von vierzehn erreicht hatten, einem Mann mit Anstand und Sittsamkeit ins Gesicht sehen konnte? Eine Miene kecker, unverschämter Koketterie oder lockerer, dümmlicher Anzüglichkeit war die garantierte Reaktion auf den allernormalsten Blick eines männlichen Auges. Ich weiß nichts über die Mysterien des römisch-katholischen Glaubens, und ich bin nicht bigott in Sachen der Theologie; doch ich argwöhne, daß die Wurzeln dieser frühreifen Unsittlichkeit, die in den papistischen Ländern so offensichtlich und so allgemein ist, in der Strenge, wenn nicht sogar in den Dogmen der Kirche von Rom zu finden sind. Ich berichte, was ich gesehen habe. Diese Mädchen gehörten den sogenannten vornehmen Ständen der Gesellschaft an; sie alle waren behütet aufgewachsen, und doch war die Masse von ihnen geistig minderbemittelt. Soviel zum allgemeinen Eindruck; jetzt zu ein oder zwei ausgewählten Exemplaren.

Das erste Bild ist eine Gesamtdarstellung von Aurelia Koslow, einem deutschen Fräulein, richtiger gesagt, einem deutsch-russischen Mischling. Sie ist achtzehn Jahre alt und wurde nach Brüssel geschickt, um ihre Ausbildung zu vervollkommnen. Sie ist von mittlerer Größe, steif und linkisch; langer Rumpf, kurze Beine, Brust ziemlich entwikkelt, doch noch nicht voll ausgeprägt; Taille durch ein umenschliches Schnürkorsett unverhältnismäßig zusammengepreßt; Kleidung geschmackvoll zusammengestellt; große Füße in kleine knöchelhohe Stiefel gezwängt; kleiner Kopf, geglättetes Haar, geflochten, pomadiert und perfekt zusammengehalten; sehr niedrige Stirn, winzig kleine und rachsüchtige Augen, leicht tatarische Gesichtszüge, ziemlich flache Nase, ziemlich hohe Backenknochen, doch insgesamt nicht unbedingt häßlich; erträglich guter Teint. So viel zum Äußeren. Was die geistigen Fähigkeiten angeht: beklagenswert dumm und ungebildet; nicht in der Lage, sogar Deutsch, ihre Muttersprache, korrekt zu schreiben oder zu sprechen; im Französischen eine Niete, und ihre Versuche, Englisch zu lernen, eine Farce, obwohl sie schon seit zwölf Jahren zur Schule geht. Aber da sie sich ausnahmslos alle ihre schriftlichen Übungen von einer Mitschülerin anfertigen läßt und ihre Hausaufgaben aus einem auf ihrem Schoß versteckten Heft herausliest, ist es keineswegs wunderbar, daß sie sich so weit durchgeschlängelt hat. Ich weiß nicht, was Aurelias tägliche Lebensgewohnheiten sind, da ich keine Gelegenheit habe, sie dauernd zu beobachten. Doch nach dem zu urteilen, was ich von dem Zustand ihres Schreibpultes, ihrer Bücher, Hefte und Papiere sehe, würde ich sagen, daß sie schlampig ist, ja sogar schmutzig. Ihre Kleidung, wie schon gesagt, ist geschmackvoll und gepflegt, aber wenn ich hinter ihrem Sitzplatz vorbeigehe, bemerke ich, daß ihr Hals grau ist und eine Waschung nötig hat, und ihr Haar, das vor lauter Pomade und Haarfett glänzt, ist nicht von der Beschaffenheit, daß man versucht sein könnte, mit der Hand darüberzustreichen, geschweige denn, mit den Fingern hindurchzufahren. Aurelias Verhalten in der Klasse ist, zumindest in meiner Gegenwart, irgendwie außergewöhnlich und wahrscheinlich eine Äußerung jungmädchenhafter Naivität. In dem Augenblick, wo ich das Zimmer betrete, stößt sie ihre Nachbarin mit dem Ellbogen an und bricht in ein halb unterdrücktes Lachen aus. Während ich auf meinem Podium Platz nehme, fixiert sie mich mit ihren Augen; sie scheint entschlossen, meine Aufmerksamkeit zu erregen und ganz für sich in Anspruch zu nehmen. Zu diesem

Zweck wirft sie mir alle Arten von Blicken zu: schmachtende, provozierende, lüsterne, lachende. Da sie mich gefeit findet gegen diese Art von Artillerie – denn wir verachten das, was uns ungebetenermaßen im Überfluß angeboten wird –, greift sie zurück auf den Ausweg des Produzierens von Geräuschen: mal seufzt sie, mal stöhnt sie, mal äußert sie undefinierbare Laute, für die es in der Sprache keine Namen gibt. Wenn ich beim Rundgang durch das Klassenzimmer bei ihr vorbeikomme, streckte sie ihren Fuß heraus, um damit den meinigen zu berühren. Wenn ich das Manöver zufällig einmal nicht bemerke und mein Schuh mit ihrer Stiefelette in Berührung gerät, beliebt sie in Zuckungen unterdrückten Gelächters zu verfallen. Wenn ich die Falle registriere und sie umgehe, drückt sie ihre Kränkung durch mürrisches Brummeln aus, wobei ich mithöre, wie ich in schlechtem Französisch, mit einem unerträglichen niederdeutschen Akzent gesprochen, verwünscht werde.

Nicht weit von Mlle Koslow entfernt sitzt eine andere junge Dame namens Adèle Dronsart. Sie ist Belgierin, eher von kleiner Statur, untersetzt, mit breiter Taille, kurzem Hals und kurzen Gliedmaßen, kräftigem roten und weißen Teint, mit gut geschnittenen und regelmäßigen Zügen, schön gezeichneten Augen von einer Farbe reinen Brauns, hellbraunem Haar, guten Zähnen – nicht viel älter als fünfzehn, aber entwickelt wie eine stämmige Engländerin von zwanzig. Dieses Porträt vermittelt die Vorstellung einer plumpen, aber gutaussehenden Damsel, nicht wahr? Schön. Wenn ich die Reihe jugendlicher Köpfe entlangschaute, dann verweilte mein Auge im allgemeinem bei dem von Adèle. Stets wartete ihr Blick auf den meinen, und es gelang ihr häufig, ihn festzuhalten. Sie hatte ein unnatürliches Aussehen an sich: so jung, so frisch, so blühend, und doch von gorgonischer Häßlichkeit. Auf ihrer Stirn standen Argwohn und verdrossene Übellaunigkeit geschrieben, in ihrem Blick liederliche Neigungen, und ihre Mundpartie verriet Mißgunst und die Falschheit eines Panthers. Meist saß sie sehr still da. Ihre massive Gestalt erweckte den Eindruck ziemlicher Unbeweglichkeit, und auch ihr Kopf – sehr breit in der unteren Partie, sehr schmal zur Schädeldecke hin – schien nicht dazu gemacht zu sein, sich bereitwillig auf dem kurzen Hals zu bewegen. Sie hatte nur zwei Varianten der Gefühlsäußerung zur Verfügung: die vorherrschende eines bedrohlichen, mißvergnügten und finsteren Blickes, gelegentlich abgelöst von einem boshaften und heimtückischen Lächeln. Von ihren Mitschülerinnen wurde sie gemieden, denn so bösartig, wie viele von ihnen waren, so waren doch wenige so bösartig wie sie.

Aurelia und Adèle waren in der ersten Gruppe der zweiten Klasse. Die zweite Gruppe wurde von einer Internen namens Juanna Trista angeführt. Dieses Mädchen war halb belgischer, halb spanischer Herkunft. Ihre flämische Mutter war tot, ihr katalonischer Vater war ein Kaufmann, der auf den -Inseln lebte, wo Juanna geboren und von wo aus sie zur Schule nach Europa geschickt worden war. Ich frage mich, wie es möglich war, daß überhaupt jemand, der Kopf und Haltung des Mädchens betrachtete, sie unter seinem Dach aufnahm. Sie hatte haargenau die gleiche Schädelform wie Papst Alexander der Sechste. Ihre Organe der Güte, der Ehrfurcht, der Gewissenhaftigkeit, der Anhänglichkeit waren auf einzigartige Weise unterentwickelt, doch jene des Eigendünkels, des Beharrungsvermögens, des Zerstörerischen, des Streitsüchtigen grotesk ausgeprägt. Die Form ihres Kopfes verlief schräg nach oben zu einer Art Vordach, das sich um die Stirn herum zusammenzog, nach hinten aber überstand. Ihre Gesichtszüge waren eigentlich gut, aber groß und ausgeprägt. Vom Temperament her war sie zerfahren und reizbar; ihr Teint matt und dunkel, Haare und Augen schwarz; Körperform eckig und steif, aber proportioniert; Alter fünfzehn.

Juanna war nicht ausgesprochen dünn, aber sie hatte ein hageres Antlitz, und ihr Blick war ungebärdig und hungrig. So schmal ihre Stirn auch war, so bot sie doch Platz genug für die lesbare Gravur von zwei Begriffen: Auflehnung und Haß. In einigen anderern ihrer Züge – ich glaube, in den Augen – hatte Feigheit ihre klare Chiffre hinterlassen. Mlle Trista hielt es für angebracht, meine ersten Unterrichtsstunden durch allerlei ordinäre Alltagsgeräusche zu stören: Sie produzierte mit dem Mund Laute wie ein Pferd, spuckte aus und gab brutale Ausdrücke von sich. Hinter und unter ihr saß ein Haufe sehr vulgärer, beschränkt aussehender Fläminnen, einschließlich zweier oder dreier Exemplare von jener äußeren Mißgebildetheit und geistigen Debilität, deren häufiges Auftreten in den Niederlanden den Beweis zu liefern schien, daß das dortige Klima dazu geeignet ist, eine Degeneration des Menschen an Geist und Körper herbeizuführen. Diese Mädchen waren, wie ich bald herausfand, vollkommen unter ihrem Einfluß, und mit deren Unterstützung stand sie auf und veranstaltete einen schweinischen Tumult, den ich schließlich zu unterbinden gezwungen war, indem ich sie und zwei ihrer Werkzeuge sich von den Plätzen erheben und fünf Minuten stehen ließ, um sie anschließend leibhaftig aus dem Klaßzimmer zu entfernen; die Komplizinnen in einen angrenzenden, großen Raum, genannt ›*la grande salle*‹, die Haupttäterin in ein kleines Zimmerchen, dessen Tür ich hinter ihr abschloß und deren Schlüssel ich einsteckte. Diese Maßnahme führte ich in Anwesenheit von Mlle Reuter durch, die sehr entgeistert ob der Entschiedenheit meines Vorgehens dreinsah – dem härtesten dieser Art, das je in ihrem Institut riskiert worden war. Ihrem Blick des Entsetzens begegnete ich mit einem der Gelassenheit, und schließlich mit einem Lächeln, das ihr vielleicht schmeichelte, sie aber gewiß besänftigte. Juanna Trista blieb lange genug in Europa, um es allen, die ihr je etwas Gutes angetan hatten, mit Bösartigkeit und Undankbarkeit zu vergelten; und dann reiste sie zu ihrem Vater auf die -Inseln ab und jubelte über die Aussicht, daß sie dort ihre Sklaven haben würde, die sie, wie sie sagte, nach Belieben treten und schlagen könne.

Diese drei Bilder sind dem Leben entnommen. Ich besitze noch weitere, genauso ausgeprägte und unangenehme, aber ich will meinen Lesern deren Zurschaustellung ersparen.

Zweifellos wird man denken, daß ich jetzt etwas Charmantes vorzeigen sollte: zum Beispiel einen lieblichen, jungfräulichen Kopf, von einem Heiligenschein umgeben; oder die anmutige Verkörperung der Unschuld, wie sie die Taube des Friedens an ihren Busen drückt. Nein. Ich habe dergleichen nicht gesehen und kann es deshalb auch nicht porträtieren. Die Schülerin mit der glücklichsten charakterlichen Veranlagung der ganzen Schule war Louise Path, ein junges Mädchen vom Lande. Sie war ausreichend gutwillig und verbindlich, aber nicht gut erzogen und ohne gute Manieren; darüber hinaus hatte sie auch noch die Pestbeule der Heuchelei; Ehrlichkeit und moralische Prinzipien waren ihr fremd, sie hatte kaum deren Namen gehört. Die am wenigsten auffällige Schülerin war die arme kleine Sylvie, die ich schon zuvor einmal erwähnt habe. Sylvie war sanft in ihren Umgangsformen und war intelligent; sie war sogar aufrichtig und offen, soweit ihre Religion das zuließ; aber ihre körperliche Verfassung war mangelhaft. Eine gebrechliche Gesundheit hemmte ihr Wachstum und drückte ihre Stimmung, und zudem war ihr ganzes Inneres, da sie nun einmal für das Kloster bestimmt war, verbogen und auf ein Leben als Nonne hin ausgerichtet; und aus der duldsamen, anerzogenen Unterwürfigkeit ihrer Art konnte man herauslesen, daß sie sich schon auf ihren künftigen Lebensweg dadurch vorbereitet hatte, daß sie ihre Unabhängigkeit des Denkens und Tuns aufgegeben und in die Hände eines despotischen Beichtvaters gelegt hatte. Sie gestattete sich keine eigene Meinung, keine Freundin und keine Lieblingsbeschäftigung; in allem war sie fremdgeleitet. Mit einer blassen, passiven, automatenhaften Miene ging sie den ganzen Tag umher und tat, was man sie hieß, nie jedoch, was sie selbst gerne getan hätte oder was sie aus innerer Überzeugung heraus für richtig hielt. Der armen, kleinen zukünftigen *›religieuse‹* hatte man frühzeitig beigebracht, die Diktate ihres eigenen Verstandes oder ihres Gewissens völlig dem Willen ihres geistigen Lenkers unterzuordnen. Sie war eine Musterschülerin in Mlle Reuters Institut; ein blasses, verhärmtes Abbild von einem Mädchen, in dem sich noch schwach das Leben rührte, aber dessen Seele durch römische Zauberkunst verhext worden war!

Ein paar wenige englische Schülerinnen gab es in dieser Schule, und man konnte sie in zwei Klassen einteilen. Erstens: die kontinentalen Engländerinnen – hauptsächlich Töchter von gestrandeten Abenteurern, die durch Schulden oder Entehrung aus ihrem eigenen Land vertrieben worden waren. Diese armen Mädchen hatten die Vorzüge geregelter Familienverhältnisse, ein moralisches Vorbild oder aufrechte protestantische Erziehung nie kennengelernt. Mal lebten sie ein paar Monate in der einen katholischen Schule, dann wieder in einer anderen. Und so wie ihre Eltern von Land zu Land zogen, von Frankreich nach Deutschland, von Deutschland nach Belgien, so hatten sie eine dürftige Schulbildung genossen, schlechte Gewohnheiten aufgelesen, jede Vorstellung auch nur der elementarsten Begriffe von Religion und Moral verloren und sich eine dumpfe Gleichgültigkeit gegenüber jeder Gefühlsregung angeeignet, die das Menschliche adelt. Man erkannte sie an ihrem gewohnheitsmäßigen Blick mürrischer Niedergeschlagenheit, dem Ergebnis von gebrochener Selbstachtung und dauernder Unterdrückung von seiten ihrer papistischen Mitschülerinnen, von denen sie als Engländerinnen gehaßt und als Häretikerinnen verhöhnt wurden.

Die zweite Klasse waren die britischen Engländerinnen. Von ihrer Sorte traf ich in der ganzen Zeit meiner Tätigkeit in der Schule kein halbes Dutzend an. Ihre Kennzeichen waren reinliche, aber nachlässige Kleidung, schlecht frisiertes Haar (verglichen mit den festsitzenden und sauber geschnittenen Frisuren der Ausländerinnen), aufrechte Körperhaltung, biegsame Figur, weiße und spitz zulaufende Hände, eher unregelmäßige Gesichtszüge, aber auch eher intellektuelle im Vergleich mit denen der Belgierinnen, ernste und zurückhaltende Mienen, eine allgemeine Art angeborener Schicklichkeit und Sittsamkeit. Allein von diesem letzteren Umstand her konnte ich mit einem Blick die Tochter Albions und den Schützling des Protestantismus vom Pflegekind Roms und der Protégée des Jesuitentums unterscheiden. Stolz war ebenfalls ein äußeres Merkmal dieser britischen Mädchen; gleichzeitig beneidet und verspottet von ihren kontinentalen Genossinnen, parierten sie Beleidigungen mit strikter Höflichkeit und begegneten dem Haß mit stummer Verachtung. Sie mieden Geselligkeit und schienen inmitten der Menge isoliert zu sein.

Die Lehrerinnen, die über diesen vermischten Haufen herrschten, waren zu dritt und alle Französinnen; sie hießen Mademoiselles Zéphyrine, Pélagie und Suzette. Die beiden letzten waren recht alltägliche Erscheinungen; ihr Aussehen war gewöhnlich, ihr Verhalten war gewöhnlich, ihr Charakter war gewöhnlich, ihre Gedanken, Gefühle und Ansichten: alles war gewöhnlich – und müßte ich über dieses Thema ein Kapitel verfassen, könnte ich nichts Genaueres über sie sagen. Zéphyrine war in Aussehen und Benehmen etwas distinguierter als Pélagie und Suzette, aber vom Charakter her war sie eine echte Pariser Kokotte, falsch, käuflich und gefühlsarm. Manchmal sah ich auch eine vierte *Maîtresse*, die täglich zu kommen schien, um Nähen oder Netzstricken oder Spitzenausbessern oder eine dieser filigranen Künste zu lehren. Doch von ihr erhaschte ich nie mehr als einen flüchtigen Blick im Vorübergehen, wenn sie im Carré saß, einer quadratischen Halle zwischen Wohn- und Unterrichtsgebäude, mit ihren Rahmen und einigen Dutzend der älteren Schülerinnen um sich herum. Folglich hatte ich auch keine Gelegenheit, ihren Charakter zu studieren oder auch nur ihre Erscheinung gründlicher zu betrachten. Letztere hatte, wie ich bemerkte, eine für eine Lehrerin recht mädchenhafte Art; ansonsten hatte sie nichts Auffallendes an sich. Persönlichkeit besaß sie, nach meiner Meinung, nur wenig, denn ihre Schülerinnen schienen permanent *›en révolte‹* gegen ihre Autorität zu sein. Sie wohnte nicht im Haus; ihr Name war, glaube ich, Mlle Henri.

Inmitten dieser Ansammlung von allem, was minderwertig und unvollkommen war, von vielem, das verderbt und abstoßend (mit diesem letzteren Epitheton würde manch einer die zwei oder drei steifen, schweigsamen, sich anständig benehmenden, schlecht gekleideten britischen Mädchen umschrieben haben), erstrahlte die vernünftige, scharfsinnige, liebenswürdige Direktorin wie ein Fixstern über einem sumpfigen Moor voller Irrlichter. Sie war sich ihrer Überlegenheit zutiefst bewußt und bezog aus diesem Bewußtsein eine innere Kraft, die sie trotz all der mit ihrer

Stellung verbundenen Sorgen und Verantwortung aufrecht hielt. Diese Kraft hielt ihr Temperament ruhig, ihre Stirne glatt, ihr Wesen ausgeglichen. Sie liebte es – wer wohl nicht? –, beim Betreten eines Klassenzimmers zu spüren, daß allein ihre Gegenwart genügte, jene Ruhe und Ordnung zu verbreiten, die all den Ermahnungen, ja sogar Kommandos ihrer Untergebenen häufig versagt blieb durchzusetzen. Sie liebte es, eine Alternative, oder besser noch einen Kontrast abzugeben gegenüber jenen, die um sie herum standen, und zu wissen, daß sie sowohl in äußerlicher als auch in geistiger Hinsicht unbestritten die Siegespalme davontrug (– die drei Lehrerinnen waren allesamt einfältig). Ihre Schülerinnen handhabte sie mit solcher Nachsicht und solchem Einfühlungsvermögen, indem sie die Aufgabe des Belobigens und Auszeichnens immer selbst übernahm und die ärgerlichen Pflichten des Tadelns und der Bestrafung an ihre Untergebenen delegierte, daß alle sie voller Verehrung ansahen, vielleicht sogar mit Zuneigung. Ihre Lehrerinnen mochten sie nicht, aber sie unterwarfen sich, weil sie ihr in jeder Hinsicht unterlegen waren. Die verschiedenen männlichen Lehrkräfte, die an ihrer Schule tätig gewesen waren, waren ausnahmslos auf die eine oder andere Art unter ihren Einfluß geraten. Über den einen hatte sie Macht gewonnen durch ihren geschickten Umgang mit seiner schlechten Laune; über den anderen durch ein wenig Aufmerksamkeit gegenüber seinen kleinen Schrulligkeiten; einen dritten hatte sie sich durch Schmeichelei unterworfen; einem vierten – einem ängstlichen Mann – flößte sie Ehrfurcht ein mit einer Art strenger Entschiedenheit in ihrem Auftreten. Mich beobachtete sie noch immer, prüfte mich noch immer mit den einfallsreichsten Methoden; sie strich um mich herum, verwirrt, aber hartnäckig. Ich glaube, sie hielt mich für so etwas wie eine glatte und nackte Felswand, die weder einen Vorsprung noch eine Baumwurzel noch einen Grasbüschel anbietet, um dem Kletterer zu helfen. Bald schmeichelte sie mit ausgesuchtem Takt, bald moralisierte sie. Mal versuchte sie herauszufinden, inwieweit ich gegenüber Motiven der Käuflichkeit empfänglich war; dann wieder bewegte sie sich am Rande der Zuneigung, wohl wissend, daß manche Männer durch Schwäche gewonnen werden können; und gleich darauf sprach sie wieder streng vernünftig, in dem Bewußtsein, daß andere die Dummheit begehen, Urteilsvermögen zu bewundern. Ich empfand es als gleichermaßen amüsant und leicht, all diesen Bemühungen auszuweichen. Es hatte einen eigenen Liebreiz, wenn sie glaubte, mich beinahe erledigt zu haben, sich umzudrehen und ihr halb spöttisch direkt in die Augen zu lächeln, um dann ihrer kaum verhüllten, doch stummen Kränkung Zeuge zu werden. Dennoch blieb sie hartnäckig, und letztendlich, wie ich bekennen muß, berührte ihr Finger bei dem Versuch, jedes Atom des Schmuckkästchens zu prüfen, dessen geheimen Mechanismus, und für einen Augenblick sprang der Deckel auf. Sie legte ihre Hand auf den darin liegenden Juwel. Ob sie ihn stahl oder zerbrach, oder ob sich der Deckel wieder schloß und sie sich dabei die Finger einklemmte: Lesen Sie weiter, und Sie werden es erfahren.

Eines Tages geschah es, daß ich zum Unterricht erschien, obwohl ich indisponiert war. Ich hatte eine schwere Erkältung und Husten. Nach zwei Stunden pausenlosen Sprechens war ich sehr heiser und ermattet. Als ich das Klassenzimmer verließ, um den Korridor entlangzugehen, stieß ich auf Mlle Reuter. Sie bemerkte mit besorgter Miene, daß ich sehr blaß und müde aussähe. »Ja«, sagte ich, »ich bin erschöpft.« Und dann, mit gesteigertem Interesse, fügte sie hinzu: »Sie werden nicht weggehen, ehe Sie nicht eine Erfrischung zu sich genommen haben.« Sie überredete mich, in den Salon einzutreten, und war sehr nett und freundlich, während ich dablieb. Am nächsten Tag war sie sogar noch freundlicher. Sie kam höchstpersönlich in die Klasse, um nachzusehen, ob die Fenster geschlossen waren und ob es nicht zog; sie ermahnte mich mit liebenswürdiger Ernsthaftigkeit, mich nicht zu überanstrengen. Als ich ging, gab sie mir ungebeten die Hand, und ich konnte nicht umhin, durch einen respektvollen und sanften Druck anzuzeigen, daß ich empfänglich für die Gunstbeweise war, und dankbar. Meine sittsame Demonstration bewirkte ein kleines, fröhliches Lächeln in ihrer Miene; fast hielt ich sie für bezaubernd. Während des verbleibenden Abends war meine Seele voller Ungeduld auf den Nachmittag des nächsten Tages, wo ich sie wiedersehen würde.

Ich wurde nicht enttäuscht, denn sie saß während des Verlaufs meiner ganzen Unterrichtsstunde im Klassenzimmer und sah mich oft und beinahe liebevoll an. Um vier Uhr geleitete sie mich aus dem Schulzimmer, erkundigte sich besorgt nach meiner Gesundheit und schalt mich dann sanft, weil ich zu laut sprach und mich nicht genügend schonte. Ich blieb bei der Glastür stehen, die in den Garten führte, um ihren Vortrag zu Ende anzuhören. Die Tür war offen, es war ein sehr schöner Tag, und während ich dem milden Tadel lauschte, betrachtete ich den Sonnenschein und die Blumen – und war sehr glücklich. Die Tagesschüler begannen, sich aus den Klassenzimmern in den Durchgang zu ergießen.

»Wollen Sie für ein oder zwei Minuten in den Garten gehen«, bat sie, »bis sie weg sind?«

Ich ging die Stufen hinab, ohne zu antworten, aber ich schaute zurück, als wollte ich sagen:

»Werden Sie nachkommen?«

Nach einer weiteren Minute spazierten die Direktorin und ich Seite an Seite den von den Obstbäumen gesäumten Weg hinab, deren weiße Blüten gerade voll aufgegangen waren, ebenso wie ihre zartgrünen Blätter. Der Himmel war blau, die Luft still, der Mainachmittag war voller Farbenpracht und Duft. Erlöst von der erdrückenden Klassenzimmeratmosphäre, umgeben von Blumen und Blättern, eine sympathische, lächelnde, liebenswerte Frau an meiner Seite – wie fühlte ich mich da? Also, – sehr beneidenswert. Es schien, als hätten sich die romantischen Visionen, die mir meine Phantasie von diesem Garten suggeriert hatte, während er durch die mißgünstigen Bretter meinen Blicken verborgen war, mehr als verwirklicht. Und als eine Biegung des Alleepfads die Sicht auf das Haus unmöglich machte und einige große Büsche M. Pelets Anwesen ausschlossen und uns vorübergehend von den anderen Häusern abschirmten, weil sie sich wie ein Amphitheater rund um diesen grünen Fleck erhoben, bot ich Mlle Reuter meinen Arm und führte sie zu einer Gartenbank, die sich an einen Fliederstrauch anschmiegte. Sie setzte sich; ich nahm neben ihr Platz. Sie fuhr fort, sich mit mir mit jener Unbeschwertheit zu unterhalten, die selbst wieder Unbeschwertheit überträgt, und während ich zuhörte, dämmerte mir die Erkenntnis, daß ich kurz davor stand, mich zu verlieben. Die Glocke zum Abendessen läutete, in ihrem und in M. Pelets Haus. Wir waren gezwungen, uns zu trennen. Ich hielt sie einen Augenblick lang zurück, als sie sich schon zum Gehen wandte.

»Ich habe einen Wunsch«, sagte ich.

»Was für einen?« fragte Zoraïde unschuldig.

»Nur eine Blume.«

»Pflücken Sie eine – oder zwei, oder zwanzig, wenn Sie wollen.«

»Nein – eine genügt, aber Sie müssen sie pflücken und mir geben.«

»Einfälle haben Sie!« rief sie aus, aber sie stellte sich auf die Zehenspitzen, brach einen wunderschönen Fliederzweig ab und überreichte ihn mir graziös. Ich nahm ihn und ging davon, höchst zufrieden für den Augenblick und voller Hoffnung für die Zukunft.

Natürlich war dieser Maitag ein lieblicher, und er ging zu Ende in einer Mondnacht voll sommerlicher Wärme und Heiterkeit. Ich erinnere mich gut daran, nachdem ich bis spät in den Abend hinein an der Korrektur von Aufgaben gesessen und mich abgespannt und etwas niedergedrückt gefühlt hatte, öffnete ich das vielzitierte vernagelte Fenster, dessen Bretter ich die alte Madame Pelet überredet hatte zu entfernen, da ich ja nunmehr die Stelle eines Professors in dem *pensionnat de demoiselles* einnahm, so daß es jetzt nicht mehr länger unschicklich war, meinen eigenen Schülerinnen beim Herumtollen zuzusehen. ich setzte mich auf den Stuhl am Fenster, legte meine Arme auf das Fensterbrett und beugte mich hinaus. Über mir war die klare Finsternis eines wolkenlosen Nachthimmels; glänzendes Mondlicht überstrahlte das flackernde Funkeln der Sterne. Unter mir lag der Garten, abwechselnd silbrig überzogen und dann wieder tiefschwarz, und ganz mit frischem Tau bedeckt. Ein wohltuender Duft ging von den geschlossenen Blüten der Obstbäume aus. Kein Blatt bewegte sich, die Nacht war windstill. Mein Fenster sah direkt hinunter auf einen ganz bestimmten Weg in Mlle Reuters Garten, der *›l'allée défendue‹* hieß, der verbotene Pfad, so genannt, weil es den Schülerinnen verboten war, ihn zu betreten, wegen seiner Nachbarschaft zur Knabenschule. Genau dort wuchsen der Flieder und der Goldregen besonders dicht. Dies war der geschützteste Winkel des gesamten Grundstücks; seine

Sträucher verbargen die Gartenbank, wo ich diesen Nachmittag mit der jungen Direktorin gesessen hatte. Ich brauche nicht zu sagen, daß meine Gedanken hauptsächlich bei ihr waren, während ich mich über das Spalier hinauslehnte und den Blick schweifen ließ, über die Gehwege und Eingrenzungen des Gartens, über die Hausfassade mit den vielen Fenstern, die sich weiß hinter dem dichten Laubwerk erhob. Ich fragte mich, in welchem Teil des Gebäudes sie wohl ihre Wohnung haben mochte; ein einziges Licht, das durch die Jalousie eines Fensters fiel, schien mich hinzuführen.

»Sie bleibt lange auf«, dachte ich, »denn es muß jetzt schon nahe Mitternacht sein. Sie ist eine faszinierende kleine Frau«, führte ich den stummen Monolog fort. »Ihre Erscheinung formt sich zu einem wohltuenden Bild im Gedächtnis. Ich weiß, sie ist nicht das, was die Welt hübsch nennt. Gleichgültig; in ihrer Ausstrahlung liegt Harmonie, und das gefällt mir. Ihr braunes Haar, ihre blauen Augen, die Frische ihrer Wangen, das Weiß ihres Halses: all das entspricht meinem Geschmack. Außerdem schätze ich ihren Intellekt. Die Vorstellung, eine Puppe oder einen dummen Menschen zu heiraten, war mir schon seit je ein Greuel gewesen. Ich weiß, daß eine hübsche Puppe, ein blondes Dummchen für die Flitterwochen ganz gut sein mag. Aber wenn die Leidenschaft sich abgekühlt hat: wie gräßlich, einen Wachsklumpen oder einen Holzklotz an der Brust vorzufinden, eine halbe Idiotin mit den Armen zu umfangen und daran zu denken, daß ich diese zu meiner ebenbürtigen Gefährtin, ja zu meinem Idol gemacht habe; zu wissen, daß ich den Rest eines traurigen Lebens mit einem Wesen verbringen muß, das nicht in der Lage ist zu verstehen, was ich sage, zu würdigen, was ich denke, oder mitzuempfinden, was ich fühle! Ja, Zoraïde Reuter«, dachte ich, »besitzt Takt, ›*caractère*‹, Urteilskraft, Klugheit; hat sie auch Herz? Welch wohlwollendes, aufrichtiges kleines Lächeln umspielte ihre Lippen, als sie mir den Fliederzweig gab! Ich habe sie manchmal für schlau, heuchlerisch und egoistisch gehalten, das ist wahr, aber kann es nicht so sein, daß das, was wie Gerissenheit und Heuchelei in ihrem Verhalten aussieht, lediglich die Anstrengungen sind, die ein sanftmütiger Charakter unternimmt, um unbeschadet komplizierte Probleme zu bewältigen?

Und was den Egoismus angeht: sie möchte ihren Weg in der Welt gehen, zweifellos, und wer kann ihr das verübeln? Selbst wenn sie tatsächlich in dieser Hinsicht nicht vollkommen sein sollte: Ist es dann nicht eher ihr unglückliches Schicksal als ihr Fehler? Sie ist katholisch erzogen worden; wäre sie als Engländerin auf die Welt gekommen und als Protestantin aufgewachsen, hätte sie dann nicht absolute moralische Integrität zu all ihren anderen ausgezeichneten Eigenschaften hinzugefügt? Angenommen, sie würde einen englischen und protestantischen Ehemann heiraten: Würde sie dann nicht, rational und logisch denkend, wie sie ist, rasch die Überlegenheit des Richtigen über das Zweckmäßige, der Ehrlichkeit über das Taktieren anerkennen? Es würde sich für einen Mann lohnen, den Versuch zu wagen. Morgen werde ich meine Studien wieder aufnehmen. Sie weiß, daß ich sie beobachte; wie ruhig sie doch bei dieser Musterung bleibt! Es scheint ihr eher zu schmeicheln, als daß es sie belästigt.« An dieser Stelle schlich sich eine Abfolge musikalischer Töne in mein Selbstgespräch und unterbrach es. Es handelte sich um ein Hornsignal, das sehr gekonnt in der Nachbarschaft geblasen wurde, vielleicht auch auf dem Place Royale. So lieblich war die Melodie, so überwältigend ihr Eindruck zu dieser Stunde inmitten des Schweigens und unter der stillen Herrschaft des Mondlichts, daß ich aufhörte nachzudenken, um besser zuhören zu können. Die Töne wurden schwächer, der Schall verhallte allmählich und verklang schließlich ganz. Mein Ohr bereitete sich darauf vor, sich erneut auf dem absoluten Schweigen der Mitternacht auszuruhen. Doch nein. Was für ein Gemurmel war das, welches leise und doch nahe und immer näher kommend die Erwartung vollkommener Stille betrog? Es waren Personen, die sich unterhielten – ja, ganz eindeutig: Eine hörbare, wenn auch gedämpfte Stimme sprach im Garten unmittelbar unter mir. Eine andere antwortete. Die erste war die eines Mannes, die zweite die einer Frau; und einen Mann und eine Frau sah ich langsam den Alleepfad herabkommen. Ihre Gestalten waren zunächst im Schatten, und ich konnte nur jeweils verschwommene Umrisse ausmachen. Doch ein Strahl des Mondlichts traf sie am Ende des Weges, als sie genau unter meiner Nase waren, und enthüllte sehr klar, sehr unzweideutig Mlle Zoraïde Reuter, Arm in Arm, oder Hand in Hand (ich habe vergessen, welches von beiden), mit meinem Schulleiter, Vertrauten und Ratgeber, M. François Pelet. Und M. Pelet sagte gerade:

»A quand donc le jour des noces, ma bien-aimée?«[42]

Und Mlle Reuter antwortete:

»Mais, François, tu sais bien qu'il me serait impossible de me marier avant les vacances.«[43]

»Juni, Juli, August, ein ganzes Vierteljahr!« rief der Direktor aus. »Wie kann ich so lange warten? Ich, der ich voller Ungeduld bereit bin, sogar in diesem Augenblick mein Leben zu deinen Füßen auszuhauchen!«

»Ah! Wenn du stirbst, dann können wir die Angelegenheit ohne den ganzen Kram mit Notaren und Verträgen regeln. Ich werde mir dann nur ein leichtes Trauergewand bestellen müssen, das viel schneller fertig sein wird als die Hochzeitskleidung.«

»Grausame Zoraïde! Du lachst über die Not eines Menschen, der dich so aufopfernd liebt wie ich. Meine Qual ist dein Vergnügen. Du scheust dich nicht, meine Seele auf der Folterbank der Eifersucht zu quälen, denn – leugne, wie du willst – ich bin sicher, du hast diesem Schuljungen Crimsworth aufmunternde Blicke zugeworfen. Er hat sich erdreistet, sich zu verlieben, was er sich nie erlaubt hätte, wenn du ihm nicht Anlaß zur Hoffnung gegeben hättest.«

»Was sagst du da, François? Soll das heißen, daß Crimsworth sich in mich verliebt hat?«

»Und zwar bis über beide Ohren.«

»Hat er dir das erzählt?«

»Nein – aber ich sehe es ihm an. Er wird rot, sobald dein Name fällt.«

Ein kleines Lachen triumphierender Koketterie verkündete Mlle Reuters Genugtuung über diese Auskunft (welche übrigens eine Lüge war; so schlimm hatte es schließlich noch nicht mit mir gestanden). M. Pelet fuhr fort und fragte, was sie mit mir vorhätte, und bedeutete ihr ziemlich unverhüllt und wenig galant, daß es Unsinn sei, sollte sie daran denken, einen solchen Grünschnabel wie mich zum Ehemann zu nehmen, denn sie müsse mindestens zehn Jahre älter sein als ich. (War sie folglich zweiunddreißig? Das hätte ich nicht vermutet). Ich hörte, wie sie diesbezüglich alle Absichten von sich wies. Der Direktor jedoch drängte sie, ihm eine definitive Antwort zu geben.

»François«, sagte sie, »du bist eifersüchtig«, und lachte immer noch. Dann, als erinnerte sie sich plötzlich, daß diese Koketterie nicht im Einklang stand mit dem Charakter zurückhaltender und sittsamer Würde, den sie aufrechtzuerhalten wünschte, fuhr sie mit gesetzter Stimme fort: »In der Tat, mein lieber François, will ich nicht abstreiten, daß dieser junge Engländer möglicherweise einige Versuche unternommen hat, sich bei mir lieb Kind zu machen. Aber weit davon entfernt, ihn irgendwie zu ermutigen, habe ich ihn stets mit soviel Reserviertheit behandelt, wie mit Höflichkeit zu vereinbaren war. Da ich mit dir verlobt bin, würde ich keinem Mann falsche Hoffnungen nähren; glaube mir das, lieber Freund.«

Noch immer äußerte Pelet mißtrauisches Gemurmel – zumindest schloß ich das aus ihrer Reaktion.

»So etwas Törichtes! Wie könnte ich einen unbekannten Ausländer dir vorziehen? Und darüber hinaus – ohne deiner Eitelkeit schmeicheln zu wollen – könnte Crimsworth weder körperlich noch geistig einem Vergleich mit dir standhalten. Er ist überhaupt nicht hübsch. Manche werden ihm vielleicht Aussehen und die Manieren eines Gentleman bescheinigen, aber was mich angeht –«

Der Rest des Satzes verlor sich in der Ferne, da sich das Paar von der Gartenbank, auf der es gesessen hatte, erhob und weiterging. Ich wartete darauf, daß sie zurückkehrten, aber bald informierte mich das Öffnen und Schließen einer Tür darüber, daß sie wieder ins Haus gegangen waren. Ich lauschte noch etwas länger; alles war vollkommen still. Ich lauschte mehr als eine Stunde. Schließlich hörte ich M. Pelet heimkommen und zu seinem Zimmer hinaufsteigen. Ich warf noch einmal einen Blick hinüber auf die lange Front des Gartenhauses und sah, daß sein einsames Licht schließlich ausgelöscht worden war; und mit ihm, für eine ganze Zeit, mein Glaube an Liebe und Freundschaft. Ich ging zu Bett, aber in meinen Adern war etwas Fiebriges und Hitziges, das mir in jener Nacht nicht viel Schlaf zukommen ließ.

13. KAPITEL

Am nächsten Morgen stand ich bei Tagesanbruch auf, und nachdem ich mich angekleidet und eine halbe Stunde lang mit dem Ellenbogen auf der Kommode dagestanden und überlegt hatte, welche Maßnahmen ich ergreifen sollte, um meine von Schlaflosigkeit erschöpften Lebensgeister wieder zu gewohnter Form zurückzubringen – denn ich hatte nicht die Absicht, M. Pelet eine Szene zu machen, ihn der Falschheit zu bezichtigen, ihm eine Forderung zu schicken oder dergleichen Kapriolen zu veranstalten –, verfiel ich schließlich auf den Ausweg, in die Kühle des Morgens hinauszuspazieren zu einer benachbarten Badeanstalt und mir selbst einen erfrischenden Kopfsprung ins kalte Naß zu gönnen. Das Heilmittel produzierte den gewünschten Effekt. Ich kam um sieben Uhr zurück, ausgeglichen und gekräftigt, und war in der Lage, M. Pelet, als er zum Frühstück eintrat, mit unveränderter und gelassener Haltung zu begrüßen. Selbst seine herzlich ausgestreckte Hand und die schmeichelnde Anrede mit *»mon fils«*, mein Sohn, in jenem zutraulichen Tonfall gesprochen, den Monsieur mir gegenüber anzuwenden sich, besonders in den letzten Tagen, angewöhnt hatte, entlockte mir kein sichtbares Anzeichen der Empfindungen, die, obgleich unterdrückt, noch immer in meinem Herzen brannten. Nicht daß ich Rachegedanken hegte – nein; aber das Gefühl der Beleidigung und des Verrats glomm in mir wie glühende, wenn auch schon mit Asche bedeckte Kohlen. Gott weiß, daß ich nicht von Natur aus rachsüchtig bin. Ich würde keinem Menschen wehtun, nur weil ich ihn nicht mehr mag oder ihm nicht länger trauen kann. Aber weder mein Verstand noch mein

Herz sind von der wankelmütigen Art. Sie sind nicht aus diesem sandähnlichen Material, in dem Eindrücke, kaum daß sie gemacht wurden, schon wieder verblassen. Wenn ich einmal davon überzeugt bin, daß sich der Charakter meines Freundes nicht mit meinem eigenen verträgt, wenn ich einmal die Gewißheit habe, daß er unauslöschlich mit ganz bestimmten Mängeln behaftet ist, die nach meinen Maßstäben unausstehlich sind: schon löse ich die Verbindung. So habe ich es mit Edward gemacht. Und was Pelet angeht, so war die Entdeckung noch neu. Sollte ich mit ihm genauso verfahren? Dies war die Frage, die ich in meinem Kopf hin und her wälzte, während ich meinen Kaffee mit einem halben Brötchen umrührte (wir hatten nie Löffel), Pelet mir gegenüber saß, im blassen Gesicht einen wissenden Ausdruck und hagerer als sonst, die blauen Augen bald streng auf seine Knaben und Hilfslehrer gerichtet, bald gütig auf mich.

»Die Umstände müssen mich leiten«, sagte ich mir; und als ich Pelets falschem und einschmeichelndem Lächeln begegnete, dankte ich dem Himmel, daß ich in der vergangenen Nacht mein Fenster geöffnet und im Licht des Vollmondes die wahre Bedeutung dieses arglistigen Gesichtsausdrucks erkannt hatte. Ich fühlte mich ihm halb überlegen, denn ich kannte jetzt seinen wirklichen Charakter. Er konnte lächeln und schmeicheln soviel er wollte: Hinter seinem Lächeln sah ich seine verdorbene Seele lauern, und in jeder seiner aalglatten Phrasen hörte ich eine Stimme ihren trügerischen Sinn interpretieren.

Und Zoraïde Reuter? Hatte mich ihr Verrat tatsächlich bis ins Mark getroffen? Dieser Stich mußte doch wohl zu tief gegangen sein, als daß sich irgendeine philosophische Tröstung zur Linderung des Schmerzes gefunden hätte – oder etwa nicht? Überhaupt nicht. Als das Fieber der Nacht vorüber war, suchte ich nach Balsam auch für diese Wunde, und dafür brauchte ich nicht einmal bis Gilead[44] zu gehen. Der Verstand war mein Arzt: Er begann damit, daß er nachwies, daß die Siegestrophäe, die ich verfehlt hatte, von geringem Wert war. Er gab zu, daß Zoraïde mir rein äußerlich vielleicht gefallen hätte, aber er versicherte mir, daß sich unsere Seelen nicht im Einklang befanden und daß sich aus der Vereinigung ihres Geistes mit dem meinem zwangsläufig Zwietracht ergeben hätte. Dann bestand er auf der Unterdrückung alles unzufriedenen Selbstmitleids und befahl mir statt dessen, mich darüber zu freuen, daß ich den Stricken einer Falle entkommen war. Seine Arznei tat mir gut. Ich fühlte deren kräftigende Wirkung, als ich am nächsten Tag die Direktorin traf. Der starke Effekt auf die Nerven hielt an: kein Zittern, kein Stocken; ich war in der Lage, ihr mit Festigkeit gegenüberzutreten und mit Leichtigkeit an ihr vorüberzugehen. Sie hatte mir die Hand hingestreckt – die ich nicht zu sehen beliebte. Sie hatte mich mit einem bezaubernden Lächeln begrüßt – das in mein Herz fiel wie Licht auf einen Stein. Ich ging weiter zu meinem Podium, und sie folgte mir. Ihr Blick war auf mein Gesicht geheftet und verlangte von jeder Linie die Bedeutung meines veränderten und gleichgültigen Verhaltens. »Ich werde ihr eine Antwort geben«, dachte ich, und indem ich ihrem Blick uneingeschränkt begegnete, ihn festhielt und sie fixierte, warf ich ihr aus meinen Augen einen Blick zu, in dem kein Respekt lag, keine Liebe, keine Zärtlichkeit, keine Galanterie; wo selbst bei genauester Analyse nichts als Verachtung, Dreistigkeit und Ironie zu entdecken waren. Ich zwang sie, ihn zu ertragen und es zu spüren. Ihre gleichmütige Kontenance veränderte sich nicht, aber ihre Gesichtsfarbe wurde intensiver, und sie kam wie fasziniert auf mich zu. Sie betrat das Podium und stellte sich dicht neben mich. Sie hatte nichts zu sagen. Ich wollte sie nicht von ihrer Verlegenheit und Verwirrung erlösen und blätterte deshalb nachlässig in einem Buch.

»Ich hoffe, Sie fühlen sich heute gut erholt«, sagte sie schließlich mit leiser Stimme.

»Und ich, Mademoiselle, hoffe, daß Sie sich letzte Nacht nicht erkältet haben, als Folge Ihres späten Spaziergangs im Garten.«

Mit ihrer schnellen Auffassungsgabe verstand sie mich sofort. Ihr Gesicht wurde eine Idee bleicher, wirklich nur eine Idee, aber kein Muskel in ihren eher markanten Zügen bewegte sich; und ruhig und beherrscht verließ sie das Podium, nahm gelassen nicht weit weg von mir Platz und beschäftigte sich mit dem Besticken einer Handtasche. Ich begann mit dem Unterricht. Ich schrieb eine Klassenarbeit, das heißt, ich diktierte einige umfassende Fragen, die die Schülerinnen aus dem Gedächtnis beantworten mußten, ohne daß sie ihre Bücher und Hefte benutzen durften. Während sich die Damen Eulalie, Hortense, Caroline etc. über die Reihe der recht hintergründigen grammatikalischen Fragestellungen, die ich ihnen vorgelegt hatte, den Kopf zerbrachen, konnte ich in aller Ruhe die verbleibende halbe Stunde dazu nutzen, die Direktorin selbst weiter zu beobachten. Die grüne Seidentasche machte schnelle Fortschritte unter ihren Händen. Sie hielt den Kopf gebeugt und den Blick darauf gerichtet. In ihrer ganzen Haltung war sie, wie sie stickend da vor mir saß, noch immer auf der Hut. Ihr Äußeres vermittelte zur gleichen Zeit und mit gleicher Klarheit Wachsamkeit und Gelassenheit – eine seltene Kombination! Während ich sie betrachtete, war ich gezwungen, wie so oft schon zuvor, ihrer Klugheit, ihrer erstaunlichen Selbstbeherrschung den Tribut unfreiwilliger Bewunderung zu zollen. Sie hatte gespürt, daß ich ihr meine Wertschätzung entzogen hatte. Sie hatte Verachtung und Kälte in meinen Augen gelesen, und für sie, die nach dem Beifall ihrer Umgebung lechzte, die danach dürstete, daß alle von ihr eine gute Meinung hatten, für sie mußte eine solche Entdeckung eine schmerzhafte Verletzung darstellen. Ich hatte deren Wirkung in der momentanen Blässe ihrer Wangen gesehen, Wangen, deren Farbe sich nie veränderte. Doch wie schnell hatte sie durch Selbstbeherrschung ihre Fassung wiedergewonnen! Mit welch stiller Würde sie jetzt dasaß, fast mir zur Seite, aufrecht gehalten durch die Kraft ihres intakten Verstandes; kein Zittern in ihrer etwas zu langen, doch scharfen Oberlippe, kein Anzeichen jämmerlicher Beschämtheit auf ihrer strengen Stirn!

»Da drinnen ist Metall«, sagte ich zu mir, während ich hinsah. »Ich wollte, dort wäre auch Feuer, eine lebhafte Hitze, um den Stahl zum Glühen zu bringen – dann könnte ich sie lieben!«

Alsbald entdeckte ich, daß sie wußte, daß ich sie beobachtete, denn sie rührte sich nicht, sie hob nicht ihre listigen Augenlider, sondern sie sah lediglich von ihrer Stickarbeit hinab auf ihren kleinen Fuß, der aus den weichen Falten ihres purpurnen Merinokleids hervorlugte. Von dort kehrte ihr Blick zu ihrer Hand zurück, die weiß wie Elfenbein war, mit einem funkelnden Granatring am Zeigefinger und einer hellen Spitzenrüsche am Handgelenk. Mit einer kaum wahrnehmbaren Bewegung drehte sie den Kopf, was ihre nußbraunen Locken in graziöse Wallungen brachte. Aus diesen unscheinbaren Anzeichen las ich heraus, daß es der Wunsch ihres Herzens war, die Absicht ihres Verstandes, das Wild zurück zu locken, das sie verscheucht hatte. Ein kleiner Zwischenfall gab ihr die Gelegenheit, mich wieder anzusprechen.

Während in der gesamten Klasse Stille herrschte – bis auf das Rascheln der Übungshefte und dem Geräusch der über die Seiten wandernden Federhalter –, öffnete sich ein Teil der großen Falttür, die zur Halle hinführte, und ließ eine Schülerin ein, die sich, nach einer hastigen Verbeugung und mit einem Ausdruck von Angst und Furcht, wahrscheinlich durch ihr Zuspätkommen ausgelöst, an dem Schreibpult, das der Türe am nächsten war, niederließ. Als sie saß, begann sie, noch immer mit dem Ausdruck von Gehetztheit und Verlegenheit, ihre Korbtasche zu öffnen und ihre Hefte herauszunehmen; und während ich darauf wartete, daß sie den Kopf hob, damit ich erkennen konnte, wer sie war – denn mit meiner Kurzsichtigkeit hatte ich sie bei ihrem Eintreten nicht erkennen können –, stand Mlle Reuter von ihrem Stuhl auf und kam zum Podium.

»Monsieur Creemsvort«, sagte sie im Flüsterton, denn wenn in den Schulzimmern Schweigen herrschte, bewegte sich die Direktorin stets auf Samtpfoten, sprach in der leisest möglichen Tonlage und erzwang damit vollkommene Stille und Ordnung, sowohl auf Grund von Anweisungen als auch durch persönliches Beispiel. »Monsieur Creemsvort, diese junge Person, die gerade hereingekommen ist, möchte die Ehre haben, bei Ihnen Unterricht in Englisch nehmen zu dürfen. Sie ist keine Schülerin des Hauses; sie ist eigentlich selbst Lehrerin, denn sie erteilt Unterricht im Spitzenausbessern und in Zierstickerei. Sie ist recht tüchtig und hat sich vorgenommen, sich für eine höhere Schullaufbahn zu qualifizieren, und sie hat um die Erlaubnis gebeten, Ihren Unterricht besuchen zu dürfen, um ihre Fertigkeiten in der englischen Sprache vervollkommen zu können, worin sie, wie ich glaube, schon einige Fortschritte gemacht hat. Selbstverständlich ist es mein Wunsch, ihr in einem so lobenswerten Bemühen behilflich zu sein. Sie werden ihr doch erlauben, von Ihrem Unterricht zu profitieren, *n'est-ce pas, monsieur*?« Und Mlle Reuters Augen sahen in die meinen, mit einem Blick, der gleichzeit naiv, wohlwollend und flehend war.

Ich erwiderte: »Selbstverständlich«, sehr lakonisch, fast abrupt.

»Noch eines«, sagte sie mit Sanftheit: »Mlle Henri hat keine reguläre Schulbildung. Vielleicht sind ihre natürlichen Gaben nicht von allerhöchster Qualität. Aber ich kann für die Vortrefflichkeit ihrer Absichten und sogar für die Liebenswürdigkeit ihres Charakters bürgen. Monsieur wird also sicher die Güte besitzen, zu Beginn schonend mit ihr umzugehen und ihre Zurückgebliebenheit, ihre unvermeidlichen Defizite nicht vor den jungen Damen bloßzustellen, die ja gewissermaßen ihre Schülerinnen sind. Wird Monsieur mir die Gunst erweisen, sich an diesen Hinweis zu halten?« Ich nickte. Sie fuhr mit unterdrückter Ernsthaftigkeit fort:

»Verzeihen Sie, Monsieur, wenn ich hinzuzufügen wage, daß das, was ich soeben sagte, für das arme Mädchen von Bedeutung ist. Sie hat bereits große Schwierigkeiten, diesen flatterhaften jungen Dingern ein gebührendes Maß an Achtung vor ihrer Autorität beizubringen, und sollten diese Schwierigkeiten noch dadurch vergrößert werden, daß die Klasse neue Beispiele ihrer Unfähigkeit entdeckt, dann wird sie vielleicht ihre Position in meinem Institut als zu strapaziös empfinden, um sie weiter wahrzunehmen. Diesen Umstand würde ich um ihretwillen sehr bedauern, denn sie kann es sich so gut wie gar nicht leisten, den Verdienst aus ihrer Stelle hier zu verlieren.«

Mlle Reuter besaß ein wunderbares Taktgefühl. Aber auch das exquisiteste Taktgefühl verliert gelegentlich seine Wirkung, wenn es nicht durch Aufrichtigkeit gestützt wird;

und deshalb wurde ich hier und jetzt umso ungeduldiger, je länger sie predigte, wie notwendig es sei, gegenüber der Lehrerin-Schülerin nachsichtig zu sein. Ich erkannte ganz deutlich, daß – während ihr angebliches Motiv der Wunsch war, der einfältigen, doch arbeitswilligen Mlle Henri zu helfen – ihr eigentliches kein geringeres war als die Absicht, mich mit einer Vorstellung von ihrer eigenen überschwenglichen Güte und zartfühlenden Rücksichtnahme zu beeindrucken. Folglich nickte ich erneut rasche Zustimmung zu ihren Anmerkungen und kam deren Neuauflage dadurch zuvor, daß ich plötzlich mit scharfem Ton die Klassenarbeiten verlangte, vom Podium herunterstieg und begann, sie einzusammeln. Als ich bei der Lehrerin-Schülerin vorbeikam, sagte ich zu ihr:

»Sie sind heute zu spät gekommen, um am Unterricht teilzunehmen. Versuchen Sie, das nächste Mal pünktlicher zu sein.«

Ich befand mich hinter ihr und konnte die Wirkung meiner nicht sehr höflichen Anrede in ihrer Miene nicht lesen. Wahrscheinlich hätte ich mich anders verhalten, wenn ich direkt vor ihr gestanden hätte. So beobachtete ich, daß sie augenblicklich ihre Bücher und Hefte wieder in ihre Korbtasche packte; und gleich darauf, nachdem ich zum Podium zurückgekehrt und dabei war, die Arbeiten zu ordnen, hörte ich, wie sich die Falttüre wieder öffnete und schloß; und als ich aufsah, erkannte ich, daß ihr Platz leer war. Ich dachte mir: »Sie wird ihren ersten Versuch, am Englischunterricht teilzunehmen, als eine Art Fehlschlag betrachten«; und ich überlegte, ob sie schmollend davongegangen war, oder ob ihre Dummheit sie dazu gebracht hatte, meine Worte wörtlich zu nehmen, oder ob es doch vielleicht mein gereizter Ton gewesen war, der ihre Gefühle verletzt hatte. Den letzten Gedanken verwarf ich so schnell, wie ich ihn gefaßt hatte, denn da ich seit meiner Ankunft in Belgien noch nie irgendeine Form von Sensibilität in irgendeinem menschlichen Gesicht gesehen hatte, hatte ich begonnen, diese für eine nahezu märchenhafte Eigenschaft zu halten. Ob ihre Physiognomie etwas davon verriet, konnte ich nicht sagen, denn ihr hastiger Fortgang hatte mir keine Zeit gelassen, mich dessen zu vergewissern. Ich hatte aber schon bei zwei oder drei vorausgegangenen Gelegenheiten im Vorübergehen ein Bild von ihr erhascht (wie ich vermutlich schon erwähnt habe); aber ich bin nie stehengeblieben, um ihr Gesicht oder Äußeres zu studieren, und hatte daher nur die allerverschwommenste Vorstellung von ihrer allgemeinen Erscheinung. Gerade als ich mit dem Sortieren der Aufgaben fertig war, läutete die Vier-Uhr-Glocke. Mit meiner üblichen Flinkheit bei der Befolgung dieses Signals ergriff ich meinen Hut und räumte die Stellung.

14. KAPITEL

Wenn ich pünktlich beim Verlassen von Mlle Reuters Domizil war, dann war ich zumindest gleichermaßen pünktlich beim Eintreffen dort. Ich kam am nächsten Tag um fünf Minuten vor zwei, und als ich an der Klassenzimmertür angelangt war, und noch ehe ich sie geöffnet hatte, hörte ich rasch aufeinanderfolgende, plappernde Laute, die mich davor warnten, daß das *›prière du midi‹*, das Mittagsgebet, noch nicht abgeschlossen war. Ich wartete dessen Beendigung ab; es wäre ruchlos gewesen, mit meiner ketzerischen Gegenwart den Fortgang zu stören. Wie doch die Vorbeterin gackerte und stotterte! Noch niemals zuvor oder danach habe ich gehört, daß Sprache dermaßen mit der keuchenden Hast einer Dampfmaschine hervorgestoßen wurde. *»Notre Père qui êtes au ciel«*, begann das Vaterunser wie ein Schuß; danach folgte eine Anbetung Mariens als *»vierge célèste, reine des anges, maison d'or, tour d'ivoire!«*[45] und dann eine Anrufung des Heiligen des Tages; und dann setzten sich alle hin, und die feierliche (?) Zeremonie war vorüber; und ich trat ein, die Türe weit aufreißend und mit schnellen Schritten, wie es jetzt meine Gewohnheit war; denn ich hatte herausgefunden, daß das große Geheimnis, augenblickliche Ruhe herzustellen, darin bestand, daß man selbstsicher und gelassen hereinkam und dann schwungvoll das Podium betrat. Die Falttüren zwischen den beiden Klassen, die für das Gebet geöffnet worden waren, wurden sofort geschlossen. Eine *Maîtresse*, Nähkästchen in der Hand, nahm ihren Platz an dem ihr zugewiesenen Pult ein. Die Schülerinnen saßen still da, Federhalter und Hefte vor sich. Meine drei Grazien in vorderster Reihe, nunmehr gebührend zurechtgestutzt durch ein Verhalten beständiger, kühler Distanz, saßen aufrecht und mit ruhig auf den Knien gefalteten Händen. Sie hatten es aufgegeben, zu kichern und miteinander zu flüstern, und sie unterstanden sich nicht länger, in meiner Gegenwart schnippische Reden zu führen. Jetzt kommunizierten sie nur noch gelegentlich mit ihren Augen mit mir, mit deren Hilfe sie jedoch noch immer sehr gewagte und kokette Dinge sagen konnten. Hätten Zuneigung, Gutartigkeit, Bescheidenheit, echtes Talent je diese glänzenden Augäpfel zum Dolmetscher gehabt, dann glaube ich nicht, daß ich es hätte unterlassen können, hin und wieder eine freundliche und aufmunternde, vielleicht sogar innige Erwiderung zu geben. So aber fand ich mein Vergnügen daran, den Blick der Eitelkeit mit dem starren Blick des Stoizismus zu beantworten. Jung, schön und strahlend, wie viele meiner Schülerinnen waren, kann ich doch wahrheitsgetreu sagen, daß sie von mir kein anderes Verhalten ihnen gegenüber sahen, als das, welches ein strenger, doch gerechter Aufpasser wahrscheinlich auch beobachtet hätte. Sollte jemand die Richtigkeit dieser Versicherung bezweifeln, da sie die Selbstkontrolle eines Scipio nach der Einnahme von Karthago oder mehr gewissenhafte Selbstverleugnung vorauszusetzen scheint, als man bereit ist, mir zuzugestehen, dann möge man die folgenden Umstände in Betracht ziehen, die mein Verdienst zwar schmälern, aber meine Glaubwürdigkeit rechtfertigen.

Wisse denn, oh ungläubiger Leser!, daß ein Lehrer in einer etwas anderen Beziehung zu einem hübschen, leichtsinnigen, wahrscheinlich dummen Mädchen steht, verglichen mit einem Mädchen, das von einem Tanzpartner bei einem Ball in Beschlag genommen wird, oder von einem Galan auf der Promenade. Ein Professor begegnet seiner Schülerin nicht, wenn diese in Samt und Seide gekleidet ist, mit parfümiertem und lockigem Haar, den Hals von hauchdünner Spitze kaum verhüllt, die runden, weißen Arme von Armreifen eingefaßt, die Füße zum schwebenden Tanz gekleidet. Es ist nicht seine Aufgabe, sie durch den Walzer zu wirbeln, sie mit Komplimenten zu überschütten, ihre Schönheit durch das Erröten befriedigter Eitelkeit zu mehren. Noch begegnet er ihr auf dem planierten, baumüberschatteten Boulevard, im grünen und sonnigen Park, in den sie sich begibt, angetan mit dem schicken Ausgehkleid, das Tuch mit Grazie über die Schulter geworfen, das kleine Häubchen kaum die Locken verhüllend, die rote Nase unter dem Rand einen neuen Farbton zu dem sanften Rosa ihrer Wangen hinzufügend, Gesicht und Augen gleichermaßen vom Lächeln erhellt, das vielleicht genauso vergänglich ist wie der Sonnenschein am Feiertag, aber auch genauso strahlend. Es gehört nicht zu seinen Pflichten, an ihrer Seite zu spazieren, ihrem munteren Geplauder zuzuhören, ihren Parasol zu tragen, der kaum größer ist als ein breites, grünes Blatt, ihren Blenheim Spaniel oder italienischen Windhund an der Leine zu führen. Nein. Er trifft sie im Klassenzimmer, schlicht gekleidet, Bücher und Hefte vor sich. Ihrer Erziehung oder ihrem Charakter entsprechend, sind ihr Bücher und Hefte ein Greuel, und sie öffnet sie voller Widerwillen. Dennoch muß ihr der Lehrer den Inhalt dieser Bücher eintrichtern. Jener Geist aber widersteht dem Eindringen bedeutsamer Informationen. Er schaudert zurück, er wird störrisch, mürrische Launen treten zutage, entstellendes Stirnrunzeln zerstört die Symmetrie des Gesichts, und manchmal verbannen ruppige Gesten die Anmut aus dem Verhalten, während mißmutig gebrummte Bemerkungen mit der Duftmarke angeborener und unausrottbarer Vulgarität die Lieblichkeit der Stimme entweihen. Dort, wo das Gemüt heiter, doch der Verstand schwerfällig ist, verhindert eine unüberwindliche Trägheit jede unterrichtliche Bemühung. Dort, wo sich Gerissenheit findet, nicht aber Energie, werden Heuchelei, Falschheit und tausend Listen und Tricks ins Spiel gebracht, um der Notwendigkeit, sich anzustrengen, zu entkommen. Kurzum: Für den Lehrer sind weibliche Jugend und weiblicher Charme wie Wandteppiche, von denen man ihm andauernd nur die falsche Seite zeigt; und selbst wenn er die weiche, hübsche äußere Oberfläche sieht, dann weiß er doch nur zu gut, welche Knoten, unsauberen Stiche und zerfransten Enden dahinter sind, so daß er kaum in Versuchung gerät, die schicklichen Formen und leuchtenden Farben, die dem Publikum zur Betrachtung dargeboten werden, allzusehr zu bewundern.

Unsere Vorlieben werden durch die Umstände bestimmt. Der Künstler bevorzugt eine hügelige Landschaft, weil sie pittoresk ist; der Ingenieur eine flache, weil sie praktisch ist;

der Mann des Vergnügens liebt das, was er eine ›schöne Frau‹ nennt – sie gefällt ihm; der modische junge Herr bewundert die modische junge Dame – sie ist der gleiche Typ; der abgearbeitete, ausgelaugte, mit Wahrscheinlichkeit gereizte Lehrer, nahezu blind gegenüber Schönheit, unempfänglich gegenüber Allüren, frohlockt hauptsächlich über gewisse geistige Qualitäten: Fleiß, Wissensdurst, natürliche Begabung, Bescheidenheit, Aufrichtigkeit, Dankbarkeit heißen die Zauberworte, die seine Aufmerksamkeit auf sich ziehen und seine Beachtung erringen. Das ist es, was er sucht, aber selten findet. Und wenn er durch Zufall auf sie stößt, würde er sie am liebsten für immer bewahren, und wenn die Trennung ihn ihrer beraubt, dann fühlt er sich, als hätte ihm eine ruchlose Hand sein einziges Lämmchen, seinen kostbarsten Besitz, entrissen. Da der Fall so lag, und so liegt er auch heute noch, werden meine Leser mit mir darin übereinstimmen, daß an der Integrität und Zurückhaltung meines Verhaltens in Mlle Reuters pensionnat de demoiselles nichts besonders Verdienstvolles oder Hervorragendes war.

Meine erste Amtshandlung am Nachmittag dieses Tages bestand im Verlesen der Rangliste des Monats, wie sie sich aus der relativen Richtigkeit der Klassenarbeiten des vorausgegangenen Tages ergab. Die Liste wurde, wie üblich, von Sylvie angeführt, jenem schlichten, ruhigen, kleinen Mädchen, das ich schon früher als die beste und gleichzeitig die häßlichste Schülerin der Anstalt beschrieben habe. Der zweite Rang war auf eine gewisse Léonie Ledru gefallen, ein winziges Wesen von scharfen Zügen und pergamentartiger Haut, ausgestattet mit schneller Auffassungsgabe, nicht sehr ausgeprägtem Gewissen und abgestumpftem Gefühl; sie hatte die Mentalität eines Rechtsanwalts, und ich pflegte zu sagen, daß sie, wäre sie ein Junge gewesen, das Muster eines prinzipienlosen, gerissenen Advokaten abgegeben hätte. Danach kam Eulalie, die stolze Schönheit, die Juno der Schule, die sechs lange Jahre des Einpaukens der einfachen Grammatik der englischen Sprache gezwungen hatten, sich trotz des unbeweglichen Phlegmas ihres Intellekts eine mechanische Vertrautheit mit den meisten ihrer Regeln anzueignen. Kein Lächeln, keine Spur von Freude oder Zufriedenheit erschien in Sylvies nonnengleichem, leidenden Gesicht, als sie hörte, wie ihr Name an erster Stelle verlesen wurde. Mich überkam jedesmal Traurigkeit angesichts der völligen Reglosigkeit dieses armen Mädchens bei allen Anlässen, und ich machte es mir zur Gewohnheit, sie so selten wie möglich anzusehen oder anzusprechen. Ihre extreme Fügsamkeit, ihr Eifer und ihre Ausdauer hätten meine hohe Meinung von ihr noch gesteigert; ihre Bescheidenheit, ihre Intelligenz hätten mich normalerweise dazu gebracht, ihr gegenüber freundliche, ja Gefühle größter Zuneigung zu hegen, ungeachtet der fast geisterhaften Leere ihrer Gesichtszüge, der Unförmigkeit ihrer Gestalt und ihrer leichenstarren Haltung, wäre ich mir nicht bewußt gewesen, daß sie jedes freundliche Wort, jede liebenswürdige Geste ihrem Beichtvater berichtete, der sie falsch deutete und verdrehte. Einmal legte ich ihr meine Hand auf den Kopf, als ein Zeichen der Anerkennung. Ich glaube, Sylvie war schon dabei gewesen zu lächeln, ihr trüber Blick war schon fast aufgeheitert; doch sogleich schreckte sie vor mir zurück. Ich war ein Mann und ein protestantischer Ketzer; sie, das arme Kind!, eine vorbestimmte Nonne und überzeugte Katholikin; und damit trennte eine vierfache Wand ihren Geist und ihre Seele von den meinigen. Ein schnippisches und affektiertes Grinsen und ein harter Blick des Triumphs waren Léonies Methode, ihre Genugtuung zu demonstrieren. Eulalie sah verdrossen und neidisch drein; sie hatte gehofft, die Erste zu sein. Hortense und Caroline tauschten unbekümmerte Grimassen aus, als sie ihre Namen irgendwo am Ende der Liste hörten. Das Brandzeichen geistiger Minderbemitteltheit wurde von ihnen nicht als Schande betrachtet, denn ihre Zukunftshoffnungen beruhten einzig auf ihrem attraktiven Äußeren.

Nachdem diese Sache erledigt war, folgte der normale Unterricht. In einer kurzen Unterbrechung, die dadurch entstand, daß die Schülerinnen ihre Hefte linieren mußten, fiel meinem ziellos über die Bänke streichenden Auge erstmals auf, daß der hinterste Sitz in der hintersten Reihe, der sonst immer leer war, wieder mit der neuen Schülerin besetzt war, jener Mlle Henri, die mir die Direktion so ostentativ ans Herz gelegt hatte. Heute trug ich meine Brille; deshalb sah ich ihre Erscheinung gleich beim ersten Hinsehen deutlich; ich mußte sie nicht erraten. Sie sah jung aus, doch hätte man von mir verlangt, ihr genaues Alter benennen zu müssen, wäre ich einigermaßen ratlos gewesen. Die Schmächtigkeit ihrer Figur hätte zu siebzehn gepaßt. Ein gewisser ängstlicher und nachdenklicher Gesichtsausdruck schien auf reifere Jahre hinzudeuten. Wie alle anderen, war sie mit einem dunklen Stoffgewand mit weißem Kragen bekleidet. Ihre Gesichtszüge fielen völlig aus dem Rahmen des in dieser Schule gewohnten; sie waren nicht so gerundet, stärker ausgeprägt, doch kaum regelmäßig. Auch die Form ihres Kopfes war anders; der obere Teil stärker entwickelt, die Basis deutlich weniger. Auf den ersten Blick war ich mir sicher, daß sie keine Belgierin war. Ihr Teint, ihre Haltung, ihre Linien, ihre Figur: Es war alles anders als bei ihnen und offensichtlich typisch für eine andere Rasse – für eine Rasse, die weniger mit der Fülle des Fleisches und der Reichhaltigkeit des Blutes ausgestattet war; weniger lebhaft, weniger körperlich, weniger hirnlos. Als mein Auge zum ersten Mal auf sie fiel, saß sie mit starr gesenktem Blick da, hatte das Kinn auf die Hand gelegt und veränderte diese Haltung nicht, bis ich mit dem Unterricht begann. Keines der belgischen Mädchen hätte eine immer gleiche Sitzposition, und noch dazu eine nachdenkliche, so lange durchgehalten. Da ich nun schon mitgeteilt habe, daß ihre Erscheinung außergewöhnlich war, weil sie anders war als die ihrer flämischen Gegenstücke, habe ich diesbezüglich wenig mehr zu sagen. Ich kann ihrer Schönheit kein Loblied singen, denn sie war nicht schön; noch kann ich ihr zu ihrer Unansehnlichkeit kondolieren, denn sie war nicht unansehnlich. Eine sorgengeprägte Stirn und eine damit korrespondierende Zeichnung des Mundes riefen bei mir ein Gefühl hervor, das dem der Überraschung nahekam, aber jeder weniger penible Beobachter hätte diese Merkmale wahrscheinlich übersehen.

Nun, lieber Leser: Obgleich ich mehr als eine Seite darauf verwendet habe, Mlle Henri zu beschreiben, so weiß ich doch nur zu gut, daß ich damit vor Ihrem geistigen Auge noch kein klares Bild von ihr hinterlassen habe. Ich habe ihren Teint noch nicht gemalt, noch ihre Augen, noch ihr Haar, und noch nicht einmal das Profil ihrer Figur gezeichnet. Sie können nicht wissen, ob sie eine gebogene oder eine Stülpnase hatte, ob ihr Kinn lang oder kurz war, ihr Gesicht eckig oder oval. Ich wußte das am ersten Tag auch noch nicht, und es ist nicht meine Absicht, Ihnen auf einmal ein Wissen zu vermitteln, das ich selbst erst nach und nach erwarb.

Ich stellte ihnen eine kurze Übungsaufgabe, die sie alle mitschrieben. Ich sah, daß die neue Schülerin zunächst von der Methode und der Sprache verwirrt war. Ein- oder zweimal sah sie mich mit einer Art schmerzhaften und übertriebenen Eifers an, als verstünde sie überhaupt nicht, was ich wollte. Dann war sie noch nicht fertig, als es die anderen waren; sie konnte ihre Sätze nicht so schnell schreiben wie sie. Ich wollte ihr nicht helfen, ich fuhr rücksichtslos fort. Sie sah mich an; ihr Blick sagte gänzlich unverhüllt: »Ich komme nicht mit.« Ich ignorierte den Appell, lehnte mich lässig in meinem Stuhl zurück, sah von Zeit zu Zeit nonchalant aus dem Fenster und diktierte etwas schneller. Als ich wieder zu ihr hinsah, bemerkte ich, daß ihr Gesicht von Verlegenheit und Verwirrung überzogen war, aber sie schrieb immer noch eifrigst mit. Ich pausierte einige Sekunden; sie benutzte die Unterbrechung, um das Geschriebene schnell noch einmal zu überprüfen, und Beschämung und Enttäuschung offenbarten sich in ihrer Haltung. Sie fand anscheinend, daß sie ziemlichen Unsinn fabriziert hatte. Nach weiteren zehn Minuten war das Diktat zu Ende. Ich gewährte noch eine kurze Zeitspanne zur Korrektur und nahm dann die Hefte an mich. Mit widerstrebenden Händen gab Mlle Henri mir das ihrige, aber nachdem sie es mir nun überlassen hatte, entspannte sich ihre verängstigte Miene, als hätte sie sich für den Augenblick entschlossen, daß sie nicht bedauert werden wollte, um statt dessen für beispiellos dumm gehalten zu werden. Beim flüchtigen Durchsehen ihrer Arbeit sah ich, daß sie mehrere Zeilen ausgelassen hatte; aber das, was dastand, enthielt sehr wenige Fehler. Ich schrieb sofort »Bon« unten auf die Seite und gab sie ihr zurück. Sie lächelte, zunächst ungläubig, dann wie beruhigt, aber sie hob den Blick nicht. Es hatte den Anschein, als könne sie mich nur dann ansehen, wenn sie verwirrt oder bestürzt war, nicht aber, wenn sie sich freute. Ich hielt das für einigermaßen unfair.

15. KAPITEL

Einige Zeit verstrich, ehe ich wieder in der ersten Klasse Unterricht erteilte. Das Pfingstfest beanspruchte drei Feiertage, und am vierten Tag war die zweite Gruppe an der Reihe, von mir unterrichtet zu werden. Als ich das Carré durchquerte, beobachtete ich, wie üblich, eine Gruppe von Näherinnen um Mlle Henri herum. Es handelte sich nur um ungefähr ein Dutzend, aber der Lärm, den sie machten, hätte für fünfzig gereicht. Sie schien sie nur sehr wenig unter Kontrolle zu haben; drei oder vier bestürmten sie zur gleichen Zeit mit aufdringlichen Forderungen; sie sah gequält drein, verlangte Ruhe, doch vergebens. Sie sah mich, und in ihrem Auge las ich Schmerz darüber, daß ein Dritter Zeuge der Unbotmäßigkeit ihre Schülerinnen wurde. Sie schien Disziplin herbeizuflehen – ihre Gebete blieben fruchtlos. Dann fiel mir auf, daß sie die Lippen aufeinanderpreßte und die Augenbrauen zusammenzog; und ihre ganze Haltung, wenn ich sie richtig interpretierte, besagte: »Ich habe mein Bestes getan; dennoch scheine ich Tadel zu verdienen. Wer mich tadeln will, soll es tun.« Ich ging weiter; als ich die Klassenzimmertür schloß, hörte ich sie plötzlich und mit Schärfe zu einer der ältesten und unruhigsten des Haufens sagen:

»Amélia Müllenberg, du brauchst mir jetzt keine Fragen mehr zu stellen oder mich um Hilfe zu bitten, und zwar die ganze Woche lang nicht. In dieser Zeit werde ich nämlich weder mit dir reden noch dir helfen.«

Die Worte waren mit Nachdruck geäußert – nein, mit Vehemenz –, und es folgte vergleichsweise Stille. Ob die Ruhe andauerte, weiß ich nicht; zwischen mir und dem Carré waren jetzt zwei geschlossene Türen.

Der nächste Tag gehörte der ersten Klasse. Bei meinem Eintreffen fand ich die Direktorin auf ihrem üblichen Platz vor, auf einem Stuhl zwischen den beiden Podien, und vor ihr stand Mlle Henri in (wie mir schien) einer Haltung etwas widerwilliger Aufmerksamkeit. Die Direktorin strickte und sprach zur selben Zeit. Bei dem Gemurmel in einem großen Schulzimmer war es leicht, sich mit jemandem so zu unterhalten, daß nur diese oder dieser mithörte, und auf diese Art redete Mlle Reuter auf ihre Lehrerin ein. Das Gesicht der letzteren war etwas gerötet; sie sah aber mehr als nur etwas bekümmert drein. Beunruhigung und Sorge lagen in ihrer Miene; aus welchem Grund weiß ich nicht, denn die Direktorin sah eigentlich recht gelassen aus. In einem solch sanften Flüsterton und mit einem so gleichmütigen Ausdruck konnte sie nicht schimpfen. Nein; es erwies sich sogleich, daß ihre Ausführungen von der allerfreundlichsten Art waren, den ich hörte die abschließenden Worte:

»C'est assez, ma bonne amie; à present je ne veux pas vous retenir davantage.«[46]

Ohne eine Erwiderung wandte sich Mlle Henri ab. Unzufriedenheit war deutlich in ihrem Gesicht zu lesen, und ein Lächeln, leicht und kurz, aber bitter, mißtrauisch und, wie ich glaubte, verächtlich kräuselte ihre Lippe, als sie ihren Platz in der Klasse einnahm. Es war ein verstohlenes, unfreiwilliges Lächeln, das nur eine Sekunde anhielt. Ein Ausdruck der Niedergeschlagenheit folgte, der gleich wieder von einem der Aufmerksamkeit und des Interesses verjagt wurde, als ich für alle Schüler die Anweisung erteilte, die Lesebücher herzunehmen. Im allgemeinen haßte ich die Lesestunden; es war eine solche Tortur für das Ohr, ihrer ungehobelten und zerdehnten Artikulation meiner Muttersprache zuzuhören, und keinerlei Unterweisung oder Bemühung um vorbildliche Aussprache meinerseits schien jemals auch nur die leiseste Verbesserung ihres Akzents zu bewirken. Heute lispelte, stotterte, murmelte und nuschelte eine jede wie gewöhnlich in der ihr eigenen Tonart. Etwa fünfzehn hatten mich reihum gemartet, und mein Hörnerv erwartete gerade mit Resignation die Dissonanzen der sechzehnten, als eine volle, wenn auch leise Stimme in einem klaren, korrekten Englisch vorlas:

»On his way to Perth, the king was met by a Highland woman, calling herself a prophetess; she stood at the side of the ferry by which he was about to travel to the north, and cried with a loud voice, ›My lord the king, if you pass this water you will never return again alive!‹«[47] (vgl. ›The History of Scotland‹)

Ich sah vor Verwunderung auf. Die Stimme war eine Stimme Albions; der Akzent war rein und silberhell; sie benötigte nur noch Festigkeit und Selbstsicherheit, um das Gegenstück zu dem zu sein, was jede wohlerzogene Lady in Essex oder Middlesex von sich gegeben haben könnte. Doch die Sprecherin, beziehungsweise Leserin, war niemand anderer als Mlle Henri, in deren ernstem, freudlosem Gesicht ich keine Anzeichen sah, daß sie sich bewußt war, soeben eine überdurchschnittlich gute Leistung vollbracht zu haben. Auch sonst schien niemand überrascht zu sein. Mlle Reuter strickte emsig vor sich hin. Mir entging jedoch nicht, daß sie am Schluß der Textstelle die Augenlider hob und mich mit einem Seitenblick beehrte. Sie erkannte die hervorragende Qualität der Leseleistung der Lehrerin nicht in vollem Umfange, aber sie begriff, daß ihr Akzent nicht derjenige der anderen war und wollte herausfinden, was ich davon hielt. Ich setzte eine Maske der Teilnahmslosigkeit auf und befahl dem nächsten Mädchen fortzufahren.

Als der Unterricht zu Ende war, benutzte ich das Durcheinander des Aufbruchs, um Mlle Henri anzusprechen. Sie stand gerade beim Fenster und wich zurück, als ich auf sie zukam. Sie dachte, ich wolle hinaussehen, und konnte sich nicht vorstellen, daß ich ihr etwas zu sagen hätte. Ich nahm ihr das Heft aus der Hand. Während ich die Seiten durchblätterte, sagte ich zu ihr:

»Sie haben schon einmal Englischunterricht gehabt?«

»Nein, Sir.«

»Nein? Sie lesen gut. Sie sind in England gewesen?«

»Oh nein!« – ein wenig lebhaft.

»Sie sind in englischen Familien gewesen?«

Die Antwort war noch immer »Nein«. In diesem Moment sah ich, daß auf dem Deckblatt des Heftes geschrieben stand: ›Frances Evans Henri‹.

»Ihr Name?«

»Ja, Sir.«

Meine Befragung war kurz angebunden. Ich hörte ein leises Rascheln hinter mir, und dicht bei meinem Rücken stand die Direktorin und tat so, als untersuche sie den Inhalt eines Schreibpults.

»Mademoiselle«, sagte sie, sah auf und wandte sich an die Lehrerin, »Sie werden die Güte haben, sich im Korridor aufzuhalten, während die jungen Damen ihre Sachen anlegen, und versuchen Sie, etwas Ordnung zu schaffen.«

Mlle Henri gehorchte.

»Was für ein wunderbares Wetter!« bemerkte die Direktorin fröhlich mit einem flüchtigen Blick zum Fenster hinaus. Ich pflichtete bei und zog mich zurück. »Wie steht es mit Ihrer neuen Schülerin, Monsieur?« fuhr sie fort und folgte meinem Rückzug. »Lassen sich bei ihr Fortschritte im Englischen erwarten?«

»Eigentlich kann ich es noch nicht beurteilen. Sie hat eine recht gute Aussprache. Was ihre tatsächliche Kenntnis der Sprache angeht, so hatte ich bisher noch keine Gelegenheit, mir eine Meinung zu bilden.«

»Und wie steht es mit ihrer natürlichen Begabung, Monsieur? Ich habe da meine Bedenken. Können Sie mich wenigstens diesbezüglich beruhigen, daß Sie mir deren durchschnittliche Qualität bestätigen?«

»Ich sehe keinen Grund, deren durchschnittliche Qualität zu bezweifeln, Mademoiselle, aber ich kenne sie wirklich noch zu wenig und hatte bisher noch nicht die Zeit, das Ausmaß ihrer Fähigkeiten zu studieren. Ich wünsche Ihnen einen recht angenehmen Nachmittag.«

Sie verfolgte mich noch immer. »Sie werden Sie weiterhin beobachten, Monsieur, und mir sagen, was Sie von ihr halten. Ich gebe mehr auf Ihre Meinung als auf meine eigene. Frauen können solche Sachen nicht so beurteilen wie Männer und, verzeihen Sie meine Hartnäckigkeit, Monsieur, aber es ist doch ganz natürlich, daß ich mich für dieses arme, kleine Mädchen interessiere *(pauvre petite)*. Sie hat kaum Verwandte; ihre Arbeit ist alles, worum sie sich kümmern muß, und ihre Kenntnisse und Fertigkeiten stellen vermutlich ihr einziges Vermögen dar. Ihre gegenwärtige Lage war auch einmal die meinige gewesen, oder wenigstens beinahe. So ist es nur natürlich, daß ich mit ihr mitfühle; und manches Mal, wenn ich die Probleme sehe, die sie im Umgang mit den Schülerinnen hat, bin ich recht verärgert. Ich bezweifle nicht, daß sie ihr Möglichstes tut und daß ihre Absichten die allerbesten sind. Aber, Monsieur, ihr fehlen Fingerspitzengefühl und Festigkeit. Ich habe mit ihr über das Thema gesprochen, aber ich spreche die Sprache nicht fließend und habe mich wahrscheinlich nicht klar genug ausgedrückt; sie scheint mich nie zu verstehen. Würden Sie also bitte, bei sich bietender Gelegenheit, ihr gegenüber ein hilfreiches Wort zu diesem Thema einfließen lassen? Männer haben einen um so vieles größeren Einfluß als Frauen – sie argumentieren um so vieles logischer, als wir das tun; und insbesondere Sie, Monsieur, haben eine so überragende Fähigkeit, sich Gehorsam zu verschaffen. Ein Ratschlag von Ihnen würde in jedem Fall nur Gutes bewirken; selbst wenn sie widerborstig und eigensinnig wäre (was sie hoffentlich nicht ist), würde sie es kaum wagen, nicht auf Sie zu hören. Was mich angeht, so kann ich wahrhaftig sagen, daß ich nie eine Ihrer Unterrichtsstunden besuche, ohne Nutzen aus der Art und Weise zu ziehen, wie Sie mit Ihren Schülerinnen umgehen. Die anderen Lehrer sind für mich eine beständige Quelle von Ängsten; sie können den jungen Damen weder Respekt beibringen noch die Leichtfertigkeit im Zaum halten, die der Jugend naturgegeben ist. In Sie, Monsieur, habe ich absolutes Vertrauen. Versuchen Sie also, diesem armen Kind zu zeigen, wie man mit unseren leichtsinnigen und lebhaften Brabantinnen fertig wird. Aber, Monsieur, ich möchte noch ein Wort hinzufügen: Verletzen Sie nicht ihre *amour-propre*; hüten Sie sich davor, ihr dort eine Wunde beizubringen. Ich gebe widerwillig zu, daß sie in diesem Bereich auf tadelnswerte Weise – manche würden sagen, auf lächerliche Art – empfindlich ist. Ich befürchte, ich habe diese sensible Stelle unabsichtlich berührt, und sie kann nicht darüber hinwegkommen.«

Während des größten Teils dieser Predigt hatte meine Hand auf dem Knauf der äußern Tür gelegen; jetzt drehte ich ihn.

»Au revoir, Mademoiselle«, sagte ich und entfloh. Ich hatte erkannt, daß der Vorrat der Direktorin an Worten weit entfernt davon war, erschöpft zu sein. Sie sah mir nach, und sie hätte mich gerne noch länger zurückgehalten. Ihr Verhalten mir gegenüber hatte sich verändert, seit ich begonnen hatte, sie mit Schroffheit und Gleichgültigkeit zu behandeln: Sie katzbuckelte beinahe vor mir bei jeder Gelegenheit; sie erkundigte sich unaufhörlich nach meinem

Befinden und bedachte mich mit unzähligen kleinen und aufdringlichen Aufmerksamkeiten. Servilität bewirkt Despotismus. Diese sklavische Unterwürfigkeit hätschelte lediglich die strenge und unnachgiebige Seite in mir, statt mein Herz zu erweichen. Es war genau der Umstand, daß sie wie ein faszinierter Vogel um mich herumflatterte, der mich in eine unbewegliche Steinsäule zu verwandeln schien. Ihre Schmeicheleien erregten meine Verachtung, ihre Überredungskünste bestärkten mich in meiner Reserviertheit. Manchmal fragte ich mich, was sie damit bezweckte, daß sie sich so bemühte, mich zu gewinnen, wo doch der vielversprechendere Pelet bereits in ihren Netzen zappelte und wo sie doch wußte, daß ich ihr Geheimnis kannte, denn ich hatte ja nicht gezögert, es ihr mitzuteilen. Die Wahrheit war, daß es in ihrer Natur lag, die Wirklichkeit skeptisch zu betrachten und den Stellenwert von Zurückhaltung, Zuneigung und Uneigennützigkeit unterzubewerten – diese Eigenschaften für Charakterschwächen zu halten; und folglich neigte sie gleichermaßen dazu, Stolz, Härte und Egoismus als Zeichen von Stärke zu betrachten. Sie setzte der Bescheidenheit ihren Fuß ins Genick, aber sie fiel der Arroganz zu Füßen; Zärtlichkeit begegnete sie insgeheim mit Verachtung, aber der Gleichgültigkeit machte sie mit unaufhörlicher Emsigkeit den Hof; Gutartigkeit, Hingabe und Begeisterung erregten ihre Antipathie, für Heuchelei und Ichbezogenheit hatte sie eine Vorliebe – in ihren Augen war dies wahre Klugheit; moralische Verkommenheit, physische Abnormität, geistige und körperliche Minderwertigkeit betrachtete sie mit Nachsicht: das waren Schwächen, die man ausnutzen und zur Plattform der eigenen Talente machen konnte. Der Gewalt, der Ungerechtigkeit und der Tyrannei unterwarf sie sich – das waren ihre natürlichen Herren; sie verspürte ihnen gegenüber keine

Haßgefühle, keine Widerstandsregungen; die Indigniertheit, die schon deren Nennung bei manchen Gemütern hervorrief, war ihr fremd.

Aus alldem ergab sich, daß die Falschen und Selbstsüchtigen sie klug nannten, die Vulgären und Minderwertigen sie als nachsichtig bezeichneten, und die Anmaßenden und Ungerechten titulierten sie als liebenswürdig. Die Gewissenhaften und Gütigen akzeptierten zunächst ihren Anspruch, als eine von ihnen betrachtet zu werden, als zu Recht bestehend; aber schon nach kurzer Zeit nutzte sich der glänzende Überzug des Anspruchs ab; die eigentliche Substanz erschien darunter, und sie legten sie als Trugbild auf die Seite.

16. KAPITEL

Im Verlauf weiterer zwei Wochen hatte ich genug von Frances Evans Henri gesehen, um mir ein zuverlässiges Urteil über ihren Charakter bilden zu können. Ich fand heraus, daß sie in beträchtlichem Maße zumindest zwei gute Eigenschaften besaß, nämlich Beharrlichkeit und Pflichtbewußtsein. Ich fand heraus, daß sie wirklich fleißig studieren und mit Problemen fertig werden konnte. Zuerst bot ich ihr die gleiche Hilfe an, die ich auch immer für nötig erachtet hatte, den anderen zuteil werden zu lassen. Ich begann damit, alle verzwickten Sachen für sie aufzulösen, entdeckte aber bald, daß meine neue Schülerin eine solche Hilfestellung als Herabsetzung empfand; sie entzog sich ihr mit einer gewissen stolzen Ungeduld. Hierauf wies ich ihr lange Lektionen zu und überließ es ihr, alle darin enthaltenen schwierigen Stellen selbständig herauszubekommen. Sie machte sich mit ernstem Eifer an die Arbeit, und nachdem sie die eine Aufgabe rasch zu Ende gebracht hatte, verlangte sie begierig nach mehr. Soviel zu ihrer Beharrlichkeit. Was ihr Pflichtbewußtsein anging, so äußerte sich dieses folgendermaßen: Sie liebte es zu lernen, aber haßte es zu lehren. Ihre Fortschritte als Schülerin hingen von ihr selbst ab, und ich sah, daß sie an Sicherheit gewann, wenn sie auf sich selbst gestellt war und sich auf sich selbst verlassen konnte. Ihr Erfolg als Lehrerin beruhte teilweise, vielleicht sogar hauptsächlich, auf dem Willen anderer. Es kostete sie eine höchst mühsame Anstrengung, mit diesem fremden Willen in Konflikt zu treten, den Versuch zu unternehmen, ihn unter ihren eigenen zu beugen; und das, was ihre Umgebung im allgemeinen als eine Äußerung ihres Willens ansah, wurde durch vielerlei Skrupel behindert und erschwert. Ihr Wille war frei und stark, wo es sich um ihre eigenen Angelegenheiten handelte, und ihm konnte sie zu jeder Zeit ihre Neigungen unterwerfen, wenn diese Neigungen konträr zu ihrer Auffassung von dem verliefen, was sie als richtig ansah. Doch wenn sie gefordert war, sich mit den Neigungen, den Gewohnheiten und Fehlern anderer auseinanderzusetzen, besonders denen von Kindern, die taub gegenüber Vernunftgründen waren, verweigerte ihr Wille gelegentlich seine Handlungsfähigkeit fast völlig; und dann kam Pflichtbewußtsein ins Spiel und zwang den widerstrebenden Willen zur Tat. Eine fruchtlose Verschwendung von Energie und Arbeit war oft die Folge. Frances rackerte sich für und mit ihren Schülerinnen ab wie ein Kuli, aber es dauerte lange, ehe ihre gewissenhaften Anstrengungen durch so etwas wie Fügsamkeit von deren Seite belohnt wurden, denn sie sahen, daß sie Macht über sie hatten, indem sie ihren mühevollen Versuchen zu überzeugen, zu überreden, zu kontrollieren widerstanden, indem sie sie zur Anwendung von Disziplinarmaßnahmen zwangen und ihr dadurch größte Qualen auferlegten. Menschen – besonders Kinder – versagen sich selten das Vergnügen, eine Macht auszuüben, von der sie sich bewußt sind, daß sie sie besitzen, auch wenn diese Macht nur in der Fähigkeit besteht, andere zugrunde zu richten. Ein Schüler, dessen Empfindungen abgestumpfter sind als die seines Lehrers, während seine Nerven strapazierfähiger und seine Körperkraft wahrscheinlich größer sind, hat einen immensen Vorteil gegenüber diesem Lehrer, und im allgemeinen wird er ihn rücksichtslos einsetzen, weil er sehr jung ist, sehr gesund, sehr gedankenlos und weder Mitleid noch Schonung kennt. Frances, wie ich befürchtete, erduldete viel; eine beständige Last schien ihr Gemüt niederzudrükken. Ich sagte bereits, daß sie nicht im Hause wohnte, und ob sie in ihrer eigenen Bleibe, wo immer diese auch sein mochte, die gleiche nachdenkliche, ernste, auf kummervolle Weise entschlossene Miene zur Schau trug, die ihre Gesichtszüge unter Mlle Reuters Dach stets verdüsterte, könnte ich nicht sagen.

Eines Tages gab ich die banale kleine Anekdote von König Alfred, wie er in der Hütte des Hirten die Brote beaufsichtigen sollte, als Hausaufgabe auf. Sie war mit Ausschmückungen nachzuerzählen. Die meisten Schülerinnen machten eine merkwürdige Begebenheit daraus; in der Hauptsache ging es ihnen um Kürze. Die Mehrzahl der Nacherzählungen war völlig unverständlich; allein jene von Sylvie und Léonie Ledru hatten entfernte Ähnlichkeit mit einem sinnvollen und zusammenhängenden Text. Eulalie allerdings war auf einen cleveren Ausweg verfallen, um sich Arbeit zu ersparen und dennoch etwas Richtiges zustande zu bringen; irgendwie hatte sie Zugang zu einer vereinfachten Darstellung der Geschichte Englands erhalten und die Anekdote einfach daraus abgeschrieben. Am

Rand ihrer Arbeit vermerkte ich ›dummer Täuschungsversuch‹ und riß sie in der Mitte entzwei.

Als letzte in dem Stoß der Arbeiten, die alle nur aus einem Blatt bestanden, fand ich eine von mehreren Blättern, sauber beschrieben und zusammengeheftet. Ich erkannte die Schrift und brauchte kaum mehr den Beweis des Namenszugs ›Frances Evans Henri‹, um meine Vermutung, die Identität der Schreiberin betreffend, zu bestätigen.

Der Abend und die Nacht waren meine üblichen Zeiten der Aufgabenkorrektur und mein eigenes Zimmer der übliche Schauplatz dieser Arbeit – einer bis dahin recht lästigen Arbeit; und es kam mir seltsam vor, in mir ein beginnendes Interesse zu verspüren, während ich die Kerze richtete und mich daran machte, das Manuskript der armen Lehrerin sorgfältig durchzulesen.

»Jetzt«, dachte ich, »werde ich einen ungefähren Eindruck davon erhalten, was sie wirklich kann. Ich werde eine Vorstellung von der Beschaffenheit und dem Ausmaß ihrer Fähigkeiten bekommen. Nicht daß zu erwarten wäre, daß sie sich gut in einer Fremdpsrache ausdrücken kann, aber dennoch: Wenn sie so etwas wie Grips hat, dann wird er sich hierin widerspiegeln.«

Die Erzählung begann mit der Beschreibung der Bauernhütte eines Sachsen, die innerhalb der Begrenzung eines großen, kalten Winterwaldes gelegen war. Es war an einem Abend im Dezember; Schneeflocken fielen hernieder, und der Hirte sagte einen schweren Sturm voraus. Er rief seine Frau herbei, damit sie ihm beim Zusammentreiben der Herde half, die sich weit über die Weideflächen am Ufer des Flusses Thone zerstreut hatte. Er macht sie darauf aufmerksam, daß es spät werden wird, ehe sie zurückkehren. Die gute Frau will nur ungern ihre Arbeit des Brotbackens für das Abendessen verlassen, aber sie sieht ein, daß es von größerer Wichtigkeit ist, die Schafe und Rinder in Sicherheit zu bringen, und zieht ihren Mantel aus Schaffell an. Und dann wendet sie sich an einen Fremden, der halb zurückgelehnt auf einem Lager aus Binsen nahe dem Herd ruht, und heißt ihn, bis zu ihrer Rückkehr auf das Brot aufzupassen.

»Vergewissert Euch, junger Mann«, fährt sie fort, »daß Ihr die Tür hinter uns fest schließt; und vor allem öffnet sie gegenüber niemandem in unserer Abwesenheit. Was auch immer für Geräusche Ihr hören mögt: Rührt Euch nicht und seht nicht hinaus! Bald wird die Nacht hereinbrechen. Dieser Wald ist höchst wild und einsam; oft kann man nach Sonnenuntergang seltsame Laute darin hören. Diese Lichtungen werden von Wölfen heimgesucht, und dänische Krieger machen das Land unsicher. Auch von viel schlimmeren Dingen wird geredet; und vielleicht hört Ihr sogar ein Kind weinen, und wenn Ihr dann die Tür öffnet, um Beistand zu leisten, kann ein großer, schwarzer Stier über die Schwelle stürzen, oder ein Kobold in der Gestalt eines gespenstischen Hundes. Oder, noch schrecklicher, wenn etwas gegen das Fenstergitter klatschte, als ob es Flügel hätte, und wenn dann ein Rabe oder eine weiße Taube hereinflöge und sich auf dem Herd niederließe: Ein solcher Besuch wär ein sicheres Zeichen von kommendem Unglück für das Haus. Achtet deshalb auf meinen Rat und hebt den Türriegel für nichts und niemanden.«

Der Ehemann ruft sie zu sich, und beide ziehen los. Der allein zurückgelassene Fremde lauscht eine Weile dem gedämpften Schneesturm, dem entfernten, anschwellenden Geräusch des Flusses, und dann spricht er:

»Es ist Heiliger Abend«, sagt er, »ich bemerke es wohl. Hier sitze ich einsam auf einer groben Liegestatt von Binsen, beschützt vom Strohdach der Hütte eines Hirten. Ich, dessen Erbe ein Königreich war, verdanke die Unterbringung zur Nacht einem armen Leibeigenen. Mein Thron wurde mir gewaltsam genommen, meine Krone drückt die Stirn eines Eindringlings. Ich habe keine Freunde, meine Truppen wandern gebrochen in den Bergen von Wales umher; rücksichtslose Räuber plündern mein Land; meine Untertanen liegen zerschmettert auf dem Boden, die Brust zerquetscht von des brutalen Dänen Absatz. Schicksal! Du hast dein Schlimmstes vollbracht, und nun stehest du vor mir, die Hand auf der stumpfgehauenen Klinge ruhend. Fürwahr, dein Auge sehe ich feindselig dem meinen begegnen, Auskunft begehrend, warum ich noch lebe, warum ich noch hoffe. Heidnischer Dämon, nicht glaube ich an deine Allmacht, und somit kann ich mich nicht unterwerfen deiner Gewalt. Mein Gott, dessen Sohn, so in dieser Nacht Menschengestalt angenommen und für uns Menschen sich herabgelassen hat, um zu leiden und zu bluten, deine Hand lenkt, und ohne dessen Geheiß du nicht einen Streich führen kannst. Mein Gott ist ohne Makel, ewig und allweise, in Ihm ist all mein Vertrauen. Und obschon beraubt und niedergeworfen durch Dich, obschon nackt, elend, der Reichtümer verlustig – ich verzweifle nicht, ich kann nicht verzweifeln. Wäre selbst des Dänenkönigs Guthrum Lanze feucht von meinem Blute, ich würde nicht verzweifeln. Ich wache, ich placke mich, ich hoffe, ich bete. Jehovah, wenn Er die Zeit für gekommen hält, wird Hilfe zuteil werden lassen.«

Ich brauche das Zitat nicht fortzusetzen; die ganze Nacherzählung war im gleichen Stil gehalten. Es gab Rechtschreibfehler, es gab Redewendungen aus anderen Sprachen, es gab einige Satzbaufehler, es gab unregelmäßige Verben, die zu regelmäßigen umgeformt worden waren. Wie das obige Beispiel zeigt, bestand der Text größtenteils aus kurzen und etwas holprigen Sätzen und Satzteilen, und der Stil bedurfte dringend des Schliffs und der durchgängig eingehaltenen Ebene der Erhabenheit. Doch auch in dieser Beschaffenheit hatte ich bis jetzt im Verlauf meiner beruflichen Erfahrung noch nichts Vergleichbares gesehen. Die Seele des Mädchens hatte sich ein Bild von der Hütte gemacht, von den zwei Bauern, von dem König ohne Krone. Ihre Phantasie hatte sich den winterlichen Wald ausgemalt. Sie hatte sich die alten sächsischen Geisterlegenden ins Gedächtnis zurückgerufen; sie hatte Alfreds Mut im Unglück gewürdigt; sie hatte sich seiner christlichen Erziehung erinnert und hatte ihn dargestellt, wie er mit dem tiefverwurzelten Vertrauen jener primitiven Tage auf den Jehovah der Heiligen Schrift baute, damit er ihm gegen das mythologische Schicksal beistand. Dies hatte sie ohne jeden Hinweis von mir fertiggebracht. Ich hatte das Thema vorgegeben, aber kein Wort darüber gesagt, auf welche Weise es zu behandeln war.

»Ich werde eine Gelegenheit suchen oder schaffen, um mit ihr zu sprechen«, sagte ich zu mir, als ich die Arbeit zusammenpackte. »Ich werde herausfinden, was außer dem Namen Frances Evans noch an Englischem in ihr steckt. In der Sprache ist sie keine Novizin, soviel ist klar, doch sie sagte mir, sie sei weder in England gewesen, noch habe sie Englischunterricht gehabt oder in englischen Familien gelebt.«

Im Verlauf der nächsten Unterrichtsstunde faßte ich die Ergebnisse der anderen Arbeiten zusammen, verteilte Lob und Tadel in sehr kleinen Portionen, wie es meine Art war, denn es war zwecklos, streng zu tadeln, und ausführliche Loblieder wurden einem selten gedankt. Ich sagte nichts über Mlle Henris Übungsarbeit, und mit der Brille auf der Nase bemühte ich mich, in ihrem Gesichtsausdruck ihre

Gefühle wegen dieses Übergehens zu entziffern. Ich wollte herausbringen, ob in ihr ein Bewußtsein ihrer eigenen Talente existierte. »Falls sie der Meinung ist, diesen Text geschickt verfaßt zu haben, dann wird sie jetzt gekränkt dreinblicken«, dachte ich. Ernst, wie immer, beinahe düster war ihr Gesicht. Ihre Augen waren, wie immer, auf das offene Heft vor ihr gerichtet. Ich glaubte, daß so etwas wie Erwartung in ihrer Haltung lag, während ich eine kurze Analyse der letzten Aufgabe abschloß. Und als ich die Arbeiten von mir wegschob, mir die Hände rieb und ihnen auftrug, die Grammatiken hervorzunehmen, vollzog sich bei ihr ein fast unmerklicher Wandel in Haltung und Ausdruck, als gebe sie eine schwache Hoffnung auf einen angenehmen Nervenkitzel auf. Sie hatte darauf gewartet, daß etwas besprochen wurde, woran sie in gewissem Maß interessiert war. Da die Besprechung nicht erfolgen sollte, sank ihre Erwartung wieder. Sie war geknickt und traurig, aber im Nu hatte Aufmerksamkeit die Leere wieder aufgefüllt und die vorübergehende Entgleisung der Gesichtszüge augenblicklich wieder korrigiert. Dennoch spürte ich im Verlauf des Unterrichts, mehr als ich es sah, daß sie einer Hoffnung beraubt worden war und daß sie nur deshalb keine Betrübnis zeigte, weil sie es nicht wollte.

Als um vier Uhr die Glocke läutete und der Raum sich augenblicklich im Tumult befand, blieb ich, anstatt meinen Hut zu nehmen und das Podium zu verlassen, noch einen Moment lang still sitzen. Ich sah zu Frances hin, die gerade ihre Bücher und Hefte in ihre Korbtasche schob. Nachdem sie sie verschlossen hatte, hob sie den Kopf. Sie begegnete meinem Blick und machte eine stumme, respektvolle kleine Verbeugung, als wolle sie sich verabschieden, und wandte sich dann zum Gehen.

»Kommen Sie her«, sagte ich und hob gleichzeitig den

Finger. Sie zögerte. Sie konnte die Worte inmitten des Aufruhrs, der jetzt beide Klassenzimmer durchdrang, nicht hören. Ich wiederholte mein Zeichen. Sie näherte sich. Wieder blieb sie stehen, einen halben Meter vom Podium entfernt, und blickte schüchtern und noch immer zweifelnd, ob sie nicht doch meine Geste mißdeutet hatte.

»Kommen Sie herauf«, sagte ich und sprach mit Nachdruck. Dies ist die einzige Art und Weise, wie man mit Naturen ohne Selbstvertrauen und solchen, die leicht in Verlegenheit geraten, umgehen muß. Und mit leichter, manueller Hilfestellung gelang es mir bald darauf, sie genau dorthin zu plazieren, wo ich sie hinhaben wollte, nämlich zwischen mein Pult und das Fenster, wo sie vom Gewühl der zweiten Gruppe abgeschirmt war und wo sich niemand hinter sie schleichen konnte, um mitzuhören.

»Setzen Sie sich«, sagte ich, rückte ihr einen Hocker hin und ließ sie Platz nehmen. Ich wußte, daß das, was ich zu tun im Begriff war, als eine höchst merkwürdige Sache angesehen werden würde, und was schlimmer war: ich machte mir nichts daraus. Frances wußte es ebenfalls, und ich fürchte, auf Grund ihrer aufgeregten Erscheinung und ihres Zitterns, daß sie sich sehr wohl etwas daraus machte. Ich zog ihre zusammengerollte Arbeit aus meiner Tasche.

»Dies gehört Ihnen, richtig?« sagte ich und sprach sie auf Englisch an, denn ich war mir jetzt sicher, daß sie Englisch beherrschte.

»Ja«, antwortete sie klar und deutlich. Und während ich ihre Aufgabe entrollte und sie flach vor ihr auf dem Pult auslegte und meine Hand darauf legte und einen Stift in dieser Hand hatte, sah ich, daß sie bewegt war – ja, sie glühte direkt. Ihr Ausdruck strahlte, so wie es vielleicht eine Wolke tut, hinter der die Sonne brennt.

»Diese Arbeit enthält zahlreiche Fehler«, sagte ich. »Sie

werden einige Jahre sorgfältigen Studiums benötigen, ehe Sie in der Lage sein werden, Englisch mit absoluter Korrektheit zu schreiben. Merken Sie auf: Ich weise Sie jetzt auf einige grundsätzliche Fehlerquellen hin.« Und ich ging die Arbeit genauestens durch, bezeichnete jeden Fehler und machte klar, warum es sich um einen Fehler handelte und wie die Wörter oder Redewendungen hätten geschrieben und verwendet werden sollen. Im Verlauf dieses ernüchternden Prozesses wurde sie ruhig. Dann fuhr ich fort:

»Was die Substanz Ihrer Arbeit angeht, Mlle Henri, so hat sie mich überrascht. Ich habe sie mit Vergnügen durchgelesen, da ich darin Beweise von künstlerischem Geschmack und Phantasie gesehen habe. Geschmack und Phantasie sind zwar nicht die größten Gaben menschlichen Intellekts, aber Sie besitzen sie, wahrscheinlich nicht in überragendem Maße, aber in einem Maß über dem, dessen sich die Mehrheit rühmen kann. Sie können also Mut fassen. Hegen Sie die Fähigkeiten, die Gott und die Natur Ihnen verliehen haben, und scheuen Sie sich nicht, in einer Leidenskrise oder unter dem Druck irgendwelcher Ungerechtigkeiten aus dem Bewußtsein ihrer Stärke und Seltenheit ungehindert und uneingeschränkt Trost zu schöpfen.«

»Stärke und Seltenheit!« wiederholte ich bei mir. »Jawohl, die Worte sind wahrscheinlich treffend«, denn beim Aufschauen sah ich, daß die Sonne die verhüllende Wolke durchbrochen hatte, daß ihre Miene verklärt war und ein Lächeln in ihren Augen glänzte, ein fast triumphierendes Lächeln; es schien zu besagen:

»Ich bin glücklich, daß Sie gezwungen waren, so viel von meiner Natur zu entdecken. Sie brauchen Ihre Sprache nicht so bemüht zu mäßigen. Glauben Sie denn, ich bin mir selbst fremd? Was Sie mir in solch erlesenen Worten sagen, weiß ich in vollem Umfang schon seit meiner Kindheit.«

Dies sagte sie so offen, wie man es mit einem direkten und leuchtenden Blick sagen konnte, aber in einem Moment waren ihre glühende Gesichtsfarbe, ihr strahlender Anblick verblaßt. So wie sie sich deutlich ihrer Begabung bewußt war, so war sie sich gleichermaßen ihrer quälenden Defizite bewußt, und die Erinnerung an diese, ausgelöscht für eine einzige Sekunde, mit jäher Macht wieder zu Leben erwachend, unterdrückte augenblicklich die allzu lebhaften Äußerungen, in denen sich das Bewußtsein ihrer Fähigkeiten geäußert hatte. Der Gefühlsumschwung fand so schnell statt, daß ich keine Zeit hatte, ihrem Triumph mit einer Zurechtweisung zu begegnen. Noch ehe ich meine Stirn in Falten legen konte, war sie schon wieder ernst geworden und sah beinahe traurig drein.

»Vielen Dank, Sir«, sagte sie und stand auf. In ihrer Stimme und in dem sie begleitenden Blick lagen Dankbarkeit. Es war in der Tat an der Zeit, unsere Besprechung zu beenden, denn als ich mich umsah, erblickte ich eine Versammlung aller Internen (die Tagesschülerinnen waren schon gegangen) ein bis zwei Meter vor meinem Pult, wo sie mit weit aufgerissenen Augen und Mündern standen. Die drei *Maîtresses* bildeten einen flüsternden Knoten in einer Ecke, und direkt neben mir war die Direktorin und saß auf einem niedrigen Stuhl und beschnitt ruhig die Quasten ihrer nunmehr fertiggestellten Tasche.

17. KAPITEL

Aus der von mir so kühn herbeigeführten Gelegenheit eines Gesprächs mit Mlle Henri hatte ich letztlich nur unvollständigen Nutzen gezogen. Es war meine Absicht gewesen zu fragen, wie sie in den Besitz von zwei englischen Taufnamen, Frances und Evans, in Kombination mit ihrem französischen Familiennamen kam; desgleichen, woher sie ihren guten Akzent hatte. Beide Punkte hatte ich vergessen, oder vielmehr unsere Unterredung war so kurz gewesen, daß ich keine Zeit gehabt hatte, sie zur Sprache zu bringen. Und zudem hatte ich ihre Fähigkeit, Englisch zu sprechen, noch nicht einmal zur Hälfte getestet; alles, was ich in dieser Sprache aus ihr herausgeholt hatte, waren die Worte »yes« und »thank you, sir« gewesen. »Macht nichts«, überlegte ich. »Was nicht ist, kann noch werden.« Und ich verfehlte auch nicht, das Versprechen einzuhalten, das ich mir dieserart gegeben hatte. Es war schwierig, mit einer Schülerin aus so vielen auch nur ein paar Worte nichtalltäglicher Unterhaltung zu wechseln, aber gemäß dem alten Sprichwort: ›Wo ein Wille ist, ist auch ein Weg‹, gab es auch hier Wege; und immer wieder gelang es mir, eine günstige Gelegenheit zu finden, einige Worte mit Mlle Henri zu wechseln, ohne Rücksicht darauf, daß Mißgunst uns anstarrte und Verleumdung über uns wisperte, wann immer ich mich ihr näherte.

»Bitte mal eben Ihr Heft.« So etwa begann ich oft diese kurzen Dialoge. Der Zeitpunkt war immer genau am Ende einer Unterrichtsstunde, und mit einem Wink forderte ich sie auf, sich zu erheben, nahm dann selbst ihren Platz ein und ermöglichte es ihr, ehrerbietig an meiner Seite zu stehen; denn in ihrem Fall hielt ich es für klug und angebracht, strikt auf all jenen Umgangsformen zu bestehen, wie sie üblicherweise zwischen Lehrer und Schülerin gebräuchlich sind; umso mehr als ich erkannte, daß in gleichem Maß, wie meine Art streng und magisterhaft, die ihre entspannt und selbstbewußt wurde – zweifellos ein merkwürdiger Widerspruch hinsichtlich der normalen Wirkung in solchen Fällen; aber so war es.

»Einen Stift«, sagte ich und streckte die Hand aus, ohne sie anzusehen. (Ich bin gerade dabei, einen kurzen Bericht über das erste dieser Gespräche zu skizzieren.) Sie gab mir einen, und während ich einige Fehler in einer Grammatikübung anstrich, die sie geschrieben hatte, bemerkte ich:

»Sie sind keine gebürtige Belgierin?«

»Nein.«

»Auch keine Französin?«

»Nein.«

»Wo liegt dann Ihr Geburtsort?«

»Ich wurde in Genf geboren.«

»Sie werden vermutlich Frances und Evans nicht als schweizerische Namen bezeichnen wollen, oder?«

»Nein, Sir, das sind englische Namen.«

»Richtig; und ist es bei den Genfern Sitte, ihren Kindern englische Rufnamen zu geben?«

»Non, monsieur; mais –«

»Auf englisch, wenn ich bitten darf.«

»Mais –«

»Auf englisch –«

»Aber« – (langsam und voller Verlegenheit) – »meine Eltern waren nicht alle zwei Genfer.«

»Es heißt beide anstelle von alle zwei, Mademoiselle.«

»Nicht beide waren Schweizer; meine Mutter war Engländerin.«

»Aha! Und auch englischer Abstammung?«

»Ja, ihre Vorfahren waren alle Engländer.«

»Und Ihr Vater?«

»Er war Schweizer.«

»Und außerdem? Was war er von Beruf?«

»Geistlicher – Pastor – er hatte eine Pfarrei.«

»Da Ihre Mutter Engländerin ist, warum sprechen Sie dann Englisch nicht mit größerer Gewandtheit?«

»Maman est morte, il y a dix ans.«[48]

»Und Sie ehren ihr Andenken, indem Sie ihre Sprache vergessen? Haben Sie die Güte, das Französische aus Ihrem Kopf zu verbannen, solange ich mich mit Ihnen unterhalte; bleiben Sie beim Englischen.«

»C'est si difficile, monsieur, quand on n'en a plus l'habitude.«[49]

»Also waren Sie es früher einmal gewohnt, nicht wahr? Und jetzt antworten Sie mir in Ihrer Muttersprache.«

»Ja, Sir, als Kind habe ich mehr Englisch als Französisch gesprochen.«

»Und warum sprechen Sie es jetzt nicht?«

»Weil ich keine englischen Freunde habe.«

»Sie leben bei Ihrem Vater, nehme ich an?«

»Mein Vater ist tot.«

»Sie haben Geschwister?«

»Keine.«

»Leben Sie allein?«

»Nein, ich habe eine Tante, *ma tante Julienne.*«

»Die Schwester Ihres Vaters?«

»Justement, monsieur.«

»Ist das Englisch?«

»Nein, aber ich vergaß –«

»Wofür ich mir, Mademoiselle, wenn Sie ein Kind wären, sicherlich eine leichte Bestrafung ausgedacht hätte; bei Ihrem Alter – Sie müssen zwei- oder dreiundzwanzig sein, sollte ich meinen –?«

Pas encore, monsieur – en un mois j'aurai dix-neuf ans.«[50]

»Na schön, mit neunzehn ist man reif genug, und da sollten Sie eigentlich schon selbst so auf Ihr Fortkommen bedacht sein, daß es nicht mehr nötig sein dürfte, zweimal von einem Lehrer an die Zweckmäßigkeit des Englischsprechens bei jeder Gelegenheit erinnert zu werden.«

Auf diese kluge Rede erhielt ich keine Antwort; und

wenn ich aufsah, lächelte meine Schülerin vielsagend vor sich hin, wenngleich es auch kein sehr fröhliches Lächeln war. Es schien zu besagen: »Er spricht von etwas, wovon er nichts versteht«, und diese Aussage war so eindeutig, daß ich beschloß, Informationen über den betreffenden Punkt einzuholen, der mich ohne Worte als einen Ignoranten erscheinen ließ.

»Sind Sie um Ihr eigenes Fortkommen bemüht?«

»Ziemlich.«

»Können Sie mir dafür einen Beweis erbringen, Mademoiselle?«

Eine seltsame Frage, und unhöflich gestellt; sie rief ein zweites Lächeln hervor.

»Also, Monsieur, ich bin doch nicht unaufmerksam – oder? Ich lerne meine Lektionen gut –«

»Oh, das kann auch ein Kind! Und was machen Sie darüber hinaus?«

»Was kann ich darüber hinaus machen?«

»Oh, sicherlich nicht allzu viel; aber Sie sind Lehrerin und Schülerin gleichzeitig, nicht wahr?«

»Ja.«

»Sie unterrichten das Ausbessern von Spitzen?«

»Ja.«

»Eine anödende, dumme Beschäftigung; gefällt sie Ihnen?«

»Nein – sie ist langweilig.«

»Warum üben Sie sie dann aus? Warum unterrichten Sie dann nicht lieber Geschichte, Geografie, Grammatik oder sogar Arithmetik?«

»Ist sich Monsieur sicher, daß ich selbst mit diesen Fächern gründlich genug vertraut bin?«

»Das weiß ich nicht; aber in Ihrem Alter sollten Sie das sein.«

»Aber ich war nie in der Schule, Monsieur.«

»Na sowas! Was haben denn Ihre Freunde – was hat Ihre Tante da angestellt? Sie ist sehr zu tadeln.«

»Nein, Monsieur, nein, meine Tante ist gut, sie ist nicht zu tadeln; sie tut, was sie kann; sie beherbergt und ernährt mich« (ich gebe Mlle Henris Sätze wörtlich wieder, so wie sie sich selbst aus dem Französischen übersetzte). »Sie ist nicht reich; sie hat nur eine jährliche Rente von zwölfhundert Francs, und es wäre ihr unmöglich, mich zur Schule zu schicken.«

»Allerdings«, dachte ich bei mir, als ich dies hörte; aber ich fuhr in dem kategorischen Ton fort, den ich angenommen hatte:

»Es ist dennoch traurig, daß Sie aufwachsen in Unkenntnis der grundlegendsten Sachgebiete der Schulbildung. Hätten Sie etwas von Geschichte oder Grammatik gewußt, hätten Sie vielleicht diese Plackerei mit den Spitzen bleiben lassen, um es nach und nach beruflich und gesellschaftlich zu etwas zu bringen.«

»Das habe ich ja auch vor.«

»Wie wollen Sie das schaffen? Nur durch die Kenntnis des Englischen? Das wird nicht ausreichen. Keine Familie von Ansehen wird eine Erziehrin einstellen, deren Wissensvorrat lediglich in der Vertrautheit mit einer fremden Sprache besteht.«

»Monsieur, ich kann auch noch anderes.«

»Ja, ja. Sie können mit feiner Strickwolle umgehen und Tücher und Kragen besticken, aber das wird Ihnen wenig nützen.«

Mlle Henris Mund war zu einer Antwort geöffnet, aber sie hielt sich zurück, als sei sie der Meinung, daß nun genug debattiert worden sei, und sie blieb stumm.

»Sprechen Sie«, fuhr ich ungeduldig fort. »Ich habe noch

nie den Anschein von Zustimmung ausstehen können, wenn er der Wirklichkeit nicht entspricht. Und Sie hatten einen Widerspruch auf der Zunge liegen.«

»Monsieur, ich habe viele Unterrichtsstunden sowohl in Grammatik als auch in Geschichte, Geografie und Arithmetik hinter mir. In jedem Fach habe ich einen Kursus mitgemacht.«

»Bravo! Aber wie haben Sie das geschafft, wo es sich Ihre Tante doch nicht leisten konnte, Sie zur Schule zu schicken?«

»Mit dem Ausbessern von Spitzen; mit der Sache, die Monsieur so sehr verachtet.«

»Allerhand! Und jetzt, Mademoiselle, wird es für Sie eine gute Übung sein, mir auf englisch zu erklären, wie ein solches Ergebnis mit solchen Mitteln zustande kam.«

»Monsieur, ich bat meine Tante, bald nachdem wir nach Brüssel kamen, mich im Ausbessern von Spitzen unterrichten zu lassen, da ich wußte, daß dies ein *métier*, ein Handwerk, war, das man leicht erlernen und mit dem ich schnell etwas Geld verdienen konnte. Ich habe es in wenigen Tagen erlernt und schnell Arbeit bekommen, denn all die Brüsseler Damen haben alte Spitzenarbeiten – sehr kostbare –, die nach jedem Waschen ausgebessert werden müssen. Ich verdiente ein bißchen Geld, und dieses Geld gab ich für Unterrichtsstunden in den Fächern aus, die ich aufgezählt habe. Eniges davon verwendete ich, um Bücher zu kaufen, insbesondere englische Bücher. Und bald werde ich mich bemühen, eine Stelle als Erzieherin oder Schullehrerin zu finden, sobald ich Englisch gut schreiben und sprechen kann. Aber es wird schwierig werden, denn diejenigen, die davon wissen, daß ich eine Spitzenausbesserin gewesen bin, werden mich verachten, so wie mich die Schülerinnen hier verachten. *Pourtant j'ai mon projet*«[51], fügte sie leiser hinzu.

»Was für ein Plan?«

»Ich werde nach England gehen, um dort zu leben; ich werde dort Französisch unterrichten.«

Die Worte wurden emphatisch gesprochen. Sie sagte »England«, wie man sich vorstellen kann, daß ein Israelit zur Zeit Moses' »Kanaan« gesagt haben würde.

»Haben Sie den Wunsch, England zu sehen?«

»Ja, und die feste Absicht.«

An dieser Stelle unterbrach eine Stimme – die Stimme der Direktorin:

»Mademoiselle Henri, je crois qu'il va pleuvoir; vous feriez bien, ma bonne amie, de retourner chez vous tout de suite.«[52]

Stumm, ohne ein Wort des Dankes für diesen aufdringlichen Hinweis, sammelte Mlle Henri ihre Hefte und Bücher ein. Sie verbeugte sich respektvoll vor mir, bemühte sich, sich vor ihrer Vorgesetzten zu verbeugen, obwohl die Bemühung nahezu fehlschlug, da es so aussah, als wollte sich ihr Kopf nicht bewegen, und ging dann weg.

Dort, wo es ein Körnchen Beharrlichkeit oder Eigenwillen gibt, stimulieren kleinere Hindernisse bekanntlich mehr, als daß sie entmutigen. Mlle Reuter hätte sich die Mühe jener Mitteilung über das Wetter ebensogut sparen können (übrigens stellte sich ihre Vorhersage dann als falsch heraus; an jenem Abend regnete es nicht). Am Ende der nächsten Unterrichtsstunde war ich wieder bei Mlle Henris Arbeitstisch. Folgendermaßen trat ich an sie heran:

»Welche Vorstellung haben Sie von England; Mademoiselle? Warum wollen Sie dorthin gehen?«

Mittlerweile war sie die kalkulierte Abruptheit meiner Art gewohnt, die sie nicht länger aus der Fassung brachte oder sie überraschte, und sie antwortete lediglich insoweit zögernd, als es unvermeidlich durch ihre Schwierigkeiten bei der improvisierten Übersetzung ihrer Gedankengänge vom Französischen ins Englische bedingt war.

»England ist einzigartig, soweit ich gehört und gelesen habe. Meine Vorstellung davon ist vage, und ich will dorthin, um daraus eine klare, konkrete Vorstellung zu machen.«

»Hmm! Was glauben Sie wohl, wie viel von England Sie in Ihrer Eigenschaft als Lehrerin kennenlernen könnten? Sie müssen eine seltsame Vorstellung davon haben, wie man ein klares, konkretes Bild von einem Land bekommt! Alles, was Sie von Großbritannien sehen würden, wäre das Innere von einer Schule und von höchstens ein oder zwei Privatwohnungen.«

»Es wäre eine englische Schule; es wären englische Wohnungen.«

»Unbestreitbar; aber was dann? Was wäre der Wert von Beobachtungen, die in einem so engen Rahmen gemacht wurden?«

»Monsieur, könnte man nicht vielleicht etwas durch Analogie lernen? Ein *échantillon*, ein – ein – Muster dient oft dazu, eine Vorstellung vom Ganzen zu vermitteln; außerdem sind Begriffe wie ›eng‹ und ›weit‹ relativ, oder nicht? In Ihren Augen würde vielleicht mein ganzes Leben als eng erscheinen, wie das Leben von einem – dieses kleine Tier da, unter der Erde – *une taupe – comment dit-on?*«

»Maulwurf.«

»Ja – von einem Maulwurf, der unterirdisch lebt; dieses Leben würde sogar mir als eng erscheinen.«

»Schön und gut, Mademoiselle – was dann? Fahren Sie fort.«

»Mais, Monsieur, vous me comprenez.«[53]

»Nicht im mindestens. Haben Sie die Güte, es mir zu erklären.«

»Also, Monsieur, das ist so. In der Schweiz habe ich nur wenig getan, nur wenig gelernt und nur wenig gesehen.

Mein Leben dort verlief im Kreis; jeden Tag bin ich die gleiche Runde marschiert; ich konnte nicht ausbrechen; wäre ich dort verblieben – geblieben, sogar bis zu meinem Tod, hätte ich niemals den Kreis ausweiten können, weil ich arm bin und nicht geschickt; ich habe nicht Besitz oder große Fertigkeiten; als ich dieser Runde ganz leid war, bat ich meine Tante, nach Brüssel zu gehen; meine Existenz ist hier nicht weiter, denn ich bin nicht reicher oder höhergestellter; ich marschiere in genauso engen Grenzen, aber die Szenerie ist eine andere; und sie würde wieder eine andere werden, wenn ich nach England ginge. Ich kannte ein bißchen die bürgerliche Mittelklasse von Brüssel; wenn ich nach London ginge, würde ich ein bißchen die Mittelklasse von London kennenlernen. Macht das für Sie einen Sinn, was ich sage, Monsieur, oder ist das alles zu unklar?«

»›Ich verstehe schon. Wenden wir uns jetzt einem anderen Thema zu. Sie haben es sich vorgenommen, Ihr Leben dem Unterrichten zu weihen, und Sie sind eine äußerst erfolglose Lehrerin. Sie können bei Ihren Schülerinnen nicht für Ruhe und Ordnung sorgen.«

Ein Erröten aus schmerzvoller Verwirrung war das Ergebnis dieser brüsken Bemerkung. Sie neigte den Kopf zu ihrem Arbeitstisch hin, hob ihn aber bald wieder und erwiderte:

»Monsieur, ich bin keine geschickte Lehrerin, das ist wahr, aber durch Übung wird man besser; außerdem arbeite ich unter erschwerten Bedingungen; hier unterrichte ich lediglich Nähen; ich kann meine Fertigkeit, meine Überlegenheit im Nähen nicht zeigen; es ist eine untergeordnete Technik; dazu kommt, daß ich keine Kolleginnen im Haus habe, ich bin isoliert; und zudem bin ich eine Ketzerin, was mich der Einflußmöglichkeiten beraubt.«

»Und in England wären Sie eine Ausländerin. Auch dies

würde Sie der Einflußmöglichkeiten berauben und würde Sie tatsächlich von allen und allem um Sie herum absondern. In England hätten Sie ebensowenig Beziehungen, ebensowenig Bedeutung wie hier.«

»Aber ich würde etwas lernen. Schließlich gibt es wahrscheinlich für jemanden wie mich überall Probleme, und wenn ich kämpfen muß, und vielleicht unterliegen muß, dann würde ich mich lieber dem englischen Stolz unterwerfen als der flämischen Grobheit; und außerdem, Monsieur –«

Sie hielt inne – offensichtlich nicht aus einer Schwierigkeit des sprachlichen Ausdrucks heraus, sondern weil der Anstand ihr zu gebieten schien: »Du hast nun genug geredet.«

»Führen Sie Ihren Satz zu Ende«, drängte ich.

»Und außerdem, Monsieur, sehne ich mich danach, wieder unter Protestanten zu leben; sie sind aufrichtiger als Katholiken; eine römisch-katholische Schule ist ein Gebäude mit porösen Wänden, einem hohlen Korridor, einer falschen Decke; jeder Raum in diesem Haus, Monsieur, hat Gucklöcher und Lauschlöcher, und so wie das Haus ist, so sind auch seine Bewohner – hinterhältig; alle halten sie es für rechtmäßig, Lügen zu verbreiten; alle nennen sie es Höflichkeit, wenn sie Freundschaft bekunden, wo sie Haß empfinden.«

»Alle?« sagte ich. »Sie meinen die Schülerinnen, die ja nur Kinder sind, unerfahrene, leichtsinnige Dinger, die es noch nicht gelernt haben, zwischen Recht und Unrecht zu unterscheiden?«

»Im Gegenteil, Monsieur – die Kinder sind am aufrichtigsten; sie haben noch keine Zeit dazu gehabt, sich die Kunst der Doppelzüngigkeit anzueignen; natürlich lügen sie, aber sie tun es auf plumpe Art, und man weiß, daß sie lügen; aber die erwachsenen Menschen sind sehr falsch; sie täuschen Fremde, sie täuschen sich gegenseitig –«

Hier trat eine Bedienstete ein.

»Mlle Henri – Mlle Reuter vous prie de vouloir bien conduire la petite de Dorlodot chez elle, elle vous attend dans le cabinet de Rosalie la portière – c'est que sa bonne n'est pas venue la chercher – voyez-vous.«[54]

»Eh bien! Est-ce que je suis sa bonne – moi?«[55] begehrte Mlle Henri zu wissen. Dann lächelte sie das gleiche bittere, spöttische Lächeln, das ich schon zuvor auf ihren Lippen gesehen hatte, stand hastig auf und ging davon.

18. KAPITEL

Die junge Anglo-Schweizerin zog offensichtlich Freude und Nutzen aus dem Studium ihrer Muttersprache. Wenn ich sie unterrichtete, beschränkte ich mich selbstverständlich nicht auf die übliche Schulroutine; ich machte aus der Unterweisung in Englisch ein Instrument zur Unterweisung in Literatur. Ich verordnete ihr einen Lektürekurs. Sie hatte eine kleine Auswahl englischer Klassiker, von denen ihr die wenigsten von ihrer Mutter hinterlassen worden waren; die anderen hatte sie sich von ihrem eigenen Verdienst dazugekauft. Ich lieh ihr noch ein paar moderne Werke. Sie las sie alle voller Eifer und gab mir schriftlich eine einwandfreie Zusammenfassung von jedem Werk, sobald sie es durchgelesen hatte. Auch das Aufsatzschreiben machte ihr Spaß. Diese Tätigkeit schien für sie nichts weiter als der Lufthauch in der Nase zu sein, wie der Prophet Jesaja schreibt, und bald entrangen mir ihre immer besser werdenden Textproduktionen das Eingeständnis, daß jene ihrer Qualitäten, die ich als künstlerischen Geschmack und

Phantasie bezeichnet hatte, eigentlich viel treffender Beurteilungsvermögen und Kreativität heißen müßten. Als ich dies andeutete, was ich, wie üblich, in trockenen und knappen Phrasen tat, suchte ich nach dem strahlenden und triumphierenden Lächeln, das mein Lob schon einmal hervorgerufen hatte; doch Frances wurde rot. Falls sie tatsächlich lächelte, dann sehr zurückhaltend und scheu; und anstatt triumphierend zu mir aufzusehen, ruhten ihre Augen auf meiner Hand, welche über ihre Schulter hinweg gerade mit Bleistift einige Randbemerkungen in ihr Heft schrieb.

»Na, freut es Sie, daß ich mit Ihren Fortschritten zufrieden bin?« fragte ich.

»Ja«, sagte sie bedächtig, sanft, und die schon halb verschwundene Röte in ihrem Gesicht kehrte wieder.

»Aber ich sage vermutlich zu wenig, nicht wahr?« fuhr ich fort. »Mein Lob ist zu kalt?«

Sie gab keine Antwort und sah etwas betrübt drein, wie ich mir einbildete. Ich erriet ihre Gedanken und wäre sehr gerne auf sie eingegangen, wenn es tunlich gewesen wäre. Sie war zum jetzigen Zeitpunkt nicht sehr versessen auf meine Bewunderung – nicht begierig und scharf darauf, mich zu beeindrucken. Ein wenig Zuneigung, ein ganz klein wenig, tat ihr wohler als alle Lobpreisungen der Welt. Da ich dies spürte, blieb ich eine gute Weile hinter ihr stehen und beschrieb den Rand ihres Heftes. Ich war kaum in der Lage, meinen Standort zu wechseln oder meine Tätigkeit aufzugeben; etwas hielt mich fest, vornüber gebeugt, mein Kopf dem ihren sehr nahe, und auch meine Hände nahe bei den ihren. Doch der Rand eines Übungsheftes ist kein unendlicher Raum – so wird sich zweifellos die Direktorin gedacht haben; und angelegentlich spazierte sie vorbei, um zu erkunden, mit welcher Kunstfertigkeit ich die Zeitspanne so unverhältnismäßig ausdehnte, die zum Füllen desselben nötig war. Ich war mehr oder weniger gezwungen gewesen zu gehen. Was für eine widerliche Anstrengung – das zu verlassen, wo wir am liebsten sind!

Frances wurde weder bleich noch schwach als Folge ihrer sitzenden Beschäftigung; vielleicht wog der Anreiz, den diese auf ihren Geist ausübte, die Untätigkeit auf, die sie ihrem Körper auferlegte. Sie veränderte sich in der Tat; veränderte sich ganz augenscheinlich und schnell – aber zu ihrem Vorteil. Als ich sie zum ersten Mal gesehen hatte, war ihr Ausdruck mutlos gewesen, ihr Teint farblos; sie hatte wie ein Mensch ausgesehen, der keinen Anlaß zur Freude hatte, keinen Vorrat an Glück nirgendwo auf der Welt. Jetzt hatte sich die Wolke aus ihrer Miene verzogen und Platz gemacht für die Morgenröte der Hoffnung und des Interesses, und diese Gefühle dämmerten wie ein klarer Morgen herauf, erfüllten mit Leben, was unterdrückt, mit Farbe, was bleich gewesen war. Ihre Augen, deren Färbung ich anfänglich nicht erkannt hatte, so trüb waren sie vor unterdrückten Tränen gewesen, so überschattet von unendlicher Niedergeschlagenheit, wurden jetzt von dem Sonnenstrahl, der ihr Herz aufheiterte, erleuchtet und enthüllten glänzende, haselnußbraune Iris – große und volle Iris, von langen Wimpern beschirmt, und Pupillen, erfüllt von Feuer. Jener Blick bleicher Erschöpfung, den Furcht oder Depression oft auf ein nachdenkliches, dünnes Gesicht überträgt, das eher lang als rund ist, war aus dem ihren verschwunden. Eine nahezu blühende Reinheit der Haut und eine richtiggehend gesunde Pausbäckigkeit milderten die ausgeprägten Linien ihrer Züge. Ihre Figur teilte diese wohltuende Veränderung; sie wurde runder. Und da die Harmonie ihrer Proportionen vollkommen und ihre Statur von grazienhafter, mittlerer Größe war, bedauerte man nicht (das heißt, zumindest *ich bedauerte es nicht*) die Abwesenheit deutlicher Formen in den Konturen, die noch zart, doch kompakt waren, elegant und biegsam; die exquisite Krümmung der Taille, Gelenk, Hand und Knöchel stellten völlig meinen Sinn für Symmetrie zufrieden und ermöglichten eine Leichtigkeit der Bewegungen, die mit meinen Vorstellungen von Grazie korrespondierten.

Dergestalt zu ihrem Vorteil verändert, dergestalt zum Leben erwacht, begann Mlle Henri, in der Schule neu Fuß zu fassen. Ihre geistigen Kräfte, die allmählich, doch stetig zutage traten, erzwangen binnen kurzem Anerkennung selbst der Neider; und als die Jungen und Gesunden sahen, daß sie strahlend lächeln, sich fröhlich unterhalten, sich lebhaft und gewandt bewegen konnte, erkannten sie in ihr eine schwesterliche Verbundenheit der Jugend und Gesundheit und tolerierten sie dementsprechend als eine der ihren.

Um die Wahrheit zu sagen: Ich beobachtete diese Veränderung etwa so, wie ein Gärtner das Heranwachsen einer kostbaren Pflanze beobachtet, und ich trug auch dazu bei, ganz so, wie besagter Gärtner zur Entwicklung seines Schützlings beiträgt. Es war für mich nicht schwer herauszufinden, wie ich meine Schülerin am besten fördern, ihre verkümmerten Gefühle wieder aufrichten konnte, und den äußerlich sichtbaren Ausdruck jener inneren Kraft herbeizuführen, die öde Dürre und lebensfeindliche Stürme daran gehindert hatten, sich zu entfalten. Beständige Aufmerksamkeit und eine Freundlichkeit, die genauso stumm wie wachsam war; stets bei ihr stehend gewandet in das grobe Tuch der Strenge, deren wahre Natur sich nur gelegentlich durch einen Blick des Interesses oder ein herzliches und freundliches Wort zeigte; aufrichtige Hochachtung, maskiert mit scheinbarer Arroganz; sie anleitend, sie immer wieder drängend, doch gleichzeitig ihr helfend, und das mit voller Hingabe: dies waren die Instrumente, die ich benutzte, denn diese Instrumente harmonierten am besten mit Frances' Gefühlen, die empfänglich waren und sich in Schwingungen versetzen ließen, deren Natur zugleich stolz und scheu war.

Die positiven Auswirkungen meiner Methode wurden auch in ihrem veränderten Verhalten als Lehrerin deutlich. Sie nahm nun ihren Platz unter den Schülerinnen mit einem Elan und einer Festigkeit ein, die ihnen sogleich klarmachte, daß sie Gehorsam erwartete – und Gehorsam wurde ihr auch erwiesen. Sie spürten, daß sie ihre Macht über sie verloren hatten. Wenn sich ein Mädchen aufgelehnt hätte, hätte sie sich dessen Auflehnung nicht länger zu Herzen genommen. Sie besaß eine Quelle innerer Kraft, die die Schülerinnen nicht zum Versiegen, einen Stützpfeiler, den sie nicht zum Einstürzen bringen konnten. Früher weinte sie, wenn sie beleidigt wurde; jetzt lächelte sie.

Das öffentliche Verlesen einer ihrer Arbeiten hatte zur Folge, daß ihr Talent allen zusammen enthüllt wurde. Ich erinnere mich an den Inhalt: Es war der Brief eines Auswanderes an seine Freunde in der Heimat. Er begann schlicht und einfach. Einige landschaftliche und bildhafte Hinweise enthüllten dem Leser eine Szenerie jungfräulichen Waldes und eines großen Stroms der Neuen Welt, hinter einem Gewimmel von Segeln und Flaggen verborgen, in deren Mitte diese Epistel angeblich abgefaßt wurde. Die Probleme und Gefahren, die das Leben eines Siedlers begleiteten, wurden erwähnt; und in den wenigen Worten, die diesem Thema gewidmet wurden, gelang es Mlle Henri, die Stimme der Entschlossenheit, der Geduld, der harten Arbeit hörbar zu machen. Die Katastrophen, die ihn aus seinem Heimatland vertrieben hatten, wurden angedeutet;

makellose Ehre, unbeugsamer Freiheitswille, unzerstörbare Selbstachtung wurden hier formuliert. Von vergangenen Zeiten wurde erzählt; vom Schmerz des Abschieds, von der Sehnsucht nach den Abwesenden war die Rede; Gefühle, mächtig und edel, atmeten beredsam in jedem Textabschnitt. Am Ende wurde Trost angeboten; Religion und Glaube wurden die Fürsprecher, und sie sprachen gut.

Die Arbeit war eindrucksvoll in einer zugleich reinen und reichhaltigen Sprache geschrieben, in einem Stil, der von Vitalität durchdrungen und durch Ausgeglichenheit verfeinert wurde.

Mlle Reuter war hinreichend mit der englischen Sprache vertraut, um sie zu verstehen, wenn sie in ihrer Gegenwart gelesen oder gesprochen wurde, obwohl sie selbst sie weder sprechen noch schreiben konnte. Während diese Arbeit vorgelesen wurde, saß sie mit seelenruhiger Geschäftigkeit da, Augen und Finger mit der Säumung eines Batisttuchs beschäftigt. Sie sagte kein Wort, und ihre Miene und ihre Stimme, angetan mit der Maske eines absolut nichtssagenden Ausdrucks, waren so bar eines Kommentars wie ihre Lippen. Aus ihrer Haltung ließen sich weder Überraschung, noch Freude, noch Zustimmung, noch Interesse ablesen – genausowenig aber Spott, Neid, Ärger, Überdruß. Falls diese unerforschliche Miene überhaupt etwas besagte, dann ganz einfach dies:

»Die Angelegenheit ist zu banal, um Emotionen zu erwecken oder eine Meinung zu provozieren.«

Sobald ich geendet hatte, erhob sich ein Gemurmel. Mehrere Schülerinnen drängten sich um Mlle Henri und begannen, sie mit Komplimenten zu überhäufen. Die ruhige Stimme der Direktorin konnte nun vernommen werden:

»Meine jungen Damen: Diejenigen von Ihnen, die Umhänge und Schirme haben, werden sich jetzt beeilen, nach Hause zu gelangen, ehe der Regen schlimmer wird« (es regnete ein wenig); »die übrigen werden warten, bis ihre jeweilige Dienerschaft eintrifft, um Sie abzuholen.« Und die Klasse zerstreute sich, denn es war vier Uhr.

»Monsieur, auf ein Wort«, sagte Mlle Reuter, betrat das Podium und bedeutete mir mit einer Handbewegung, daß sie wünschte, daß ich für einen Augenblick die Pelzkappe losließ, die ich umklammert hielt.

»Mademoiselle, ich stehe zu Ihren Diensten.«

»Monsieur, es ist selbstredend eine ausgezeichnete Idee, junge Leute dadurch zur Leistung zu ermutigen, daß man die Fortschritte einer besonders fleißigen Schülerin deutlich hervorhebt. Aber glauben Sie nicht auch, daß im vorliegenden Fall Mlle Henri wohl kaum als Konkurrentin der anderen Schülerinnen betrachtet werden kann? Sie ist älter als die meisten von ihnen und hatte eine einzigartig vorteilhafte Ausgangsposition für den Erwerb einer Fertigkeit des Englischen. Auf der anderen Seite liegt ihr soziales Umfeld etwas unterhalb dessen der Schülerinnen. Unter diesen Umständen kann sich eine öffentliche Hervorhebung, wie sie Mlle Henri zuteil wurde, als Werkzeug erweisen, um Vergleiche anzustellen und Emotionen hervorzurufen von einer Art, die weit davon entfernt wäre, für das Individuum vorteilhaft zu sein, das ihre Zielscheibe ist. Der Anteil, den ich an Mlle Henris wirklichem Wohlergehen nehme, läßt mich danach trachten, sie vor Belästigungen dieser Art zu schützen; und außerdem, Monsieur, wie ich Ihnen gegenüber schon einmal bemerkt habe, hat das Gefühl der *amour-propre* einen etwas zu ausgeprägten Stellenwert in ihrer Natur. Öffentliche Auszeichnung dient eher dazu, dieses Gefühl noch zu fördern, und bei ihr sollte es jedoch eher unterdrückt werden; sie hat es nötiger, es niederzuhalten, als es zum Vorschein zu bringen; und darüber hinaus bin ich der Meinung, Monsieur, daß Ehrgeiz, insbesondere *literarischer* Ehrgeiz, nicht zu den Gefühlen zählt, die im Bewußtsein einer Frau genährt werden sollten. Würde sich Mlle Henri nicht viel sicherer und glücklicher fühlen, wenn man sie lehrte zu glauben, daß in der stillen Erfüllung gesellschaftlicher Pflichten ihre eigentliche Berufung liegt, als wenn man sie anstachelt, nach Applaus und Popularität zu streben? Vielleicht wird sie nie heiraten; kärglich wie ihre Mittel, obskur wie ihre verwandtschaftliche Beziehungen sind, instabil wie ihre Gesundheit ist (den ich halte sie für tuberkulös; ihre Mutter starb an diesem Gebrechen), so ist es nur mehr als wahrscheinlich, daß sie das nie tun wird. Ich vermag nicht zu sehen, wie sie in eine Position aufsteigen könnte, von der aus ein solcher Schritt möglich wäre. Aber sogar im Zölibat wäre es für sie besser, den Charakter und die Umgangsformen einer respektablen, anständigen Frau zu bewahren.«

»Unbestreitbar, Mademoiselle«, war meine Antwort. »Ihre Meinung erlaubt keinerlei Zweifel«; und aus Angst vor einer Neuauflage dieser flammenden Rede zog ich mich unter dem Schutzschild dieses herzlichen Satzes der Zustimmung zurück.

Zu einem Zeitpunkt etwa zwei Wochen nach dem oben erwähnten kleinen Vorfall finde ich den Eintrag in meinem Tagebuch, daß in Mlle Henris sonst regelmäßigen Unterrichtsbesuchen eine Absenz eingetreten war. Den ersten oder zweiten Tag wunderte ich mich nur über ihre Abwesenheit, wollte aber keine Erklärung deswegen erbitten. Ich hoffte eigentlich darauf, daß eine zufällig hingeworfene Bemerkung mir die Information geben würde, die ich zu erlangen wünschte, ohne daß ich Gefahr lief, albernes Grinsen und klatschsüchtiges Flüstern dadurch hervorzurufen, daß ich selbst um Aufklärung bat. Aber als eine Woche vergangen und das Schreibpult neben der Tür noch immer nicht besetzt war, und nachdem diesbezüglich auch von keiner einzigen Schülerin der Klasse ein Hinweis erfolgte – als ich im Gegenteil herausfand, daß alle über diesen Punkt demonstratives Stillschweigen bewahrten, da entschloß ich mich, *coûte que coûte*, koste es, was es wolle, das Eis dieser idiotischen Zurückhaltung zu brechen. Ich erkor Sylvie zu meiner Informantin, da ich wußte, daß ich von ihr wenigstens eine vernünftige Antwort erhalten würde, die nicht von Gezappel, Gekicher oder anderen Auswüchsen von Narretei begleitet war.

»Où donc est Mlle Henri?«[56] sagte ich eines Tages, als ich ein Übungsheft zurückgab, das ich korrigiert hatte.

»Elle est partie, monsieur.«

»Partie! Et pour combien de temps? Quand reviendra-t-elle?«

»Elle est partie pour toujours, monsieur; elle ne reviendra plus.«[57]

»Ach!« rief ich unwillkürlich aus; dann, nach einer Pause: *»En êtes-vous bien sûre, Sylvie?«*

»Oui, monsieur, mademoiselle la directrice nous l'a dit elle-même il y a deux ou trois jours.«[58]

Doch ich konnte meine Nachforschungen nicht weiterführen; Zeit, Ort und Umstände verboten es, noch ein weiteres Wort anzufügen. Ich konnte weder das Gesagte kommentieren noch zusätzliche Einzelheiten verlangen. Eine Frage, den Grund für die Abreise der Lehrerin betreffend, ob sie freiwillig oder andersweitig erfolgt war, lag mir in der Tat auf der Zunge, aber ich unterdrückte sie; um uns herum waren Zuhörer. Nach einer Stunde ging ich im Korridor an Sylvie vorbei, als sie gerade ihre Haube aufsetzte, blieb kurz stehen und fragte:

»Sylvie, kennen Sie Mlle Henris Adresse? Ich habe noch

einige Bücher von ihr«, fügte ich gleichgültig hinzu, »und ich würde sie ihr gerne schicken.«

»Nein, Monsieur«, erwiderte Sylvie, »aber vielleicht kann die Pförtnerin Rosalie sie Ihnen geben.«

Rosalies Zimmer war gleich nebenan; ich trat hinein und wiederholte mein Anliegen. Rosalie – eine clevere französische Grisette[59] – sah mit einem wissenden Lächeln von ihrer Arbeit auf, mit exakt der Art von Lächeln, das ich mich so bemüht hatte, nicht aufkommen zu lassen. Sie hatte eine vorbereitete Antwort parat: Sie wußte rein gar nichts über Mlle Henris Adresse und hatte sie auch nie gekannt. Ich wandte mich voller Ungeduld von ihr ab, denn ich war der Meinung, daß sie log und zum Lügen angestiftet worden war, und stieß beinahe jemanden um, der hinter meinem Rücken gestanden hatte. Es war die Direktorin. Meine abrupte Bewegung ließ sie erschreckt zwei oder drei Schritte zurückweichen. Ich mußte mich entschuldigen, was ich eher kurz und bündig als höflich tat. Kein Mensch hat es gern, daß man ihm nachspioniert, und in der höchst gereizten Stimmung, in der ich mich gerade befand, erboste mich der Anblick von Mlle Reuter gründlich. In dem Augenblick, in dem ich mich umdrehte, hatte sie einen harten, finsteren und forschenden Gesichtsausdruck gehabt, ihr Blick war mit fast brennender Neugierde auf mich gerichtet gewesen. Ich hatte diese flüchtige Phase ihres Mienenspiels noch kaum aufgenommen, als es auch schon verschwunden war; ein sanftes Lächeln umspielte ihre Züge. Meine barsche Entschuldigung wurde mit gutgelaunter Leichtigkeit aufgenommen.

»Oh, nicht der Rede wert, Monsieur; Sie haben mit Ihrem Ellenbogen nur mein Haar berührt, es ist ihm nichts passiert, es ist nur ein bißchen durcheinander geraten.« Sie schüttelte ihre Haare zurück, fuhr mit den Fingern durch die Locken und brachte auf diese Weise noch mehr fließende Löckchen zustande. Dann fuhr sie mit Lebhaftigkeit fort:

»Rosalie, ich wollte Ihnen gerade auftragen, sofort loszugehen und die Fenster im Salon zu schließen; der Wind wird stärker, und die Musselin-Vorhänge werden sonst voller Staub und Schmutz.«

Rosalie verschwand. »So«, dachte ich, »geht es nun wirklich nicht. Mlle Reuter glaubt, die Niederträchtigkeit ihres Belauschens anderer durch ihre Geschicklichkeit im Erfinden von Vorwänden vertuschen zu können, aber die Musselin-Vorhänge, von denen sie spricht, sind genauso durchsichtig wie dieser Vorwand.« Mich überkam der Impuls, dieses fadenscheinige Lügengewebe wegzuziehen und frech ihre Gerissenheit durch ein oder zwei Worte mit der nackten Wahrheit zu konfrontieren. »Eine grobe Sohle verleiht dem Fuß auf schlüpfrigem Boden den besten Halt«, dachte ich; also begann ich:

»Mademoiselle Henri hat Ihr Institut verlassen. Sie wurde vermutlich entlassen?«

»Ah, ich wollte ohnehin ein wenig mit Ihnen plaudern, Monsieur«, erwiderte die Direktorin mit der natürlichsten und liebenswürdigsten Miene der Welt, »aber hier können wir nicht in Ruhe miteinander sprechen. Will Monsieur mit mir eine Minute in den Garten hinaustreten?« Und sie ging mir voraus und trat durch die Glastür, die ich schon einmal erwähnt habe.

»Wie schön«, sagte sie, als wir die Hälfte des Mittelpfads erreicht hatten und als sich das Laub der Büsche und Bäume in seiner sommerlichen Pracht hinter uns und um uns herum schloß, uns vor Blicken aus dem Haus verbarg und dadurch selbst diesem Fleckchen Erde genau im Herzen der Hauptstadt einen Hauch von Abgeschiedenheit vermittelte.

»Wie schön! Man fühlt sich ruhig und frei, wenn lediglich Birnbäume und Rosenbüsche um einen herum sind. Ich wage zu sagen, Monsieur, daß Sie, genau wie ich, es manchmal leid sind, andauernd mitten im Leben zu stehen, beständig die Gesichter der Menschen um sich zu haben, beständig den Blicken der Menschen ausgesetzt zu sein, beständig die Stimmen der Menschen im Ohr zu haben. Ich meinerseits wünsche mir oft, ich hätte die Freiheit, einen ganzen Monat auf einem kleinen Bauernhof auf dem Land zu verbringen, *bien gentille, bien propre, tout entourée de champs et de bois; quelle vie charmante que la vie champêtre! N'est-ce pas, monsieur?«*[60]

»Cela dépend, mademoiselle.«[61]

»Que le vent est bon et frais!«[62] fuhr die Direktorin fort; und darin hatte sie recht, denn es handelte sich um einen Wind aus Süden, sanft und lieblich. Ich hielt meinen Hut in der Hand, und diese milde Brise, die mir durchs Haar strich, labte meine Schläfen wie Balsam. Doch ihre wohltuende Wirkung drang nicht tiefer als bis zur Oberfläche des Knochenbaus. Denn als ich an der Seite von Mlle Reuter dahinspazierte, war mein Herz noch immer heiß in meiner Brust, und bei meinem Grübeln brannte ein Feuer; da mußte ich reden:[63]

»Wie ich höre, ist Mlle Henri von hier fortgegangen und wird nicht wieder zurückkehren?«

»Ah, richtig! Ich wollte schon vor ein paar Tagen das Thema Ihnen gegenüber ansprechen, aber meine Zeit ist vollkommen in Anspruch genommen, so daß ich nicht die Hälfte der Dinge erledigen kann, die ich möchte. Haben Sie nie die Erfahrung gemacht, Monsieur, wie es ist, wenn man den Tag um zwölf Stunden zu kurz findet für die zahlreichen Pflichten und Aufgaben, die man hat?«

»Nicht oft. Mlle Henris Weggang war vermutlich kein

freiwilliger, oder? Wenn er das gewesen wäre, hätte sie mich sicher irgendwie in Kenntnis gesetzt, da sie ja meine Schülerin war.«

»Oh, hat sie Ihnen nichts gesagt? So etwas Merkwürdiges. Ich für meinen Teil habe nie daran gedacht, ihr das aufzutragen. Wenn man sich um so viele Dinge kümmern muß, dann vergißt man leicht kleinere Vorfälle, die nicht von höchster Wichtigkeit sind.«

»Sie betrachten folglich Mlle Henris Entlassung als einen sehr unbedeutenden Vorgang?«

»Entlassung? Ach! Sie wurde nicht entlassen. Ich kann wahrheitsgemäß sagen, Monsieur, daß, seit ich Leiterin dieses Instituts geworden bin, noch nie ein Lehrer oder Hilfslehrer aus dieser Schule *entlassen* worden ist.«

»Einige haben sie aber *verlassen*, Mademoiselle?«

»Viele. Ich habe es für nötig befunden, häufig zu wechseln. Ein Wechsel innerhalb des Lehrkörpers wirkt sich oft günstig auf die Interessen einer Schule aus; das gibt den Unterrichtsmethoden Leben und Vielfalt; es gefällt den Schülern und suggeriert den Eltern eine Vorstellung von Qualitätsanforderungen und Fortschrittlichkeit.«

»Und wenn Sie einen Professor oder eine *Maîtresse* leid sind, zögern Sie dann, ihn oder sie zu entlassen?«

»Es besteht keine Veranlassung, auf solch extreme Maßnahmen zurückzugreifen, versichere ich Ihnen. *Allons, monsieur le professeur – asseyons-nous; je vais vous donner une petite leçon dans votre état d'instituteur.*«[64] (Ich wünschte, ich könnte all das, was sie mir sagte, auf französisch niederschreiben; durch die Übersetzung ins Englische verliert es ungemein.) Wir waren nun an der Gartenbank angelangt. Die Direktorin setzte sich nieder und gab mir ein Zeichen, mich neben sie zu setzen, aber ich ließ nur mein Knie auf der Sitzfläche ruhen und stand mit Kopf und Arm gegen den uns laubenähnlich überwölbenden Ast eines riesigen Goldregens gelehnt, dessen goldene Blüten, durchmischt mit den dunkelgrünen Blättern eines Fliederstrauchs, einen teils schattigen, teils sonnenbeschienenen Schirm über dem lauschigen Plätzchen bildeten. Mlle Reuter saß einen Augenblick lang schweigend da; offensichtlich arbeitete sie in ihrem Kopf neue Schachzüge aus, deren Natur sich auf ihrer intelligenten Stirn zeigte; sie dachte sich taktische Kabinettstückchen aus. Auf Grund der Erfahrung mehrerer Monate davon überzeugt, daß die Vortäuschung von Tugenden, die sie nicht besaß, fruchtlos war bei dem Versuch, mich zu umgarnen – sie war sich dessen bewußt, daß ich ihre wahre Natur durchschaut hatte und nichts von dem Charakter, den sie als den ihrigen ausgab, akzeptierte –, hatte sie sich schließlich entschlossen, einen neuen Schlüssel auszuprobieren, um herauszufinden, ob das Schloß zu meinem Herzen bei diesem nachgeben würde: ein wenig Unverfrorenheit, ein Wort der Ehrlichkeit, ein flüchtiges Aufblitzen des wahren Kerns. »Ja, ich versuch's«, lautete ihr innerer Entschluß; und dann glitzerten mich ihre blauen Augen an; sie blitzten nicht, es gab nicht die geringste Spur von Feuer in ihrem temperierten Glanz.

»Monsieur fürchtet sich, neben mir zu sitzen?« bohrte sie scherzhaft.

»Ich habe nicht den Wunsch, Pelets Platz zu usurpieren«, antwortete ich, denn ich hatte es mir angewöhnt, ihr gegenüber kein Blatt mehr vor den Mund zu nehmen – eine Angewohnheit, aus Ärger begonnen, aber fortgeführt, weil ich begriff, daß sie davon nicht etwa beleidigt, sondern fasziniert war. Sie senkte den Blick, und die Lider ebenfalls; sie seufzte unbehaglich; sie wandte sich mit einer nervösen Geste ab, als wollte sie mir das Bild eines Vogels vermitteln, der in seinem Käfig flattert und am liebsten seinem Gefängnis und dessen Wärter entfliehen möchte, um seinen Partner in der Natur und ein schönes Nest zu suchen.

»Also – was ist mit Ihrer Lektion?« forderte ich kurzangebunden.

»Ach!« rief sie aus und faßte sich wieder. »Sie sind noch so jung, so direkt und furchtlos, so talentiert, so unduldsam gegenüber der Dummheit, so verächtlich gegenüber dem Vulgären. Sie brauchen eine Lektion; und hier ist sie: Auf dieser Welt wird mehr durch Geschicklichkeit erreicht als mit Kraft; aber das wußten Sie ja vielleicht schon vorher, denn in Ihrem Charakter ist Feinfühligkeit genauso wie Stärke vorhanden – Taktieren genauso wie Stolz?«

»Fahren Sie fort«, sagte ich, und ich konnte mir ein Lächeln kaum versagen, so pikant war die Schmeichelei, so fein dosiert. Sie erspähte das unterdrückte Lächeln, obgleich ich mir mit der Hand über den Mund fuhr, um es zu verbergen; und wieder machte sie Platz, damit ich mich neben sie setzte. Ich schüttelte den Kopf, obgleich in diesem Moment die Versuchung meine Sinne durchdrang, und noch einmal sagte ich ihr, sie möge fortfahren.

»Also gut: Sollten Sie je einem größeren Institut vorstehen, so entlassen Sie niemanden. Um die Wahrheit zu sagen, Monsieur, (und Ihnen gegenüber werde ich die Wahrheit sagen), ich verachte Menschen, die nichts als Streit verursachen, die lospoltern, die andere in der Gegend herumkommandieren, die den Verhältnissen vorgreifen wollen und keine Geduld haben. Ich werde Ihnen sagen, was ich am liebsten tue – soll ich?« Sie sah wieder auf; dieses Mal hatte sie die Zutaten in ihrem Blick gut gemischt: viel Schalkhaftigkeit, noch mehr Hochachtung, ein würziger Schuß Koketterie, ein unverhülltes Bewußtsein von Autorität. Ich nickte. Sie behandelte mich wie den Großmogul – also wurde ich zum Großmogul, soweit es sie betraf.

»Ich liebe es, Monsieur, meine Näharbeit zur Hand zu nehmen und mich ruhig auf meinen Stuhl zu setzen. Die Umstände, Ereignisse, Geschehnisse defilieren an mir vorbei; ich beobachte ihren Marsch. Solange sie in die Richtung gehen, die ich wünsche, sage ich nichts und unternehme ich nichts; ich klatsche nicht in die Hände und rufe aus: ›Bravo! Was habe ich doch für ein Glück!‹, um die Aufmerksamkeit und den Neid meiner Nachbarn zu erregen; ich bin bloß passiv. Aber wenn sich etwas Schlimmes ereignet, wenn die Umstände widrig werden, dann passe ich scharf auf. Ich nähe still weiter und halte noch immer meinen Mund; aber ab und zu, Monsieur, strecke ich nur meine Zehe hervor – so – und gebe den rebellischen Umständen einen kleinen, verstohlenen Anstoß, ohne Lärm, der sie dann wieder dorthin schickt, wohin ich sie haben will, und letzten Endes habe ich Erfolg, und niemand hat meine Hilfestellung bemerkt. Das heißt, wenn Lehrer oder Hilfskräfte schwierig oder uneffektiv werden, wenn, kurz gesagt, ihr weiterer Verbleib an Ort und Stelle den Interessen der Schule schaden würde, dann kümmere ich mich um meine Näharbeiten. Die Ereignisse entwickeln sich, die Umstände gleiten vorüber. Dann sehe ich einen, den man nur ein wenig anstupsen muß, so daß er in eine Schieflage gerät und auf dem Posten unhaltbar wird, den ich freibekommen möchte. Die Tat ist damit vollbracht, der Stolperstein entfernt – und keiner hat mich gesehen. Ich habe mir keinen Feind gemacht, ich bin eine Last losgeworden.«

Einen Moment lang war sie mir verführerisch vorgekommen; als diese Rede beendet war, betrachtete ich sie voller Abscheu. »Das sieht Ihnen ähnlich«, war meine kalte Antwort. »Und auf diese Weise haben Sie Mlle Henri hinausgeekelt? Sie wollten Ihre Stelle freibekommen, und aus diesem Grund haben Sie sie unerträglich für das Mädchen gemacht?«

»Ganz und gar nicht, Monsieur. Ich war lediglich besorgt um Mlle Henris Gesundheit. Nein. Ihr moralischer Blick ist klar und durchdringend, aber in diesem Punkt haben Sie die Wahrheit nicht entdeckt. Ich nahm aufrichtig Anteil an Mlle Henris Wohlergehen und habe das immer getan. Ich mochte es nicht, daß sie bei jedem Wetter hinausging. Ich hielt es für vorteilhafter für sie, wenn sich für Mlle Henri eine Situation von Dauer ergeben würde. Außerdem hielt ich sie nun für qualifiziert, etwas Besseres zu tun als Nähen zu unterrichten. Ich habe mit ihr argumentiert und ihr die Entscheidung überlassen. Sie sah die Richtigkeit meiner Ansichten ein und machte sie sich zu eigen.«

»Hervorragend! Und jetzt, Mademoiselle, werden Sie die Güte haben, mir ihre Adresse zu geben.«

»Ihre Adresse!«, und eine finstere und steinerne Veränderung überzog die Miene der Direktorin. »Ihre Adresse? Ach! – also – ich wünschte, ich könnte Ihnen helfen, Monsieur, aber ich kann es nicht, und ich will Ihnen sagen, warum. Immer wenn ich selbst sie nach ihrer Adresse gefragt hatte, wich sie meinen Fragen stets aus. Ich dachte mir – vielleicht liege ich da nicht richtig – aber ich dachte mir, daß der Grund dafür ein natürlicher, wenn auch falsch verstandener Widerwille gewesen war, mir den Weg zu einer vermutlich sehr armseligen Bleibe zu weisen. Ihre Mittel waren karg, ihre Abstammung ist obskur; sie wohnt ohne Zweifel irgendwo in der *›basse ville‹*, der Unterstadt, dem Arbeiterviertel.«

»Ich werde doch meine beste Schülerin nicht aus den Augen verlieren«, sagte ich, »und wäre sie das Kind von Bettlern und hauste in einem Keller. Und übrigens ist es absurd, mir gegenüber aus ihrer Herkunft einen Popanz zu machen. Zufällig weiß ich, daß sie die Tochter eines schweizerischen Pastors ist, nichts mehr und nichts weniger. Und was ihre kargen Mittel angeht, so schere ich mich wenig um die Armut ihrer Geldbörse, solange ihre Seele vor Reichtum überfließt.«

»Ihre Gefühle sind absolut nobel, Monsieur«, sagte die Direktorin und tat so, als müsse sie ein Gähnen unterdrükken. Ihre Munterkeit war nun erloschen, ihre zeitweilige Offenheit war weggeschlossen. Der kleine, rotfarbene, piratengleiche Wimpel dreister Direktheit, den sie eine Minute lang in der Luft hatte wehen lassen, war eingeholt und zusammengerollt, und die breite nüchternfarbene Fahne der Verstellung hing wieder tief über der Zitadelle. So gefiel sie mir nicht, und ich beendete brüsk das *tête-a-tête* und entfernte mich.

19. KAPITEL

Romanschriftsteller sollten es sich nie gestatten, des Studiums des wirklichen Lebens überdrüssig zu werden. Wenn sie diese Pflicht gewissenhaft befolgten, würden sie uns nicht so viele Bilder mit krassen Schwarz-Weiß-Kontrasten liefern. Sie würden ihre Helden und Heldinnen nicht so oft emporheben auf die Gipfel der Verzückung und sie noch seltener versinken lassen in den Tiefen der Verzweiflung. Denn wenn wir schon in diesem Leben die ganze Fülle der Freude nur gelegentlich kosten, dann schmecken wir die ätzende Bitterkeit und den Schmerz der Hoffnungslosigkeit noch weniger oft; es sei denn, wir haben tatsächlich wie wilde Tiere hemmungslos den sinnlichen Begierden nachgegeben und dadurch unsere Fähigkeit zum Genießen mißbraucht, strapaziert, stimuliert, erneut überstrapaziert und schließlich ruiniert. Dann, in der Tat, werden wir uns vielleicht ohne Halt und Stütze wiederfinden, aller Hoffnung beraubt. Unsere Qual ist groß, und wodurch kann man sie beenden? Wir haben die Quelle unserer Kräfte zerstört; das Leben besteht dann nur noch aus Leid – wir sind zu schwach, um Glauben und Vertrauen zu empfangen; der Tod erscheint uns als Finsternis – Gott, gute Geister, Religion können keinen Platz mehr in unseren kaputten Seelen finden, in denen sich nur noch häßliche und schmutzige Erinnerungen der Laster tummeln; und die Zeit bringt uns bis an den Rand des Grabes, und der Verfall schleudert uns dann hinein – einen Stofflumpen, durch und durch zerfressen von Krankheit und Leiden, ausgewrungen durch den Schmerz, in den Friedhofsrasen gestampft vom unerbittlichen Fuß der Verzweiflung.

Aber ein Mensch mit regelmäßigem Lebenswandel und vernünftigen Ansichten verzweifelt niemals. Er verliert seinen Besitz, und es ist ein Schlag für ihn – er schwankt einen Augenblick lang; dann jedoch, vom Schmerz geweckt, arbeiten seine Energien und suchen nach einem Heilmittel; Aktivität mildert das Bedauern des Verlusts. Krankheit sucht ihn heim und er übt sich in Geduld – er hält aus, was er nicht kurieren kann; unsägliche Qualen martern seinen Körper; seine sich krümmenden Gliedmaßen wissen nicht, wo sie Ruhe finden können – er stützt sich auf den Anker der Hoffnung. Der Tod nimmt ihm, was er liebt, und entwurzelt und entreißt ihm mit Gewalt den Stamm, um den er die Arme seiner Zuneigung geschlungen hatte – eine finstere, trostlose Zeit, ein fürchterlicher Trennungsschmerz – aber eines Morgens schaut der Trost der Religion beim Sonnenaufgang in sein desolates Haus und sagt ihm, daß er in einer anderen Welt, in einem anderen Leben seine Familie wiedersehen wird. Sie spricht von jener Welt als von einem Ort, der von Sünde nicht befleckt ist, von jenem Leben als von einer Zeit, die vom Leid nicht getrübt wird. Sie untermauert kraftvoll ihre Tröstung durch die Hinzufügung zweier Vorstellungen, welche die Sterblichen nicht begreifen können, deren Ausstrahlung von Ruhe sie aber gerne in Anspruch nehmen: Ewigkeit und Unsterblichkeit. Und die Seele des Trauernden füllt sich mit einem Bild, zwar schwach, doch voller Glorie von himmlischen Hügeln des Lichts und des Friedens – vom Ruheplatz des Geistes in der Glückseligkeit – von dem Tag, an dem auch seine eigene, lichtvolle Seele dort sein wird, frei und körperlos – von einer Wiedervereinigung, die durch Liebe vervollkommnet wird und von Furcht gereinigt ist. Er faßt Mut, tritt hinaus, um sich den Notwendigkeiten des Lebens zu stellen und seine Pflichten zu erfüllen; und obgleich die Trauer niemals ihre Last von seiner Seele nehmen wird, wird Hoffnung ihn befähigen, Kraft zu schöpfen.

Ja – und wodurch wurden all diese Gedankengänge hervorgerufen? Und welches war die Schlußfolgerung, die daraus zu ziehen war? Hervorgerufen wurden sie durch den Umstand, daß man mir meine beste Schülerin – meine Perle – aus den Händen gerissen und fortgeschickt hatte, so daß sie außerhalb meiner Reichweite war. Die daraus zu ziehende Schlußfolgerung war, daß ich, als standfester, vernünftiger Mensch, es nicht zuließ, daß Groll, Enttäuschung und Kummer, die durch diesen unglückseligen Vorfall in meinem Herzen aufkeimten, dort zu monströser Größe heranwuchsen. Ich ließ es auch nicht zu, daß sie mein gesamtes Inneres mit Beschlag nahmen. Ich sperrte sie im Gegenteil in einen kleinen und geheimen Winkel ein. Auch tagsüber, wenn ich meinen Pflichten nachging, erteilte ich ihnen absolutes Redeverbot in ihrer Zelle; und erst zur Nacht, nachdem ich die Tür meiner Kammer verschlossen hatte, lockerte ich ein bißchen die strengen Maßnahmen gegenüber diesen verdrießlichen Schützlingen und erlaubte, daß sie sich murmelnd und murrend Luft machten. Dann rächten sie sich, indem sie sich auf mein Kissen setzten, um mein Bett herumspukten und mich mit ihrem langgezogenen, mitternächtlichen Rufen wach hielten.

Eine Woche verstrich. Ich sagte nichts mehr zu Mlle Reuter. Ich war in meinem Verhalten zu ihr gelassen, wenn auch eiskalt und steinhart. Sah ich sie an, so mit einem Blick, der einem Menschen gebührte, von dem ich wußte, daß er sich die Eifersucht zum Ratgeber erkoren hatte und sich des Verrats als Instruments bediente – mit einem Blick stummer Verachtung und tiefen Mißtrauens. Am Samstag abend, ehe ich das Haus verließ, ging ich in den Speisesaal, wo sie alleine saß, stellte mich vor sie hin und fragte sie in dem gleichen ruhigen Ton und der gleichen ruhigen Art, die ich benutzt hätte, hätte ich die Frage zum ersten Mal gestellt:

»Mademoiselle, wollen Sie die Güte haben, mir die Adresse von Frances Evans Henri zu geben?«

Ein wenig überrascht, aber nicht aus der Fassung, bestritt sie lächelnd jede Kenntnis dieser Adresse und fügte hinzu: »Monsieur hat vielleicht vergessen, daß ich diesbezüglich alles bereits einmal erklärt habe – vor einer Woche?«

»Mademoiselle«, fuhr ich fort, »ich wäre Ihnen sehr verbunden, wenn Sie mir den Weg zur Behausung der jungen Person sagen könnten.«

Sie schien etwas verwirrt zu sein; doch schließlich sah sie auf mit einem bewunderswert falschen Ausdruck von Unschuld und Naivität und begehrte zu wissen: »Glaubt Monsieur, daß ich die Unwahrheit spreche?«

Ich vermied es, ihr eine direkte Antwort zu geben, und sagte: »So ist es also nicht Ihre Absicht, mich Ihnen in diesem Punkt zu Dank zu verpflichten?«

»Aber Monsieur, wie kann ich Ihnen etwas sagen, was ich nicht weiß.«

»Sehr schön; ich verstehe Sie vollkommen, Mademoiselle, und jetzt habe ich nur noch zwei oder drei Worte zu sagen. Dies ist jetzt die letzte Woche im Juli. In einem Monat werden die Ferien beginnen. Haben Sie die Güte, sich in aller Ruhe und mit der nötigen Muße nach einem anderen Englischlehrer umzusehen. Mit dem Ablauf des August werde ich das dringende Bedürfnis verspüren, meine Stelle in Ihrem Etablissement aufzugeben.«

Ich wartete ihren Kommentar zu dieser Ankündigung nicht ab, sondern verbeugte mich und zog mich augenblicklich zurück.

Am gleichen Abend, bald nach dem Essen, brachte mir ein Diener ein kleines Päckchen. Die Adresse war in einer Schrift geschrieben, die ich kannte, die ich aber nicht erwartet hatte, so bald wiederzusehen. Da ich in meinem eigenen Zimmer und allein war, gab es nichts, was mich davon abhielt, es sofort aufzumachen. Es enthielt vier Fünf-Francs-Stücke und eine Mitteilung in englisch.

»Monsieur, – ich kam gestern zu Mlle Reuters Haus, zu der Zeit, wo ich wußte, daß Sie gerade Ihren Unterricht beenden würden, und ich fragte, ob ich ins Klassenzimmer gehen und Sie sprechen dürfte. Mlle Reuter kam heraus und sagte, daß Sie schon gegangen seien. Es hatte noch nicht vier Uhr geschlagen, also dachte ich, sie müsse sich geirrt haben, aber ich schloß, daß es müßig sein würde, an einem anderen Tag mit der gleichen Bitte vorbeizukommen. In einer Hinsicht wird es ein Brief genauso tun. Er wird die 20 Francs beinhalten, das Geld für die Unterrichtsstunden, die ich von Ihnen erhalten habe; und wenn er auch nicht vollständig den Dank ausdrücken kann, den ich Ihnen zusätzlich schulde – wenn er Ihnen auch nicht so Lebewohl sagen kann, wie ich mir gewünscht hätte, es tun zu können – wenn er Ihnen auch nicht sagt, wie es mich drängt, es zu tun, und wie leid es mir tut, daß ich Sie wahrscheinlich nie mehr sehen werde – nun gut, gesprochene Worte würden der Aufgabe wohl auch kaum gerecht. Hätte ich Sie angetroffen, hätte ich wahrscheinlich etwas Undeutliches und Unzulängliches gestammelt – etwas, das meine Gefühle eher falsch dargestellt als sie erklärt hätte. So ist es vielleicht doch ganz gut, daß man mir den Zugang zu Ihnen verweigerte. Sie haben oft angemerkt, Monsieur, daß meine Arbeiten eine Menge an seelischer Kraft beim Ertragen von Kummer beinhalteten. Sie sagten, ich würde dieses Motiv zu oft verwenden. Ich finde es in der Tat viel leichter, über eine schwere Pflicht zu schreiben als sie zu erfüllen, denn ich bin niedergedrückt, wenn ich sehe und fühle, welchen Schlag mir das Schicksal erteilt hat. Sie waren freundlich zu mir, Monsieur – sehr freundlich. Ich leide – mein Herz ist gebrochen, weil ich so völlig von Ihnen getrennt wurde. Bald werde ich keinen Freund mehr auf der Welt haben. Aber es führt zu nichts wenn ich Sie mit meiner Not belästige. Welchen Anspruch habe ich auf Ihr Mitgefühl? Keinen. Also werde ich weiter nichts mehr sagen. – Leben Sie wohl, Monsieur,

F. E. Henri.«

Ich steckte den Brief in mein Notizbuch. Ich tat die Fünf-Francs-Stücke in meine Geldbörse, und dann ging ich in meiner engen Kammer auf und ab.

»Mlle Reuter sprach von Frances' Armut«, sagte ich, »und sie ist arm; doch sie bezahlt ihre Schulden und noch mehr. Ich habe sie noch kein ganzes Quartal unterrichtet, und sie schickt mir schon das Geld für das volle Quartal.

Ich möchte wissen, wessen sie sich selbst beraubte, um die zwanzig Francs zusammenzukratzen; ich möchte wissen, in welcher Art Wohnung sie leben muß und was für eine Frau ihre Tante ist und ob sie bald einen Ersatz für die verlorene Arbeitsstelle finden wird. Zweifellos wird sie lange genug von einer Schule zur anderen stapfen müssen, hier nachfragen, sich dort bewerben – an der einen abgewiesen, an der anderen enttäuscht. Manchen Abend wird sie müde und erfolglos ins Bett gehen. Und die Direktorin wollte sie nicht einlassen, damit sie mir Lebewohl sagen konnte? Ich sollte nicht die Chance haben, mit ihr zusammen für ein paar Minuten an einem Fenster im Klassenzimmer zu stehen und gerade ein halbes Dutzend Sätze auszutauschen, zu erfahren, wo sie lebte, vorausschauend etwas in die Wege zu leiten, damit sich die Dinge in meinem Sinnne weiterentwickelten? Keine Adresse auf dem Brief« – fuhr ich fort, zog ihn wieder aus dem Notizbuch und untersuchte beide Seiten des Blattes. »Frauen sind eben Frauen, das steht fest, und sie handeln stets wie Frauen. Männer schreiben automatisch ein Datum und eine Adresse auf ihre Mitteilungen. Und diese Fünf-Francs-Stücke?« – (ich holte sie wieder aus meiner Geldbörse heraus) – »Wenn sie sie mir persönlich angeboten hätte, anstatt sie mit einem grünen Seidenfaden zusammenzubinden zu einer Art liliputanischem Päckchen, dann hätte ich sie ihr in ihre kleine Hand zurückdrücken und die dünnen, spitzen Finger darüber schließen können – so – und ihre Scham, ihren Stolz, ihre Schüchternheit, all das zwingen können, einem kleinen bißchen entschlossenen Willen Platz zu machen. Doch wo ist sie jetzt? Wie kann ich an sie herankommen?«

Ich öffnete meine Zimmertür und ging zur Küche hinab.

»Wer hat das Päckchen gebracht?« fragte ich den Bediensteten, der es mir übergeben hatte.

»Un petit commissionnaire, monsieur.«[65]

»Hat er irgend etwas gesagt?«

»Rien.«[66]

Und ich nahm wieder meinen Weg über die Hintertreppe, keinen Deut klüger in meinen Nachforschungen.

»Macht nichts«, sagte ich zu mir, als ich die Tür wieder schloß. »Macht nichts. Ich werde sie in ganz Brüssel suchen.«

Und das tat ich. Ich suchte sie Tag um Tag, wann immer ich einen Augenblick frei hatte vier Wochen lang. An den Sonntagen suchte ich sie den ganzen Tag lang. Ich suchte sie auf den Boulevards, in der Allée Verte, im Park; ich suchte sie in Ste Gudule und St Jacques; ich suchte sie in den zwei protestantischen Kirchen; die letzteren besuchte ich zu den deutschen, französischen und englischen Gottesdiensten und bezweifelte nicht, daß ich sie in einem von ihnen treffen würde. All meine Recherchen waren absolut fruchtlos. Meine Gewißheit, die Gottesdienste betreffend, stellte sich schließlich als gleichermaßen grundlos heraus wie meine anderen Spekulationen. Ich postierte mich nach jeder Andacht an das Kirchenportal und wartete, bis alle herausgekommen waren, prüfte scharfen Blicks jedes Gewand, das eine schlanke Figur umhüllte, lugte unter jede Haube, die einen jungen Kopf bedeckte. Vergebens. Ich sah mädchenhafte Gestalten an mir vorüberziehen, die ihre schwarzen Tücher über die hängenden Schultern zogen, aber keine hatte die Rundung und die Haltung von Mlle Henri; ich sah bleiche und nachdenkliche Gesichter, eingerahmt von Strähnen braunen Haares, aber ich fand nie ihre Stirn, ihre Augen, ihre Brauen. All die Züge all jener Gesichter, denen ich begegnete, schienen aus kleinen Einzelstücken zusammengesetzt zu sein, denn meinem Blick gelang es nicht, die typischen Merkmale wiederzuerkennen, auf die er aus war:

eine großflächige Stirn und große, dunkle und ernste Augen mit feinen, doch deutlich gezeichneten Augenbrauen darüber.

»Wahrscheinlich hat sie Brüssel verlassen. Vielleicht ist sie nach England gegangen, wie sie es gesagt hatte«, murmelte ich in mich hinein, als ich mich am Nachmittag des vierten Sonntags vom Portal der Chapel Royal abwandte, das der Türhüter gerade zugemacht und verschlossen hatte, und den letzten der zur Andacht versammelt Gewesenen hinterdrein folgte, die sich jetzt über dem Platz zerstreuten. Bald war ich an den Paaren der englischen Herren und Damen vorbeigeeilt. (Meine Güte! Warum ziehen sie sich nicht besser an? Noch jetzt habe ich Visionen vor Augen von den rüschenbesetzten, schlampigen und zerknitterten Kleidern aus kostbarer Seide und aus Satin; von den großen, unpassenden Kragen aus teurer Spitze; von schlechtgeschnittenen Mänteln und merkwürdig gestalteten Beinkleidern, die jeden Sonntag zum englischen Gottesdienst das Gestühl der Royal Chapel füllten und die sich danach auf den Platz ergossen und in unvorteilhaften Kontrast zu den modisch und sauber gekleideten ausländischen Gestalten gerieten, die zum Abendgottesdienst der Kirche von Coburg hasteten.) Ich war an diesen britischen Paaren vorbeigegangen, und an den Gruppen hübscher britischer Kinder, und an den britischen Bedienten und Kammerzofen. Ich hatte den Place Royal überquert, war in die Rue Royale gelangt und von dort in die Rue de Louvain abgebogen, einer alten und ruhigen Straße. Ich erinnere mich, daß ich mich etwas hungrig fühlte, aber nicht den Wunsch verspürte, zurückzugehen und am goûter, dem ›Fünf-Uhr-Tee‹ der Pelets, teilzunehmen, der jetzt am Tisch des Refektoriums stattfand – mit geistreichen Bemerkungen, Brötchen und Wasser, und so betrat ich eine Bäckerei und gönnte mir einen *couc* – das ist ein flämisches Wort, und ich weiß nicht, wie man es schreibt[67] – *à Corinthe,* auf *anglice* ein *currant bun*[68], und eine Tasse Kaffee, und dann schlenderte ich weiter in Richtung der Porte de Louvain. Sehr bald war ich außerhalb der Stadt und stieg gemächlich und in aller Ruhe den Hügel hinauf, der von diesem Stadttor aus ansteigt, denn der Nachmittag war sehr schwül, obgleich bewölkt, und nicht ein einziges Lüftchen regte sich und brachte etwas Frische in die drückende Luft. Kein Einwohner von Brüssel muß weit gehen, wenn er die Einsamkeit sucht; er muß sich vielleicht eine halbe Meile aus seiner Stadt hinaus begeben, und schon wird er sie still und friedlich hinter den weiten Feldern brüten sehen, die so öde aussehen und doch so fruchtbar sind und sich baumlos und weglos rund um die Hauptstadt von Brabant erstrecken. Ich hatte den höchsten Punkt des Hügels erreicht und war lange dagestanden und hatte über die landwirtschaftlich kultivierte, doch leblose Ebene geblickt. Jetzt verspürte ich den Wunsch, die feste Straße, der ich bislang gefolgt war, zu verlassen und mich zwischen die bestellten Acker- und Grünflächen zu begeben, die so fruchtbar waren wie die Beete eines Küchengartens in Gullivers Land der Riesen, Brobdingnag; die sich weit und lange bis zum Horizont hinzogen, wo die Ferne ihr dunkles Grün in ein düsteres Blau verwandelte und ihre Farbabstufungen mit denen des bleifarbenen und gewittrig aussehenden Himmels vermischte. Also bog ich in einen Seitenpfad zur Rechten ein. Ich war ihm noch gar nicht lange gefolgt, als er mich, wie erwartet, in die Felder führte, zwischen denen sich, genau vor mir, eine lange und hohe weiße Mauer erstreckte, die – nach dem Blätterdach zu urteilen, das sich über ihrem Rand zeigte – eine dichtgepflanzte Kultur von Eiben und Zypressen umschloß, denn die Zweige jener Gattungen ruhten auf dem bleichen Mauersims und drängten sich düster und drohend um ein massives Kreuz, das zweifellos auf einer zentralen Erhebung errichtet worden war und das seine Arme, die aus schwarzem Marmor zu sein schienen, über die Wipfel jener unheimlichen Bäume ausbreitete, denen ich mich näherte, während ich mir gleichzeitig überlegte, zu welchem Haus dieser wohl abgeschirmte Garten gehören mochte. Ich bog um die Ecke der Mauer und erwartete, einen ansehnlichen Herrensitz zu sehen. Ich befand mich nahe bei einem großen, eisernen Tor. Eine Hütte nahebei diente als Pförtnerhäuschen, aber ich hatte keine Gelegenheit, um den Schlüssel zu bitten, denn das Tor stand offen. Ich schob einen Torflügel auf. Der Regen hatte die Angeln verrosten lassen, denn sie kreischten jämmerlich, als sie sich drehten. Dichter Pflanzenwuchs umwucherte den Eingang. Ich ging den breiten Mittelgang entlang und sah zu beiden Seiten Objekte, die mir in ihrer eigenen stummen Sprache der Inschriften und Symbole eindeutig klarmachten, zu welcher Art von Wohnstätte mich mein Weg geführt hatte. Dies war die Behausung aller Lebenden; Kreuze, Mahnmale und Girlanden immergrüner Pflanzen enthüllten, daß es sich hier um den »Protestantischen Friedhof vor dem Stadttor von Louvain« handelte.

Der Ort war weitläufig genug, um ein halbstündiges Umherschlendern zu ermöglichen, ohne daß man beständig und eintönig immer den gleichen Weg entlangtrotten mußte; und für jene, die gerne die Annalen von Friedhöfen studieren, gab es hier eine ausreichende Vielfalt von Inschriften, die ihre Aufmerksamkeit für das Doppelte oder Dreifache des Zeitraums beansprucht hätte. Hierher hatten Menschen vielerlei verwandtschaftlicher Beziehungen, Sprachen und Völker ihre Toten zur Bestattung gebracht; und hier waren Namen, Daten und letzte Bezeugungen von

Prunk oder Liebe in englischer, französischer, deutscher und lateinischer Sprache auf Seiten von Stein, von Marmor und von Messing vermerkt. Hier hatte der Engländer ein marmornes Denkmal auf den Überresten seiner Mary Smith oder Jane Brown errichtet und es lediglich mit ihrem Namen beschriftet. Dort hatte der französische Witwer das Grab seiner Elmire oder Celestine mit einem leuchtenden Dickicht aus Rosen überdacht, in dessen Mitte sich ein kleines Täfelchen erhob, welches gleichermaßen leuchtendes Zeugnis ihrer zahllosen Tugenden ablegte. Jede Nation, jede Volksgruppe und Familie trauerte auf ihre Art; und wie stumm war ihrer aller Trauer! Mein eigener Schritt, obwohl langsam und auf planiertem Weg, kam mir wie schrecklicher Lärm vor, da er die einzige Störung einer sonst vollkommenen Stille darstellte. Nicht nur der Wind, sondern auch die sehr böigen, umlaufenden Brisen hatten sich an jenem Nachmittag, wie auf gegenseitiges Einverständnis hin, in ihren jeweiligen Quartieren zum Schlafen niedergelegt; im Norden war es still, im Süden stumm, der Osten heulte nicht, noch flüsterte der West. Die Wolken am Himmel waren dichtgedrängt und trüb, aber offensichtlich völlig reglos. Unter den Bäumen dieses Friedhofs nistete eine warme, atemlose Düsterkeit, aus der die Zypressen kerzengerade und schweigsam hervorragten; über der die Weiden tief und still herabhingen; wo die Blumen, so gleichgültig wie schön, lustlos auf den nächtlichen Tau oder den gewittrigen Regen warteten, wo die Gräber und jene, die sie bargen, unempfindlich gegenüber Sonne und Schatten, Regen und Dürre lagen.

Vom Geräusch meiner eigenen Schritte behelligt, bog ich vom Pfad auf den Rasen und näherte mich langsam einem Eibenhain. Zwischen den Stämmen sah ich, wie sich etwas bewegte. Ich hielt es für die Schwingungen eines gebrochenen Astes, denn in meiner Kurzsichtigkeit hatte ich keine Umrisse wahrgenommen, nur eine Ahnung von Bewegung. Aber der verschwommene Schatten bewegte sich weiter, tauchte auf und verschwand dort, wo sich der Mittelgang öffnete. Ich entdeckte bald, daß es sich um etwas Lebendiges handelte, um ein menschliches Wesen; und beim Näherkommen erkannte ich, daß es eine Frau war, die langsam auf und ab ging; sich augenscheinlich alleine wähnte, wie auch ich mich alleine gewähnt hatte; die meditierte, wie auch ich meditiert hatte. Kurz darauf kehrte sie zu einem Sitzplatz zurück den sie, wie ich mir vorstellte, kurz zuvor verlassen hatte, denn sonst hätte ich sie wohl eher gesehen. Er befand sich in einem Winkel, der von einer Baumgruppe abgeschirmt wurde. Vor ihr waren die weiße Mauer und ein kleiner Stein, der gegen die Mauer gesetzt war, und am Fuß des Steins eine Anhäufung frisch umgegrabener Erde, ein neugeschaffenes Grab. Ich setzte meine Brille auf und begab mich sachte hinter sie. Auf die Inschrift des Steins blickend, las ich ›Julienne Henri, verstorben zu Brüssel, im Alter von sechzig Jahren, am 10ten August 18 –‹. Nachdem ich die Inschrift durchgelesen hatte, sah ich hinab auf die Gestalt, die vornübergebeugt und nachdenklich genau unter meinen Augen saß und sich der Nähe eines Lebewesens überhaupt nicht bewußt war. Es handelte sich um eine schlanke, jugendliche Figur in Trauerkleidung aus einfachstem schwarzen Stoff mit einer kleinen, schlichten, schwarzen Haube mit Trauerflor. Ich fühlte und sah gleichermaßen, wer es war; und ich rührte einige Augenblicke lang weder Hand noch Fuß, sondern stand nur da und freute mich darüber, daß über die Richtigkeit meiner Sinneswahrnehmung kein Zweifel möglich war. Einen Monat lang hatte ich sie gesucht und nicht eine ihrer Spuren entdeckt, war nie auf die Hoffnung oder die

Chance gestoßen, sie irgendwo anzutreffen. Ich war gezwungen gewesen, meine Erwartungen zurückzuschrauben; und noch vor einer Stunde war ich kraftlos unter dem entmutigenden Gedanken zusammengesunken, daß der Strom des Lebens und ein Impuls des Schicksals sie für immer von mir weggetrieben hatten, so weit weg, daß ich sie nie mehr erreichen würde. Und siehe da: Während ich mich plötzlich unter der Last der Verzweiflung zu Boden neigte, während mein Blick der Spur von Kummer auf dem Rasen eines Friedhofs folgte – hier war mein verlorener Juwel, hinabgefallen auf das tränengenährte Gras, hineingerollt in die Mulde der bemoosten und pilzüberzogenen Wurzeln einer Eibe.

Frances saß völlig ruhig da, den Ellbogen auf dem Knie und den Kopf in der Hand aufgestützt. Ich wußte, daß sie eine nachdenkliche Haltung lange und ohne sie zu verändern beibehalten konnte. Schließlich fiel eine Träne herab; sie hatte den Namen auf dem Stein vor sich betrachtet, und ihr Herz war ohne Zweifel von einer jener Beklemmungen zusammengeschnürt worden, die die untröstlichen Lebenden, die ihre Toten betrauern, gelegentlich so schmerzlich bedrücken. Viele Tränen rollten über die Wangen, und sie wischte sie immer wieder mit dem Taschentuch ab. Einige gequälte Seufzer entrannen sich ihr, und nachdem der Weinkrampf vorüber war, saß sie still wie zuvor da. Ich legte sanft meine Hand auf ihre Schulter. Weitere Vorkehrungen, um sie vorzubereiten, mußte ich nicht treffen, denn sie war weder hysterisch noch neigte sie zu Ohnmachtsanfällen. Ein plötzlicher Schubs hätte sie vielleicht tatsächlich erschrecken können, aber der Kontakt meiner ruhigen Berührung erweckte lediglich die Aufmerksamkeit, die ich beabsichtigte; und obwohl sie sich schnell umdrehte – und so blitzschnell sind Gedanken, besonders in manchen Köpfen –, hatten, so glaube ich, die Verwunderung über den Vorgang und die Gewißheit über den Eindringling, der sich heimlich so in ihre Einsamkeit stahl, ihr Gehirn durchlaufen und waren durch ihr Herz gezuckt, noch ehe sie diese hastige Bewegung ausgelöst hatten. Jedenfalls hatte das Erstaunen ihr noch kaum die Augen geöffnet und sie zu den meinigen gehoben, da hatte das Wiedererkennen schon die Iris mit dem beredsamsten Glanz erfüllt. Ängstliche Überraschung hatte kaum ihre Gesichtszüge verändert, da strahlte auch schon eine Empfindung lebhaftester Freude über ihre ganze Haltung. Ich hatte kaum Zeit zu bemerken, daß sie erschöpft und bleich aussah, als sich auch schon bei mir ein innerliches Hochgefühl bemerkbar machte als Reaktion auf die Empfindung reinsten und höchsten Entzükkens, das jetzt in der kräftigen Röte glühte und in dem sich ausbreitenden Strahlen glänzte, die sich beide über das Gesicht meiner Schülerin ergossen. Es war die Sommersonne, die nach dem schweren Sommerregen hervorblitzte; und was ist fruchtbarer und von schnellerer Wirkung als solch ein Sonnenstrahl, der in seiner Intensität fast wie Feuer brennt?

Ich hasse Direktheit, jene Direktheit der frechen Stirn und der gefühllosen Nerven; aber ich liebe den Mut des starken Herzens, die Inbrunst und Leidenschaftlichkeit des Blutes; ich liebte mit Hingabe das Leuchten in Frances Evans' klarem, haselnußbraunen Blick, als sie sich nicht genierte, mich geradeheraus anzusehen; ich liebte die Schwingungen der Stimme, mit denen sie die Worte herausbrachte: *»Mon maître! Mon maître!«*

Ich liebte die Bewegung, mit der sie ihre Hand der meinen anvertraute; ich liebte sie, wie sie da stand, ohne Geld und ohne Eltern; für einen Sinnenmenschen ohne Charme, für mich ein Schatz; das Objekt meiner größten Zuneigung auf der Welt, so dachte ich, so fühlte ich; mein Ideal eines Tempels, in dem ich meinen Vorrat an Liebe versiegeln wollte, die Personifizierung von Zurückhaltung und Weitsichtigkeit, von Fleiß und Ausdauer, von Selbstverleugnung und Selbstbeherrschung – jener Wächter, jener vertrauenswürdigen Hüter des Geschenks, das ihr zu übergeben ich mich sehnte – des Geschenks meiner ganzen Liebe; Muster von Wahrheit und Ehrbarkeit, von Unabhängigkeit und Gewissenhaftigkeit – jener Veredler und Garanten eines Lebens in Aufrichtigkeit; schweigsame Eigentümerin eines Quells der Zärtlichkeit, einer Flamme, so freundlich wie ruhig, so rein wie unauslöschlich, von natürlichem Empfinden, von natürlicher Leidenschaft – jener Quellen der Labsal und des Trostes für die geheiligte Zuflucht eines Heims. Ich wußte, wie ruhig und wie tief der Quell in ihrem Herzen sprudelte; ich wußte, wie die gefahrvollere Flamme sicher unter dem Auge des Verstandes brannte. Ich hatte es erlebt, wie das Feuer einen Moment lang kräftig und hoch aufgelodert war, wie die ansteigende Hitze den Strom des Lebens in seinen Kanälen beeinträchtigt hatte. Ich hatte es erlebt, wie der Verstand den Rebellen zurechtwies und seiner Feuersbrunst erstickte und zu Aschenglut verwandelte. Ich hatte Vertrauen zu Frances Evans. Ich hatte Achtung vor ihr, und als ich ihren Arm unter den meinen schob und sie aus dem Friedhof führte, da spürte ich, daß ich noch ein weiteres Gefühl hatte, genauso beständig wie meine Achtung, aber inbrünstiger als jedes der beiden – das Gefühl von Liebe.

»Ja, meine Schülerin«, sagte ich, während das drohend quietschende Tor hinter uns zuschwang, »ja, ich habe Sie wiedergefunden. Die Suche eines Monats ist mir lang vorgekommen, und ich hätte nicht gedacht, mein verlorenes Schaf zwischen Gräbern umherirren zu sehen.«

Zuvor hatte ich sie immer nur ganz förmlich als »Mademoiselle« angesprochen, und auf diese Art zu reden hieß, einen neuen Ton zwischen ihr und mir anzuschlagen. Ihre Antwort bescherte mir die Kenntnis, daß diese Diktion keines ihrer Gefühle beschädigte, keine Mißgestimmtheit in ihrem Herzen erzeugte:

»Mon maître«, sagte sie, »haben Sie sich die Mühe gemacht, mich zu suchen? Ich hätte mir nicht vorgestellt, daß Sie sich über meine Abwesenheit viele Gedanken machen würden, aber ich grämte mich bitterlich, daß man mich von Ihnen entfernte. Ich betrauerte diesen Umstand, auch als schlimmere Probleme ihn mich hätten vergessen lassen sollen.«

»Ihre Tante ist tot?«

»Ja, seit zwei Wochen, und sie starb voller Kummer, den ich nicht von ihrer Seele nehmen konnte. Immer wieder sagte sie, selbst während der letzten Nacht ihres Daseins: ›Frances, du wirst so einsam sein, wenn ich gegangen bin, so ohne Freunde.‹ Sie wünschte sich auch, in der Schweiz begraben werden zu können, und ich war es gewesen, der sie im Alter noch dazu überredet hatte, die Ufer des Genfer Sees zu verlassen und in diese eintönige Region Flanderns zu kommen, nur – wie es scheint – um zu sterben. Ich hätte ihr liebend gern ihren letzten Wunsch erfüllt und ihre sterblichen Überreste in unser eigenes Land überführt, aber es war nicht möglich. Ich war gezwungen, sie hier zu bestatten.«

»Sie war nur kurze Zeit krank, nehme ich an?«

»Nur drei Wochen. Als es ihr schlechter ging, bat ich Mlle Reuter um Urlaub, um bei ihr bleiben und sie pflegen zu können. Der Urlaub wurde mir bereitwilig gewährt.«

»Werden Sie in das Pensionat zurückkehren?« begehrte ich hastig zu wissen.

»Monsieur, nachdem ich eine Woche lang zu Hause gewesen war, kam Mlle Reuter eines Abends vorbei, gerade als ich meine Tante zu Bett gebracht hatte. Sie ging in ihr Zimmer, um mit ihr zu sprechen, und war äußerst höflich und liebenswürdig, wie sie es immer ist. Danach kam sie heraus und setzte sich lange zu mir, und in dem Augenblick, in dem sie aufstand, um zu gehen, sagte sie: ›Mademoiselle, ich werde nicht so bald aufhören, Ihren Fortgang aus meinem Institut zu bedauern, obwohl es tatsächlich der Wahrheit entspricht, daß Sie Ihre Klasse von Schülerinnen so gut unterrichtet haben, daß sie alle ganz ausgezeichnet in den kleinen Fertigkeiten sind, die Sie so geschickt beherrschen, so daß für sie nicht die geringste Notwendigkeit einer weiteren Unterweisung besteht. Meine zweite Lehrerin muß zukünftig hinsichtlich der jüngeren Schülerinnen Ihren Platz ausfüllen, so gut sie das kann, denn sie ist in der Tat nicht so kunstfertig wie Sie, und es wird nun zweifellos Ihre Absicht sein, eine höhere Position in Ihrem Beruf einzunehmen. Ich bin sicher, Sie werden überall Schulen und Famlien finden, die willens sind, von Ihrem Talent zu profitieren.‹ Und dann zahlte Sie mir meinen Lohn für das letzte Quartal aus. Ich fragte sie, nach Meinung von Mademoiselle sicherlich sehr unverblümt, ob sie beabsichtigte, mich aus ihrem Institut zu entlassen. Sie lächelte über die Uneleganz meiner Rede und antwortete, daß ›unsere Beziehung als Arbeitgeberin und Angestellte sicherlich gelöst sei, daß sie jedoch hoffe, das Vergnügen meiner Bekanntschaft weiterhin zu haben; sie würde sich stets glücklich schätzen, mich als Freundin zu betrachten‹. Und dann sagte sie etwas über die ausgezeichneten Straßenverhältnisse und das lange Anhalten des schönen Wetters und ging sehr fröhlich von dannen.«

Ich lachte innerlich. All dies sah der Direktorin so ähnlich; es war genau so, wie ich ihr Verhalten erwartet und eingeschätzt hatte. Und dann die Enthüllung und der Beweis für ihre Lügen, die Frances unbewußt geliefert hatte: Sie hätte sich angeblich des öfteren um Mlle Henris Adresse bemüht; fürwahr! »Mlle ist meinen Fragen nach ihrer Adresse stets ausgewichen« etcetera etcetera, und jetzt erfuhr ich, daß sie genau jenes Haus aufgesucht hatte, über dessen Lage sie mir gegenüber absolute Unkenntnis bekundete!

Allen Kommentaren, die ich zu den Mitteilungen meiner Schülerin hätte machen können, wurde dadurch Einhalt geboten, daß große Regentropfen auf unsere Gesichter und den Weg herunterplatschten und daß in der Ferne das Grummeln eines aufziehenden Gewitters zu vernehmen war. Die in der trägen Luft und dem bleiernen Himmel gelegene Vorwarnung hatte mich bereits dazu gebracht, die nach Brüssel zurückführende Straße zu nehmen, und jetzt beschleunigte ich meine eigenen Schritte und die meiner Gefährtin, und da uns unser Weg bergab führte, kamen wir schnell voran. Nach dem Fallen der ersten dicken Tropfen trat eine Pause ein, ehe dichter Regen einsetzte. In der Zwischenzeit hatten wir die Porte de Louvain durchschritten und befanden uns wieder in der Altstadt.

»Wo wohnen Sie?« fragte ich. »Ich werde Sie sicher nach Hause geleiten.«

»Rue Notre Dame aux Neiges«, antwortete Frances.[69]

Das war nicht weit weg von der Rue de Louvain, und wir standen auf den Stufen der Haustüre, noch ehe die Wolken sich mit mächtigem Dröhnen und mit einer Folge krachender Blitze auftaten und ihre blaugrauen Falten in einem mächtigen, reißenden und breiten Sturzbach entleerten.

»Kommen Sie herein! Kommen Sie herein!« sagte Frances, da ich, nachdem ich sie ins Haus befördert hatte, zögerte zu folgen. Die Aufforderung nahm mir die Entscheidung ab; ich trat über die Schwelle, schloß die Tür zu dem wütenden, blitzenden und alle Farben ausbleichenden Sturm und folgte ihr nach oben zu ihrer Wohnung. Weder sie noch ich waren naß; ein Vorsprung über der Haustür hatte die schnurgerade herabstürzenden Fluten abgehalten. Keiner der ersten Tropfen hatte unsere Kleidung berührt; eine Minute später, und wir hätten nicht einen trockenen Faden mehr am Leib gehabt.

Ich trat über eine kleine Wollmatte und fand mich in einem kleinen Zimmer mit einem gestrichenen Fußboden und einem grünen Teppichquadrat in der Mitte wieder. Der Möbelstücke waren wenige, aber alle glänzten sie und waren außergewöhnlich sauber. Ordnung herrschte innerhalb der engen Begrenzung des Raums, eine Ordnung, die zu erblicken meiner pedantischen Seele gefiel. Und ich hatte gezögert, die Behausung zu betreten, da ich letztlich Befürchtungen hegte, daß Mlle Reuters Anspielung auf deren äußerste Ärmlichkeit nur zu begründet sein könnte, und ich hatte Angst davor gehabt, die Spitzenausbesserin durch das unerwartete Betreten ihrer Wohnung in Verlegenheit zu bringen. Man hätte den Ort ärmlich nennen können, denn er war in der Tat ärmlich; aber seine Sauberkeit und Ordentlichkeit waren besser als Eleganz, und hätte nur ein kleines, helles Feuer in jenem Kamin gebrannt, hätte ich ihn für reizvoller gehalten als einen Palast. Es gab jedoch kein Feuer, und es lag auch kein Brennmaterial zum Anzünden bereit. Die Spitzenausbesserin war nicht in der Lage, sich diesen Luxus zu gestatten, besonders jetzt, wo sie der Tod ihrer einzigen Verwandten beraubt hatte und sie sich nur auf sich selbst und ihre Arbeitskraft verlassen mußte. Frances ging in einen Nebenraum, um ihre Haube abzunehmen, und sie kam wieder heraus als ein Muster an schlichter

Eleganz: mit ihrem gutsitzenden Kleid aus schwarzem Wollstoff, das so akkurat ihre elegante Büste und ihre schmale Taille unterstrich; mit ihrem makellos weißen Kragen, der hinter einem hellen und wohlgeformten Nacken umgeschlagen wurde; mit ihrem fülligen braunen Haar, das an ihren Schläfen glatt nach hinten gekämmt war, wo es in einem großen, klassischen Zopf mündete. Schmuck trug sie keinen – weder Brosche noch Ring, noch Band. Sie sah auch ohne diese Attribute gut aus; perfekter Sitz der Kleidung, Proportionalität der Formen, Grazie der Körperhaltung traten als gefälliger Ersatz an deren Stelle. Als sie wieder das kleine Wohnzimmer betrat, suchte ihr Blick sofort den meinigen, der gerade auf dem Kamin verweilte. Ich erkannte, daß sie sogleich die Art von innerem Mitleid und mitfühlendem Schmerz aus meinen Augen las, die die fröstelnde Leere jenes Kamins in meinem Herzen erzeugte. Schnell im Erfassen, schnell im Entschluß und noch schneller im Umsetzen in die Tat, hatte sie sich augenblicklich eine grobe Leinenschürze um die Hüfte gebunden. Dann verschwand sie und kehrte mit einem Korb zurück. Dieser hatte einen Deckel; sie öffnete ihn und brachte Holz und Kohlen zum Vorschein. Geschickt fügte sie beides auf dem Rost zusammen.

»Das ist ihr gesamter Vorrat, und sie wird ihn aus Gastfreundschaft völlig aufbrauchen«, dachte ich bei mir.

»Was machen Sie da?« fragte ich. »Sie werden doch nicht an einem so heißen Abend ein Feuer anzünden? Sie werden mich ja rösten.«

»So ist es, Monsieur, ich fühle mich recht kühl, seit der Regen einsetzte; und außerdem muß ich Wasser für meinen Tee kochen, denn sonntags trinke ich immer Tee. Sie werden also die Hitze schon aushalten müssen.«

Sie hatte ein Streicholz angezündet; das Holz loderte

bereits hell; und wahrhaftig: im Kontrast mit der Dunkelheit und dem wilden Toben des Sturms draußen erschien mir das friedliche Glühen, das sich jetzt in dem zu Leben erwachten Kamin ausbreitete, als sehr aufheiternd. Ein leises, schnurrendes Geräusch aus einer Ecke verkündete, daß außer mir noch ein weiteres Lebewesen über die Veränderung erfreut war. Eine schwarze Katze, die von dem Licht aus ihrem Schlaf auf einem kleinen, mit einem Kissen bedeckten Fußschemel erwacht war, kam herbei und rieb ihren Kopf gegen Frances' Kleid, als sie dort kniete. Sie liebkoste das Tier und sagte, sie sei einer der Lieblinge ihrer *»pauvre tante Julienne«* gewesen.

Nun da das Feuer angezündet, die Feuerstelle gesäubert und ein kleiner Kessel sehr altertümlicher Machart, wie ich ihn in alten Bauernhäusern in England gesehen zu haben glaubte, über der jetzt rötlichen Flamme plaziert worden waren, wusch sich Frances augenblicklich die Hände und legte die Schürze ab. Dann öffnete sie einen Schrank und entnahm ihm ein Teetablett, worauf sie bald ein Teeservice aus Porzellan arrangiert hatte, das vom Muster, von der Form und der Größe her aus grauer Vorzeit zu stammen schien. Jeder Untertasse wurde ein kleiner, altmodischer Silberlöffel beigegeben, und ein genauso altmodisches silbernes Zängchen wurde auf die Zuckerdose gelegt; ebenfalls aus dem Schrank kam ein winziges silbernes Milchkännchen zum Vorschein, nicht größer als ein Ei. Während sie all diese Vorbereitungen traf, sah sie zufällig einmal auf, und da sie Neugierde in meinen Augen las, lächelte sie und fragte:

»Ist dies so wie in England, Monsieur?«

»Wie in England vor hundert Jahren«, erwiderte ich.

»Ist es das wirklich? Schön, denn alles auf diesem Tablett ist mindestens hundert Jahre alt: diese Tassen, diese Löffel, dieses Milchkännchen sind alles Erbstücke. Meine Urgroßmutter überließ sie meiner Großmutter, diese meiner Mutter, und meine Mutter brachte sie aus England in die Schweiz mit und überließ sie mir; und schon immer, seit ich ein kleines Mädchen war, habe ich daran gedacht, wie gerne ich sie zurück nach England mitnehmen würde, von wo sie kamen.«

Sie stellte ein paar Brötchen auf den Tisch. Sie bereitete den Tee zu, wie eben Ausländer den Tee zubereiten – das heißt, einen Teelöffel für ein halbes Dutzend Tassen. Sie wies mir einen Sessel zu, und als ich mich niederließ, fragte sie irgendwie triumphierend:

»Läßt Sie das alles für einen Moment denken, Sie seien zuhause?«

»Wenn ich in England ein Zuhause hätte, dann würde es mich sicher daran erinnern«, antwortete ich; und tatsächlich, da war eine Art von Illusion, als ich das hellhäutige, englisch aussehende Mädchen betrachtete, wie es einen englischen Imbiß bereitete und die englische Sprache sprach.

»Sie haben also kein Zuhause?« war ihr Kommentar.

»Keines, und auch nie eines gehabt. Wenn ich je ein eigenes Heim besitzen sollte, dann muß ich das selbst schaffen, und an diese Aufgabe habe ich mich noch nicht herangewagt.« Und während ich sprach, gab es in meinem Herzen einen Stich, einen plötzlichen Schmerz, der mir neu war: Es war der Schmerz der Demütigung auf Grund der Bescheidenheit meiner Stellung und der Unzulänglichkeit meiner Mittel. Und mit diesem Schmerz wurde ein starkes Verlangen geboren, mehr zu tun, mehr zu verdienen, mehr zu sein, mehr zu besitzen. Und in diesem Mehr an Besitz verlangte es meiner aufs heftigste erregten Phantasie, das Heim einzuschließen, das ich nie gehabt hatte, und die Frau, die zu gewinnen ich mir in meiner Seele schwor.

Frances' Tee war kaum besser als heißes Wasser mit Zukker und Milch. Ihre Brötchen, zu denen sie mir keine Butter anbieten konnte, waren meinem Gaumen süß wie Manna.

Nachdem die Mahlzeit beendet und das kostbare Porzellangeschirr abgespült und eingeräumt, der glänzende Tisch noch glänzender poliert, *»le chat de ma tante Julienne«*[70] auch noch mit Nahrung auf einem eigens für diesen Zweck benutzten Teller versorgt und einige wenige Kohlenstäubchen und Ascheflöckchen vor dem Kamin weggefegt worden waren, setzte sich Frances endlich hin. Und da, als sie den Sessel mir gegenüber einnahm, verriet sie zum ersten Mal ein klein wenig Verlegenheit. Das war auch kein Wunder, denn unbewußt hatte ich sie tatsächlich allzu genau beobachtet, war all ihren Schritten und Bewegungen etwas zu beharrlich mit meinen Blicken gefolgt, da sie mich durch die Grazie und die Behendheit ihrer Tätigkeiten fasziniert und hypnotisiert hatte, durch die sofortige, saubere, ja dekorative Wirkung, die von jeder Berührung ihrer schlanken und feinen Finger ausging. Und als sie schließlich Ruhe fand, wurde die Intelligenz in ihrem Gesicht für mich zur Schönheit, auf der folglich meine Augen verweilten. Ihre Gesichtsfarbe wurde jedoch eher intensiver statt, durch die Ruheposition bedingt, blasser, und ihr Blick blieb gesenkt, obgleich ich darauf wartete, daß sie die Lider aufschlug, damit ich einen Strahl des Lichts, das ich so liebte, in mich hineintrinken konnte – eines Lichts, in dem sich Feuer zur Sanftheit auflöste, in dem liebevolle Zuneigung die Schärfe der Durchdringung mäßigte, in dem – zumindest gerade jetzt – Amüsement mit Nachdenklichkeit spielte. Da sich diese meine Erwartung nicht erfüllte, begann ich schließlich zu argwöhnen, daß ich mich für die Enttäuschung selbst zu tadeln hatte. Ich mußte aufhören, sie anzustarren, und statt dessen zu reden beginnen, wenn ich den Zauber brechen wollte, unter dem sie nun reglos dasaß. Also erinnerte ich mich an die beruhigende Wirkung, die autoritärer Tonfall und Sprache auf sie zu haben pflegten, und sagte:

»Holen Sie eines Ihrer Englischbücher, Mademoiselle, denn es regnet noch immer in Strömen, was mich wahrscheinlich noch eine weitere halbe Stunde bei Ihnen festhalten wird.«

Erleichtert und befreit von Zwängen stand sie auf, holte ihr Buch und akzeptierte sofort den Stuhl, den ich für sie an meine Seite gestellt hatte. Sie hatte *›Paradise Lost‹* aus ihrem Regal der Klassiker ausgewählt, weil sie vermutlich dachte, daß sich der religiöse Inhalt des Buches am besten für einen Sonntag eignen würde. Ich befahl ihr, am Anfang zu beginnen, und während sie Miltons Anrufung jener göttlichen Muse las, die ›auf dem verborgenen Gipfel des Horeb oder Sinai‹ dem hebräischen Schafhirten erklärt hatte, wie im Schoß des Chaos die Idee einer Welt entstanden und herangereift war, erfreute ich mich ungestört des dreifachen Vergnügens, sie neben mir zu haben, dem Klang ihrer Stimme zu lauschen – den meine Ohren voller Süße und Befriedigung aufnahmen – und ab und zu ihr Gesicht zu betrachten. Dieses letztere Privileg verschaffte ich mir hauptsächlich dann, wenn ich an einer Intonation, einer Sprechpause oder einer Betonung etwas auszusetzen hatte. Während ich dozierte, durfte ich sie ja wohl ansehen, ohne eine allzu warme Rötung hervorzurufen.

»Genug«, sagte ich, als sie sich durch etwa ein halbes Dutzend Seiten gearbeitet hatte (was bei ihr recht zeitraubend war, denn sie las langsam und hielt oft inne, um Informationen zu erbitten, die sie auch erhielt), »genug; und jetzt hört der Regen auch schon auf, und ich muß gleich gehen.« Denn als ich in diesem Augenblick zum

Fenster hinsah, war tatsächlich alles blau. Die Gewitterwolken waren aufgerissen und zerstreut, und die untergehende Augustsonne verströmte einen Glanz durch das Gitterfenster, der wie das Funkeln von Rubinen war. Ich stand auf; ich zog meine Handschuhe an.

»Sie haben noch keine neue Stellung als Ersatz für den Arbeitsplatz gefunden, von dem Mlle Reuter Sie verstoßen hat?«

»Nein, Monsieur. Ich habe überall Erkundigungen eingezogen, aber alle verlangen sie Referenzen von mir. Und um die Wahrheit zu sagen: Ich möchte mich dieserhalb nicht an die Direktorin wenden, denn meines Erachtens hat sie sich mir gegenüber weder gerecht noch ehrenhaft verhalten. Sie hat hinterhältige Methoden angewandt, um meine Schülerinnen gegen mich aufzubringen, um mir dadurch die Freude an meiner Stellung in ihrem Institut zu vergällen, und letztendlich hat sie mir diese durch ein scheinheiliges Täuschungsmanöver weggenommen, indem sie vorgab, zu meinem Besten zu handeln, während sie mich tatsächlich der Grundlage meiner Existenz beraubte, in einer kritischen Lage, wo nicht nur mein eigenes Leben, sondern auch noch ein weiteres von meinen Anstrengungen abhing. Sie werde ich nie mehr um eine Gunst bitten.«

»Wie stellen Sie es sich dann vor, daß es weitergehen soll? Wie und wovon leben Sie jetzt?«

»Ich habe immer noch mein erlerntes Handwerk als Spitzenausbesserin. Bei einiger Umsicht wird es mich vor dem Verhungern bewahren, und ich zweifle nicht daran, daß ich eine bessere Stelle finden werde, wenn ich mich entsprechend bemühe. Ich versuche es ja erst seit zwei Wochen, und mein Mut und meine Hoffnungen sind noch lange nicht aufgebraucht.«

»Und wenn Sie bekommen, was Sie sich vorstellen: was dann? Was sind letztlich Ihre Absichten?«

»Genug zu sparen, um den Kanal zu überqueren. Für mich ist England schon immer das Gelobte Land gewesen.«

»Schön, schön. In Kürze werde ich Ihnen wieder einen Besuch abstatten. Guten Abend!« und ich ging recht abrupt weg. Ich hatte erhebliche Mühe, einem starken inneren Impuls zu widerstehen, der mich drängte, mich auf eine wärmere, ausdrucksvollere Art zu verabschieden. Was wäre natürlicher gewesen, als sie einen Moment lang in enger Umarmung zu halten und ihr einen Kuß auf die Wange oder auf die Stirn zu drücken? Ich war nicht unvernünftig; mehr wollte ich wirklich nicht. Dahingehend zufriedengestellt, wäre ich bereitwilligst nach Hause gegangen. Doch die Vernunft hatte mir selbst dies verweigert. Sie befahl mir, meine Augen von ihrem Gesicht abzuwenden und meine Schritte aus ihrer Wohnung zu lenken, sie so gefühllos und kalt zu verlassen, wie ich die alte Madame Pelet verlassen hätte. Ich gehorchte, aber voller Groll schwor ich, mich eines Tages zu rächen. »Ich werde mir das Recht verdienen, in dieser Angelegenheit so zu handeln, wie es mir gefällt, oder ich werde in dem Kampf untergehen. Jetzt habe ich ein Ziel vor mir: dieses Mädchen aus Genf zu meiner Frau zu machen. Und sie soll meine Frau werden – das heißt unter der Voraussetzung, daß sie genauso viel, oder halb soviel für ihren Lehrer übrig hat, wie dieser für sie. Und wäre sie wohl so gelehrig, so gutgelaunt, so glücklich bei meinen Unterweisungen, wenn das nicht der Fall wäre? Würde sie dann neben mir sitzen, wenn ich diktiere oder korrigiere, mit einer derart ruhigen, zufriedenen, ausgeglichenen Haltung?« Denn mir war schon oft aufgefallen, daß sie – wie immer traurig oder von Sorgen gequält ihre Gemütsverfassung in dem Augenblick gewesen sein mochte, in dem ich das Zimmer betrat, nachdem ich nahe bei ihr gestanden, einige Worte an sie gerichtet, Anweisungen gegeben, vielleicht den einen oder anderen Tadel geäußert hatte –, daß sie sich dann stets in einen Winkel der Glückseligkeit kuschelte und heiter und voll neuer Energie aufsah. Am allerbesten stand es ihr, wenn ich sie tadelte: Immer wenn ich sie schalt, schnitzte sie mit ihrem Federmesser an einem Stift oder einer Feder herum, zappelte ein bißchen, schmollte ein bißchen, während sie sich einsilbig verteidigte; und wenn ich ihr die Feder oder den Stift wegnahm, weil ich fürchtete, sie könnte sie völlig zerschnitzeln, und wenn ich ihr selbst die einsilbige Verteidigung untersagte, mit dem Ziel, die unterdrückte Erregung noch etwas zu steigern – dann hob sie schließlich die Augen und schenkte mir jenen gewissen Blick voll süßer Heiterkeit und keckem Trotz, der, um die Wahrheit zu sagen, mir auf eine Art und Weise durch Mark und Bein ging, wie ich es noch nie erfahren hatte, und der mich (Gott sei Dank bemerkte sie das nicht!) zu ihrem Untertan, wenn nicht sogar zu ihrem Sklaven machte. Nach dergleichen kleinen Szenen waren ihre Lebensgeister wieder geweckt, und ihre gute Stimmung pflegte oft stundenlang anzuhalten, und, wie schon zuvor bemerkt, ihr allgemeines Befinden schöpfte daraus eine Kraft und Vitalität, die sie beinahe wieder in die Verfassung versetzte, in der sie vor dem Tod ihrer Tante und vor ihrer Entlassung gewesen war.

Ich habe mehrere Minuten gebraucht, um diese letzten Sätze niederzuschreiben, aber deren Inhalt war mir in der kurzen Zeit durch den Kopf gegangen, während ich die Treppen von Frances' Zimmer hinabstieg. Just als ich die Haustüre öffnete, fielen mir die zwanzig Francs wieder ein, die ich nicht zurückgegeben hatte. Ich blieb stehen: unmöglich, sie wieder mit nach Hause zu nehmen; schwierig, sie ihrem eigentlichen Besitzer wieder aufzuzwingen. Ich hatte Frances jetzt in ihrer eigenen, bescheidenen Bleibe gesehen; war Zeuge ihrer würdevollen Armut geworden, ihres stolzen Ordnungssinns, ihrer anspruchsvollen Sorgfalt beim Bewahren und bei der Werterhaltung ihres Besitzes, wie sie sich in der Organisation und sparsamen Einrichtung ihres kleinen Heims zeigte. Ich war mir sicher, daß sie es nicht hinnehmen würde, daß man sie von der Begleichung ihrer Verbindlichkeiten befreite; ich war davon überzeugt, daß sie von niemandem die Gunst des Schuldenerlasses annehmen würde, vermutlich am allerwenigsten von mir. Dennoch stellten diese vier Fünf-Francs-Stücke eine Belastung meiner Selbstachtung da, und ich mußte sie loswerden. Eine Notlösung – zweifellos keine sehr elegante, aber die beste, die mir einfiel – bot sich an. Ich stürzte die Treppen hinauf, klopfte, trat wieder ins Zimmer, als sei ich in größter Eile:

»Mademoiselle, ich habe einen meiner Handschuhe vergessen; ich muß ihn hier gelassen haben.«

Sie erhob sich augenblicklich, um ihn zu suchen. Als sie mir den Rücken zuwandte, begab ich mich zum Kamin, hob geräuschlos eine kleine Vase hoch – eine aus einem Set von Zierporzellan, genauso altmodisch wie die Teetassen –, schob das Geld darunter und sagte dann: »Ach, da ist ja mein Handschuh! Ich hatte ihn hinter das Kamingitter fallen lassen. Guten Abend, Mademoiselle!« Ich verabschiedete mich zum zweiten Mal.

So kurz wie meine unvorhergesehene Rückkehr gewesen war, so hatte die Zeit dennoch ausgereicht, um mir einen Stich ins Herz zu versetzen. Ich hatte gesehen, daß Frances bereits die rote Holzkohlenglut ihres fröhlichen kleinen Feuers vom Rost genommen hatte. Gezwungen, mit jeder Kleinigkeit zu rechnen, bei jeder Winzigkeit zu sparen, hatte sie sich nach meinem Weggehen sofort einen Luxus versagt, der zu kostspielig war, um allein genossen zu werden.

»Ich bin froh, daß es noch nicht Winter ist«, dachte ich; »noch zwei Monate, und wir werden den Regen und die Novemberstürme haben. Wollte Gott, daß ich noch zuvor mir die Möglichkeiten verdienen könnte, nach Herzenslust Kohle auf diesen Kaminrost zu häufen!«

Die Gehsteige trockneten bereits ab; eine wohltuende und frische Brise regte sich in der vom Gewitter gereinigten Luft. Ich ließ den Westen hinter mir, wo sich der Himmel wie ein Opal ausbreitete: azurblau, vermischt mit Karmesinrot; die vergrößerte Sonne, prächtig in tyrischem Purpur erstrahlend, berührte bereits den Horizont. Da ich ostwärts ausschritt, fand ich mich einer breiten Wolkenbank gegenüber, doch ich hatte vor mir auch das Prisma eines abendlichen Regenbogens, eines vollkommenen Regenbogens – hoch, breit, leuchtend. Ich sah lange hin; meine Augen tranken den Anblick in sich hinein, und ich vermute, daß mein Gehirn die Szene absorbiert haben mußte, denn in dieser Nacht schlief ich erst ein, nachdem ich lange Zeit in einem Fieber freudiger Erregung wachgelegen und das stumme Wetterleuchten beobachtet hatte, das sich noch immer zwischen den fliehenden Wolken abspielte und silberfarben über die Sterne hinwegzuckte. Und dann erschienen in einem Traum die sinkende Sonne wieder, die Wolkenbank, der mächtige Regenbogen. Mir kam es so vor, als stünde ich auf einer Terrasse. Ich lehnte mich über eine mit einem Geländer bewehrte Mauer. Unter mir war Leere, eine Tiefe, die ich nicht ermessen konnte; aber da ich ein unaufhörliches Klatschen von Wellen vernahm, hielt ich es für das Meer – das Meer, das sich bis zum Horizont erstreckte; ein Meer wechselnder Grünfarben und von intensivem Blau. In der Ferne war alles sanft, alles dunstverschleiert. Ein goldenes Funkeln glitzerte auf der Linie zwischen Wasser und Luft, schwebte nach oben, kam näher, wurde größer, veränderte sich. Jetzt hing das Objekt genau in der Mitte zwischen Himmel und Erde, unter der Krümmung des Regenbogens. Die diffusen, aber düsteren Wolken lösten sich dahinter auf. Es schwebte wie auf Flügeln; perlenfarbige, wollig weiche, strahlende Luft umwehte es wie ein Gewand: leuchtend, blaßrot gefärbt, scheinbare Konturen eines Antlitzes und von Gliedmaßen. Ein großer Stern schien mit stillem Glanz auf der Stirn eines Engels; ein erhobener Arm mit einer Hand, glänzend wie ein Strahl, deutete hinauf zu dem Regenbogen, und eine Stimme in meinem Herzen flüsterte:

»Wer sich bemüht, der darf auch hoffen!«

20. KAPITEL

Ein Auskommen war das, was ich wollte. Mir ein sicheres Auskommen zu verschaffen, waren jetzt mein Ziel und mein entschlossener Wille. Aber noch nie war ich weiter entfernt von der Ziellinie gewesen. Im August ging das Schuljahr zu Ende, wurden die Prüfungen abgeschlossen, die Preise verliehen, die Schüler in alle Winde verstreut, die Tore aller Kollegien, die Türen aller Pensionate geschlossen, um nicht vor Anfang oder Mitte Oktober wieder geöffnet zu werden. Der letzte Augusttag rückte nahe, und wie sah meine Position aus? War ich seit Beginn des vergangenen Quartals auch nur einen Schritt vorangekommen? Im Gegenteil, ich hatte einen zurück gemacht. Indem ich meine Stelle in Mlle Reuters Institut aufgab, hatte ich freiwillig mein jährliches Einkommen um £ 20 gekürzt; ich hatte meine jährlichen £ 60 auf £ 40 reduziert, und selbst diese Summe erhielt ich nur auf Grund eines höchst prekären Arbeitsverhältnisses.

Es ist schon einige Zeit her, seit ich M. Pelet erwähnt habe. Der Mondscheinspaziergang ist, wie ich glaube, der letzte Vorfall, der in dieser Erzählung geschildert wurde und wo jener Herr auffällig in Erscheinung trat. Tatsächlich war es so, daß sich seit jenem Ereignis eine Veränderung in der Art und Weise unseres Umgangs miteinander ereignet hatte. Er jedenfalls, in Unkenntnis dessen, daß die stille Stunde, eine wolkenlose Mondnacht und ein offener Fensterladen mir das Geheimnis seiner egoistischen Liebe und falschen Freundschaft enthüllt hatten, wäre weiterhin so verbindlich und entgegenkommend wie immer geblieben. Ich aber wurde kratzbürstig wie ein Stachelschwein und unbeugsam wie ein Schwarzdornknüttel. Nie hatte ich ein Lächeln für seine Sticheleien übrig, nie einen Augenblick Zeit für seine Gesellschaft. Seine Einladungen zum Kaffee in seinem Salon wurden unweigerlich ausgeschlagen, und dies auch noch mit steifem Nachdruck. Seine scherzhaften Anspielungen auf die Direktorin, die er weiterhin machte, wurden mit einer eisigen Ungerührtheit zur Kenntnis genommen, die sich sehr von dem pikierten Vergnügen unterschied, das sie früher hervorzurufen pflegten. Eine lange Zeit hindurch ertrug Pelet mein frostiges Benehmen sehr geduldig; er verstärkte sogar noch seine Aufmerksamkeiten. Als er jedoch bemerkte, daß selbst kriecherische Höflichkeit es nicht vermochte, mich zu rühren oder aufzutauen, änderte schließlich auch er sich. Nun wurde er kühler; seine Einladungen hörten auf; seine Haltung wurde argwöhnisch und reserviert, und aus dem verwirrten, doch grüblerischen Ausdruck seiner Stirn las ich ein beständiges Hinterfragen und Abwägen von Überlegungen ab sowie ein eifriges Bemühen, erhellende Schlußfolgerungen zu ziehen. Ich glaube, daß ihm dies auch nach kurzer Zeit gelang, denn er war nicht ohne Scharfsinn. Möglicherweise hatte ihm Mlle Zoraïde auch bei der Lösung des Rätsels geholfen. Jedenfalls bemerkte ich bald, daß die Ungewißheit des Zweifels aus seinem Verhalten verschwunden war. Er verzichtete auf alle Vorwände von Freundschaft und Herzlichkeit und eignete sich eine distanzierte, formelle, doch ausgesucht höfliche Art des Umgangs mit mir an. Dies war genau der Punkt, an dem ich ihn haben wollte, und ich selbst war jetzt wieder einigermaßen entspannt. Es stimmt: Meine Position in seinem Hause behagte mir nicht. Aber da ich nunmehr das Ärgernis falscher Beteuerungen und des Doppelspiels los war, konnte ich es aushalten, besonders da kein tragisches Gefühl des Hasses oder der Eifersucht auf den Direktor meine philosophische Seele ablenkte. Mir wurde klar, daß er mich nicht an einer sehr empfindlichen Stelle verletzt hatte. Die Verletzung heilte rasch und gründlich und hinterließ lediglich ein Gefühl der Verachtung für die hinterhältige Art, in der sie beigebracht worden war, und ein fortdauerndes Mißtrauen gegenüber der Hand, die ich dabei ertappt hatte, wie sie im Finstern versuchte zuzustechen.

Diese Situation dauerte bis etwa Mitte Juli an, und dann gab es eine leichte Veränderung. Eines Nachts kam Pelet nach Hause, eine Stunde nach seiner üblichen Zeit, und befand sich im Zustand eindeutiger Betrunkenheit, etwas, das bei ihm außergewöhnlich war. Denn wenn er auch einige der schlimmsten Fehler seiner Landsleute besaß, so hatte er doch auch zumindest eine ihrer Tugenden, nämlich Nüchternheit. In dieser Nacht war er jedoch so betrunken, daß er, nachdem er das ganze Institut aufgeweckt hatte (mit Ausnahme der Schüler, deren Schlafsaal über den Klassenzimmern in einem Gebäude abseits des Wohnhauses und folglich außerhalb der Reichweite des Lärms war), indem er heftig die Glocke in der Halle läutete und befahl, augenblicklich das Mittagessen zu bringen, da er sich einbildete, es sei Mittagszeit, wo doch die Glocken in der Stadt gerade die Mitternacht geschlagen hatten. Als er zunächst die Dienerschaft wegen ihres Mangels an Pünktlichkeit wütend beschimpft hatte und anschließend nahe daran gewesen war, seine arme, alte Mutter zu züchtigen, die ihm zugeredet hatte, er möge doch zu Bett gehen, begann er danach, gräßlich über den *»maudit Anglais, Creemsvort«*[71] herzuziehen. Ich war noch nicht zu Bett gegangen; einige deutsche Bücher, deren ich habhaft geworden war, hatten mich bis spät in die Nacht hinein beschäftigt. Ich hörte den Tumult im Erdgeschoß und konnte die Stimme des Direktors identifizieren, die ganz ungewöhnlich und auf das Schrecklichste erregt klang. Ich öffnete meine Tür ein wenig und vernahm, wie er verlangte, daß »Creemsvort« zu ihm herunter zu bringen sei, damit er ihm auf dem Tisch in der Halle die Kehle durchschneiden und seine Peletsche Ehre, die sich nach seinen Beteuerungen in einem besudelten Zustand befand, mit britischem Höllenblut wieder reinwaschen könne. »Er hat entweder den Verstand verloren oder er ist betrunken«, dachte ich, »und in jedem Fall wird es für die alte Frau und die Dienerinnen besser sein, wenn ein Mann ihnen beisteht«, und so stieg ich geradewegs zur Halle hinab. Ich fand ihn umhertorkelnd, die Augen in schönem Wahnsinn rollend; ein feiner Anblick war er, halb Narr und halb Irrer, genau mittendrin.

»Kommen Sie, M. Pelet«, sagte ich, »es wäre besser, wenn Sie jetzt ins Bett gingen«, und ich ergriff ihn am Arm. Seine Erregung steigerte sich natürlich beträchtlich beim Anblick und bei der Berührung durch das Individuum, nach dessen Blut er verlangt hatte. Er wehrte sich und schlug voller Zorn um sich, aber ein betrunkener Mann ist einem nüchternen immer unterlegen, und sogar in normalem Zustand hätte Pelet in seiner schlechten körperlichen Verfassung gegen mich, der ich im Vollbesitz meiner Kräfte war, keine Chancen gehabt. Ich brachte ihn nach oben und, nach einiger Zeit, ins Bett. Im Verlauf dieser Prozedur versäumte er es nicht, Verwünschungen auszustoßen, die, obwohl unzusammenhängend, durchaus Sinn ergaben. Während er mich als die verräterische Brut eines perfiden Volkes brandmarkte, verfluchte er im gleichen Atemzug Zoraïde Reuter. Er bezeichnete sie als *»femme sotte et vicieuse«*[72], die sich in einem Anfall lüsterner Launenhaftigkeit einem prinzipienlosen Abenteurer an den Hals geworfen habe, wobei er mit einem wütenden Schlag, den er seitwärts gegen mich richtete, klarmachte, auf wen sich diese letzte Bezeichnung bezog. Er hüpfte gerade elastisch aus dem Bett, in das ich ihn gesteckt hatte, als ich ihn verließ. Ich drehte jedoch vorsichtshalber den Schlüssel in der Tür hinter mir um, zog mich in mein eigenes Zimmer zurück, wo ich – in der Gewißheit seiner sicheren Verwahrung bis zum Morgen – in aller Ruhe und ungestört Schlüsse aus der Szene ziehen konnte, der ich gerade beigewohnt hatte.

Es geschah genau zur gleichen Zeit, daß die Direktorin – von meiner Kälte aufgestachelt, von meiner Verachtung behext und erregt von der Bevorzugung, von der sie argwöhnte, daß ich sie einer anderen Person angedeihen ließ – in einer der von ihr selbst ausgelegten Fallen zappelte, sich selbst in den Maschen genau der Leidenschaft gefangen hatte, mit denen sie mich zu umgarnen trachtete. Da ich ja über den Stand der Dinge informiert war, schloß ich aus dem Zustand, in dem ich meinen Arbeitgeber sah, daß seine Geliebte ihm die Entfremdung ihrer Zuneigung enthüllt hatte – oder besser gesagt, ihrer Neigung, denn Zuneigung ist ein Wort, das zu warm und zu rein für diesen Inhalt ist; daß sie ihn hatte sehen lassen, daß die Grube ihres hohlen

Herzens von seinem Bildnis befreit und nun mit dem seines Hilfslehrers belegt war. Ich war einigermaßen über mich selbst erstaunt, daß ich mich gedrängt fühlte, diese Betrachtungsweise der Angelegenheit fortzuspinnen. Pelet, mit seiner altetablierten Schule, war doch eine solch passende und profitable Partie – und Zoraïde war eine solch berechnende und auf ihren Vorteil bedachte Frau –, daß ich mir überlegte, ob in ihrem Inneren eine rein persönliche Sympathie für einen Augenblick lang die Oberhand über materielle Vorteile gewonnen haben könnte. Aus dem, was Pelet sagte, ging jedenfalls klar hervor, daß sie ihn nicht nur abgewiesen, sondern sogar Bemerkungen der Parteinahme für mich hatte einfließen lassen. Einer seiner betrunkenen Ausbrüche war gewesen: »Und das Weibsbild ist ganz vernarrt in Eure Jugend, Sie ungehobelter Dummkopf! Und sie erzählt von Eueren vornehmen Umgangsformen, wie sie Euere verfluchte englische Förmlichkeit nennt! Und von Euerer Lauterkeit, fürwahr! *Des moeurs de Caton a-t-elle dit – sotte!*«[73] Bei ihr muß es sich schon um ein seltsames Exemplar einer Psyche handeln, dachte ich, wenn – trotz einer starken, naturgegebenen Tendenz, Vorzüge der Wohlhabenheit und der gesellschaftlichen Position über Gebühr wertzuschätzen – die ironische Herablassung eines mittellosen Subalternen einen tieferen Eindruck hinterlassen hat, als es die schmeichlerischsten und emsigsten Bemühungen eines vermögenden *chef d'institution* vermochten. Ich lächelte innerlich; und doch: Obwohl meine *amour-propre* von dieser Eroberung durchaus nicht unangenehm berührt war, blieben meine besseren Gefühlsregungen unversehrt. Am nächsten Tag, als ich die Direktorin sah und sie mich unter einem Vorwand im Flur ansprach und mit dem Verhalten und dem Blick eines Heloten um meine Aufmerksamkeit heischte, konnte ich keine Liebe für sie empfinden;

ich konnte sie kaum bemitleiden. Ihr kurz und trocken auf einschmeichelnde Nachfragen zu meinem Wohlbefinden zu antworten, an ihr mit einer kalten Verbeugung vorüberzugehen – das war alles, was ich fertigbrachte. Ihre Gegenwart und ihre Verhaltensweisen hatten zum damaligen Zeitpunkt, und auch etwas davor und danach, eine einzigartige Wirkung auf mich. Sie blockierten alles, was gut, und provozierten alles, was schlecht in meinem Charakter war. Manchmal schwächten sie meine Sinne, aber immer verhärteten sie mein Herz. Ich war mir des Schadens bewußt, der hier angerichtet wurde, und ich stritt mit mir wegen der Veränderungen. Schon seit je hatte ich Tyrannen gehaßt. Doch, siehe da: Der Besitz eines – freiwilligen – Sklaven machte aus mir beinahe das, was ich verabscheute! Ich verspürte zur selben Zeit eine Art niederer Genugtuung, wenn ich die süßlichen Lobhudeleien von einer attraktiven und noch immer jungen Verehrerin entgegennahm, und ein irritierendes Gefühl der Erniedrigung wegen genau dieser Empfindung von Befriedigung. Wenn sie mit dem leisen Tritt einer Sklavin um mich herumscharwenzelte, dann kam ich mir gleichzeitig grausam wie ein Barbar und wollüstig wie ein Pascha vor. Manchmal nahm ich ihre Huldigungen entgegen, manchmal wies ich sie zurück. Meine Gleichgültigkeit oder Schroffheit trugen gleichermaßen dazu bei, das Böse zu vermehren, das ich zu unterdrücken trachtete.

»Que le dédain lui sied bien!«[74] Ich hatte einmal unfreiwillig mitgehört, wie sie zu ihrer Mutter sagte: *»Il est beau comme Apollon quand il sourit de son air hautain.«*[75]

Und die fröhliche alte Dame lachte und sagte, daß ihrer Meinung nach ihre Tochter behext sein müsse, denn ich hätte rein gar nichts von einem schönen Mann an mir, außer daß ich gerade gewachsen und ohne Mißbildungen sei.

»Pour moi«, fuhr sie fort, *»il me fait tout l'effet d'un chat-huant, avec ses bésicles.«*[76]

Wackeres altes Mädchen! Ich hätte hingehen und sie küssen mögen, wenn sie nicht ein wenig zu alt, zu dick und zu rotgesichtig gewesen wäre. Ihre nüchternen, ehrlichen Worte kamen mir so wohltuend vor, im Gegensatz zu den morbiden Hirngespinsten ihrer Tochter.

Als Pelet am Morgen nach seinem Tobsuchtsanfall wieder erwachte, hatte er keinerlei Erinnerung mehr an das, was in der Nacht zuvor geschehen war, und glücklicherweise besaß seine Mutter soviel Taktgefühl, darauf zu verzichten, ihm zu erzählen, daß ich Zeuge seiner Erniedrigung gewesen war. Er nahm nie wieder Zuflucht zum Wein, um seinen Kummer zu kurieren, aber selbst in nüchterner Stimmung zeigte er bald, daß der Stachel der Eifersucht in seine Seele gedrungen war. Er war Franzose durch und durch, und die Natur hatte nicht vergessen, deren typische Eigenschaft ungestümer Bösartigkeit mit unter die Bestandteile zu mischen, die seinen Charakter ausmachten. Diese war zuerst in seinem Ausbruch betrunkenen Zorns zutage getreten, wo einige seiner Bekundungen von Haß meiner Person gegenüber von wahrhaft teuflischer Boshaftigkeit waren, und jetzt verriet sie sich eher verdeckt in sporadischen Verkrampfungen der Gesichtszüge und dem Aufblitzen wilden Zornes in seinen hellblauen Augen, wenn sein Blick zufällig dem meinen begegnete. Er vermied es absolut, mit mir zu sprechen; selbst die Falschheit seiner Höflichkeit blieb mir jetzt erspart. Bei diesem Stand unserer beiderseitigen Beziehungen rebellierte mein Inneres manchmal fast ungebärdig dagegen, weiterhin in diesem Haus zu wohnen und für einen solchen Mann den Dienst zu verrichten. Aber wer ist schon frei vom Zwang der Umstände? Zu jenem Zeitpunkt war ich es nicht. Jeden Morgen stand ich auf und hatte nichts weiter im Sinn, als sein Joch abzuschütteln und mit meinem Handköfferchen unter dem Arm hinauszugehen, wenn auch als Bettler, so doch zumindest als freier Mann. Und des Abends, wenn ich aus dem Mädchenpensionat zurückkam, mit einer gewissen angenehmen Stimme im Ohr – einem gewissen Gesicht, das so intelligent und doch so bescheiden war, so nachdenklich und doch so sanft, vor meinen Augen – eine gewisse Ausprägung eines Charakters, gleichzeitig stolz und fügsam, sensibel und scharfsinnig, ernst und begeisterungsfähig, in meinem Kopf – eine gewisse Stimmung des Gefühls, leidenschaftlich und zurückhaltend, erhaben und doch wirklichkeitsbezogen, die meine Erinnerung entzückte und in Aufruhr brachte: dann verbannten Visionen von neuen Bindungen, die es mich verlangte einzugehen, von neuen Aufgaben, die auszuführen ich mich sehnte, den ruhelosen Wanderer und Rebellen aus meinem Inneren und zeigten mir, wie ich mein verhaßtes Los im Licht einer spartanischen Tugend ertragen konnte.

Doch Pelets Zorn ließ nach; zwei Wochen genügten für dessen Entstehung, Steigerung und Verlöschen. Innerhalb dieses Zeitraums war im Nachbarhaus die Entlassung der ungeliebten Lehrerin betrieben worden, und in der gleichen Zeitspanne hatte ich meine Entschlossenheit erklärt, meiner Schülerin nachzugehen und sie aufzuspüren, und nachdem man mir die Herausgabe ihrer Adresse verweigert hatte, hatte ich kurzerhand auf meine eigene Stellung verzichtet. Diese letzte Tat schien Mlle Reuter augenblicklich wieder zur Besinnung gebracht zu haben. Ihr Scharfsinn und ihr Urteilsvermögen, die so lange von einer faszinierenden Wahnvorstellung fehlgeleitet worden waren, bewegten sich von dem Moment an wieder in den richtigen Bahnen, in dem das Trugbild sich auflöste. Mit den ›richtigen Bahnen‹ meine ich nicht den steilen und schwierigen Pfad moralischer Grundsätze – diesen Pfad hat sie nie betreten; ich meine damit vielmehr die ebene Fahrbahn des gesunden Menschenverstandes, von der sie in letzter Zeit beträchtlich abgewichen war. Dort wieder angelangt, suchte sie gründlich nach der Fährte ihres alten Freiers, M. Pelet, und als sie sie gefunden hatte, nahm sie sie auf und folgte ihr voller Eifer. Bald hatte sie ihn eingeholt. Welcher Kunstgriffe sie sich bediente, um ihn zu besänftigen und zu blenden, weiß ich nicht, aber es gelang ihr, sowohl seinen Zorn zu beschwichtigen als auch seinen Scharfblick zu umnebeln, was sich bald in der Veränderung seines Gesichtsausdrucks und seiner Verhaltensweisen zeigte. Es mußte ihr gelungen sein, ihn davon zu überzeugen, daß ich kein Rivale für ihn war, noch es je gewesen bin, denn der zweiwöchige Zorn gegen mich endete in einem Anfall überschwenglicher Freundlichkeit und Liebenswürdigkeit, nicht ohne eine Prise triumphierender Selbstgefälligkeit, die aber eher drollig als irritierend war. Pelets Junggesellenleben war im echt französischen Stil unter gebührender Mißachtung moralischer Zwänge verlaufen, und ich dachte mir, daß sein Leben in der Ehe ebenfalls sehr französisch zu werden versprach. Er hatte sich mir gegenüber oft gebrüstet, welch ein Schrecken er für gewisse Ehemänner in seinem Bekanntenkreis gewesen sei. Ich stellte mir vor, daß es jetzt nicht sonderlich schwierig sein dürfte, ihm mit gleicher Münze zurückzuzahlen.

Die Zeit bedeutungsvoller Geschehnisse zog sich hin. Kaum hatten die Ferien begonnen, als auch schon der Klang der Vorbereitung eines Ereignisses von großer Tragweite durch alle Teile des Peletschen Anwesens dröhnte: Maler, Polierer und Tapezierer begaben sich unverzüglich an die Arbeit, und es wurde vom *›chambre de Madame‹* und vom *›salon de Madame‹* gesprochen. Da es mir wenig wahrscheinlich erschien, daß die alte Dueña, die derzeit in unserem Haus mit jenem Titel beehrt wurde, ihren Sohn zu einem solchen Taumel kindlicher Ehrerbietung inspiriert hatte, daß er sich veranlaßt sah, mehrere Zimmer ausdrücklich für ihren Gebrauch herrichten zu lassen, zog ich den Schluß, im Verein mit der Köchin, den beiden Hausmädchen und dem Küchenjungen, daß eine neue und wohl jugendlichere Madame auserkoren war, Bewohnerin dieser prächtig hergerichteten Räumlichkeiten zu werden.

Flugs wurde eine offizielle Ankündigung des kommenden Ereignisses präsentiert. Innerhalb der nächsten Woche würden M. François Pelet, Schuldirektor, und Mlle Zoraïde Reuter, Schuldirektorin, in den Banden der Ehe vereinigt werden. Monsieur höchstpersönlich überbrachte mir die Nachricht, und er beschloß seine Mitteilung mit dem verbindlichen Ausdruck seines Wunsches, ich möge doch weiterhin, wie schon zuvor, sein tüchtigster Gehilfe und vertrauensvollster Freund bleiben, begleitet von dem Vorschlag, mein Gehalt um zusätzliche zweihundert Francs per annum anzuheben. Ich dankte ihm, gab aber noch keine definitive Antwort, und nachdem er gegangen war, riß ich meine Hemdbluse herunter, zog meinen Mantel an und machte mich auf einen langen Spaziergang zur Porte de Flandre hinaus, um, wie ich dachte, mein Blut abzukühlen, meine Nerven zu beruhigen und wieder Ordnung in meine wirren Gedanken zu bringen. In Wahrheit hatte ich gerade das bekommen, was eigentlich meine Entlassung darstellte. Ich konnte nicht die Gewißheit vor mir verhehlen, und ich wollte sie auch nicht verhehlen, daß es für mich unmöglich war, jetzt, wo Mlle Reuter dazu auserkoren war, Madame Pelet zu werden, noch weiterhin als abhängiger Mitbewohner in dem Haus zu bleiben, das bald das ihre werden sollte.

Ihrem gegenwärtigen Verhalten mir gegenüber mangelte es weder an Würde noch an Anstand. Aber ich wußte, daß ihre früheren Gefühle unverändert waren. Etikette unterdrückte sie und Taktik verbarg sie, aber eine günstige Gelegenheit würde stärker als jede der beiden sein – die Versuchung würde ihre Fesseln sprengen.

Ich war nicht der Papst – ich konnte mich nicht der Unfehlbarkeit rühmen. Kurzum: Falls ich blieb, war die Wahrscheinlichkeit groß, daß sich innerhalb eines Vierteljahres ein moderner französischer Roman mit all seinen realistischen Elementen in der Wirklichkeit zusammenbrauen würde, und zwar unter dem Dach des ahnungslosen Pelet. Nun aber sind moderne französische Romane nicht nach meinem Geschmack, weder in ihrer Theorie noch in der praktischen Umsetzung. Begrenzt, wie meine Lebenserfahrung bis jetzt gewesen war, so hatte ich doch schon einmal die Gelegenheit gehabt, aus der Nähe ein Beispiel für die Resultate zu betrachten, die im Verlaufe aufregender und romantischer ehelicher Treulosigkeiten gezeitigt wurden. Kein goldener Heiligenschein literarischer Phantasie umgab dieses Beispiel. Ich sah es nackt und so, wie es war, und es war äußerst widerlich. Ich sah einen menschlichen Geist, herabgewürdigt durch fortdauernde Lügen und Ausflüchte, durch die Gewohnheit der perfiden Täuschung, und einen Körper, verdorben durch den ansteckenden Einfluß der vom Laster infizierten Seele. Ich hatte sehr unter dem erzwungenen und langanhaltenden Anblick dieses Schauspiels gelitten. Jetzt bedauerte ich dieses Leiden nicht, denn die bloße Erinnerung daran erwies sich als ein höchst wirksames Gegengift gegen Versuchungen. In meinem Verstand hatte sich dadurch die Überzeugung eingeprägt, daß unerlaubte Vergnügungen, die in die Rechte anderer eingreifen, trügerische Vergnügungen sind, die den

Keim des Giftes in sich tragen. Ihre Schalheit erzeugt Enttäuschung noch im selben Augenblick, ihr Gift verschafft grausame Qualen danach, ihre Auswirkungen hinterlassen ewige Spuren der Verworfenheit.

Aus alldem ergab sich die Schlußfolgerung, daß ich Pelet verlassen mußte, und zwar sofort. »Aber«, sagte die Klugheit, »du weißt ja nicht, wohin du gehen kannst, noch wovon du leben willst.« Und dann brach der Traum von wahrer Liebe über mich herein: Frances Henri schien an meiner Seite zu stehen; ihre schmale Taille schien meinen Arm einzuladen; ihre Hand schien die meine zu umwerben; ich spürte, sie war dazu geschaffen, sich in die meine zu kuscheln. Ich konnte meinen Anspruch auf diese Hand nicht preisgeben; noch konnte ich meine Augen für immer von den ihren abwenden, in denen ich soviel Glück sah, eine solche Übereinstimmung der Herzen, und über deren Ausdruck ich eine solche Macht hatte; in denen ich Freude entzünden konnte, Furcht erregen, tiefes Entzücken hervorrufen, sprühende Lebensgeister erwecken und manches Mal auch eine vergnüglich anzusehende Angst. All meine Erwartungen, zu gewinnen und zu besitzen, all meine Entschlüsse, zu arbeiten und vorwärtszukommen, erhoben und formierten sich gegen mich. Da stand ich nun und war im Begriff, in einen Abgrund bitterster Not zu fallen, »und all dies«, flüsterte mir eine innere Stimme zu, »weil du dich vor einer Sünde fürchtest, die vielleicht nie begangen werden wird!« – »Sie *wird* begangen werden; das weißt du *ganz genau*«, antwortete jener hartnäckige Mahner, das Gewissen. »Tu das, von dem du spürst, daß es das Richtige ist. Folge mir, und ich werde selbst im Morast der Begierden einen festen Stand für dich bereithalten.« Und dann, als ich schnell die Straße entlangschritt, überkam mich eine seltsame, innerlich spürbare Vorstellung von einem Großen

Wesen, unsichtbar, doch allgegenwärtig, das in Seiner Güte nur mein Wohlergehen im Sinn hatte und jetzt den Kampf zwischen Gut und Böse in meinem Herzen beobachtete und abwartete, um zu sehen, ob ich Seiner Stimme, hörbar in dem Flüstern meines Gewissens, gehorchen würde, oder ob ich mein Ohr den Spitzfindigkeiten leihen würde, mit denen Sein Feind, und auch der meine, der Geist des Bösen, mich zu verführen suchte. Uneben und steil war der Pfad, den die göttliche Eingebung mir wies. Moosbewachsen war der grüne Weg, der bergab führte und auf den die Versuchung ihre Blumen streute. Und, so dünkte mir, wo die Gottheit der Liebe, der Freund von allem, was existierte, wohlgefällig lächelte, wenn ich nur meine Lenden gürten und mich an den strapaziösen Aufstieg machen würde – da schien, auf der anderen Seite, jede Hinwendung zu jenem samtigen Abhang ein Glühen des Triumphes auf der Stirn des die Menschen verachtenden und Gott trotzenden Dämons zu entzünden. Scharf und kurzentschlossen machte ich kehrt; eilig lenkte ich meine Schritte zurück; nach einer halben Stunde war ich wieder bei Pelets Haus angelangt. Ich suchte ihn in seinem Arbeitszimmer auf. Es genügten wenige Worte und eine kurze Erklärung. Mein Verhalten unterstrich, daß ich entschlossen war. Er billigte meine Entscheidung – möglicherweise frohen Herzens. Nach zwanzigminütiger Unterredung betrat ich wieder mein Zimmer, hatte mich selbst meines Lebensunterhalts beraubt, hatte mich selbst dazu verurteilt, mein gegenwärtiges Zuhause zu verlassen, und zwar binnen Wochenfrist, in der ich mir eine neue Bleibe suchen mußte.

21. KAPITEL

In dem Augenblick, in dem ich die Tür zumachte, sah ich auf dem Tisch zwei Briefe liegen. Mein erster Gedanke war, daß es Einladungen von Freunden meiner Schüler seien. Ich hatte gelegentlich derartige Zeichen von Aufmerksamkeit erhalten, und für mich, der ich keine Freunde hatte, gab es keinen irgendwie interessant gearteten Briefwechsel. Seit ich nach Brüssel gekommen war, war die Ankunft des Briefträgers noch nie ein Ereignis von Interesse für mich gewesen. Nachlässig legte ich die Hand auf die Schriftstükke, betrachtete sie kalt und gemächlich und wollte gerade die Siegel erbrechen. Da wurde mein Blick festgehalten, und meine Hand ebenso. Ich erblickte, was mich erregte, als hätte ich ein farbenprächtiges Bild gefunden, wo ich nur eine leere Seite zu entdecken gefaßt war. Auf dem einen Umschlag war ein englischer Poststempel; auf dem anderen der feine, deutliche Namenszug einer Dame. Den letzteren öffnete ich zuerst:

»Monsieur, – ich habe bemerkt, was Sie an jenem Morgen getan haben, nachdem Sie mich besucht hatten. Sie hätten sich denken können, daß ich das Porzellan täglich abstaube, und da seit einer Woche niemand außer Ihnen in meinem Zimmer gewesen war, und da es nicht gerade viele gute Feen in Brüssel gibt, hatte ich keine Zweifel daran, wer es gewesen war, der die zwanzig Francs auf den Kaminsims gelegt hatte. Ich glaubte auch, das Geräusch zu hören, als Sie die Vase verrückten, während ich mich bückte, um unter dem Tisch nach Ihrem Handschuh zu suchen, und ich wunderte mich, daß Sie gedacht haben könnten, er sei in ein so kleines Gefäß gefallen. Jedenfalls, Monsieur, gehört das Geld nicht mir, und ich werde es auch nicht behalten. Ich schicke es nicht in diesem Brief mit, da es vielleicht verloren gehen könnte; außerdem ist es schwer. Aber ich werde es Ihnen beim nächsten Mal, wenn ich Sie sehe, zurückerstatten, und Sie dürfen dann keine Schwierigkeiten machen, es anzunehmen; denn erstens werden Sie sicherlich verstehen, Monsieur, daß man seine Schulden gerne zurückzahlen möchte, daß es befriedigend ist, keinem etwas zu schulden; und zweitens kann ich es mir jetzt durchaus leisten, redlich zu sein, da ich eine Stellung gefunden habe. Dieser letztere Umstand ist der eigentliche Grund, warum ich an Sie schreibe, denn es macht Freude, gute Nachrichten weiterzugeben; und gegenwärtig habe ich nur meinen Lehrer, dem ich alles erzählen kann.

Vor einer Woche, Monsieur, hatte Mrs. Wharton, eine englische Lady, nach mir geschickt. Ihre älteste Tochter stand kurz vor der Hochzeit, und da ihr eine reiche Verwandte einen Schleier und ein Kleid aus kostbarer Spitze zum Geschenk gemacht hatte, die, wie es hieß, fast genauso wertvoll wie Juwelen seien, wenngleich im Lauf der Zeit etwas beschädigt, erhielt ich den Auftrag, die Ausbesserungen vorzunehmen. Ich mußte es in ihrem Haus tun. Sie gaben mir zusätzlich noch einige Stickereien, die ich zu Ende zu führen hatte, und es war fast eine ganze Woche vergangen, bis ich mit allem fertig war. Während ich arbeitete, kam Miss Wharton oft ins Zimmer und setzte sich zu mir; Mrs. Wharton ebenfalls. Sie zwangen mich, Englisch zu sprechen, erkundigten sich, wie ich es so gut gelernt hatte, fragten dann, was ich noch alles wüßte, welche Bücher ich gelesen hätte. Bald schienen sie mich als eine Art Wunder zu betrachten, denn in ihren Augen war ich zweifellos eine gebildete Grisette. Eines Nachmittags brachte Mrs. Wharton eine Pariser Dame mit, die die Richtigkeit meiner französischen Sprachkenntnisse überprüfen sollte. Sie kamen schließlich zu dem Ergebnis – zu einem großen Teil vermutlich auf die gute Stimmung von Mutter und Tochter wegen der Hochzeit zurückzuführen, die sie dazu veranlaßte, eine gute Tat zu tun, und teilweise auch, wie ich glaube, weil sie von Natur aus wohltätige Menschen sind –, daß der Wunsch, den ich geäußert hatte, nämlich mehr zu tun als Spitzen auszubessern, ein berechtigter war. Und am gleichen Tag noch nahmen sie mich in ihrer Kutsche zu Mrs. D. mit, welche die Direktorin der ersten englischen Schule in Brüssel ist. Sie schien zufälligerweise gerade eine Französin zu suchen, die in französischer Sprache Unterricht in Geografie, Geschichte, Grammatik und Aufsatzlehre erteilen sollte. Mrs. Wharton empfahl mich wärmstens, und da zwei ihrer jüngeren Töchter Schülerinnen dieses Hauses sind, ermöglichte es mir ihre Fürsprache, die Stelle zu erhalten. So wurde also vereinbart, daß ich täglich sechs Stunden zu geben habe (glücklicherweise ist es nicht erforderlich, daß ich in der Schule wohne, denn ich hätte meine Wohnung nur sehr ungern aufgegeben), wofür mich Mrs. D. mit zwölfhundert Francs jährlich entlohnen wird.

Sie sehen also, Monsieur, daß ich jetzt reich bin; fast noch reicher, als ich es je zu sein gehofft hatte. Ich bin voller Dankbarkeit für diese Stelle, besonders da meine Augen wegen der beständigen Arbeit an den feinen Spitzen zu leiden angefangen hatten; und zudem war ich es auch überdrüssig geworden, bis spät in die Nacht hinein sitzen zu müssen und nicht Zeit zum Lesen oder Lernen zu finden. Ich begann Angst davor zu haben, krank zu werden und dann kein Auskommen mehr zu haben. Diese Angst ist jetzt weitgehend verschwunden, und, um die Wahrheit zu sagen, für diese Erleichterung bin ich Gott sehr dankbar. Und ich halte es auch irgendwie für notwendig, über mein Glück mit jemandem zu sprechen, der gutherzig genug ist, um selbst Freude zu finden, wenn er sieht, wie sich andere freuen. Deshalb konnte ich nicht der Versuchung widerstehen, an Sie zu schreiben. Ich habe mit mir selbst gestritten, denn es bereitet mir Vergnügen zu schreiben, und vielleicht ist es nicht gerade peinlich für Monsieur, höchstens vielleicht ein wenig ermüdend, das alles zu lesen. Seien Sie nicht zu sehr erzürnt über die Umständlichkeiten und Uneleganthеiten meines Ausdrucks, und über Ihre Ihnen, in der Tat, zugetane Schülerin,

F. E. Henri.«

Nachdem ich diesen Brief gelesen hatte, sann ich noch einige Augenblicke über den Inhalt nach – ob mit angenehmen oder anders gearteten Gefühlen, werde ich später aufschreiben –, und dann nahm ich den zweiten auf. Die Adresse war in einer mir unbekannten Handschrift geschrieben, klein und recht ansehnlich, weder maskulin noch ausgesprochen feminin. Das Siegel trug ein Wappen, von dem ich nur soviel entziffern konnte, daß es nicht das der Familie Seacombe war. Folglich konnte das Schreiben von keinem meiner fast schon vergessenen und gewiß auch recht vergeßlichen aristokratischen Verwandten sein. Von wem war es dann? Ich entfernte den Umschlag. Der darin gefaltete Brief las sich folgendermaßen:

»Ich habe nicht den allergeringsten Zweifel, daß es Ihnen in dem fetttriefenden Flandern gut geht; denn wahrscheinlich leben Sie von dem Fett dieses fetten Landes; sitzen wie ein schwarzhaariger, braunhäutiger, langnäsiger Israelit an den Fleischtöpfen Ägyptens; oder wie ein nichtsnutziger Sohn

Levis bei den Messingkesseln der heiligen Stätte, hin und wieder einen geweihten Haken hineintauchend und aus dem Meer der Fleischbrühe die fettesten Schenkelkeulen und die fleischigsten Bruststücke herausziehend. Ich weiß dies deshalb, weil Sie niemals an irgend jemanden in England schreiben. Undankbarer Hund, der Sie sind! Mit der unfehlbaren Wirkung meines Empfehlungsschreibens habe ich Ihnen die Stelle verschafft, auf der Sie jetzt sitzen und im Wohlstand leben, und nicht ein einziges Wort der Dankbarkeit, ja auch nur der Anerkennung haben Sie dafür übrig gehabt. Aber ich bin im Begriff, Sie zu besuchen, und bei der beschränkten Begriffsfähigkeit Ihres aristokratischen Hohlkopfes können Sie sich eine nur recht vage Vorstellung von der Art von moralischen Fußtritten machen, die bereits in meiner Reisetasche verpackt und dazu bestimmt sind, Ihnen unverzüglich bei meiner Ankunft verabreicht zu werden.

Ich weiß zwischenzeitlich alles über Ihre Affären und bin soeben durch Browns letzten Brief darüber informiert worden, daß Sie angeblich im Begriff stehen, eine vorteilhafte Partie mit einer korpulenten, kleinen belgischen Schulmeisterin zu machen – einer Mlle Zénobie, oder so ähnlich. Ob ich sie mir wohl einmal ansehen darf, wenn ich komme? Und darauf können Sie sich verlassen: Falls sie meinem Geschmack entspricht, oder falls sie mir aus pekuniären Gründen attraktiv erscheint, dann werde ich wie ein Adler auf Ihre Beute herabstechen und sie Ihnen triumphierend entreißen. Aber Plumpsäcke gefallen mir auch nicht, und Brown schreibt, daß sie klein und pummelig ist. Da ist sie besser geeignet für einen dürren, halbverhungerten Burschen wie Sie.

Seid wachsam, denn Ihr wisset weder den Tag, noch die Stunde, wann Euer – (ich will keine Gotteslästerung begehen, deshalb lasse ich die Stelle frei) – kömmt. – Mit herzlichen Grüßen,

Hunsden Yorke Hunsden.«

»Uff!« sagte ich. Und ehe ich den Brief zurücklegte, betrachtete ich erneut die kleine, saubere Schrift, die nicht im geringsten die eines Kaufmanns war, auch überhaupt nicht die eines Mannes, ausgenommen Hunsden selbst. Man spricht von Zusammenhängen zwischen der Handschrift und dem Charakter. Welche Zusammenhänge gab es im vorliegenden Fall? Ich rief mir das eigentümliche Gesicht des Schreibers ins Gedächtnis zurück und gewisse Züge, von denen ich mehr vermutete, als daß ich es wußte, daß sie seinen Charakter ausmachten, und ich beantwortete die Frage: »Eine ganze Menge.«

Hunsden würde also nach Brüssel kommen, und ich wußte nicht, wann. Er würde voll der Erwartung kommen, mich auf dem Gipfel der Wohlhabenheit zu finden, kurz vor der Hochzeit stehend und im Begriff, mich in ein warmes Nest zu setzen, mich behaglich an der Seite einer kuscheligen, wohlgenährten kleinen Lebensgefährtin niederzulassen.

»Ich gönne ihm die Freude an dem Bild, das er sich ausgemalt hat«, dachte ich. »Was wird er erst sagen, wenn er anstelle eines wohlgenährten Turteltaubenpärchens, das in einer Laube aus Rosen schnäbelt und gurrt, einen alleinlebenden, mageren Kormoran findet, der unbeweibt und schutzlos auf der öden Klippe der Armut hockt? Ach, zum Teufel mit ihm! Soll er kommen und soll er über den Widerspruch zwischen Gerüchten und Wirklichkeit lachen. Und selbst wenn er der Teufel in Person wäre, anstatt ihm nur sehr ähnlich zu sein, würde ich mich nicht herablassen, ihm aus dem Weg zu gehen oder ein Lächeln oder ein fröhliches Wort zu heucheln, um seinem Sarkasmus die Spitze zu nehmen.«

Dann widmete ich mich wieder dem anderen Brief. Er brachte eine Saite zum Schwingen, deren Klang ich nicht dadurch zum Verstummen bringen konnte, daß ich mir die Finger in die Ohren steckte, denn die Saite vibrierte in meinem Innern. Und mögen auch ihre Schwingungen köstliche Musik gewesen sein, so war ihre Kadenz ein Aufstöhnen.

Daß Frances vom Druck der Not befreit war, daß der Fluch übermäßiger Arbeit von ihr genommen war, erfüllte mich mit Glück; daß es ihr erster Gedanke im Wohlstand gewesen war, ihre Freude noch dadurch zu vermehren, daß sie sie mit mir teilte, entsprach voll und ganz den Erwartungen meines Herzens. Zwei der in ihrem Brief beschriebenen Resultate waren also erfreulich und süß wie zwei Schluck Nektar. Aber als ich meine Lippen zum dritten Mal an den Becher setzte, waren sie wund, als seien sie von Essig und Galle verätzt.

Zwei Personen, deren Ansprüche bescheiden sind, können in Brüssel ganz gut von einem Einkommen leben, das in London kaum einen annehmbaren Unterhalt für eine einzige darstellen würde: und dies nicht etwa, weil die Lebenshaltungskosten um soviel teurer in der letztgenannten Stadt wären, oder die Steuern um soviel höher als in der erstgenannten, sondern weil die Engländer in punkto Narretei und Spleen alle Völker auf Gottes Erde übertreffen und viel elendere Sklaven von Sitte, öffentlicher Meinung und dem Wunsch, einen gewissen Schein zu wahren, sind, als es die Italiener mit ihrem Pfaffenzauber, die Franzosen mit ihrer Aufgeblasenheit, die Russen mit ihrem Zaren oder die Deutschen mit ihrem dunklen Bier sind. In der bescheidenen Anordnung eines gemütlichen belgischen Haushalts habe ich einen Grad von praktischer Harmonie gesehen, vor dem sich die Eleganz, die Überflüssigkeiten, der Luxus, die betonten Raffinessen von hundert vornehmen Herrensitzen in England ohne weiteres verstecken könnten. In Belgien kann man – vorausgesetzt, man verdient einigermaßen – sein Geld sparen. Dies ist in England kaum möglich. Protziges Zurschaustellen wirft in einem Monat zum Fenster hinaus, was der Fleiß in einem Jahr verdient hat. Und noch mehr Schande komme über alle gesellschaftlichen Schichten in jenem zugleich sehr reichen und sehr armen Land für ihr serviles Nachrennen hinter jeder Mode. Über dieses Thema könnte ich ein oder zwei Kapitel schreiben, muß mir das aber versagen, zumindest für den Augenblick. Hätte ich weiterhin meine jährlichen £ 60 zur Verfügung, dann hätte ich nun, da Frances im Besitz von £ 50 war, noch diesen Abend schnurstracks zu ihr hingehen und die Worte aussprechen können, die – da unterdrückt – schon die ganze Zeit mein Inneres mit einem Fieber auffraßen. Unser gemeinsames Einkommen hätte problemlos und angenehm für unser beider Lebensunterhalt ausgereicht, da wir in einem Land lebten, wo wirtschaftliches Haushalten nicht mit Geiz verwechselt wurde, wo Einfachheit in Kleidung, Nahrung und Einrichtung nicht gleichbedeutend mit Vulgarität in diesen Bereichen war. Aber der stellungslose Hilfslehrer, bar jeglichen Vermögens und ohne den Rückhalt von Beziehungen, durfte an so etwas nicht denken. Ein Gefühl wie Liebe, ein Wort wie Heirat waren in seinem Herzen fehl am Platz, und auf seinen Lippen ebenfalls. Jetzt verspürte ich zum ersten Male wirklich, was es bedeutete, arm zu sein; jetzt erhielt der Verzicht, den ich geleistet hatte, indem ich die Möglichkeiten eines Lebensunterhalts hingeworfen hatte, einen neuen Aspekt; statt als eine richtige, angemessene, ehrenhafte Handlung, kam sie mir jetzt wie eine zugleich leichtsinnige und fanatische Tat vor. Ich drehte mehrere Runden in meinem Zimmer, umgetrieben von den bohrendsten Gewissensbissen. Eine Viertelstunde lang ging ich zwischen der Wand und dem Fenster hin und her. Am Fenster schienen sich Selbstvorwürfe vor mir aufzubauen, und an der Wand Selbstekel. Doch ganz plötzlich sprach die Stimme meines Gewissens:

»Nieder mit euch, ihr hirnlosen Quälgeister!« rief sie. »Der Mann hat seine Pflicht getan. Hört auf, ihn mit Vorstellungen von dem zu locken, was hätte sein können! Er verzichtete auf ein zeitlich begrenztes und ungewisses Gut, um ein dauerhaftes und sicheres Übel zu vermeiden. Er hat richtig gehandelt. Laßt ihn jetzt darüber nachdenken, und wenn euer den Blick vernebelndes Staubaufwirbeln und euer die Ohren betäubendes Gebrummel erst nachgelassen haben, dann wird er seinen Weg erkennen.«

Ich setzte mich hin. Ich stützte die Stirn auf beide Hände. Ich überlegte und überlegte, eine Stunde, zwei Stunden. Vergebens. Ich kam wir vor wie jemand, der in einem unterirdischen Gewölbe eingemauert ist und der in tiefste Finsternis starrt, in eine Finsternis, die durch meterdicke Steinmauern ringsum und große Bauten darüber gewährleistet wird, und der darauf hofft, daß Licht den Granit durchdringt und den Zement, der genauso undurchlässig wie Granit ist. Aber auch in dem am besten gefügten Mauerwerk gibt es Ritzen, oder kann es welche geben. Und es gab eine Ritze in meiner tief unterirdischen Zelle, denn schließlich sah ich, oder bildete mir ein zu sehen, einen Lichtstrahl – blaß, in der Tat, und kalt, und ungewiß –, aber immerhin ein Lichtstrahl, denn er zeigte mir den schmalen Pfad, den mir mein Gewissen versprochen hatte. Nach zwei, drei Stunden marternder Erforschung von Hirn und Gedächtnis gelang es mir, bestimmte Überreste früherer

Geschehnisse auszugraben, und allmählich kristallisierte sich die Hoffnung heraus, daß sich durch das Zusammenfügen der Einzelteile ein Ausweg und ein Einkommen finden lassen könnten. Die Geschehnisse waren, in Kürze, diese:

Vor etwa drei Monaten hatte M. Pelet anläßlich seines Namenstages für die Jungen ein Schulfest veranstaltet, welches aus einem Ausflug zu einem bestimmten Erholungsgebiet am Stadtrand von Brüssel bestand, dessen Namen ich momentan nicht mehr erinnere, in dessen Nähe jedoch mehrere jener kleinen Teiche waren, die *étangs* genannt werden. Es gab dort einen *étang*, der größer als die anderen war und auf dem sich die Leute an Feiertagen oft damit amüsierten, daß sie in kleinen Booten darauf umherruderten. Nachdem die Jungen im Schatten eines Gartens, der für solche Völlereien angelegt worden war, eine ungeheure Menge an Waffeln gegessen und mehrere Flaschen Louvain-Bier getrunken hatten, baten sie den Schulleiter um die Erlaubnis, auf dem Teich rudern zu dürfen. Einem halben Dutzend der Älteren gelang es, die Erlaubnis zu erhalten, und ich wurde dazu bestimmt, sie als Aufsicht zu begleiten. Bei den Sechsen war zufällig ein gewisser Jean Baptiste Vandenhuten, ein äußerst schwerfälliger junger Flame, nicht groß, aber bereits jetzt, im frühen Alter von sechzehn, von einer wahrhaft typisch flämischen Breite und Tiefe der körperlichen Entwicklung. Es ergab sich, daß Jean als erster der Burschen ins Boot stieg. Er stolperte, rollte auf eine Seite, und das Boot kenterte unter seinem Gewicht und schlug um. Vandenhuten ging unter wie ein Stein, kam hoch, ging wieder unter. Im Nu hatte ich Mantel und Jacke ausgezogen. Nicht umsonst war ich in Eton zur Schule gegangen und hatte dort zehn Jahre hindurch gerudert und gebadet und geschwommen. Es war für mich eine spontane und unproblematische Reaktion, ins Wasser zu springen, um den Jungen zu retten. Die Burschen und die Bootsverleiher schrien; sie glaubten, es würde zwei Ertrunkene anstelle von nur einem geben. Aber als Jean zum dritten Mal hoch kam, hielt ich ihn an einem Bein und am Kragen fest, und nach drei Minuten waren er und ich sicher an Land. Um die reine Wahrheit zu sagen: Mein Verdienst bei der ganzen Angelegenheit war wirklich gering, denn ich hatte mich nie in Gefahr befunden und hatte davon, daß ich naß geworden war, noch nicht einmal eine Erkältung bekommen. Aber als die Kunde von der Heldentat Monsieur und Madame Vandenhuten erreichte, deren einzige Hoffnung Jean Baptiste war, schienen sie der Meinung zu sein, ich hätte Tapferkeit und Selbstlosigkeit in einem Maße bewiesen, das mit bloßem Dank niemals ausreichend zu vergelten war. Madame insbesondere war sich dessen ›sicher, daß ich ihren lieben Kleinen sehr gemocht haben mußte, da ich sonst nicht mein eigenes Leben aufs Spiel gesetzt hätte, um das seinige zu retten‹. Monsieur, der den Eindruck eines aufrichtigen, doch phlegmatischen Mannes machte, sagte sehr wenig, aber er wollte es nicht dulden, daß ich das Zimmer verließ, ehe ich nicht versprochen hatte, daß ich – sollte ich je in eine Notlage geraten – ihm dadurch die Möglichkeit gab, daß ich mich an ihn wandte, die Dankesschuld zu vergelten, in die ich ihn, wie er versicherte, gebracht hatte. Diese Worte waren also mein Lichtschimmer. Hier sah ich meinen einzigen Ausgang aus der Finsternis. Aber in Wirklichkeit heiterte mich das kalte Licht nicht auf, obwohl es stärker wurde, und auch der Ausgang kam mir nicht wie einer vor, durch den ich gerne hinausschreiten würde. Ich hatte keinerlei Recht, die guten Dienste von M. Vandenhuten in Anspruch zu nehmen. Mein Argument für einen Hilferuf an ihn ruhte nicht auf dem Boden des Verdienstes; nein, ich mußte mich auf den Boden der Not stellen. Ich hatte keine Arbeit; ich wollte Arbeit haben. Meine größte Chance, sie zu bekommen, lag darin, daß ich mich seiner Empfehlung versicherte. Und ich wußte, daß ich diese erhalten würde, wenn ich darum bat. Nicht darum zu bitten, weil diese Bitte gegen meinen Stolz und meine Gewohnheiten ging, wäre ein Zugeständnis an eine falsche und starre Prinzipientreue überhöhter Ansprüche gewesen; auch dies wußte ich. Ich hätte die Unterlassung vielleicht mein ganzes Leben lang bereut; also brauchte ich jetzt keine Schuldgefühle zu haben.

Am Abend ging ich zu M. Vandenhutens Haus. Doch ich hatte den Bogen vergebens gespannt, das Ziel vergebens ins Visier genommen: die Sehne riß. Ich läutete die Glocke am Portal (es handelte sich um ein großes, schönes Haus in einem teueren Viertel der Stadt). Ein Diener öffnete. Ich fragte nach M. Vandenhuten. M. Vandenhuten und die Familie seien nicht in der Stadt . . . sie seien nach Ostende gefahren . . . er wisse auch nicht, wann sie zurückkehren würden. Ich hinterließ meine Karte und ging den gleichen Weg zurück.

22. KAPITEL

Eine Woche ist bald vorüber. *Le jour des noces*[77] kam. Die Trauung wurde feierlich in St Jacques vollzogen. Aus Mlle Zoraïde wurde Madame Pelet, geborene Reuter, und etwa eine Stunde nach dieser Verwandlung war »das glückliche Paar«, wie es immer in der Zeitung heißt, auf dem Weg nach Paris, wo, gemäß vorausgegangener Absprache und entsprechender Vorbereitung, die Flitterwochen verbracht werden sollten. Am Tag darauf verließ ich das Pensionat.

Ich selbst und meine Habseligkeiten (ein paar Bücher und Kleider) waren bald in einer bescheidenen Bleibe untergebracht, die ich in einer nicht weit entfernten Straße gemietet hatte. Nach einer halben Stunde lagen meine Kleidungsstücke ordentlich in einer Kommode, meine Bücher standen auf einem Regal, und damit war der Umzug bewerkstelligt. Ich wäre an diesem Tag auch keineswegs unglücklich gewesen, wäre ich nicht von einem bestimmten Schmerz im Herzen gequält worden: von dem Verlangen, in die Rue Notre Dame aux Neiges zu gehen, und von der Unterdrückung dieses Verlangens und der Gereiztheit auf Grund eines inneren Entschlusses, jene Straße so lange zu meiden, bis die Nebelschleier des Zweifels meinen Blick auf die Zukunft freigaben.

Es war ein wunderschöner Spätnachmittag im September – sehr mild, sehr ruhig. Ich hatte nichts zu tun. Ich wußte, daß sich um diese Stunde auch Frances von der Arbeit ausruhte. Ich dachte daran, ob sie wohl vielleicht Sehnsucht nach ihrem Lehrer hatte. Was mich anging, so wußte ich, daß ich Sehnsucht nach meiner Schülerin hatte. Meine Phantasie begann mit leisem Geflüster, mir anmutige Geschichten möglicher und zukünftiger Freuden in die Seele zu träufeln.

»Sie wird dasitzen und lesen oder schreiben«, sagte die Stimme.

»Du kannst dich neben sie setzen. Du brauchst ihre friedliche Ruhe nicht durch ungebührliche Aufgeregtheiten zu stören. Du brauchst sie in ihrem Verhalten nicht durch außergewöhnliche Taten oder Reden in Verlegenheit zu bringen. Sei so, wie du immer bist. Sieh dir an, was sie geschrieben hat. Höre ihr zu, wenn sie liest. Tadle sie oder lobe sie, indem du nichts sagst. Du kennst die Wirkung von beidem. Du kennst ihr Lächeln, wenn sie sich freut, du kennst das Spiel ihrer Blicke, wenn sie verärgert ist. Du kennst das Geheimnis, wie du in ihr den Ausdruck zuwege bringst, den du dir wünschst, und aus dieser reizenden Vielfalt des Angebots kannst du auswählen. Sie wird stumm neben dir sitzen, solange es dir beliebt, Monologe zu halten. Du kannst einen mächtigen Zauber auf sie ausüben. So intelligent, wie sie auch ist, und so beredsam, wie sie auch sein kann: Du kannst ihre Lippen versiegeln und ihre strahlende Miene hinter mangelnder Selbstsicherheit verschwinden lassen. Und du weißt auch, daß sie nicht nur aus gleichförmiger Sanftheit besteht. Mit einem irgendwie merkwürdigen Vergnügen hast du gesehen, wie Aufbegehren, Spott, Strenge und Bitterkeit energisch einen Platz in ihren Gefühlen und in ihrer Physiognomie beansprucht haben. Du weißt, daß nur wenige sie beeinflussen und lenken können, so wie du es kannst. Du weißt, daß sie unter der Hand von Herrschsucht und Ungerechtigkeit zerbrechen könnte, daß sie sich jedoch niemals beugen würde und daß Vernunft und Zuneigung sie mit dem kleinen Finger leiten können. Versuche es jetzt mit dem Einfluß der beiden letzteren. Geh hin – dies sind keine Leidenschaften; du kannst dich ihnen unbesorgt überlassen.«

»Und ich gehe *nicht*«, war meine Antwort auf die süße Stimme der Versuchung. »Ein Mann ist Herr seiner selbst bis zu einem gewissen Punkt, aber nicht darüber hinaus. Könnte ich Frances heute abend aufsuchen – könnte ich alleine mit ihr in einem stillen Zimmer sitzen und sie nur in der Sprache der Vernunft und der Zuneigung ansprechen?«

»Nein«, war die kurze und heftige Antwort jener Liebe, die von mir Besitz ergriffen hatte und die mich nun beherrschte.

Die Zeit schien stehenzubleiben, die Sonne wollte nicht untergehen. Meine Uhr tickte, aber mir kam es so vor, als seien die Zeiger gelähmt.

»Was für ein heißer Abend!« rief ich aus und warf den Fensterladen auf, denn ich hatte mich in der Tat selten so fiebrig gefühlt. Ich hörte Schritte die Treppe heraufkommen und überlegte, ob der andere Untermieter, der wohl jetzt zu seiner Wohnung hinaufstieg, genauso ruhelos an Körper und Geist war wie ich, oder ob er in der Ruhe genügender Geldmittel und in der Freiheit von bohrenden Gefühlen lebte. Was denn! Kam er etwa persönlich, um das Problem zu lösen, das in unhörbaren Gedanken noch kaum formuliert war? Er hatte tatsächlich an die Tür geklopft – an *meine* Tür. Ein scharfes, ungestümes Klopfen. Und noch ehe ich ihn einladen konnte, war er schon über die Schwelle getreten und hatte die Tür hinter sich geschlossen.

»Und wie geht es denn so?« fragte eine teilnahmslose, ruhige Stimme in englischer Sprache, während mein Besucher ohne alle Hast oder Umschweife seinen Hut auf den Tisch legte und seine Handschuhe in den Hut, dann den einzigen Sessel, den das Zimmer erlaubte, etwas nach vorne holte, um sich ruhig selbst hineinzusetzen.

»Können Sie nicht sprechen?« forschte er einige Augenblicke später nach, und zwar in einem Ton, dessen Nonchalance mitzuteilen schien, daß es wohl ziemlich gleichgültig war, ob ich antwortete oder nicht. Außerdem verspürte ich zunächst das Bedürfnis, Zuflucht zu meinen alten Freunden zu nehmen, *les bésicles*; eigentlich nicht deshalb, um mich der Identität meines Besuchers zu vergewissern, denn ich wußte bereits, wer er war – zum Kuckuck mit seiner Unverschämtheit! –, sondern um sehen zu können, wie er aussah, um ein klares Bild von seinem Gesichtsausdruck und seiner ganzen Haltung zu bekommen. Ich putzte die Brille sehr bedächtig und setzte sie genauso bedächtig auf. Ich richtete sie so, daß sie mir nicht auf dem Nasenrücken schmerzte oder sich in den kurzen Locken meines mausfarbenen Haares verfing. Ich saß auf dem Fenstersitz mit dem Rücken zum Licht und hatte ihn *vis-à-vis* vor mir in einer Position, die er sicherlich lieber vertauscht hätte, denn er bevorzugte es stets, andere zu analysieren, statt selbst analysiert zu werden. Jawohl, *er* war es höchstpersönlich, die volle Körpergröße von einem Meter achtzig zu einer Sitzposition zusammengefaltet, mit dem dunklen Reisemantel mit dem Samtkragen, den grauen Hosen, der schwarzen Halsbinde und seinem Gesicht, dem unverwechselbarsten, das die Natur je modelliert hat, aber auch dem unauffälligsten. Nicht ein Gesichtszug, den man hätte ausgeprägt oder seltsam nennen können – doch in der Gesamtwirkung einzigartig. Es hat keinen Sinn, etwas beschreiben zu wollen, was nicht zu beschreiben war. Da ich es überhaupt nicht eilig hatte, ihn anzusprechen, blieb ich einfach sitzen und betrachtete ihn in aller Ruhe.

»Ach so – dieses Spielchen wird jetzt gespielt, wie?« sagte er schließlich. »Na, dann wollen wir doch mal sehen, wer von uns beiden es als erster leid ist.« Und langsam zog er ein schönes Zigarrenetui heraus, wählte nach seinem Geschmack eine aus, zündete sie an, nahm das nächstbeste Buch vom Regal, lehnte sich zurück und rauchte und las mit einer Ruhe, als befinde er sich in seinem eigenen Zimmer in der Grove Street, Grafschaft -shire in England. Ich wußte, daß er es in dieser Haltung bis Mitternacht aushalten konnte, wenn ihm danach war, und so stand ich auf, nahm ihm das Buch aus der Hand und sagte:

»Sie haben nicht darum gebeten, also kriegen Sie es auch nicht.«

»Es ist dumm und langweilig«, bemerkte er, »folglich ist der Verlust auch nicht groß«, und da der Bann nun gebrochen war, fuhr er fort: »Ich war der Meinung, Sie wohnten bei Pelet. Ich war heute nachmittag dort, darauf gefaßt, mich im Empfangsraum eines Internats zu Tode zu frieren, aber man sagte mir, Sie seien ausgezogen und hätten das Haus diesen Morgen verlassen. Immerhin hatten Sie Ihre Adresse hinterlegt, worüber ich erstaunt war, da dies eine solch praktische, vernünftige und weitsichtige Tat war, wie ich sie Ihnen gar nicht zugetraut hätte. Warum sind Sie ausgezogen?«

»Weil M. Pelet soeben genau jene Dame geheiratet hat, die Sie und Mr Brown mir als Ehefrau zugedacht hatten.«

»Was Sie nicht sagen!« meinte Hunsden mit kurzem Lachen. »Sie haben also sowohl Ihre Frau als auch Ihre Stellung verloren?«

»Genau so ist es.«

Ich sah, daß er heimlich einen schnellen Blick über mein Zimmer schweifen ließ. Er registrierte dessen Begrenztheit und Enge, das dürftige Mobiliar. Im Nu hatte er die Lage der Dinge erfaßt – und mich vom Verbrechen der Wohlhabenheit freigesprochen. Diese Entdeckung bewirkte einen merkwürdigen Effekt in seinem exzentrischen Gehirn: Ich bin mir absolut sicher, daß er mich gehaßt hätte, hätte er mich inmitten eines hübschen Wohnzimmers vorgefunden, faul auf eine weiche Couch hingerekelt und mit einer schönen, reichen Frau an meiner Seite. In einem solchen Fall wäre ein kurzer, kalter, hochmütiger Besuch die äußerste Grenze seiner Höflichkeit gewesen, und niemals wäre er wieder in meine Nähe gekommen, solange ich komfortabel auf der Woge des Glücks thronte. Doch die gestrichenen Möbel, die nackten Wände und die freudlose Einsamkeit meines Zimmers entspannten die Unerbittlichkeit seines Standesdünkels, und ich weiß nicht, welche Veränderung zur Milde in seiner Stimme und in seinem Blick stattgefunden hatte, ehe er wieder sprach:

»Sie haben schon eine neue Stellung?«

»Nein.«

»Sie haben aber eine in Aussicht?«

»Nein.«

»Das ist schlimm. Haben Sie sich an Brown gewandt?«

»Nein, wirklich nicht.«

»Das sollten Sie aber tun. Es liegt oft im Rahmen seiner Möglichkeiten, in dergleichen Angelegenheiten nützliche Informationen zu geben.«

»Er hat mir einmal einen sehr guten Dienst erwiesen. Ich habe kein Recht, ihn nochmals zu beanspruchen, und ich bin jetzt auch nicht in der Stimmung, ihn erneut zu belästigen.«

»Oh, für den Fall, daß Sie schüchtern sind und befürchten, aufdringlich zu sein, brauchen Sie nur mich zu beauftragen. Ich sehe ihn ohnehin heute abend. Ich kann ein Wort einlegen.«

»Ich bitte sehr darum, das nicht zu tun, Mr Hunsden. Ich bin bereits in Ihrer Schuld. Sie haben mir ganz außerordentlich geholfen, als ich in X- war. Sie haben mich aus einem Loch geholt, in dem ich fast gestorben wäre. Ich habe Ihnen diesen Dienst nie vergolten, und jetzt wehre ich mich ganz entschieden dagegen, daß meinem Schuldenkonto bei Ihnen noch ein weiterer Posten hinzugefügt wird.«

»Wenn der Wind aus dieser Richtung weht, dann bin ich's zufrieden. Ich dachte mir, daß mein beispielloser Edelmut, als ich Sie aus jenem verdammten Büro herausgeholt habe, eines Tages entsprechend gewürdigt werden würde: ›Lege dein Brot auf die Wasserfläche, denn noch nach vielen Tagen wirst du es wiederfinden‹, sagt die Schrift. Ja, das stimmt, mein Junge, halten Sie sich an mich, ich bin einzigartig, so etwas wie mich gibt es nicht mehr in der großen Herde. Unterdessen, um einmal allen Unsinn beiseite zu lassen und um ein paar Momente lang vernünftig zu reden, täten Sie gut daran, eine hilfreiche Hand zu ergreifen, woher auch immer sie Ihnen entgegengestreckt wird, beziehungsweise: Sie wären ein Idiot, wenn Sie sie zurückweisen würden.«

»In Ordnung, Mr Hunsden. Da Sie diesen Punkt nunmehr klargestellt haben, reden Sie von etwas anderem. Was gibt es Neues aus X-?«

»Ich habe diesen Punkt noch nicht ausreichend klargestellt, das heißt, zumindest gibt es hier noch einen Punkt, der klargestellt werden muß, ehe wir auf X- zu sprechen kommen. Ist diese Miss Zénobie« – (»Zoraïde«, unterbrach ich) – »gut, diese Zoraïde, hat sie wirklich Pelet geheiratet?«

»Wenn ich es Ihnen doch sage! Und wenn Sie es mir nicht glauben, dann gehen Sie hin und fragen Sie den Pfarrer von St Jacques.«

»Und Ihr Herz ist gebrochen?«

»Davon bemerke ich nichts; es fühlt sich an, als sei es ganz in Ordnung, und es schlägt normal.«

»Dann sind Sie in Ihren Empfindungen weniger sensibel, als ich gedacht habe. Bei Ihnen muß es sich um einen grobschlächtigen, abgestumpften Charakter handeln, daß Sie einen derartigen Schlag hinnehmen, ohne zu wanken.«

»Ohne zu wanken? Was, zum Henker, gibt es da zu wanken, wenn eine belgische Schulmeisterin einen französischen Schulmeister heiratet?! Die Nachkommenschaft wird zweifellos eine bemerkenswert hybride Rasse darstellen. Aber das ist deren Angelegenheit, nicht die meine.«

»Da gefällt er sich als skurriler Possenreißer, und dabei war die Braut seine Verlobte!«

»Wer sagt das?«

»Brown.«

»Ich werde Ihnen mal etwas sagen, Hunsden: Brown ist eine alte Klatschbase.«

»Ist er; aber dennoch: Angenommen, sein Klatsch beruht auf weniger als Tatsachen – angenommen, Sie hatten kein besonderes Interesse an Miss Zoraïde: Warum, o jugendlicher Pädagoge!, haben Sie dann Ihre Stellung verlassen, nachdem aus ihr Madame Pelet geworden war?«

»Weil –«, ich spürte, wie sich mein Gesicht ein wenig erhitzte. »Weil – kurzum, Mr Hunsden, ich lehne es ab, noch weitere Fragen zu beantworten«, und ich vergrub meine Hände tief in den Taschen meiner Kniehosen.

Hunsden triumphierte: seine Augen, sein Lachen verkündeten Sieg.

»Worüber, zum Teufel, lachen Sie, Mr Hunsden?«

»Über Ihre unvergleichliche Gemütsruhe. Na schön, mein Junge, ich will Sie nicht langweilen. Ich sehe die Sache, wie sie ist: Zoraïde hat Ihnen den Laufpaß gegeben und einen reicheren Mann geheiratet, so wie es jede vernünftige Frau getan hätte, wenn sie die Möglichkeit dazu gehabt hätte.«

Ich gab keine Erwiderung. Ich ließ ihn in seinem Glauben und verspürte wenig Neigung, eine Erklärung bezüglich des wahren Sachverhalts abzugeben oder irgendeine Geschichte zu erfinden. Aber es war nicht einfach, Hunsden zu täuschen. Es war mein Schweigen, das ihn keineswegs davon überzeugte, daß er auf die Wahrheit gestoßen war, sondern das ihn stattdessen an derselben zweifeln zu lassen schien. Er fuhr fort:

»Ich vermute, daß die Affäre so verlief, wie solche Affären zwischen rationalen Leuten eben immer verlaufen: Sie haben ihr Ihre Jugend und Ihre Talente – soweit vorhanden – angeboten, im Austausch für ihre Stellung und ihr Geld. Vermutlich haben Sie Äußerlichkeiten, oder das, was man *Liebe* nennt, nicht mit in Betracht gezogen, denn wie ich höre, ist sie älter als Sie, und Brown sagt, sie sehe eher intellektuell als schön aus. Sie, die zu jener Zeit keine Aussicht auf eine bessere Partie hatte, war zunächst geneigt, sich mit Ihnen einzulassen, aber dann kam Pelet – der Direktor einer florierenden Schule – und gab ein höheres Gebot ab. Sie akzeptierte, und er hat sie bekommen. Eine korrekte Transaktion, absolut geschäftsmäßig und legitim. Und jetzt reden wir von etwas anderem.«

»Aber bitte sehr«, sagte ich, froh, das Thema zu verlassen, und besonders froh darüber, den Scharfsinn meines Untersuchungsrichters irregeführt zu haben – falls ich ihn überhaupt irregeführt hatte; denn obwohl seine Worte jetzt von dem heiklen Punkt abschweiften, schienen seine klugen und wachsamen Augen noch immer mit den vorherigen Gedankengängen beschäftigt zu sein.

»Sie möchten Neuigkeiten aus X- hören? Und welches Interesse sollten Sie wohl an X- haben? Sie haben dort keine Freunde zurückgelassen, weil Sie sich keine gemacht hatten. Kein Mensch fragt je nach Ihnen, weder Mann noch Frau, und wenn ich Ihren Namen einmal in Gesellschaft erwähne, dann schauen die Männer drein, als hätte ich gerade von Prester John gesprochen[73], und die Frauen feixen heimlich. Unsere Schönen aus X- scheinen Sie nicht gemocht zu haben. Wodurch haben Sie ihr Mißvergnügen erregt?«

»Ich weiß es nicht. Ich habe selten mit ihnen gesprochen; sie haben mir nichts bedeutet. Für mich waren sie nur ein Etwas, das man aus der Ferne betrachtet. Ihre Kleider und Gesichter waren oft dem Auge durchaus wohlgefällig, aber ihre Konversation konnte ich nicht verstehen, und auch aus ihrem Mienenspiel wurde ich nicht schlau. Wenn ich Brokken von dem aufschnappte, was sie sagten, habe ich eigentlich nie gewußt, worüber sie reden, und das Spiel ihrer Lippen und Augen half mir erst recht nicht weiter.«

»Das war Ihr Fehler, nicht der der Frauen. In X- gibt es vernünftige und schöne Frauen; Frauen, die es wert sind, daß man sie als Mann anspricht, und mit denen ich mich amüsant unterhalten kann. Aber Sie waren und sind nicht in der Lage, heiter und gelöst auf andere zuzugehen. Nichts an Ihnen veranlaßt eine Frau dazu, liebenswürdig und entgegenkommend zu sein. Ich habe gesehen, wie Sie in einem Raum voller Gäste neben der Tür saßen, aufs Hören konzentriert und nicht aufs Sprechen, aufs Beobachten und nicht aufs Vergnügen. Am Beginn der Party sahen Sie abweisend und schüchtern drein, zur Halbzeit mit einer verwirrenden Wachsamkeit und gegen Ende zu mit beleidigender Verdrießlichkeit. Ist dies, Ihrer Meinung nach, die Art und Weise, mit der man anderen Freude bereitet oder selbst Interesse weckt? Nein; und wenn kein Mensch Sie leiden kann, dann deshalb, weil Sie es verdienen.«

»Einverstanden!« rief ich aus.

»Nein, Sie sind eben nicht einverstanden. Sie machen die Erfahrung, daß das Schöne Ihnen andauernd den Rücken zukehrt. Da sind Sie zuerst gekränkt, und dann höhnen Sie. Ich glaube wahrhaftig, daß alles, was auf Erden begehrenswert ist – Reichtum, Ansehen, Liebe –, für Sie in alle Ewigkeit wie die reifen Trauben ganz oben auf dem Spalier sein wird: Sie schauen hinauf, die aufreizende Lust des Augenscheins quält und martert Sie, aber die Früchte sind außerhalb Ihrer Reichweite, denn es liegt Ihnen nicht, eine Leiter zu holen, und so gehen Sie davon und heißen die Trauben sauer.«

Unter anderen Umständen hätten diese Worte durchaus schneidend und verletzend sein können, doch jetzt kam kein Blut. Mein Leben hatte sich verändert; ich hatte andere Erfahrungen gesammelt, seit ich X- verlassen hatte, aber das konnte Hunsden nicht wissen. Er hatte mich nur in meiner Eigenschaft als Mr Crimsworths Angestellten gekannt, als einen Abhängigen inmitten wohlhabender Fremder, der der Verachtung mit undurchdringlicher Härte begegnete; sich der Schroffheit und fehlenden Attraktivität seiner äußeren Erscheinung bewußt war; der sich weigerte, die Kündigung einzureichen, die zweifellos abgelehnt worden wäre; der sich weigerte, eine Bewunderung zu zollen, von der ich wußte, daß sie zwecklos gewesen wäre und mir nur Hohn und Spott eingebracht hätte. Er konnte nicht wissen, daß Jugend und Liebreiz seit damals Bestandteile des Alltags für mich waren; daß ich sie zur Genüge und genauestens studiert und die klare Struktur der Wahrheit unter der dekorativen Erscheinung gesehen hatte. Und trotz seines scharfen Blicks konnte er mir nicht ins Herz schauen oder meine Gedanken erforschen und meine speziellen Sympathien und Antipathien herauslesen. Er kannte mich nicht lange genug, oder gut genug, um zu begreifen, wie undramatisch meine Emotionen unter bestimmten Umständen dahinplätscherten, die auf andere Gemüter eine mächtige Wirkung ausüben, beziehungsweise wie schnell und wie hoch sie unter anderen Umständen aufbrausen können, deren Intensität sich deshalb stärker gegen *mich* richtet, weil sie sich *nur* gegen mich richtet. Auch hatte er nicht die geringste Ahnung vom Verlauf meiner Beziehung zu Mlle Reuter. Für ihn und alle anderen blieb die Geschichte ihrer kuriosen Vernarrtheit ein Geheimnis. Ihre Schmeicheleien, ihre Kniffe und Schliche waren nur von mir erfahren worden, und nur mir waren sie bekannt; aber sie hatten mich verändert, da sie der Beweis gewesen waren, daß ich Eindruck machen *konnte*. Und ein noch süßeres Geheimnis ruhte tiefer in meinem Herzen, eines voller Zärtlichkeit und zugleich voller Kraft. Es nahm Hunsdens Sarkasmus den Stachel; es bewirkte, daß ich weder vor

Scham zerknirscht noch vor Zorn aufgebracht war. Doch von alldem konnte ich kein Wort sagen, zumindest keines von Bedeutung. Die Ungewißheit versiegelte meine Lippen, und während der Minuten des Schweigens, die meine einzige Antwort auf Hunsdens Rede waren, faßte ich den Entschluß, zum gegenwärtigen Zeitpunkt die falsche Beurteilung meiner Person hinzunehmen, und falsch war diese Beurteilung in der Tat. Hunsden glaubte wohl, er sei zu hart mit mir umgesprungen und das Gewicht seiner Vorwürfe habe mich zu Boden gedrückt, denn um mich wieder aufzurichten, sagte er, daß ich es eines Tages schon schaffen würde – daß das Leben für mich jetzt erst beginnen würde – daß ich ja glücklicherweise nicht ganz ohne Verstand sei, so daß jeder falsche Schritt, den ich tat, sich als eine gute Lektion erweisen würde.

Genau an dieser Stelle drehte ich mein Gesicht etwas zum Licht hin. Die hereinbrechende Dämmerung und meine Sitzposition auf dem Fensterplatz hatten es ihm während der vergangenen zehn Minuten nicht ermöglich, meine Miene zu studieren. Als ich mich bewegte, erhaschte er jedoch einen Ausdruck, den er so interpretierte:

»Teufel aber auch! Was schaut dieser Bursche so hartnäkkig selbstgefällig drein! Ich dachte, jetzt stirbt er gleich vor Scham, und nun sitzt er da und grinst und lächelt, als wollte er sagen: ›Soll doch die Welt den Kopf schütteln, wie sie will – ich habe den Stein der Weisen in meiner Westentasche und das Elixier des Lebens in meiner Schublade; ich bin unabhängig von den Göttinnen des Schicksals und des Glücks!‹«

»Hunsden, Sie haben von Trauben gesprochen, und ich habe gerade an eine Frucht gedacht, die ich lieber mag als Ihre Treibhaustrauben aus X-; eine einzigartige Frucht, die frei wächst, die ich als die meinige gekennzeichnet habe und die ich eines Tages zu ernten und zu genießen hoffe. Es ist zwecklos, daß Sie mir den Kelch der Bitterkeit anbieten oder mich mit dem Tod durch Verdursten erschrecken. Auf meinem Gaumen habe ich den Vorgeschmack von Süße, auf meinen Lippen die Ahnung von Frische. Ich kann Unappetitliches zurückweisen und Strapazen aushalten.«

»Wie lange?«

»Bis zum nächsten Kräftemessen. Und da der Siegespreis ein Schatz ganz nach meinem Herzen sein wird, gehe ich mit der Kraft eines Stiers in den Kampf.«

»Ein unglücklicher Zufall macht aus einem Stier schnell einen dummen Ochsen. Ich bin der Meinung, daß Sie von einer Furie gehetzt werden. Und außerdem sind Sie mit einem Holzlöffel im Mund auf die Welt gekommen, glauben Sie mir.«

»Ich glaube Ihnen, und ich habe vor, meinen Holzlöffel die Arbeit der Silberkellen gewisser Leute verrichten zu lassen: Wenn man ihn nämlich fest in die Hand nimmt und ihn geschickt handhabt, dann kann sogar ein Holzlöffel Suppe schöpfen.«

Hunsden erhob sich. »Ich verstehe«, sagte er. »Vermutlich sind Sie einer von denen, die sich am besten unbeobachtet entwickeln und denen man nicht helfen darf. Machen Sie, was Sie wollen und wie Sie es wollen. Ich gehe jetzt.« Und ohne ein weiteres Wort wandte er sich zum Gehen. An der Tür drehte er sich um.

»Crimsworth Hall wurde verkauft«, sagte er.

»Verkauft!« echote ich.

»Ja. Sie werden wohl wissen, daß Ihr Bruder vor drei Monaten bankrott gemacht hat?«

»Was!? Edward Crimsworth?«

»Genau der. Und seine Frau ist zurück zu ihrem Vater gezogen. Als sich die Dinge immer mehr zum Schlechteren entwickelten, tat dies auch seine Laune. Er hat sie schlimm behandelt. Ich habe es Ihnen ja gesagt, daß er sich eines Tages ihr gegenüber als Tyrann entpuppen würde. Und er –«

»Ja, und er – was ist aus ihm geworden?«

»Nichts Spektakuläres – machen Sie sich keine Sorgen. Er hat sich unter den Schutz des Gerichts begeben, seine Gläubiger befriedigt – zehn Pence für das Pfund, nach sechs Wochen erneut angefangen, seine Frau becirct und zurückgeholt, und jetzt reckt er sich bereits wieder hoch wie eine grünende Zeder.«

»Und Crimsworth Hall? Wurde auch das Mobiliar verkauft?«

»Alles, vom Flügel bis zum Nudelholz.«

»Und der Inhalt des getäfelten Speisezimmers? Wurde der verkauft?«

»Natürlich. Warum sollten die Sofas und Stühle dieses Zimmers geheiligter gewesen sein als die der anderen?«

»Und die Bilder?«

»Welche Bilder? Crimsworth hatte keine besondere Sammlung, von der ich gewußt hätte. Er hat sich nie als Kunstliebhaber ausgewiesen.«

»Da waren zwei Porträts, an jeder Seite des Kaminsimses eines. Die können Sie doch nicht vergessen haben, Mr Hunsden. Sie haben sich einmal das von der Dame angesehen –«

»Ach ja, ich weiß! Die schmalgesichtige, aristokratische Dame mit der dekorativ umgelegten Stola. Jedenfalls wurde das Bild selbstverständlich mit all den anderen Sachen verkauft. Wenn Sie reich gewesen wären, hätten Sie es vielleicht kaufen können, denn ich erinnere mich, daß Sie sagten, es stelle Ihre Mutter dar. Jetzt sehen Sie, was es heißt, ohne einen Pfennig dazustehen.«

Ich sah es. »Aber gewiß«, dachte ich mir, »werde ich

nicht immer so in Armut leben wie jetzt. Vielleicht kann ich es eines Tages doch noch zurückkaufen.« – »Wer hat es erworben? Wissen Sie das?« fragte ich.

»Woher sollte ich? Ich habe nie nachgefragt, wer irgend etwas erworben hat. Hier hat jetzt wieder der unpraktische Mensch gesprochen, der sich einbildet, daß sich die ganze Welt für das interessiert, wofür er sich interessiert. Nun – Guten Abend! Morgen früh reise ich nach Deutschland ab. In sechs Wochen bin ich wieder zurück, und möglicherweise suche ich Sie wieder auf. Ich möchte wissen, ob Sie dann noch immer stellungslos sind.« Er lachte spöttisch und herzlos wie Mephistopheles, und mit diesem Gelächter entschwand er.

Manche Menschen, wie gleichgültig auch immer sie während einer längeren Zeit der Abwesenheit geworden sein mögen, sind dennoch stets bestrebt, einen angenehmen Eindruck beim Abschied zu hinterlassen. Nicht so Hunsden. Eine Zusammenkunft mit ihm hatte die gleiche Wirkung wie ein Arzneisud aus Chinarinde. Es schien sich dabei um ein Konzentrat aus besonders groben, scharfen und bitteren Elementen zu handeln. Ob von ihr, wie von der Chinarinde, eine kräftigende Wirkung ausging, wußte ich nicht.

Ein aufgeregter Geist ist ein unruhiges Kopfkissen. Ich schlief wenig in der Nacht nach diesem Gespräch. Gegen Morgen begann ich einzudösen, aber kaum war mein Schlummer zum Schlaf geworden, wurde ich wieder herausgerissen, und zwar von einem Geräusch, das ich aus meinem Wohnzimmer vernahm, an das sich mein Schlafzimmer anschloß: ein Schritt und das Schieben eines Möbelstücks. Der Vorgang dauerte kaum zwei Minuten und endete mit dem Schließen der Tür. Ich lauschte; alles war mucksmäuschenstill. Vielleicht hatte ich es nur geträumt;

vielleicht hatte sich ein Mieter in der Tür geirrt und aus Versehen meine Wohnung betreten statt die seinige. Es war erst fünf Uhr, und weder ich noch der Tag waren vollständig erwacht. Ich drehte mich um und war bald ohne Bewußtsein. Als ich dann tatsächlich aufstand, etwa zwei Stunden später, hatte ich den Vorfall vergessen, doch was ich als erstes erblickte, als ich meine Schlafkammer verließ, rief mir die Erinnerung zurück. Direkt neben die Tür meines Wohnzimmers geschoben und immer noch hochkant stehend, befand sich eine hölzerne Packkiste, ein Ding aus rauhem Kiefernholz, breit, aber flach. Zweifellos hatte sie ein Gepäckträger hereingeschoben und sie, da er keinen Bewohner der Wohnung vorfand, bei der Eingangstür abgestellt.

»Das gehört mir nicht«, dachte ich, während ich näher ging. »Das ist sicher für jemand anderen bestimmt.« Ich beugte mich nieder, um die Anschrift zu studieren.

»Herrn Wm. Crimsworth, No. –, – – Straße, Brüssel.«

Ich war verwirrt, doch ich dachte mir, daß die beste Methode, Auskunft zu erhalten, die war, den Inhalt zu befragen, und so durchschnitt ich die Schnüre und machte die Kiste auf. Ein grüner Schutzüberzug aus Filzstoff hüllte den Inhalt ein, sorgfältig an den Seiten vernäht. Ich durchtrennte den umlaufenden Bindfaden mit meinem Federmesser, und als die Naht nachgab, zeigten sich Schimmer von etwas Vergoldetem durch die sich vergrößernden Zwischenräume. Nachdem die Bretter und der Schutzüberzug endlich entfernt waren, hob ich ein großes Bild in einem wunderschönen Rahmen aus der Kiste heraus. Ich lehnte es gegen einen Stuhl und in eine Position, in der das Licht vom Fenster gut darauffallen konnte, und trat einen Schritt zurück. Meine Brille hatte ich bereits aufgesetzt. Der typische Himmels eines Porträtmalers (das düsterste und unheimlichste aller Himmelsgewölbe) und Bäume im Hintergrund in der üblichen kräftigen Farbtönung ließen ein blasses, nachdenklich dreinschauendes weibliches Gesicht, überschattet von weichem, dunklem Haar, das sich beinahe mit den gleichermaßen dunklen Wolken vermischte, plastisch hervortreten. Große, ernste Augen sahen gedankenvoll in die meinen; eine feine Wange ruhte auf einer zarten, kleinen Hand; eine Stola, kunstvoll drapiert, versteckte und zeigte je zur Hälfte eine schmächtige Figur. Ein Lauscher (wenn es denn einen gegeben hätte) hätte hören können, wie ich nach zehn Minuten schweigenden Betrachtens das Wort »Mutter!« hervorbrachte. Vielleicht hätte ich noch mehr gesagt, aber bei mir erregt für gewöhnlich das erste Wort, das laut als Selbstgespräch geäußert wird, meinen Argwohn. Es erinnert mich daran, daß nur Verrückte mit sich selbst reden, und dann *denke* ich mir immer meinen Monolog, anstatt ihn zu sprechen. Ich dachte lange vor mich hin und versenkte mich lange in die Klugheit, die Sanftmut und – leider auch! – die Traurigkeit jener schönen grauen Augen, in die geistige Kraft, die von jener Stirn ausging, und die seltene Sensiblität jenes ernsten Mundes. Dann fiel mein nach unten schweifender Blick auf ein schmales Kärtchen, das in eine Ecke des Bildes, zwischen Rahmen und Leinwand, gesteckt worden war. Jetzt erst stellte ich mir die Frage: »Wer hat dieses Bild geschickt? Wer hat da an mich gedacht, es aus den Überresten von Crimsworth Hall gerettet, um es jetzt der Obhut seines rechtmäßigen Besitzers zu übergeben?« Ich nahm die Nachricht aus ihrem Versteck; sie las sich folgendermaßen:

»Es bereitet ein irgendwie albernes Vergnügen, einem Kind Süßigkeiten zu geben, oder einem Narren seine Schellen, oder einem Hund einen Knochen. Man wird dann dadurch entschädigt, daß man zusehen darf, wie sich das Kind das Gesicht mit Zucker beschmiert, daß man Zeuge wird, wie die Ekstase aus dem Narren einen noch größeren macht, und daß man beobachten kann, wie anläßlich des Knochens die wahre Natur des Hundes zum Vorschein kommt. Dadurch, daß ich William Crimsworth das Bildnis seiner Mutter gebe, gebe ich ihm Süßigkeiten, Schellen und Knochen, alles in einem. Was mich ärgert ist, daß ich die Wirkung nicht mit ansehen kann. Ich hätte meinem Gebot noch fünf Schillinge hinzugefügt, wenn mir der Auktionator dieses Vergnügen hätte garantieren können.

H. Y. H.

P. S. – Gestern abend haben Sie gesagt, daß Sie es mit Entschiedenheit ablehnen, Ihrem Schuldenkonto bei mir noch einen Posten hinzuzufügen. Glauben Sie nicht auch, daß ich Ihnen diese Arbeit abgenommen habe?«

Ich schlug das Bild in seine grüne Filzumhüllung ein, legte es in die Kiste zurück und trug dann alles in mein Schlafzimmer und versteckte es außer Sichtweite unter meinem Bett. Meine Freude war jetzt vergällt durch einen stechenden Schmerz. Ich beschloß, keinen Blick mehr auf das Bild zu werfen, ehe ich das nicht in aller Gemütsruhe tun konnte. Wäre Hunsden in diesem Augenblick hereingekommen, hätte ich zu ihm gesagt: »Ich schulde Ihnen gar nichts, Hunsden, nicht den Bruchteil eines Pfennigs. Meine Schulden sind durch Ihre Spötteleien beglichen.«

Ich war zu erregt, um noch länger untätig bleiben zu können, und so begab ich mich – kaum, daß ich gefrühstückt hatte – erneut zum Haus von M. Vandenhuten, mit einer nur geringen Hoffnung, ihn zuhause vorzufinden, denn seit meinem ersten Besuch war noch kaum eine Woche verstrichen. Aber ich stellte mir vor, ich könnte vielleicht etwas darüber erfahren, für welchen Zeitpunkt mit seiner Rückkehr gerechnet wurde. Mich erwartete ein besseres Resultat, als ich erhofft hatte, denn obwohl seine Familie noch in Ostende war, war M. Vandenhuten geschäftlich für einen Tag nach Brüssel herüber gekommen. Er empfing mich mit der ruhigen Freundlichkeit eines aufrichtigen, aber nicht zu spontanen Gefühlsausbrüchen neigenden Mannes. Ich hatte noch keine fünf Minuten mit ihm allein in seinem Büro gesessen, als ich schon ein Gefühl der Gelöstheit in seiner Gegenwart verspürte, wie ich es sonst höchst selten bei Fremden empfunden habe. Ich war über meine eigene Gelassenheit überrascht, denn schließlich war ich in einer Angelegenheit hergekommen, die mir äußerst peinlich war, nämlich um eine Gunst zu erbitten. Ich fragte mich, auf welchem Fundament meine Gemütsruhe stand, denn ich befürchtete, diese Ruhe sei trügerisch. Binnen kurzem erhaschte ich einen schnellen Blick auf das Fundament und verspürte sofort die beruhigende Wirkung seiner Festigkeit. Ich wußte, woran ich war.

M. Vandenhuten war wohlhabend, angesehen und einflußreich. Ich war arm, verachtet und ohnmächtig. So standen wir der Welt als Ganzem als Mitglieder der Gesellschaft dieser Welt gegenüber, zueinander aber waren wir zwei menschliche Individuen mit entgegengesetzten Standorten und Grundeigenschaften. Der Holländer (er war nicht flämischer, sondern reinster holländischer Abstammung) war langsam, zurückhaltend, eher schwer von Begriff, doch mit einem gesunden und zutreffenden Urteilsvermögen ausgestattet. Der Engländer war weitaus nervöser, aktiver, schneller in der Planung und in der Ausführung, im Erfassen und im Umsetzen. Der Holländer war gutmütig, der Engländer empfindlich. Kurzum: Unsere

Charaktere ergänzten sich gegenseitig, aber da mein Temperament mehr Feuer und Tatkraft entfalten konnte als seines, besetzte es instinktiv die dominierende Position und behielt sie.

Nachdem sich dieser Punkt geklärt hatte und meine Ausgangslage recht stabil war, wandte ich mich an ihn mit dem Gegenstand meines Anliegens und mit jener ungekünstelten Direktheit, die allein uneingeschränktes Selbstvertrauen vermittelt. Ihm war es ein Vergnügen, daß jemand so an ihn herantrat. Er dankte mir dafür, daß ich ihm diese Gelegenheit gab, um meinetwillen – wenn auch nur geringfügige – Anstrengungen zu unternehmen. Ich fuhr fort und erklärte ihm, daß es nicht so sehr mein Wunsch war, daß man mir half, sondern eher, daß man mich in eine Lage versetzte, in der ich mir selbst helfen konnte. Von ihm erwartete ich keine Anstrengungen – denn dies war meine Aufgabe –, sondern lediglich Informationen und Empfehlungen. Bald danach erhob ich mich zum Gehen. Beim Abschied streckte er seine Hand aus – eine Geste, die bei Ausländern von größerer Bedeutung ist als bei Engländern. Als ich mit ihm ein Lächeln austauschte, dachte ich mir, daß die Gutmütigkeit seines ehrlichen Gesichts mehr wert war als die Klugheit meines eigenen. Naturen meiner Veranlagung erfahren einen balsamgleichen Trost im Kontakt mit einer solchen Seele, wie sie in der aufrichtigen Brust von Victor Vandenhuten wohnte.

Die nächsten zwei Wochen stellten eine Periode mannigfaltiger Abwechslungen dar. Meine Existenz in diesem Zimmer ähnelte einem Himmel in jenen herbstlichen Nächten, in denen Meteore und Sternschnuppen besonders häufig auftreten. Hoffnungen und Ängste, Erwartungen und Enttäuschungen stürzten in funkelnden Schauern vom Zenit zum Horizont, aber sie alle verglühten, und auf jede sich auflösende Erscheinung folgte schnell die Dunkelheit. M. Vandenhuten half mir gewissenhaft. Er setzte mich auf die Fährte mehrerer möglicher offener Stellen und bemühte sich auch selbst, sie für mich zu bekommen. Aber eine lange Zeit über waren Bewerbungen und Empfehlungen fruchtlos. Entweder fiel mir die Tür vor der Nase zu, wenn ich gerade eintreten wollte, oder ein anderer Kandidat, der vor mir hineinging, machte eine weitere Vorsprache sinnlos. In meiner fieberhaften Erregung ließ ich mich durch keine Enttäuschung aufhalten. Die rasche Abfolge der Niederlagen wirkte auf meinen Willen wie ein Stimulans. Ich vergaß meine hohen Ansprüche, überwand meine Reserviertheit, warf meinen Stolz über Bord. Ich fragte, ich blieb beharrlich, ich machte Einwendungen, ich drängte. Es ist nun einmal so, daß man sich den Zutritt in die abgeschirmte Runde, in der Fortuna sitzt und ihre Gunst verteilt, erzwingen muß. Meine Hartnäckigkeit machte mich bekannt; meine Aufdringlichkeit verschaffte mir Beachtung. Man erkundigte sich nach mir. Die Eltern meiner ehemaligen Schüler und Schülerinnen, die die Berichte von ihren Kindern vernahmen, hörten, daß man von mir als von einem begabten Lehrer sprach, und sie wiederholten die Worte mit der Wirkung eines Echos. Dessen Schall hallte von Ecken und Enden wider und erreichte schließlich Ohren, die er sonst wohl nie erreicht hätte. Und genau auf dem Höhepunkt der Krise, als ich meine letzten Kräfte zusammengenommen hatte und nicht mehr wußte, was ich tun sollte, schaute eines Morgens Fortuna zu mir herein, während ich niedergeschlagen und mit meinen Überlegungen der Verzweiflung nahe war, und sie nickte mir mit der Vertraulichkeit einer alten Bekannten zu, obwohl ich sie – Gott ist mein Zeuge – noch nie zuvor angetroffen hatte, und warf mir das Große Los in den Schoß.

In der zweiten Oktoberwoche des Jahres 18- erhielt ich die Ernennung zum Professor für Englisch mit Lehrbefähigung für alle Klassen des -Kollegs in Brüssel, mit einem Gehalt von dreitausend Francs im Jahr und der Gewißheit, auf Grund des Ansehens und der Publizität, die diese Stellung begleiteten, zusätzlich noch einmal soviel durch Privatstunden verdienen zu können. Die öffentliche Verlautbarung, die diese Information bekanntmachte, erwähnte auch, daß es die nachdrückliche Empfehlung des Kaufmannes M. Vandenhuten gewesen sei, die den Ausschlag zu meinen Gunsten gegeben hatte.

Kaum hatte ich die Bekanntmachung gelesen, als ich schon in M. Vandenhutens Büro eilte, ihm das Dokument unter die Nase hielt und, nachdem er es studiert hatte, seine beiden Hände ergriff und ihm mit ungehemmter Lebhaftigkeit dankte. Meine begeisterten Worte und emphatischen Gesten rührten seine holländische Gelassenheit zu ungewohnten Gefühlsregungen. Er sagte, er sei glücklich und froh, in der Lage gewesen zu sein, mir einen Gefallen zu erweisen; aber er habe nichts getan, was einen derartigen Dank verdient hätte. Er habe nicht einen Centime ausgegeben, lediglich ein paar Worte auf ein Blatt Papier gekritzelt.

Noch einmal wiederholte ich:

»Sie haben mich sehr glücklich gemacht, und das auf eine Art und Weise, die mir entgegenkommt. Ich empfinde Ihnen gegenüber keine lästige Verpflichtung, die mir durch Ihre liebenswürdige Hand auferlegt worden wäre. Ich fühle mich auch nicht veranlaßt, Ihnen auszuweichen, weil Sie mir einen Gefallen getan haben. Von heute an müssen Sie es mir erlauben, zu Ihrem engen Bekanntenkreis zu gehören, denn ich werde von nun an immer wieder das Vergnügen Ihrer Gesellschaft suchen.«

»Ainsi soit-il«[79], war die Antwort, begleitet von einem Lächeln voller Güte und Zufriedenheit. Ich verließ ihn mit dem Sonnenschein dieses Lächelns im Herzen.

23. KAPITEL

Es war zwei Uhr, als ich in meine Wohnung zurückkehrte. Mein Mittagessen, gerade von einem benachbarten Hotel herübergebracht, dampfte auf dem Tisch. Ich setzte mich und gedachte zu essen. Wäre der Teller voller Topfscherben und Glassplitter gewesen anstelle von gekochtem Rindfleisch mit weißen Bohnen, hätte ich keinen eklatanteren Reinfall erleben können: mein Appetit hatte mich verlassen. Da mir der Anblick des Essens, das ich nicht hinunterbringen konnte, unerträglich war, stellte ich alles in einen Schrank und fragte mich dann selbst: »Was mache ich nur bis zum Abend?«, denn vor achtzehn Uhr wäre es sinnlos gewesen, die Rue Notre Dame aux Neiges aufzusuchen. Ihre Bewohnerin (für mich gab es dort nur eine einzige) wurde von ihrem Beruf sonstwo festgehalten. Ich spazierte durch die Straßen von Brüssel, und ich spazierte in meinem eigenen Zimmer hin und her – von zwei bis sechs Uhr. Nicht ein einziges Mal in diesem Zeitraum setzte ich mich hin. Ich war in meinem Zimmer, als die letztgenannte Stunde schlug. Ich hatte gerade mein Gesicht und meine fiebrigen Hände ins Wasser getaucht und stand beim Spiegel. Meine Wangen waren purpurrot, meine Augen entzündet, und doch sahen meine Gesichtszüge recht ruhig und gelassen aus. Ich stieg schnell die Treppe hinab, trat ins Freie und registrierte frohen Herzens, wie sich die Dämmerung auf Wolken näherte. Ich begrüßte diese Verdunkelung dankbar als einen Schutzschirm, und das Frösteln des verblühenden

Herbstes, das der Atem eines Windstoßes aus Nordwest mitbrachte, empfand ich als erfrischende Abkühlung.

Wann sind wir vollständig glücklich? Und war ich es? Nein; eine bohrende und immer stärker werdende Angst zerrte an meinen Nerven, und sie hatte daran gezerrt seit den ersten Sekunden, nachdem mich die gute Nachricht erreicht hatte. Wie ging es Frances? Es waren zehn Wochen, seit ich sie gesehen, und sechs, seit ich von ihr gehört hatte. Ich hatte ihren Brief mit ein paar freundlichen, aber nicht sehr inhaltsschweren Zeilen beantwortet, in denen von einem weiteren Briefwechsel oder neuerlichen Besuchen keine Rede war. Zu jener Stunde schaukelte meine Nußschale auf der Spitze des Kammes einer schicksalhaften Woge, und ich wußte nicht, auf welche Klippe oder Untiefe der nachfolgende Sturz ins Wellental sie vielleicht schleudern würde. Damals wollte ich Frances' Schicksal auch nicht mit dem allerdünnsten Faden mit dem meinen verknüpfen. Sollte mein Schifflein dazu verurteilt sein, auf einem Felsen zu zerschellen oder auf eine Sandbank aufzulaufen, dann sollte keinesfalls noch ein zweites Fahrzeug mein Unglück mit mir teilen müssen. Aber sechs Wochen waren eine lange Zeit, und konnte es wirklich so sein, daß es ihr immer noch rundum gut ging? Waren sich nicht alle Weisen darin einig, daß der Gipfel des Glücks nicht auf dieser Erde zu finden ist? Durfte ich es wagen zu glauben, daß mich nur noch eine halbe Straße vom vollen Becher der vollkommenen Zufriedenheit trennte, von einem Schluck von dem Wasser, von dem gesagt wird, daß es nur im Himmel fließt?

Ich stand vor der Tür. Ich betrat das stille Haus. Ich erklomm die Stiegen. Der Flur war leer und reglos, alle Türen geschlossen. Ich sah mich nach dem sauberen grünen Abstreifer um; er lag da, wo er hingehörte.

»Ein Zeichen der Hoffnung!« sagte ich und ging weiter.

»Aber ich muß noch etwas gelassener werden. Ich werde nicht hineinstürzen und sofort einen Auftritt inszenieren.« Ich zwang mich, meinen vorwärtsdrängenden Schritt zu zügeln, und blieb auf dem Abstreifer stehen.

»Welch absolute Stille! Ist sie drinnen? Ist überhaupt jemand drinnen?« befragte ich mich selbst. Ein leises Knistern, etwa so, wie wenn Feuerkohle von einem Rost fällt, gab mir die Antwort. Dann das Geräusch einer Bewegung: ein Feuer wurde leicht aufgestochert. Und dann hörte man in der Wohnung weitere Lebenszeichen in Form eines leisen Raschelns und dem Geräusch gleichmäßiger Schritte, zurück und wieder vor, zurück und wieder vor. Gebannt stand ich da und war vollends wie gelähmt, als eine Stimme das angestrengte Lauschen meines Gehörs belohnte; so leise, so selbstbezogen, daß ich mir nicht vorstellen konnte, daß noch eine zweite Person bei der Sprecherin war. So mag die Stimme der Einsamkeit in der Wüste klingen oder in der großen Halle eines verlassenen Hauses.

»And ne'er but once, my son«, he said,
»Was yon dark cavern trod;
In persecution's iron days,
When the land was left by God.
From Bewley's bog, with slaughter red,
A wanderer hither drew;
And oft he stopp'd and turn'd his head,
As by fits the night-winds blew.
For trampling round by Cheviot-edge
We heard the troopers keen;
And frequent from the Whitelaw ridge
The death-shot flash'd between,« etc. etc.[80]

Die alte schottische Ballade[81] wurde nur teilweise rezitiert, dann abgebrochen. Eine Pause folgte. Danach war eine neue Weise zu hören, auf französisch, die, ins Englische übersetzt, folgenden Inhaltes war:

I gave, at first, attention close;
Then interest warm ensued;
From interest, as improvement rose
Succeeded gratitude.

Obedience was no effort soon,
And labour was no pain;
If tired, a word, a glance alone
Would give me strength again.

From others of the studious band,
Ere long he singled me;
But only by more close demand,
And sterner urgency.

The task he from another took,
From me he did reject;
He would no slight omission brook,
And suffer no defect.

If my companions went astray,
He scare their wanderings blam'd;
If I but falter'd in the way,
His anger fiercely flam'd.[82]

In einer benachbarten Kammer war ein Geräusch zu hören. Es wäre zu dumm gewesen, beim Lauschen ertappt zu werden, und so klopfte ich hastig an und trat genauso hastig ein. Frances stand direkt vor mir. Sie war langsam in ihrem Zimmer auf und ab gegangen, und mein Eintritt unterbrach ihre Wanderung. Nur die Dämmerung war bei ihr und das beruhigende, rötliche Licht des Feuers. Diesen beiden Schwestern, der Helligkeit und der Dunkelheit, hatte sie Gedichte vorgetragen, ehe ich hereinkam. In den ersten Strophen hatte ich Sir Walter Scotts Stimme vernommen, die für sie voller fremdländischer Laute und wie ein Echo in den Bergen gewesen sein mußte. Der zweite Teil ihres Vortrags war, wie ich glaubte, vom Stil und vom Inhalt her die Stimme ihres eigenen Herzens gewesen. Ihre Miene war feierlich, der Ausdruck konzentriert. Sie bedachte mich mit einem ernsten Blick – einem Blick, der gerade aus geistesabwesender Ferne zurückkehrte, der soeben aus einem Traum erwachte. Ordentlich und geschmackvoll war ihre einfache Kleidung, glattgebürstet das dunkle Haar, aufgeräumt und sauber das friedliche Zimmer. Aber was – bei diesem nachdenklichen Gesichtsausdruck, bei dieser ernsten Selbstsicherheit, bei diesem Hang zu Meditation und plötzlicher Eingebung – was hatte sie da mit Liebe zu schaffen? »Nichts«, war die Antwort, die ihre eigene traurige, wenn auch freundliche Miene vermittelte, die zu sagen schien: »Ich muß meine inneren Kräfte weiter entwickeln und mich an die Dichtkunst halten. Die einen sollen mir Stütze sein, die andere Trost im Leben. Für mich sprießen keine menschlichen Gefühle, noch erglüht die Leidenschaft eines Menschen für mich.« Andere Frauen haben solche Gedanken. Wenn Frances tatsächlich in so trostloser Verfassung gewesen wäre, wie es den Anschein hatte, wäre es ihr nicht schlimmer ergangen als Tausenden anderer ihres Geschlechts. Man betrachte sich nur die strenge und förmlich-steife Kaste der alten Jungfern, eine Kaste, die alle verachten. Von Jugend an haben sie sich von den moralischen Geboten des Verzichts und des Erduldens ernährt. Viele von ihnen verknöchern bei dieser trockenen Diät. Selbstdisziplin ist so beständig in ihren Gedanken verankert und so unaufhörlich der Zweck all ihres Tuns, daß sie schließlich die sanfteren und angenehmeren Eigenschaften des Charakters absorbiert. Und wenn sie sterben, sterben sie als wahre Muster an Selbstgenügsamkeit, zusammengesetzt aus ein wenig Pergament und viel Knochenmasse. Der Anatom wird Ihnen sagen, daß es in dem vertrockneten Leichnam der alten Jungfer auch ein Herz gibt, und zwar von der gleichen Art, wie es jede geliebte Ehefrau oder stolze Mutter im Land hat. – Ob dies tatsächlich so ist? Ich weiß es wirklich nicht, neige aber dazu, es zu bezweifeln.

Ich trat ganz ins Zimmer, entbot Frances einen »Guten Abend« und setzte mich. Der Stuhl, den ich mir ausgesucht hatte, war vermutlich der gewesen, aus dem sie gerade aufgestanden war. Er befand sich bei einem kleinen Tisch, auf dem ihr geöffneter Schreibsekretär stand und ihre Schreibpapiere lagen. Ich weiß nicht, ob sie mich gleich von Anfang an voll erkannt hatte, aber nun tat sie es, und mit sanfter und ruhiger Stimme erwiderte sie meinen Gruß. Ich hatte Gleichmut zur Schau getragen, und sie stellte sich darauf ein und ließ sich keinerlei Überraschung anmerken. Wir begegneten uns, wie wir uns immer begegnet waren, als Lehrer und Schülerin – nichts weiter. Ich beschäftigte mich mit ihren Papieren; Frances, ganz aufmerksamer und dienstbarer Geist, trat in einen Nebenraum, brachte eine Kerze herbei, zündete sie an und stellte sie neben mich. Dann zog sie die Vorhänge vor den Fensterladen, und nachdem sie noch etwas frisches Brennmaterial auf das schon hellodernde Feuer gelegt hatte, zog sie einen zweiten Stuhl an den Tisch und setzte sich zu meiner Rechten, etwas distanziert. Der obenauf liegende Text war eine Übersetzung irgendeines bedeutenden französischen Schriftstellers ins Englische, aber darunter lag ein Blatt mit Strophen. Dieses ergriff ich. Frances erhob sich halb, machte eine Bewegung, wie um mir die Beute wieder zu entreißen, und sagte, das sei nichts, lediglich ein paar abgeschriebene Verse. Ich leistete Widerstand mit der Entschiedenheit, von der ich wußte, daß sie sich ihr nie lange entgegenstellen konnte. Doch dieses Mal hielten ihre Finger das Papier umklammert. Ich mußte sie sanft lösen. Ihr Griff gab unter meiner Berührung nach, ihre Hand entzog sich der meinen, welche ihr gerne gefolgt wäre, aber für den Augenblick verbat ich mir einen derartigen Impuls. Die erste Seite des Blattes war bedeckt mit den Zeilen, deren Vortrag ich belauscht hatte. Die Fortsetzung gab nicht direkt die tatsächlichen Erlebnisse der Verfasserin wieder, sondern war eine Komposition aus Einzelelementen mit teilweise fiktiven Erfahrungen. So wurde übermäßige Selbstdarstellung vermieden, statt dessen mit viel Phantasie gearbeitet und auch das Gemüt zufriedengestellt. Ich übersetze wie zuvor, und meine Übersetzung ist nahezu wörtlich. Der Text ging folgendermaßen weiter:

When sickness stay'd awhile my course,
He seem'd impatient still,
Because his pupil's flagging force
Could not obey his will.

One day when summoned to the bed
Where pain and I did strive,
I heard him, as he bent his head,
Say, »God, she *must* revive!«

I felt his hand, with gentle stress,
A moment laid on mine,
And wished to mark my consciousness
By some responsive sign.

But pow'rless then to speak or move,
I only felt, within,
The sense of Hope, the strength of Love,
Their healing work begin.

And as he from the room withdrew,
My heart his steps pursued;
I long'd to prove, by efforts new,
My speechless gratitude.

When once again I took my place,
Long vacant, in the class,
Th'unfrequent smile across his face
Did for one moment pass.

The lessons done; the signal made
Of glad release and play,
He, as he passed, an instant stay'd,
One kindly word to say:

»Jane, till tomorrow you are free
From tedious task and rule;
This afternoon I must not see
That yet pale face in school.

»Seek in the garden-shades a seat,
Far from the play-ground din;
The sun is warm, the air is sweet:
Stay till I call you in.«

A long and pleasant afternoon
I passed in those green bowers;
All silent, tranquil, and alone
With birds, and bees, and flowers.

Yet, when my master's voice I heard
Call, from the window, »Jane!«
I entered, joyful, at the word,
The busy house again.

He, in the hall, paced up and down;
He paused as I passed by;
His forehead stern relaxed its frown:
He raised his deep-set eye.

»Not quite so pale,« he murmured low.
»Now, Jane, go rest awhile,«
And as I smiled, his smoothened brow
Returned as glad a smile.

My perfect health restored, he took
His mien austere again;
And, as before, he would not brook
The slightest fault from Jane.

The longest task, the hardest theme
Fell to my share as erst,
And still I toiled to place my name
In every study first.

He yet begrudged and stinted praise,
But I had learnt to read
The secret meaning of his face,
And that was my best meed.

Even when his hasty temper spoke
In tones that sorrow stirred,
My grief was lulled as soon as woke
By some relenting word.

And when he lent some precious book,
Or gave some fragrant flower,
I did not quail to Envy's look,
Upheld by Pleasure's power.

At last our school ranks took their ground;
The hard-fought field I won;
The prize, a laurel wreath, was bound
My throbbing forehead on.

Low at my master's knee I bent,
The offered crown to meet;
Its green leaves through my temples sent
A thrill as wild as sweet.

The strong pulse of Ambition struck
In every vein I owned;
At the same instant, bleeding broke
A secret, inward wound.

The hour of triumph was to me
The hour of sorrow sore;
A day hence I must cross the sea,
Ne'er to recross it more.

An hour hence, in my master's room,
I with him sat alone,
And told him what a dreary gloom
O'er joy had parting thrown.

He little said; the time was brief,
The ship was soon to sail,
And while I sobbed in bitter grief,
My master but looked pale.

They called in haste; he bade me go,
Then snatched me back again;
He held me fast and murmured low,
»Why will they part us, Jane?«

»Were you not happy in my care?
Did I not faithful prove?
Will others to my darling bear
As true, as deep a love?

»O God, watch o'er my foster-child!
O guard her gentle head
When winds are high and tempests wild
Protection round her spread!

»They call again; leave then my breast;
Quit thy true shelter, Jane;
But when deceived, repulsed, opprest,
Come home to me again!«[83]

Ich las, schrieb dann mechanisch mit meinem Stift Bemerkungen an den Rand; dachte dabei an ganz andere Dinge; dachte daran, daß ›Jane‹ jetzt neben mir saß; daß sie kein Kind mehr war, sondern ein Mädchen von neunzehn Jahren, und daß sie vielleicht mir gehören würde. Der Fluch der Armut war von mir genommen worden; Mißgunst und Eifersucht waren weit weg und wußten nichts von diesem unserem stillen Zusammentreffen. Die frostige Art des

Lehrers würde bald auftauen; ich spürte, wie die Eisschmelze rasch näher kam, ob ich es wollte oder nicht. Es bestand keine weitere Notwendigkeit mehr für strenge Blicke und eine in unnachsichtige Falten gelegte Stirn. Dieser war es nun erlaubt, die äußere Enthüllung eines inneren Glühens zu durchleiden, eine entsprechend intensive Reaktion darauf zu suchen, zu fordern und zu zeigen. Während ich dergestalt vor mich hinträumte, war mir, als habe das Gras auf dem biblischen Berg Hermon nie den frischen Tau des Sonnenuntergangs mit größerer Dankbarkeit getrunken als meine Empfindungen die Glückseligkeit dieser Stunde.

Frances stand auf, als sei sie nervös. Sie ging von mir weg, um das Feuer aufzustochern, das nicht aufgestochert werden mußte. Sie hob die kleinen Ornamente vom Sims auf und stellte sie wieder hin. Ihr Kleid wogte nur einen Meter vor mir hin und her. Zierlich, gerade und elegant stand sie aufrecht beim Kamin.

Es gibt Impulse, die wir kontrollieren können, aber es gibt auch welche, die uns kontrollieren, weil sie uns mit der Kraft eines Tigers anspringen und uns beherrschen, noch ehe wir sie bemerkt haben. Vielleicht aber sind solche Impulse nur selten durch und durch schlecht. Vielleicht hat sich ja der Verstand – in einem genauso schnellen wie stillen Vorgang, einem Vorgang, der schon abgeschlossen ist, ehe man ihn bemerkt – der vernünftigen Berechtigung der Tat versichert, die der Instinkt auszuführen vorhat, und bezieht von daher seine Legitimation, sich zurückzuhalten, während sie ausgeführt wird. Ich weiß, daß ich es weder wohl durchdacht noch beabsichtigt, noch geplant hatte; doch während ich noch den einen Augenblick allein auf dem Stuhl beim Tisch saß, hatte ich im nächsten bereits Frances auf meinen Knien, hatte sie brüsk und mit Entschiedenheit dort plaziert und hielt sie mit außerordentlicher Zähigkeit da fest.

»Monsieur!« rief Frances aus – und war dann still. Kein weiteres Wort kam mehr über ihre Lippen. Aufs Äußerste bestürzt zu sein schien sie, während die ersten paar Augenblicke verstrichen, aber die Verblüffung legte sich bald. Der Schrecken gewann keine Macht über sie, auch nicht der Zorn, denn schließlich war sie ja nur ein klein wenig näher als je zuvor bei dem Einen, den zu respektieren und dem zu vertrauen sie gewohnt war. Verlegenheit hätte sie vielleicht veranlassen können zu kämpfen, aber ihre Selbstachtung hielt ihren Widerstandswillen dort im Zaum, wo Widerstand zwecklos war.

»Frances, was empfinden Sie für mich?« begehrte ich zu wissen.

Keine Antwort. Die Situation war noch zu neu und ungewohnt, um eine Rede zu gestatten. Mit Rücksicht darauf zwang ich mich einige Sekunden lang, ihr Schweigen zu tolerieren, obwohl ich es kaum ertragen konnte. Dann wiederholte ich die gleiche Frage – wahrscheinlich nicht im allerruhigsten Tonfall. Sie sah mich an. Zweifellos war mein Gesicht kein Muster an Fassung, meine Augen keine stillen Quellen heiterer Gelassenheit.

»So reden Sie doch«, drängte ich, und eine sehr leise, gehetzte, dabei dennoch schalkhafte Stimme sagte:

»Monsieur, vous me faîtes mal; de grâce lâchez un peu ma main droite«[84].

In der Tat wurde ich gewahr, daß ich die besagte *»main droite«* in einem recht unbarmherzigen Griff hielt. Ich tat, wie verlangt, und fragte zum dritten Mal, nun etwas sanfter:

»Frances, was empfinden Sie für mich?«

»Mon maître, j'en ai beaucoup«, lautet die aufrichtige Erwiderung.

»Frances, empfinden Sie genug, um sich mir als meine Ehefrau anzuvertrauen, um mich als Ihren Ehemann anzunehmen?«

Ich spürte die Erregung des Herzens, ich sah das purpurfarbene Licht der Liebe seinen glühenden Widerschein über Wangen, Schläfen und Hals werfen. Ich begehrte, das Auge zu befragen, aber die schützende Wimper, im Zusammenspiel mit dem Lid, verbat es.

»Monsieur«, sagte die sanfte Stimme schließlich, *»Monsieur désire savoir si je consens – si – enfin, si je veux me marier avec lui?«*

»Justement.«

»Monsieur sera-t-il aussi bon mari qu'il a été bon maître?«[86]

»Ich werde es versuchen, Frances.«

Pause. Dann – mit einer neuen, jedoch noch kontrollierten Modulation der Stimme – einer Modulation, die provozierte, während sie gefiel – zusätzlich begleitet von einem *»sourire à la fois fin et timide«*[87] – in perfekter Harmonie mit der Satzmelodie:

»C'est-à-dire, monsieur sera toujours un peu entêté, exigeant, volontaire –?«[88]

»Bin ich das, Frances?«

»Mais oui; vous le savez bien.«[89]

»Und sonst bin ich nichts?«

»Mais oui; vous avez été mon meilleur ami.«[90]

»Und was sind Sie, Frances, in Bezug auf mich?«

»Votre dévouée élève, qui vous aime de tout son cœur.«[91]

»Wird meine Schülerin einwilligen, ihr Leben mit mir zu verbringen? Und jetzt sprechen Sie englisch, Frances.«

Es bedurfte einiger Augenblicke des Nachdenkens. Die Antwort, langsam gesprochen, lautete so:

»Sie haben mich immer glücklich gemacht. Ich höre gerne zu, wenn Sie sprechen. Ich sehe Sie gerne. Ich bin gerne in Ihrer Nähe. Ich glaube, daß Sie sehr gut sind und sehr über den Dingen stehen. Ich weiß, daß Sie streng sind mit denen, die schlampig und faul sind, aber Sie sind freundlich, sehr freundlich zu den Aufmerksamen und Fleißigen, auch wenn sie nicht klug sind. Mein Lehrer, ich wäre *froh*, wenn ich immer mit Ihnen zusammenleben dürfte«, und sie machte eine Bewegung, als wollte sie sich an mir festklammern, doch indem sie sich zurückhielt, fügte sie lediglich mit ernstem Nachdruck hinzu: »Mein Herr und Gebieter, ich willige ein, mein Leben mit Ihnen zusammen zu verbringen.«

»Sehr schön, Frances.«

Ich zog sie ein wenig näher an mein Herz. Ich holte mir einen ersten Kuß von ihren Lippen und besiegelte damit den Vertrag, der nun zwischen uns geschlossen war. Danach schwiegen sie und ich, und unser Schweigen war nicht von kurzer Dauer. Frances' Gedankengänge während dieser Minuten der Stille kenne ich nicht, und ich versuchte auch nicht, sie zu erraten. Ich beschäftigte mich nicht damit, ihre Miene zu erforschen oder anderweitig ihre Stimmung zu beeinträchtigen. Ich wollte sie den Frieden spüren lassen, den ich fühlte. Mein Arm hielt sie tatsächlich noch immer fest, aber der Zwang war sanft genug, solange ihn keine Gegenwehr verstärkte. Mein Blick war stetig auf das rote Feuer gerichtet. Mein Herz lotete das Ausmaß seiner eigenen Zufriedenheit aus; es lotete und lotete und fand die Tiefe unergründlich.

»Monsieur«, sagte schließlich meine stille Gefährtin, reglos in ihrem Glück wie eine Maus in ihrem Entsetzen. Selbst jetzt, beim Sprechen, hob sie kaum den Kopf.

»Ja, Frances?« Ich liebte es, wenn man geradlinig und ohne Übertreibungen miteinander umgeht. Es ist nicht meine Art, mit Ausdrücken der Verliebtheit zu überrumpeln oder die geliebte Person durch egoistische und aufdringliche Zärtlichkeiten in Verlegenheit zu bringen.

»*Monsieur est raisonnable, n'est-ce pas?*«[92]

»Ja; besonders wenn man mich auf englisch darum bittet. Aber warum fragst du mich das? Du bemerkst nichts Heftiges oder Ungestümes in meinem Verhalten. Bin ich nicht ruhig und ausgeglichen genug?«

»*Ce n'est pas cela –*«[93], begann Frances.

»Englisch!« erinnerte ich sie.

»Also gut, Monsieur, ich wollte nur sagen, daß ich natürlich gerne meine Unterrichtstätigkeit beibehalten möchte. Sie werden ebenfalls weiterunterrichten, vermute ich, Monsieur?«

»Oh ja! Das ist das einzige, womit ich Geld verdiene.«

»*Bon!* – Ich meine – gut. Damit werden wir beide den gleichen Beruf haben. Das gefällt mir; und meine Bemühungen, vorwärts zu kommen, werden ebenso uneingeschränkt sein wie die Ihrigen, nicht wahr, Monsieur?«

»Du machst Pläne, um von mir unabhängig zu werden«, sagte ich.

»Ja, Monsieur. Ich darf für Sie keine Behinderung sein, keine irgendwie geartete Last.«

»Aber Frances, ich habe dir ja noch gar nicht erzählt, wie es mit meiner Zukunft aussieht. Ich bin von Pelets Schule weggegangen, und nachdem ich fast einen Monat lang gesucht habe, habe ich eine neue Stellung gefunden mit einem Gehalt von dreitausend Francs im Jahr, das ich mit ein wenig zusätzlicher Arbeit leicht verdoppeln kann. Du siehst also, es wäre sinnlos, wenn du dich abrackern und Stunden geben würdest. Von sechstausend Francs können wir beide leben, und das gut.«

Frances schien nachzudenken. In der Vorstellung, der vorausschauende Beschützer des Menschen zu werden, den man liebt – ihn zu ernähren und zu kleiden, wie es Gott mit den Lilien auf dem Felde tut – darin liegt etwas, was der Stärke eines Mannes schmeichelt, was seinen ehrlichen Stolz in Schwingungen versetzt. Um ihren Entschluß zu beschleunigen, fuhr ich also fort:

»Das Leben war bislang schmerzhaft und mühselig genug für dich, Frances. Du brauchst völlige Ruhe. Deine zwölfhundert Francs würden unser Einkommen nicht wesentlich vermehren, aber welch ein Verzicht auf ein geruhsames Leben wäre es, sie zu verdienen! Überlasse das Arbeiten mir, du mußt ja schon ganz erschöpft sein. Laß mich das Glück haben, dir die Möglichkeit zum Ausruhen zu verschaffen.«

Ich bin mir nicht sicher, ob Frances meiner flammenden Rede die gebührende Aufmerksamkeit geschenkt hatte. Statt mir, wie sonst immer, respektvoll und prompt zu antworten, seufzte sie nur und sagte:

»Wie reich Sie doch sind, Monsieur!« und bewegte sich dann unbehaglich in meinen Armen. »Dreitausend Francs!« flüsterte sie, »und ich bekomme nur zwölfhundert!« Sie sprach schnell weiter. »Aber so muß es zunächst wohl sein; und, Monsieur, haben Sie da nicht gerade etwas gesagt, daß ich meine Stellung aufgeben soll? Oh, nein! Ich werde sie festhalten«, und ihre kleinen Finger schlossen sich nachdrücklich über den meinen.

»Sich vorzustellen, daß ich Sie heirate, um von Ihnen ausgehalten zu werden, Monsieur! Das könnte ich nicht machen. Und wie langweilig wären dann meine Tage! Sie wären fort beim Unterricht in engen, lauten Klassenzimmern, vom Morgen bis zum Abend, und ich würde zu Hause umhertrödeln, ohne Beschäftigung und einsam. Ich würde deprimiert werden und verdrossen, und Sie wären meiner bald leid.«

»Frances, du könntest lesen und lernen – zwei Dinge, die du so gerne tust.«

»Monsieur, das könnte ich nicht. Mir gefällt ein beschauliches Leben, aber ein aktives Leben gefällt mir besser. Ich muß etwas zu tun haben, und ich muß es mit Ihnen zusammen tun. Ich habe die Beobachtung gemacht, Monsieur, daß Menschen, die sich nur um des Vergnügens willen in die Gesellschaft des anderen begeben, sich nie so gerne mögen oder sich gegenseitig so achten wie die, welche zusammen arbeiten und vielleicht auch zusammen leiden.«

»Die Wahrheit Gottes spricht aus dir«, sagte ich schließlich. »Du sollst es so haben, wie du es willst, denn so ist es am besten. Und jetzt, als Belohnung für diese bereitwillige Zustimmung, gibst du mir freiwillig einen Kuß.«

Nach einigem Zögern, das für einen Neuling in der Kunst des Küssens ganz natürlich war, brachte sie ihre Lippen in einen sehr schüchternen und sanften Kontakt mit meiner Stirn. Ich nahm das kleine Geschenk als Darlehen und zahlte es prompt und mit großzügigen Zinsen zurück.

Ich weiß nicht, ob sich Frances wirklich sehr verändert hatte, seit ich ihr zum ersten Mal begegnet war; aber wie ich sie jetzt so betrachtete, spürte ich, daß sie mir nun auf einzigartige Weise verändert vorkam. Der traurige Blick, die bleichen Wangen, die unterwürfige und freudlose Haltung, die ich als ihre typischen Eigenschaften von früher in Erinnerung hatte, waren vollständig verschwunden. Jetzt sah ich ein Gesicht voller Anmut und Liebreiz; ein Lächeln, Grübchen und ein rosiger Farbton rundeten seine Konturen ab und ließen den Teint erstrahlen. Ich hatte mich daran gewöhnt, die schmeichelhafte Vorstellung zu nähren, daß meine starke Bindung an sie der Beweis für einen besonderen Scharfblick meines Charakters war. Sie war nicht hübsch, sie war nicht reich, sie war noch nicht einmal voll entwickelt – aber sie war der Schatz meines Lebens. Folglich mußte ich ein Mann mit einem außergewöhnlich feinen Gespür sein. An diesem Abend gingen mir die Augen auf ob des gedanklichen Fehlers, den ich dabei begangen hatte. Ich fing an zu vermuten, daß es nicht nur mein Geschmacksempfinden war, das einzigartig war, nicht meine Fähigkeit, die Überlegenheit moralischer Werte über körperliche Reize zu entdecken und zu schätzen. Für mich hatte Frances auch körperliche Reize; sie hatte keinerlei Entstellungen, über die man hätte hinwegsehen müssen, keine jener auffälligen Defekte an den Augen, den Zähnen, der Haut, der Figur, welche die Begeisterung auch des kühnsten männlichen Bewunderers von Intellektualität im Zaum halten. (Andererseits können Frauen auch einen ausgesprochen häßlichen Mann lieben, wenn er nur klug ist.) Wäre sie jedoch ›*édentée, myope, rugueuse, ou bossue*‹[94] gewesen, wären meine Gefühle ihr gegenüber sicher noch freundlich gewesen, aber sie hätten nie leidenschaftlich sein können. Ich hatte eine Zuneigung gegenüber der armen kleinen, mißgebildeten Sylvie gespürt, aber ich hätte ihr gegenüber niemals Liebe empfinden können. Es stimmt, daß es zunächst Frances' geistige Vorzüge gewesen waren, die mein Interesse geweckt hatten, und sie waren noch immer ein bedeutender Aktivposten in meiner Liebe zu ihr; aber ich liebte auch den reizvollen Charme, der von ihrem Äußeren ausging. Es bereitete mir ein – rein sinnliches – Vergnügen, mich in die Klarheit ihrer braunen Augen zu versenken, in die helle Schönheit ihrer Haut, die Makellosigkeit ihrer wohlgeformten Zähne, die Ausgewogenheit ihrer zarten Formen – und auf dieses Vergnügen hätte ich nur ungern verzichten können. Es erwies sich also, daß ich auch ein Sinnenmensch war, auf meine zurückhaltende und wählerische Art.

Nun, lieber Leser, auf den beiden Seiten habe ich Ihnen Honig direkt frisch von der Blüte gegeben, aber Sie dürfen nicht nur von so übermäßig süßer Nahrung leben. Probieren Sie also zur Abwechslung ein wenig Galle, nur einen Tropfen.

Zu recht später Stunde kehrte ich in meine Behausung zurück. Da ich zeitweilig vergessen hatte, daß der Mensch solch niedere Bedürfnisse wie Essen und Trinken hat, ging ich fastend zu Bett. Den ganzen Tag über war ich angespannt und beschäftigt gewesen und hatte seit acht Uhr morgens kein Essen angerührt. Außerdem hatte ich auch in den zurückliegenden zwei Wochen keine Ruhe gefunden, weder für den Körper noch für den Geist. Die letzten paar Stunden waren ein süßes Delirium gewesen, das auch jetzt nicht abklingen wollte und dessen quälende Ekstase bis lange nach Mitternacht die Ruhe unterband, derer ich so sehr bedurfte. Schließlich nickte ich ein, aber nicht für lange. Es war noch immer ganz finster, als ich erwachte, und mein Erwachen glich dem von Hiob, als ein Geist an seinem Gesicht vorüberschwebte, und wie bei ihm ›stellte sich mir das Haar auf meinem Leib auf.‹ Ich könnte diese Parallele fortführen, denn wahrhaftig, obwohl mir nichts erschienen war, so hatte sich doch ›zu mir ein Wort gestohlen, geflüstert hat es mein Ohr erreicht; da war Stille, und ich hörte eine Stimme‹, und sie sagte jenen Satz aus der anglikanischen Totenmesse: ›Mitten im Leben ist der Tod bei uns‹.

Diese Stimme und die sie begleitende Empfindung fröstelnder Seelenqualen mag mancher vielleicht als etwas Übernatürliches ansehen; ich aber erkannte sie sofort als das Ergebnis einer Reaktion. Der Mensch ist stets mit seiner Sterblichkeit behaftet, und es war meine sterbliche Natur, die jetzt wankte und rebellierte, meine Nerven, die flatterten und falsche Töne von sich gaben, weil die Seele, die in letzter Zeit blindlings auf ein Ziel losgestürzt war, den im Vergleich zu ihr schwachen Körper überstrapaziert hatte. Der Schrecken einer großen Finsternis fiel auf mich. Ich spürte, wie etwas in mein Zimmer eindrang, das ich von früher her kannte, von dem ich aber angenommen hatte, es sei für immer verschwunden. Ich wurde vorübergehend das Opfer einer Hypochondrie.[95]

Sie war mir schon einmal eine Bekannte gewesen, nein, ein Gast, in meiner Kindheit. Ein Jahr lang hatte ich ihr Kost und Wohnung gewährt. In dieser Zeit hatte ich sie heimlich ganz für mich allein. Sie schlief bei mir, sie aß mit mir, sie ging mit mir spazieren und zeigte mir Schlupfwinkel in den Wäldern und Höhlen in den Bergen, wo wir uns zusammen niederlassen konnten, wo sie ihren freudlosen Schleier über mich werfen konnte und damit Himmel und Sonne vor mir verbarg, Gräser und grüne Bäume, und mich völlig an ihren tödlich kalten Busen nahm und mich mit ihren Knochenarmen festhielt. Was hat sie mir in solchen Stunden für Geschichten erzählt! Was hat sie mir für Lieder ins Ohr gesungen! Wie hat sie mir ihre Heimat – das Grab – beschrieben, und wie hat sie mir wieder und wieder versprochen, mich binnen kurzem dorthin zu führen! Und dann zog sie mich immer bis an das Ufer eines schwarzen, düsteren und trägen Flusses und zeigte mir auf der gegenüberliegenden Seite Gestade, die zerklüftet waren von Erdaufwürfen, Gedenksteinen und Namenstafeln und auf die ein Lichtschimmer fiel, noch weißer als das Mondlicht. »Nekropolis!« flüsterte sie dann und deutete auf die bleichen Bauten, und sie fügte hinzu: »Sie hält eine Wohnung für dich bereit.«

Dies war in meiner einsamen Kindheit gewesen, ohne Eltern zugebracht und durch keinen Bruder und keine

Schwester aufgeheitert, und so war es kein Wunder gewesen, daß mich gerade dann eine Hexe aufspürte, als ich zum Jugendlichen heranwuchs, als ich meinen Geist auf ziellose Wanderungen schickte, viele aufgestaute Gefühle hatte und nicht wußte, wohin mit ihnen, als glühendes Sehnen sich mit düsteren Aussichten abwechselte und starke Begierden sich mit mageren Hoffnungen, und daß diese Hexe dann in der Ferne ihre trügerische Laterne hochhielt und mich zu dem Gewölbe des Schreckens lockte, das ihr Zuhause war. Kein Wunder, daß ihr Zauber *damals* mächtig war. Doch *jetzt*, wo sich meine Lebensbahn verbreiterte, der Blick in die Zukunft sich aufhellte, meine Gefühle einen Hort der Ruhe gefunden hatten, wo meine Sehnsüchte ihre Flügel einzogen, müde vom langen Flug, und sich gerade genau auf dem Schoß der Erfüllung niederließen und sich dort warm und zufrieden unter das Streicheln einer sanften Hand kuschelten: Warum trat die Hypochondrie ausgerechnet jetzt an mich heran?

Voller Abscheu stieß ich sie zurück, wie man es mit einer berüchtigten, gräßlichen Hure machen würde, die da kommt, um das Herz eines Ehemanns mit Bitterkeit gegenüber seiner jungen Braut zu erfüllen. Umsonst. Sie hielt mich unter ihrem Bann diese ganze Nacht hindurch und den nächsten Tag und die folgenden acht Tage. Danach begannen meine Lebensgeister langsam ihre Stimmung wiederzufinden; mein Appetit kehrte zurück, und nach zwei Wochen war ich wohlauf. Die ganze Zeit hindurch hatte ich mich äußerlich normal in meiner Umgebung bewegt und niemandem etwas von dem gesagt, was in mir vor sich ging; aber ich war froh, als der böse Geist von mir wich und ich Frances wieder aufsuchen und an ihrer Seite sitzen konnte, befreit von der grauenhaften Tyrannei meines Dämons.

24. KAPITEL

An einem schönen, frostigen Sonntag im November unternahmen Frances und ich einen langen Spaziergang. Wir machten einen Rundgang durch die Stadt, die Boulevards entlang, und als Frances dann etwas ermüdet war, setzten wir uns auf eine jener Sitzgelegenheiten unter den Bäumen am Wegesrand, die in Abständen für die Bequemlichkeit der Erschöpften aufgestellt waren. Frances erzählte von der Schweiz. Das Thema munterte sie wieder auf, und ich dachte gerade daran, daß ihre Augen mit der gleichen Beredsamkeit sprachen wie ihre Zunge, als sie innehielt und bemerkte:

»Monsieur, da ist ein Herr, der Sie kennt.«

Ich sah auf. Drei modisch gekleidete Männer gingen gerade vorbei – Engländer, wie ich auf Grund ihres Gehabes und ihres Ganges sowie ihrer Gesichtszüge wußte. In dem größten des Trios erkannte ich sofort Mr Hunsden. Er war gerade dabei, seinen Hut vor Frances zu lüften; danach schnitt er mir eine Grimasse und spazierte weiter.

»Wer ist das?«

»Eine Person, die ich in England kannte.«

»Warum hat er mich gegrüßt? Er kennt mich doch nicht.«

»Doch, er kennt dich, auf seine Art.«

»Wie das, Monsieur?« (Sie nannte mich noch immer ›Monsieur‹, und ich konnte sie nicht dazu überreden, ein etwas weniger förmliches Wort zu verwenden.)

»Hast du nicht den Ausdruck in seinen Augen gelesen?«

»In seinen Augen? Nein. Was sagten sie?«

»Zu dir sagten sie: ›Wie geht es Ihnen, Wilhelmina

Crimsworth?‹ Und zu mir: ›Sie haben also doch noch Ihr Gegenstück gefunden! Da sitzt es, Ihr weibliches Ebenbild!‹«

»Monsieur, das konnten Sie doch nicht alles aus seinen Augen lesen. Er ist so schnell vorübergegangen.«

»Ich habe das und noch anderes herausgelesen, Frances. Ich habe gelesen, daß er mich wahrscheinlich heute abend besuchen wird, oder bei einer sich bietenden Gelegenheit in naher Zukunft; und ich habe keinen Zweifel, daß er darauf bestehen wird, dir vorgestellt zu werden. Soll ich ihn dann zu deiner Wohnung bringen?«

»Wenn Sie möchten, Monsieur – ich habe keine Einwände. Ich glaube schon, daß ich ihn ganz gerne aus der Nähe betrachten würde. Er sieht so originell aus.«

Wie ich es vorausgesehen hatte, kam Mr Hunsden am gleichen Abend. Das erste, was er sagte, war:

»Sie brauchen gar nicht erst mit der Angeberei zu beginnen, *Monsieur le Professeur*. Ich weiß bereits von Ihrer Ernennung am -Kolleg und von dem ganzen Zeug. Brown hat es mir erzählt.« Dann teilte er mir mit, daß er erst vor ein oder zwei Tagen aus Deutschland zurückgekehrt war. Anschließend verlangte er barsch zu wissen, ob das Madame Pelet-Reuter gewesen sei, mit der er mich auf dem Boulevard gesehen hatte. Ich setzte gerade zu einer recht nachdrücklichen Verneinung an, überlegte es mir dann jedoch anders, unterdrückte diese Reaktion und fragte, unter dem Anschein einer Bejahung, was er von ihr halte.

»Was die Dame angeht, so werde ich sofort darauf zurückkommen; aber zuerst habe ich Ihnen etwas zu sagen. Ich stelle fest, daß Sie ein Halunke sind. Sie haben kein Recht, mit der Ehefrau eines anderen Mannes herumzupromenieren. Ich dachte, Sie hätten mehr Grips, als sich in solch fremdländisches Kuddelmuddel hineinziehen zu lassen.«

»Und die Dame?«

»Die ist ganz offensichtlich zu gut für Sie. Sie ist ihnen ähnlich, aber sie ist etwas Besseres als Sie, wenn auch keine Schönheit. Aber als sie aufstand (denn ich habe mich umgedreht, um Sie beide weitergehen zu sehen), fand ich ihre Figur und ihre Haltung gut. Diese Ausländer verstehen etwas von Grazie. Was, zum Teufel, hat sie mit Pelet gemacht? Sie ist noch keine drei Monate mit ihm verheiratet. Er muß ein Trottel sein!«

Ich wollte es nicht allzu weit treiben; es gefiel mir nicht sonderlich.

»Pelet? Was haben Sie denn nur mit Monsieur und Madame Pelet? Andauernd reden Sie von Ihnen. Ich wünschte bei Gott, Sie hätten Mlle Zoraïde selbst geheiratet!«

»War diese junge Dame nicht Mlle Zoraïde?«

»Nein, und auch nicht Madame Zoraïde?«

»Warum haben Sie dann gelogen?«

»Ich habe nicht gelogen; aber Sie sind ja immer gleich so vorschnell. Sie ist eine Schülerin von mir, eine Schweizerin.«

»Und selbstverständlich werden Sie sie heiraten? Streiten Sie es nicht ab!«

»Heiraten? Ich denke schon, falls das Schicksal uns beiden noch weitere zehn Wochen schenkt. Dies ist meine kleine, wildgewachsene Erdbeere, Hunsden, deren Süße mich gegenüber Ihren Treibhaustrauben gleichgültig werden läßt.«

»Aufhören! Keine Prahlereien – kein Pathos! Ich kann beides nicht ertragen! Was ist sie? Welcher *Schicht* gehört sie an?«

Ich lächelte. Hunsden hatte unbewußt Betonung auf das Wort *Schicht* gelegt, obgleich er, Republikaner und Adelshasser, der er war, genauso stolz auf seinen alten -shire-

Stammbaum war, auf seine Abstammung und den seit vielen Generationen achtbaren und geachteten Rang seiner Familie, wie jeder Pair des Königreichs auf sein normannisches Blut und seinen auf Hastings und das Jahr 1066 datierenden Titel. Hunsden hätte ebensowenig daran gedacht, sich eine Ehefrau aus einer sozialen Schicht zu nehmen, die unter der seinen stand, wie der Graf Montague daran, sich mit einer Capulet zu vermählen. Ich genoß die Überraschung, die ich ihm bereiten würde. Ich genoß den Triumph meiner praktischen Tat über seine theoretische Argumentation. Und während ich mich über den Tisch beugte und meine Worte langsam und mit unterdrücktem Frohlocken artikulierte, sagte ich kurz und bündig:

»Sie ist eine Spitzenausbesserin.«

Hunsden sah mich prüfend an. Er *sagte* es nicht, daß er überrascht war, aber er war es. Er hatte seine eigenen Vorstellungen über eine gute Erziehung und Ausbildung. Ich sah, wie er den Verdacht hegte, ich sei im Begriff, einen unbedachten Schritt zu tun; aber er unterdrückte eine feierliche oder vorwurfsvolle Rede und sagte lediglich:

»Na gut, Sie sind selbst der beste Richter Ihrer eigenen Angelegenheiten. Eine Spitzenausbesserin kann eine genauso gute Ehefrau abgeben wie eine Lady. Aber Sie haben sich selbstverständlich auf das Sorgfältigste vergewissert, daß sie – da sie ja weder Ausbildung noch Vermögen, noch Stand oder Rang besitzt – wohl ausgestattet ist mit jenen natürlichen Qualitäten, die Sie für am geeignetsten halten, zu Ihrem Glück beizutragen. Hat sie viele Verwandte?«

»Keine in Brüssel.«

»Das ist schon besser. In solchen Fällen sind Verwandte oft das wahre Übel. Ich kann nicht umhin, mir vorzustellen, wie ein Gefolge von gesellschaftlich zweitrangigen verwandtschaftlichen Beziehungen für Sie ein lebenslängliches Ärgernis gewesen wäre.«

Nachdem wir noch ein Weilchen schweigend beisammengesessen hatten, erhob sich Hunsden und entbot mir ruhig einen guten Abend. Die höfliche und zuvorkommende Art, in der er mir seine Hand entgegenstreckte – was er noch niemals zuvor getan hatte –, überzeugte mich von seinem Glauben, ich hätte einen fürchterlichen Narren aus mir gemacht, und daß jetzt, da ich völlig ruiniert und zu nichts mehr nutze war, nicht die Zeit für Sarkasmus oder Zynismus oder für überhaupt etwas anderes als Nachsicht und Geduld war.

»Guten Abend, William«, sagte er mit durch und durch sanfter Stimme, während seine Miene wohlwollendes Mitgefühl ausdrückte. »Guten Abend, mein Junge. Ich wünsche Ihnen und Ihrer zukünftigen Gattin viel Wohlstand und Glück, und ich hoffe, sie wird Ihrem anspruchsvollen Wesen gerecht.«

Ich mußte mich sehr zusammennehmen, um nicht zu lachen, als ich seinen Gesichtsausdruck hochherzigen Mitleids wahrnahm. So gab ich mir den Anschein völliger Ernsthaftigkeit und sagte:

»Ich dachte mir, daß Sie Mlle Henri vielleicht ganz gerne kennenlernen möchten?«

»Oh, so heißt sie also! Ja – wenn es genehm wäre, würde ich sie ganz gerne kennenlernen – aber –« Er zögerte.

»Ja, bitte?«

»Ich möchte mich auf keinen Fall aufdrängen wollen.«

»Also, kommen Sie mit«, sagte ich. Wir machten uns auf den Weg. Zweifellos sah mich Hunsden als einen unüberlegt und unklug handelnden Menschen an, weil ich ihn zu meinem Schatz, der armen kleinen Grisette in ihrer armen, kleinen, unmöblierten Dachstube führte. Doch hatte er sich darauf eingestellt, den wahren Gentleman zu spielen, und er hatte ja tatsächlich in seinem Kern das Wesen dazu, das er unter der schroffen Hülle verbarg, die er sich gerne wie einen unsichtbaren Regenmantel umlegte. Er sprach liebenswürdig, fast sanft mit mir, während wir durch die Straßen gingen. In seinem ganzen Leben war er mir gegenüber noch nie so höflich gewesen. Wir kamen bei dem Haus an, traten ein und stiegen die Treppe hinauf. Als wir den Flur erreichten, wandte sich Hunsden gleich der schmalen Stiege zu, die weiter nach oben ins nächste Stockwerk führte. Ich erkannte, daß seine Vorstellung auf eine Stube unter dem Dach fixiert war.

»Hierher, Mr Hunsden«, sagte ich ruhig und klopfte an Frances' Tür. Er kam zurück. In seiner aufrichtigen Höflichkeit war er etwas verlegen, daß er diesen Fehler begangen hatte. Sein Blick fiel auf den grünen Abstreifer, aber er sagte nichts.

Wir gingen hinein, und Frances erhob sich aus ihrem Stuhl nahe beim Tisch und kam uns entgegen. Ihre Trauerkleidung verlieh ihr ein weltabgeschiedenes, nonnenhaftes, aber dabei distinguiertes Aussehen. Die strenge Schlichtheit trug nichts zur Schönheit bei, doch viel zur Würde; der weiße Kragen und die weißen Manschetten bewirkten einen auflockernden Kontrast zu dem feierlich schwarzen Merinokleid; Schmuck und Verzierungen gab es auch nicht ansatzweise. Frances machte mit ernster Anmut einen Knicks, und wie stets, wenn man ihr zum ersten Mal begegnete, sah sie eher wie eine Frau aus, die man respektiert, als wie eine, die man liebt. Ich stellte Mr Hunsden vor, und sie drückte auf französisch aus, wie glücklich sie sei, seine Bekanntschaft zu machen. Die klare und geschliffene Aussprache, die leise, doch wohlklingende und fast volle Stimme zeitigten eine unmittelbare Wirkung. Hunsden antwortete auf französisch. Ich hatte ihn diese Sprache noch nie zuvor sprechen hören; er handhabte sie sehr gut. Ich zog mich auf den Platz am Fenster zurück. Mr Hunsden wurde von der Gastgeberin aufgefordert, auf einem Stuhl neben dem Kamin Platz zu nehmen. Aus meiner Position konnte ich sie beide und den gesamten Raum mit einem Blick erfassen. Das Zimmer war so sauber und hell, daß es wie ein kleines, poliertes Kabinett aussah. Ein Glas mit Blumen in der Mitte des Tisches, eine frische Rose in jeder Porzellanschale auf dem Sims erzeugten die Stimmung einer *fête*. Frances war sehr ernsthaft, und Hunsden nahm sich zusammen. Beide waren gleichermaßen höflich zueinander. Sie bedienten sich des Französischen ohne alle Probleme. Allerweltsthemen wurden mit pompösem und ausgesuchtem Vokabular diskutiert. Ich glaubte, noch nie zwei solche Muster an Benehmen und Umgangsformen gesehen zu haben, denn Hunsden war (dank der Zwänge der fremden Sprache) genötigt, seine Worte zu wählen und seine Sätze wohl zu überlegen, und zwar mit einer Sorgfalt, die jede Exzentrik verbat. Schließlich kam man auf England zu sprechen, und Frances begann, Fragen zu stellen. Sie wurde allmählich immer lebhafter und veränderte sich, so wie sich ein düsterer Nachthimmel beim Herannahen des Sonnenaufgangs verändert. Zuerst schien es, als heiterte sich ihre Stirn auf; dann funkelten ihre Augen, ihre Züge entspannten sich und gerieten sichtlich in Bewegung, ihr gedämpfter Teint wurde warm und durchscheinend. Für mich sah sie jetzt hübsch aus; zuvor hatte sie nur damenhaft ausgesehen.

Sie hatte dem Engländer, der da frisch von seiner Insel herübergekommen war, vieles zu sagen, und sie bedrängte ihn mit einer derartig enthusiastischen Wißbegierde, daß sie damit in kürzester Zeit Hunsdens Reserviertheit auftaute, so wie das Feuer eine Viper aus der Kältestarre auftaut.

Ich benutze diesen nicht sehr schmeichelhaften Vergleich, weil Hunsden mich lebhaft an eine Schlange erinnerte, die aus ihrer Erstarrung erwacht, als er sich zu seiner vollen Größe aufrichtete, den Kopf zurückwarf, den er zuvor etwas gesenkt gehalten hatte, sich das Haar aus seiner breiten Sachsenstirn strich und nun offen das Glimmen eines beinahe beißenden Spotts zeigte, der durch seiner Gesprächspartnerin Ton ungeduldiger Neugierde und ihre Miene erhitzter Begeisterung in seinem Inneren entfacht worden war und ihm jetzt aus den Augen sprang. Er war jetzt er selbst, so wie Frances sie selbst war, und von nun an redete er sie nur noch in seiner eigenen Sprache an.

»Sie sprechen Englisch?« lautete die einleitende Frage.

»Ein wenig.«

»Schön, dann sollen Sie jetzt reichlich davon kriegen. Und zuallererst stelle ich fest, daß Sie auch nicht gescheiter sind als einige andere aus meiner Bekanntschaft« (wobei er mit dem Daumen auf mich wies), »denn sonst würden Sie niemals so närrisch mit jenem schmutzigen, kleinen Land, genannt England, tun. Denn daß Sie närrisch sind, sehe ich. Aus Ihrem Blick lese ich Anglophilie heraus und höre sie aus Ihren Worten. Wie, Mademoiselle, ist es möglich, daß jemand mit nur einem Funken Verstand Begeisterung wegen eines bloßen Namens empfindet, und dann noch ausgerechnet wegen des Namens England? Vor fünf Minuten noch habe ich Sie für eine Äbtissin gehalten und Sie dementsprechend respektiert. Doch jetzt sehe ich, daß Sie eine Art schweizerische Sibylle sind mit den hehren moralischen Grundsätzen der konservativen Tories und denen der Kirche!«

»England ist Ihr Heimatland?«

»Ja.«

»Und Sie mögen es nicht?«

»Ich würde mich schämen, es zu mögen! Eine kleine, verdorbene, käufliche, mit Adel und Monarchie gestrafte Nation, voller dreckiger Arroganz (wie man in -shire sagt) und hoffnungsloser Armut, verfault vor Korruption, wurmstichig von Vorurteilen und Standesdünkel!«

»Das können Sie von fast jedem Staat behaupten. Korruption und Vorurteile gibt es überall, und ich dachte eigentlich, in England weniger als in anderen Ländern.«

»Kommen Sie nach England und sehen Sie es sich an! Kommen Sie nach Birmingham und Manchester! Kommen Sie in die Slums von St Giles in London und verschaffen Sie sich einen wirklichen Eindruck davon, wie unser System funktioniert! Untersuchen Sie die Fußabdrücke unserer majestätisch erhabenen Aristokratie! Sehen Sie sich das an, wie sie in Blut waten und bei jedem Schritt, den sie tun, ein Herz zertreten! Stecken Sie nur einmal Ihren Kopf durch die Tür einer englischen Hütte; erhaschen Sie einen flüchtigen Blick davon, wie die Hungersnot zusammengekrümmt und apathisch auf schwarzen Herdplatten liegt; wie die Krankheit nackt auf Betten ohne Zudecken haust; wie Niedertracht sich lüstern und lasterhaft mit Dummheit paart, obwohl doch eigentlich der Luxus ihr bevorzugter Buhle ist und fürstliche Säle ihr teurer sind als strohgedeckte Löcher –«

»Ich habe nicht an Elend und Laster in England gedacht. Ich habe an die guten Seiten gedacht, an das, wodurch sich sein Charakter als Nation positiv von anderen abhebt.«

»Es gibt keine guten Seiten – zumindest keine, von denen Sie etwas wissen könnten, denn Sie können die Anstrengungen der Industrie, die Errungenschaften des Unternehmergeistes oder die Entdeckungen in den Naturwissenschaften gar nicht einschätzen. Ihre beschränkte Erziehung und Ihre niedrige Herkunft ermöglichen es Ihnen in keinster Weise, diese Dinge zu verstehen, und was historische und dichterische Assoziationen im Zusammenhang mit dem Wort ›England‹ angeht, so will ich Sie nicht dadurch beleidigen, Mademoiselle, daß ich Ihnen unterstelle, Sie könnten einen derartigen Humbug gemeint haben.«

»Das habe ich aber teilweise.«

Hunsden lachte sein Lachen allerreinsten Spottes.

»Das habe ich aber, Mr Hunsden. Gehören Sie zu jenen, die aus solchen Assoziationen keine Freude beziehen?«

»Mademoiselle, was ist eine Assoziation? Ich habe noch nie eine gesehen. Was sind ihre Länge, Breite, Gewicht, Wert – jawohl, *Wert*? Welchen Preis erbringt sie auf dem Markt?«

»Wenn es um die Assoziation ginge, dann würde ein Porträt von Ihnen für jemanden, der Sie liebt, unbezahlbar sein.«

Hunsden, der Unergründliche, vernahm diese Bemerkung und verspürte auch irgendwo ihre Schärfe, denn er verfärbte sich, was für ihn selbst dann ungewöhnlich war, wenn man ihn unvorbereitet an einem wunden Punkt traf. Eine Art Kummer verfinsterte vorübergehend seinen Blick, und ich glaube, daß er die flüchtige Pause, die auf den Volltreffer seiner Gegenspielerin folgte, mit der Sehnsucht ausfüllte, jemand möge ihn so lieben, wie er geliebt werden wollte, von einer Person, deren Liebe er ohne Einschränkungen erwidern könnte.

Die Dame nutzte ihren zeitweiligen Vorteil aus.

»Wenn Ihre Welt eine Welt ohne Assoziationen ist, Mr Hunsden, dann wundert es mich nicht länger, daß Sie England so hassen. Ich weiß nicht genau, was das Paradies ist und was Engel sind. Aber wenn ich einmal annehme, daß es der herrlichste Aufenthaltsort ist, den ich mir vorstellen kann, und daß die Engel die erhabensten Wesen sind, die es gibt: wenn dann der getreue Abdiel selbst« – sie dachte gerade an Miltons ›*Paradise Lost*‹ – »ganz plötzlich seiner Fähigkeiten zur Assoziation beraubt werden würde, ich glaube, dann würde er bald durch die ›immerwährenden Tore‹ davonstürzen, den Himmel verlassen, um nachzusehen, was er in der Hölle vergessen hatte. Jawohl, in genau der Hölle, der er ›spotterwidernd seinen Rücken gewiesen‹ hatte.«

Während sie so sprach, war Frances' Ton genauso deutlich wie ihre Wortwahl, und als dann das Wort ›Hölle‹ mit irgendwie überraschendem Nachdruck und scharf hervorgestoßen wurde, geruhte Hunsden, ihr einen flüchtigen Blick der Bewunderung zu gewähren. Er liebte das Kräftige und Starke, ob beim Mann oder bei der Frau; er liebte alles, was die Ketten der Konvention zu sprengen wagte. Er hatte noch nie zuvor eine Dame das Wort ›Hölle‹ so kompromißlos und ohne Beschönigung aussprechen hören, und der Klang aus dem Mund einer Dame gefiel ihm. Nur zu gern hätte er Frances veranlaßt, diese Saite noch einmal anzuschlagen, aber sie hatte kein Interesse daran. Die öffentliche Zurschaustellung exzentrischer Lebhaftigkeit bereitete ihr nie Vergnügen, und nur wenn außergewöhnliche Umstände – meist schmerzhafter Art – sie aus den Tiefen hervorzwangen, in denen sie latent glomm, dann klang sie in ihrer Sprache durch oder blitzte in ihrer Haltung auf. Ein- oder zweimal hatte sie in vertraulicher Unterhaltung mit mir gewagte Gedankengänge in kräftiger Sprache geäußert. Aber wenn die Stunde solcher Ausbrüche vorüber war, konnte ich mich nicht mehr daran erinnern. Es kam von selbst und verschwand auch von selbst. Hunsdens Aufgeregtheiten tat sie bald mit einem Lächeln ab, und indem sie wieder auf das eigentliche Thema der

Diskussion zu sprechen kam, sagte sie: »Da England nun ein Nichts ist, warum wird es dann von den kontinentalen Nationen so respektiert?«

»Eigentlich hatte ich angenommen, daß nicht einmal ein Kind eine solche Frage stellen könnte«, erwiderte Hunsden, der niemals und zu keiner Zeit Auskünfte gab, ohne die Person wegen Dummheit zu tadeln, die sie von ihm erbat. »Wenn Sie meine Schülerin gewesen wären, so wie Sie, nach meiner Vermutung, das Unglück hatten, diejenige einer bedauernswerten Figur gewesen zu sein, die keine hundert Meilen weit weg von hier ist, dann hätte ich Sie für ein derartiges Eingeständnis von Ignoranz in die Ecke gestellt. Warum, Mademoiselle, können Sie nicht einsehen, daß es unser *Gold* ist, welches uns französische Höflichkeit, deutsches Wohlwollen und schweizerische Unterwürfigkeit erkauft?« – und er feixte diabolisch.

»Schweizerisch!« sagte Frances und griff das Wort »Unterwürfigkeit« auf. »Nennen Sie meine Landsleute unterwürfig?« Und dann fuhr sie hoch. Ich konnte ein leises Lachen nicht unterdrücken. Zorn lag in ihrem Blick, und Trotz sprach aus ihrer Haltung. »Beschimpfen Sie mir gegenüber die Schweiz, Mr Hunsden? Glauben Sie, ich hätte keine Assoziationen? Rechnen Sie damit, ich sei bereit, nur auf Sittenlosigkeiten oder Schandbarkeiten einzugehen, die man vielleicht in manchen Dörfern in den Alpen finden mag, und dabei die großartigen gesellschaftlichen Errungenschaften meiner Landsleute und unsere mit Blut erkämpfte Freiheit und die natürliche Schönheit unserer Berge in meinem Herzen unberücksichtigt zu lassen?«

»Großartige gesellschaftliche Errungenschaften? Nennen Sie es, wie Sie wollen. Ihre Landsleute sind vernünftige Burschen; aus dem, was für Sie eine abstrakte Idee ist, machen sie einen Artikel, den man vermarkten kann. Die haben schon vorher immer ihre großartigen gesellschaftlichen Errungenschaften und auch ihre mit Blut erkämpfte Freiheit verkauft, um die Diener ausländischer Könige zu sein.«

»Sie waren doch noch nie in der Schweiz!«

»Doch – ich war schon zweimal dort.«

»Sie haben keine Ahnung von der Schweiz.«

»Doch – habe ich.«

»Und Sie sagen, die Schweizer seien Söldner, so wie ein Papagei ›Laura‹ sagt, oder wie die Belgier hier sagen, daß die Engländer feige seien, oder wie die Franzosen sie beschuldigen, perfid zu sein. In Ihren Urteilen liegt keinerlei Ausgewogenheit.«

»Aber sie sind wahr.«

»Ich werde Ihnen etwas sagen, Mr Hunsden: Sie sind als Mann viel wirklichkeitsfremder als ich als Frau, denn Sie erkennen nicht an, was tatsächlich existiert. Sie möchten gerne Tatsachen wie individuellen Patriotismus oder nationale Größe auslöschen, so wie ein Atheist Gott und seine eigene Seele auslöschen möchte, indem er ihre Existenz leugnet.«

»Wo fliegen Sie denn nun hin? Sie schweifen vom Thema ab. Ich dachte, wir sprechen jetzt über die Söldnernatur der Schweizer.«

»Das tun wir auch. Und selbst wenn Sie mir bewiesen, daß die Schweiz von morgen an nur noch aus käuflichen Söldnern bestünde (was Sie nicht schaffen), würde ich sie noch weiterhin lieben.«

»Da wären Sie ja verrückt und vollkommen übergeschnappt, wenn Sie sich wegen einiger Millionen Schiffsladungen von Erde, Holz, Schnee und Eis leidenschaftlicher Gefühle hingeben würden.«

»Nicht so verrückt wie Sie, der gar nichts liebt.«

»Meine Verrücktheit hat Methode; die Ihrige nicht.«

»Ihre Methode ist es, der Schöpfung das Mark herauszuquetschen und aus dem Abfall Dünger zu machen, um damit etwas – nach Ihrer Meinung – Sinnvolles zu schaffen.«

»Sie können überhaupt nicht argumentieren«, sagte Hunsden; »Sie haben eben keine Logik.«

»Besser, keine Logik zu haben als keine Gefühle«, gab Frances zurück, die jetzt zwischen dem Schrank und dem Tisch hin und her ging, wenn auch nicht gastfreundlichen Sinnes, so doch in der Absicht praktischer Gastfreundlichkeit, denn sie legte ein Tischtuch auf und deckte den Tisch mit Tellern, Messern und Gabeln.

»War dieser Schlag auf mich gezielt, Mademoiselle? Glauben Sie, ich hätte keine Gefühle?«

»Ich glaube, daß Sie beständig Ihre eigenen Gefühle an ihrer Entfaltung hindern, und auch die anderer Menschen, indem Sie über die Irrationalität von dieser und jener Empfindung dogmatisieren und anschließend deren Unterdrükkung befehlen, weil Sie sich einbilden, sie sei nicht logisch konsequent einzuordnen.«

»Und so ist es ja auch richtig.«

Frances war in einer Art kleiner Speisekammer verschwunden; gleich darauf kam sie wieder zum Vorschein.

»Und so ist es richtig? Aber wirklich nicht! Da täuschen Sie sich gewaltig, wenn Sie so denken. Wenn Sie mich, bitte, einmal an das Feuer lassen würden, Mr Hunsden; ich muß etwas kochen.« (Eine Pause trat ein, in der eine Kasserolle aufs Feuer gesetzt wurde. Danach, während sie den Inhalt umrührte:) »Richtig! Als ob es richtig wäre, jede angenehme Empfindung zu zerstören, die Gott dem Menschen gegeben hat, insbesondere jede Empfindung, die – wie Patriotismus – den individuellen Egoismus des Menschen mildert« (das Feuer wurde aufgestochert, das Gericht davor abgestellt).

»Sie wurden in der Schweiz geboren?«

»Ich denke schon – oder warum sonst sollte ich sie als mein Heimatland bezeichnen?«

»Und woher haben Sie Ihr englisches Aussehen?«

»Ich bin auch Engländerin; die Hälfte des Bluts in meinen Adern ist englisch. Daher habe ich das Anrecht auf Patriotismus in der zweiten Potenz, da ich an zwei vortrefflichen, freien und vom Glück begünstigten Ländern Anteil nehme.«

»Sie hatten eine englische Mutter?«

»Jawohl. Und Ihre Mutter kam vermutlich vom Mond oder aus Utopia, da nicht eine Nation in Europa Ihre Anteilnahme für sich beanspruchen darf, ja?«

»Im Gegenteil. Ich bin Weltbürger, falls Sie mich richtig verstehen können. Mein Vaterland ist die ganze Welt.«

»Sympathien, die solchermaßen weit gestreut werden, müssen sehr dünn und oberflächlich sein. Wollen Sie die Güte haben, zu Tisch zu kommen? Monsieur« – (zu mir gewandt, der jetzt ganz ins Lesen bei Mondlicht versunken zu sein schien) – »Monsieur, das Abendessen ist serviert.«

Dies wurde in einer ganz anderen Tonlage gesprochen als der, in welcher sie den Wortwechsel mit Mr Hunsden geführt hatte – nicht so kurz angebunden, ernster und sanfter.

»Frances, was soll das heißen, Abendessen ist serviert? Wir hatten nicht vorgehabt zu bleiben.«

»Ach, Monsieur, aber nun sind Sie geblieben, und das Abendessen ist serviert. Sie haben nur noch die Wahl, es zu essen.«

Bei dem Mahl handelte es sich naturgemäß um ein fremdländisches Gericht; es bestand aus zwei kleinen, aber schmackhaften Fleischgängen, die gekonnt zubereitet und hübsch serviert worden waren; Salat und *fromage français* rundeten es ab. Die Beschäftigung mit dem Essen erlegte den Streithähnen einen kurzen Waffenstillstand auf, aber kaum war das Geschirr abgeräumt, begannen sie von vorn. Den neuen Gegenstand des Disputs bildete der Geist religiöser Intoleranz, von dem Mr Hunsden behauptete, daß er in starkem Maße in der Schweiz vorzufinden sei, ungeachtet der öffentlich bekundeten Verpflichtung der Schweizer zur Freiheit. Bei diesem Thema war Frances' Position wirklich sehr schlecht, nicht nur, weil sie im Argumentieren ungeübt war, sondern weil ihre tatsächliche Meinung zu dem strittigen Punkt zufälligerweise fast ganz mit der von Mr Hunsden übereinstimmte, so daß sie ihm eigentlich nur aus Opposition heraus widersprach. Schließlich lenkte sie ein und gab zu, daß sie so dachte, wie er dachte, aber sie bat ihn, zur Kenntnis zu nehmen, daß sie sich nicht als geschlagen betrachtete.

»Das taten die Franzosen bei Waterloo auch nicht«, sagte Hunsden.

»Diese beiden Fälle lassen sich nicht miteinander vergleichen«, gab Frances zurück. »Meine Schlacht war ja nur ein Scheingefecht.«

»Scheingefecht oder richtige Schlacht: Sie sind erledigt.«

»Nein. Obgleich ich weder Logik besitze noch einen reichhaltigen Wortschatz, so würde ich doch in einem Fall, in dem sich meine Meinung wirklich von der Ihren unterscheidet, an ihr festhalten, selbst wenn ich kein Wort mehr zu ihrer Verteidigung hervorbringen könnte. Sie wären verblüfft über diese stumme Entschlossenheit. Sie erwähnten Waterloo. Laut Napoleon hätte Ihr Wellington dort eigentlich besiegt werden müssen. Aber er kämpfte weiter, allen Gesetzmäßigkeiten des Krieges zum Trotz, und war siegreich entgegen jeder Regel militärischer Taktik. Genauso würde ich es machen.«

»Daran hege ich nicht den geringsten Zweifel. Wahrscheinlich haben Sie die gleiche Art von dickköpfiger Substanz in sich.«

»Das möchte ich doch sehr hoffen. Er und Tell waren Brüder, und ich würde jeden Schweizer verachten, ob Mann oder Frau, der nichts von dem unbeugsamen Charakter unseres heldenhaften Wilhelm im Herzen hat.«

»Wenn Tell so war wie Wellington, dann war er ein Esel.«

»Bedeutet Esel nicht soviel wie *baudet*[96]?« fragte Frances, an mich gewandt.

»Nein, nein«, erwiderte ich, »es bedeutet *esprit-fort*[97]; und jetzt«, fuhr ich fort, da ich sah, wie sich zwischen den beiden ein neuer Anlaß zum Streit zusammenbraute, »ist es höchste Zeit zu gehen.«

Hunsden stand auf.

»Auf Wiedersehen«, sagte er zu Frances. »Morgen reise ich nach diesem ruhmreichen England ab, und es können zwölf Monate oder mehr werden, ehe ich wieder nach Brüssel komme. Aber wann immer auch ich komme, werde ich Sie aufsuchen, und dann werde ich schon sehen, ob ich nicht Mittel und Wege finde, Sie wütender als einen Drachen zu machen. Sie haben sich heute abend recht wacker geschlagen, aber beim nächsten Gespräch lasse ich mich einmal richtig herausfordern. Zwischenzeitlich sind Sie dazu verurteilt, Mrs. William Crimsworth zu werden, wie ich annehme. Arme, junge Lady! Aber Sie haben einen Funken Witz. Hegen und pflegen Sie ihn gut, und lassen Sie den Professor in dessen vollen Genuß kommen.«

»Sind Sie verheiratet, Mr Hunsden?« fragte Frances plötzlich.

»Nein. Ich hatte eigentlich geglaubt, daß Sie von meinem Aussehen her gleich erraten, daß ich Junggeselle bin.«

»Jedenfalls: Sollten Sie je heiraten, nehmen Sie sich nie eine Frau aus der Schweiz, denn sobald Sie anfangen, Helvetia zu verhöhnen und die Kantone zu beschimpfen, vor allem aber, sobald Sie das Wort ›Esel‹ in einem Atemzug mit dem Namen ›Tell‹ nennen (denn Esel *heißt* ›baudet‹, das weiß ich, obgleich es Monsieur beliebt, es mit *esprit-fort* zu übersetzen) – dann wird Ihre Bergmaid eines Nachts ihren blaublütigen Engländer genauso erwürgen, wie es der Othello Ihres Shakespeare mit Desdemona getan hat.«

»Ich bin gewarnt«, sagte Hunsden, »und Sie sind es auch, mein Junge« (zu mir herübernickend). »Ich hoffe, bald von einer Travestie vom Mohren und seiner liebreizenden Dame zu hören, in welcher die Rollen so vertauscht sind, wie soeben skizziert – aber mit Ihnen, Crimsworth, in meinem Nachthemd. Farewell, Mademoiselle!« Er beugte sich über ihre Hand, absolut vollendet, wie Sir Charles Grandison, wenn er sich über die von Harriet Byron[98] beugt, und fügte hinzu: »Der Tod von solcher Hand wäre nicht ohne Reiz.«

»Mon Dieu!« flüsterte Frances, riß die großen Augen auf und hob ihre deutlich gebogenen Brauen. *»C'est qu'il fait des compliments! Je ne m'y suis pas attendue«*[99]. Sie lächelte, halb zornig, halb erfreut, knickste mit französischer Grazie, und so schieden sie voneinander.

Kaum waren wir auf der Straße, als Hunsden mich auch schon am Kragen packte.

»Das ist also Ihre Spitzenausbesserin!« sagte er. »Und Sie bilden sich wohl ein, Sie hätten eine gute, großherzige Tat begangen, indem Sie ihr anboten, sie zu heiraten? Sie, ein Sproß des Hauses Seacombe, haben Ihre Mißachtung gesellschaftlicher Unterschiede unter Beweis gestellt, indem

Sie mit einer *ouvrière*[100] angebändelt haben! Und ich habe den Burschen bemitleidet und gedacht, seine Gefühle hätten ihn in die Irre geleitet und er hätte sich selbst etwas angetan, indem er sich unter seinem Stand verlobte!«

»Jetzt lassen Sie mal meinen Kragen los, Hunsden!«

Im Gegenteil: Er schüttelte mich hin und her, und so packte ich ihn an der Hüfte. Es war dunkel, die Straße einsam und ohne Beleuchtung. Wir zerrten aneinander herum und kämpften miteinander, und nachdem wir beide uns auf dem Gehsteig gewälzt hatten und mit einigen Schwierigkeiten wieder auf die Beine gekommen waren, verständigten wir uns, den Fußmarsch ruhigeren Blutes fortzusetzen.

»Ja, das ist meine Spitzenausbesserin«, sagte ich. »Und sie wird die meine sein für mein ganzes Leben, so Gott will.«

»Gott will aber nicht – das können Sie auch nicht erwarten. Wie kommen Sie eigentlich dazu, eine solch passende Partnerin zu haben? Und außerdem behandelt sie Sie noch mit einer Art von Respekt und sagt ›Monsieur‹ und moduliert ihre Stimme, wenn sie Sie anspricht, gerade so, als seien Sie etwas Besseres! Selbst einem wie mir könnte sie kein größeres Maß an Hochachtung entgegenbringen, wäre sie denn vom Glück so unvorstellbar begünstigt, daß *ich* sie mir ausgesucht hätte, und nicht Sie.«

»Hunsden, Sie sind ein eingebildeter Fatzke. Sie haben nur das Titelblatt meines Glücks gesehen. Sie kennen das Märchen nicht, das danach kommt. Sie können sich den interessanten Inhalt und den abwechslungsreichen Liebreiz und die erregende Spannung überhaupt nicht vorstellen.«

Hunsden, der jetzt leise und mit tiefer Stimme sprach, da wir in eine belebtere Straße gekommen waren, verlangte, ich solle fortan Ruhe geben, und er drohte mir Fürchterliches an für den Fall, daß ich seinen Zorn weiter durch meine Prahlereien reizte. Ich lachte, bis mir die Seiten schmerzten. Bald kamen wir bei seinem Hotel an. Ehe er hineinging, sagte er:

»Seien Sie nicht so großspurig. Ihre Spitzenausbesserin ist für Sie zu gut, aber für mich nicht gut genug. Weder körperlich noch moralisch kommt sie meinem Ideal einer Frau nahe. Nein. Ich träume von etwas, das weit jenseits dieser bleichgesichtigen, reizbaren kleinen Schweizerin liegt. (Übrigens hat sie unendlich mehr von einer nervösen, wendigen Pariserin als von einer robusten deutschen Jungfrau.) Ihre Mlle Henri ist körperlich *chétive*[101], geistig *sans caractère*[102], verglichen mit der Königin meiner Träume. Sie, allerdings, dürfen sich mit dem zerknitterten Gesichtchen begnügen. Aber wenn ich heirate, dann muß ich ebenmäßigere und harmonischere Gesichtszüge haben, ganz zu schweigen von einer edleren und besser entwickelten Figur, als sich dieses launische, verkümmerte Kind einer rühmen kann.«

»Bestechen Sie doch einen Seraphim, daß er Ihnen eine glühende Kohle vom himmlischen Altarfeuer bringt«, sagte ich, »und damit können Sie dann die größte, dickste, schwammigste, kräftigste Frau entflammen, die Rubens je gemalt hat. Überlassen Sie mir nur meine Alpenfee, und ich werde Sie nicht beneiden.«

Mit synchronen Bewegungen wandte jeder dem anderen den Rücken zu. Keiner sagte »Leben Sie wohl!«, obschon am nächsten Morgen bereits das Meer zwischen uns wogen würde.

25. KAPITEL

Nach zwei weiteren Monaten hatte Frances die Zeit der Trauer um ihre Tante hinter sich. An einem Januarmorgen – dem ersten der Neujahrsferien – fuhr ich mit einem Fiaker, und nur begleitet von M. Vandenhuten, zur Rue Notre Dame aux Neiges, und nachdem ich dort allein ausgestiegen und die Treppen hinaufgegangen war, traf ich Frances, die mich offensichtlich erwartet hatte, auf eine Art gekleidet, die für diesen frostig klaren Tag kaum die geeignete war. Noch nie zuvor hatte ich sie anders angezogen gesehen als mit Stoffen schwarzer oder trauriger Farbe, und jetzt stand sie am Fenster, ganz in Weiß, und noch dazu in einem höchst durchsichtigen Gewebe. Ihr Aufzug war sehr schlicht gehalten, zweifellos, aber alles machte einen imposanten und festlichen Eindruck, weil es so schnörkellos, füllig und fließend war. Ein Schleier bedeckte ihren Kopf und hing bis über die Knie hinab; ein kleines Kränzchen rosafarbener Blüten befestigte ihn an dem dick geflochtenen klassischen Zopf, von wo aus er sanft auf beiden Seiten ihres Gesichts herabfiel. Ich bemerkte mit Befremden, daß sie weinte oder geweint hatte. Als ich sie fragte, ob sie bereit sei, sagte sie »Ja, Monsieur«, und es klang sehr nach einem unterdrückten Schluchzen. Und als ich die Stola nahm, die auf dem Tisch lag, und sie ihr umlegte, rann ihr nicht nur eine ungebetene Träne nach der anderen die Wange hinab, sondern sie zitterte während meiner fürsorglichen Geste wie Espenlaub. Ich sagte ihr, wie leid es mir tat, sie in solch niedergedrückter Stimmung zu sehen und bat darum, erfahren zu dürfen, was denn die Ursache sei. Sie sagte lediglich: »Ich konnte nichts dagegen machen«, und dann legte sie von sich aus, wenn auch hastig, ihre Hand in die meine, geleitete mich zum Zimmer hinaus und rannte mit schnellen, unsicheren Schritten die Treppe hinunter, wie jemand, der eine schreckliche Sache hinter sich bringen will. Ich setzte sie in den Fiaker. M. Vandenhuten nahm sie in Empfang und bot ihr den Sitzplatz neben sich an. Zusammen fuhren wir zur protestantischen Kirche, lasen die entsprechende Andacht aus dem Gebetbuch, und sie und ich kamen als verheiratetes Paar wieder heraus. M. Vandenhuten hatte als Brautvater fungiert.

Wir unternahmen keine Hochzeitsreise. Unsere Anspruchslosigkeit, verborgen hinter der friedvollen Unbekanntheit unseres Aufenthaltsortes, und die angenehme Isoliertheit, in der wir uns auf Grund der gegebenen Verhältnisse befanden, erforderte diese zusätzliche Vorsichtsmaßnahme nicht. Wir begaben uns sofort zu einem kleinen Haus, das ich in jener Vorstadt gemietet hatte, die dem Stadtteil am nächsten war, in dem der Schauplatz unserer beruflichen Tätigkeiten lag.

Drei oder vier Stunden nach der Hochzeitszeremonie legte Frances ihr Brautkleid ab und zog ein hübsches lilafarbenes Gewand aus wärmerem Material an, dazu eine aparte schwarze Seidenschürze und einen Spitzenkragen, der mit lilafarbenen Borten verziert war. Sie kniete auf dem Teppich eines geschmackvoll möblierten, wenn auch nicht geräumigen Wohnzimmers und ordnete in die Regale einer Chiffonniere ein paar Bücher ein, die ich ihr vom Tisch reichte. Draußen schneite es heftig; der Nachmittag war stürmisch und kalt geworden; der bleierne Himmel schien voller Schneewolken zu sein, und die Straße war bereits knöcheltief unter einer weißen Schneedecke versunken. Unser Feuer brannte hell, unsere neue Wohnung strahlte und glänzte vor Sauberkeit, die Möbel waren alle aufgestellt, und es mußten nur noch einige Gegenstände aus Glas bzw. Porzellan und Bücher etc. eingeräumt werden. Frances beschäftigte sich damit bis zur Teestunde, und dann – nachdem ich sie genau instruiert hatte, wie man einen vernünftigen Tee auf englische Art macht, und nachdem sie das Entsetzen überwunden hatte, das durch den Anblick ausgelöst worden war, wie eine verschwenderische Menge Tee in die Kanne geworfen wurde – bereitete sie mir ein richtiges britisches Mahl, bei dem weder Kerzen noch Teekessel, weder Kaminfeuer noch Behaglichkeit fehlten.

Die Woche unserer Ferien verging wie im Fluge, und wir nahmen wieder unsere Arbeit auf. Meine Frau und ich gingen mit großer Ernsthaftigkeit und der Auffassung ans Werk, daß wir zur arbeitenden Bevölkerung gehörten und dazu bestimmt waren, unser Brot durch Anstrengung zu verdienen, und zwar auf die fleißigste Art. Unsere Tage waren vollkommen ausgefüllt. Üblicherweise trennten wir uns jeden Morgen um acht und sahen uns erst um fünf Uhr wieder. Aber in welch liebliche Ruhe klang der Tumult eines jeden geschäftigen Tages immer aus! Wenn ich die Allee meiner Erinnerungen hinabblicke, dann sehe ich die Abende, die wir in jenem kleinen Wohnzimmer verbrachten, wie eine lange Kette von Rubinen, welche die düstere Stirn der Vergangenheit umkränzen. Sie waren gleichmäßig, wie jeder dieser geschliffenen Edelsteine, und wie jeder Edelstein funkelten und leuchteten sie.

Eineinhalb Jahre verstrichen. Eines Morgens (es war ein Feiertag, und wir hatten den ganzen Tag für uns) sagte Frances zu mir mit jener Abruptheit, die typisch für sie war, wenn sie lange über etwas nachgedacht hatte und schließlich zu einem Ergebnis gekommen war, dessen Schlüssigkeit sie auf dem Prüfstein meines Urteils testen wollte:

»Ich arbeite nicht genug.«

»Wie bitte?« fragte ich und sah von meinem Kaffee auf, den ich gerade bedächtig umgerührt hatte, während ich mich bereits auf einen Spaziergang freute, den ich mit Frances an jenem schönen Sommertag (es war Juni) zu einem bestimmten Bauernhaus auf dem Land unternehmen wollte, wo wir zu Mittag essen würden. »Wie bitte?«, und ich erkannte augenblicklich an ihrem ernsten Eifer, daß ein Projekt von äußerster Wichtigkeit anstand.

»Ich bin unzufrieden«, erwiderte sie. »Sie verdienen jetzt achttausend Francs im Jahr« (es stimmte: meine Tüchtigkeit, Pünktlichkeit, die Kunde von den Fortschritten meiner Schüler und der Bekanntheitsgrad meiner Stellung hatten mir dazu verholfen), »während ich noch immer nur meine kümmerlichen zwölfhundert Francs habe. Ich *kann* mehr schaffen, und ich *will* es auch.«

»Du arbeitest genauso lange und fleißig, wie ich es tue, Frances.«

»Ja, Monsieur, aber ich arbeite nicht auf die richtige Art; davon bin ich überzeugt.«

»Du möchtest dich verändern; du hast dir einen Plan ausgedacht, wie du vorwärtskommen willst. Geh und setze deine Haube auf, und beim Spazierengehen erzählst du mir davon.«

»Ja, Monsieur.«

Sie ging davon, folgsam wie ein wohlerzogenes Kind. Sie war eine merkwürdige Mischung aus Gefügigkeit und Eigenwilligkeit. Ich saß da, dachte über sie nach und fragte mich, was für einen Plan sie wohl haben könnte, als sie wieder hereinkam.

»Monsieur, ich habe Minnie« (unserem Hausmädchen) »frei gegeben, damit sie bei dem schönen Wetter auch hinauskommt. Würden Sie also bitte die Türe verschließen und den Schlüssel mitnehmen?«

»Küssen Sie mich, Mrs. Crimsworth«, war die nicht sehr sachbezogene Erwiderung, aber sie sah so einladend in ihrem leichten Sommerkleid und dem kleinen Trachtenhäubchen aus, und die Art, wie sie mit mir redete, war wieder so natürlich und voller sanfter Ehrerbietung, daß mir bei ihrem Anblick das Herz überging und ein Kuß erforderlich schien, um seinem beharrlichen Pochen nachzugeben.

»Bitte sehr, Monsieur.«

»Warum nennst du mich immer ›Monsieur‹? Sag doch ›William‹«.

»Ich kann euer W nicht aussprechen. Außerdem paßt das ›Monsieur‹ zu Ihnen. Mir gefällt es so am besten.«

Minnie war mit schmuckem Hut und elegantem Kopftuch ausgegangen, und auch wir machten uns auf den Weg und ließen das Haus einsam und still zurück, still bis auf das Ticken der Uhr. Bald hatten wir Brüssel hinter uns gelassen. Die Felder nahmen uns auf, und dann die Wiesenwege abseits der *chaussées* mit den lärmenden Kutschen. Nach kurzer Zeit gelangten wir an ein lauschiges Plätzchen, das so idyllisch, grün und versteckt gelegen war, daß es sich um ein Fleckchen Erde in einer ländlichen Gegend Englands hätte handeln können. Ein Polster mit kurzem und moosigem Gras unter einem Weißdorn lud so verführerisch zum Sitzen ein, daß wir gar nicht anders konnten, als die Einladung anzunehmen, und nachdem wir einige englisch aussehende Wildblumen bewundert und studiert hatten, die zu unseren Füßen wuchsen, rief ich mir und Frances das Thema wieder in Erinnerung, das wir beim Frühstück angeschnitten hatten.

Was hatte sie vor? Etwas Einfaches und Folgerichtiges: Es handelte sich um die nächste Stufe, die von uns, oder zumindest von ihr, zu erklimmen war, wenn sie in ihrem Beruf weiterkommen wollte. Sie schlug vor, eine eigene

Schule zu gründen. Wir hatten bereits die Mittel für einen Anfang in bescheidenem Rahmen, da wir nie über unsere Verhältnisse gelebt hatten. Wir verfügten zu diesem Zeitpunkt auch über ausgedehnte und geeignete Beziehungen, die in dem Sinn vorteilhaft für unser Unternehmen waren, als wir uns – obwohl der Kreis der Bekannten, die uns besuchten, weiterhin so begrenzt geblieben war wie zuvor – jetzt doch weit und breit bei Schulen und Familien einen Namen als Lehrer gemacht hatten. Frances hatte ihren Plan dargelegt und gab mit einigen abschließenden Sätzen ihren Erwartungen für die Zukunft Ausdruck. Sie war sich sicher, daß wir, wenn wir nur gesund blieben und einigermaßen Erfolg hätten, mit der Zeit unabhängig werden könnten, und das vielleicht auch noch zu einem Zeitpunkt, ehe wir zu alt waren, um uns daran zu erfreuen. Und dann würden wir beide uns ausruhen, und was sollte uns da noch daran hindern, nach England zu gehen und dort zu leben? England war noch immer ihr Gelobtes Land.

Ich legte ihr keine Hindernisse in den Weg; ich erhob keine Einwände. Ich wußte, daß sie nicht der Typ war, der ruhig und untätig leben konnte, oder auch nur halbwegs untätig. Sie brauchte immer eine Aufgabe – und zwar eine wichtige; eine Arbeit – und zwar eine interessante, fordernde und nützliche. Ausgeprägte Fähigkeiten rumorten in ihrer Natur, und sie verlangten nach vollwertiger Nahrung und freiem Auslauf, und es war überhaupt nicht mein Anliegen, sie verkümmern zu lassen oder einzusperren. Nein, es bereitete mir Vergnügen, ihnen meine Unterstützung anzubieten und ein breiteres Betätigungsfeld für sie vorzubereiten.

»Du hast einen Plan entworfen, Frances«, sagte ich, »und er ist gut. Führe ihn aus. Du hast meine volle Zustimmung, und wann und wo auch immer meine Hilfe benötigt wird: Sage es mir, und du sollst sie haben.«

Frances' Augen dankten mir, beinahe unter Tränen; ein kurzes Glitzern, schnell weggewischt. Dann nahm sie meine Hand in Besitz und hielt sie eine Zeitlang mit ihren beiden Händen ganz fest; aber sie sagte nichts weiter als: »Danke, Monsieur.«

Wir verbrachten einen himmlischen Tag und kamen spät und bei sommerlichem Vollmond nach Hause.

Der staubaufwirbelnde, vibrierende, unermüdliche Flügelschlag der Zeit umschwirrte mich zehn Jahre lang; Jahre der Hektik, des Schaffens, der nie erlahmenden Anstrengungen; Jahre, in denen ich und meine Frau – da wir uns rückhaltlos dem Fortschritt und dem beruflichen Aufstieg nach dem Maßstab europäischer Großstädte verpflichtet hatten – kaum zur Ruhe kamen, keinerlei Vergnügungen kannten, nie an Müßiggang und Luxus dachten; und doch Jahre, in denen wir nie murrten, etwas bereuten oder schwankend wurden, denn unsere Wege verliefen parallel zueinander, und wir gingen sie Hand in Hand miteinander. Tatsächlich heiterte uns die Hoffnung immer wieder auf, die Gesundheit verlieh uns Kraft, Harmonie im Denken und Tun ebnete viele Schwierigkeiten, und schließlich stellte sich der Erfolg ein und verlieh unserem Fleiß ab und zu eine aufmunternde Belohnung. Unsere Schule wurde eine der bekanntesten in Brüssel, und nach und nach hoben wir das Schulgeld und das Ausbildungsniveau an, so daß unsere Schülerschaft immer elitärer wurde, bis schließlich die Kinder der besten Familien Belgiens zu uns kamen. Wir hatten ebenfalls ausgezeichnete Beziehungen nach England, angeknüpft durch die unaufgefordert abgegebenen Empfehlungen von Mr Hunsden, welcher, nachdem er zu Besuch nach Brüssel gekommen war und mich in gesetzten Worten wegen meiner Wohlhabenheit beschimpft hatte, zurückfuhr und bald darauf ein Dreierrudel junger und reicher Erbinnen aus -shire, seine Cousinen, herüberschickte, damit, wie er sich ausdrückte, »Mrs. Crimsworth sie auf Trab bringt«.

Was nämliche Mrs. Crimsworth angeht, so war sie in einer Hinsicht eine andere Frau geworden, in anderer jedoch unverändert geblieben. So unterschiedlich verhielt sie sich bei unterschiedlichen Gelegenheiten, daß ich zwei Frauen zu besitzen schien. Ihre natürlichen Talente, die schon zutage getreten waren, als ich sie geheiratet hatte, blieben frisch und gut erhalten. Doch noch andere Fähigkeiten schossen kräftig empor, mit breit ausladendem Geäst, und veränderten den äußeren Charakter der Pflanze völlig. Festigkeit, Tatkraft und Unternehmensgeist überdeckten poetische Empfindsamkeit und Begeisterung mit gewichtigem Blattwerk; aber jene Blumen waren noch immer vorhanden, waren rein und taufrisch unter dem Laubdach des späteren Wachstumsschubs und einer härteren Substanz geblieben. Vielleicht war ich auch der einzige auf der Welt, der das Geheimnis ihrer Existenz kannte; doch für mich waren sie immer bereit, einen exquisiten Duft zu verströmen und eine Schönheit zu verkörpern, die so rein wie strahlend war.

Tagsüber wurden mein Haushalt und meine Schule von *Madame la Directrice* geführt, einer beeindruckenden und eleganten Frau, die auf ihrer breiten Stirn viele sorgenvolle Gedanken zur Schau trug und viel berechnete Würde in ihrer ernsten Haltung. Unmittelbar nach dem Frühstück pflegte ich mich von der Dame zu verabschieden. Ich ging in mein Kolleg, sie in ihr Klassenzimmer. Wenn ich im Verlauf des Tages für eine Stunde zurückkehrte, traf ich sie immer in der Klasse an und höchst konzentriert. Stille, Fleiß, Gehorsam gingen von ihr aus. Wenn sie gerade nicht Lehrstoff vermittelte, beaufsichtigte und dirigierte sie die Schülerinnen durch Blicke und Gesten; dann schien sie wachsam und fürsorglich zu sein. Wenn sie Unterweisungen erteilte, machte sie einen lebhafteren Eindruck; anscheinend empfand sie ein gewisses Vergnügen an dieser Tätigkeit. Die Sprache, in der sie ihre Schülerinnen ansprach, war einfach und anspruchslos, doch nie platt oder trocken. Sie benutzte keine Routineformulierungen, sondern schuf sich mit der Zeit ihre eigene Begrifflichkeit, und häufig handelte es sich dabei um ein recht kräftiges und eindrucksvolles Vokabular. Oftmals, wenn sie bekannte historische oder geografische Sachverhalte erklärte, steigerte sie sich in ihrem Engagement zu wahrer Eloquenz. Ihre Schülerinnen, zumindest die älteren und intelligenteren unter ihnen, erkannten ohne weiteres die Sprache eines überlegenen Intellekts. Es gab auch gefühlsmäßige Beziehungen, und einige der Schülerinnen hatten den Eindruck, emotional bevorzugt zu werden. Zwar wurden Regungen gegenseitiger Sympathie zwischen der Lehrerin und den Schülerinnen kaum öffentlich gezeigt, doch einige von Frances' Schülerinnen lernten sie mit der Zeit aufrichtig zu lieben, und alle behandelten sie mit Respekt. Ihr allgemeines Verhalten gegenüber den Schülerinnen war von Ernsthaftigkeit geprägt; manchmal auch von Wohlwollen, wenn diese ihr mit ihren Fortschritten und ihrer Aufmerksamkeit Freude bereiteten; stets aber blieb Frances gewissenhaft ausgewogen und aufmerksam. In den Fällen, in denen Tadel oder Bestrafung angebracht war, war sie normalerweise eher nachsichtig; nutzte jedoch jemand diese Nachsichtigkeit aus, was gelegentlich geschah, so demonstrierte eine plötzliche, scharfe und blitzartig wirksame Strenge der Schuldigen das Ausmaß des begangenen Fehlers. Manchmal brachte ein Schimmer von Zärtlichkeit Milde in ihren Blick und in ihr Verhalten; aber dies war selten – höchstens, wenn eine Schülerin krank war oder sich nach Hause sehnte, oder im Falle eines kleinen Kindes, das keine Mutter mehr hatte, oder wenn jemand viel ärmer als seine Mitschülerinnen war und seine dürftige Garderobe und bescheidenen Mittel das Kind zum Gespött der schmuckbehangenen jungen Comtessen und der in Seide gewandeten Fräuleins werden ließen. Über dergleichen hilflose Küken breitete die Direktorin einen Flügel liebenswürdigsten Schutzes: Des Nachts kam sie zu ihnen ans Bett, um sie warm einzupakken; im Winter kümmerte sie sich darum, daß sie immer einen behaglichen Platz am Ofen hatten; und sie waren es, die abwechselnd in den Salon zitiert wurden, um ein kleines Geschenk in Form eines Kuchens oder von Obst in Empfang zu nehmen, um auf einem Schemel am Kamin zu sitzen, um an einem gemeinsamen Abend die Geborgenheit eines Zuhauses, und fast auch all dessen Freiheiten, genießen zu dürfen, um freundliche und sanfte Ansprache zu erfahren und getröstet, aufgemuntert und umsorgt zu werden und um zur Schlafenszeit mit einem Kuß aufrichtiger Zärtlichkeit entlassen zu werden. Was Julia und Georgiana G –, Töchter eines englischen Baronets, anging, oder Mlle Mathilde de –, reiche Erbin eines belgischen Grafen, und mehrere andere Kinder adeliger Abstammung, so kümmerte sich die Direktorin genauso um sie wie um die anderen, sah zu, daß sie ebenso vorankamen wie der Rest; doch es schien ihr nie in den Sinn zu kommen, sie durch irgendein Zeichen der Bevorzugung aus der Klasse herauszuheben. Ein Mädchen vornehmer Herkunft liebte sie inbrünstig, eine junge irische Baronesse, Lady Catherine –; aber dies nur wegen ihres begeisterungsfähigen Wesens und ihres klugen Kopfes, wegen ihrer Großzügigkeit und ihrer Begabung – Titel und Rang galten ihr nichts.

Meine Nachmittage verbrachte ich ebenfalls im Kolleg, mit Ausnahme einer Stunde, in der mich meine Frau täglich für ihr Institut beanspruchte und worauf sie nicht verzichten wollte. Sie sagte, ich müsse diese Zeit mit ihren Schülerinnen verbringen, um deren Charaktere kennenzulernen, um *au courant* zu sein mit allem, was im Hause vor sich ging, um an dem Anteil zu nehmen, woran sie Anteil nahm, um in der Lage zu sein, ihr meine Meinung zu heiklen Punkten zu sagen, wenn sie sie benötigte, was sie dauernd tat. Und nie ließ sie es zu, daß mein Interesse an ihren Schülerinnen erlahmte, und nie nahm sie wichtige Veränderungen vor ohne mein Wissen und meine Zustimmung. Sie war stets entzückt, wenn sie in meiner Nähe sitzen konnte, wenn ich selbst unterrichtete (›Literatur‹) – die Hände über dem Knie gefaltet, in einer von keinem Schüler übertroffenen Haltung regungsloser Aufmerksamkeit. Sie sprach mich selten vor der Klasse an. Tat sie es dennoch, dann mit ausgesuchter Ehrerbietung. Es bereitete ihr noch immer Freude, ja Vergnügen, mich zu ihrem Lehrer in allen Dingen zu machen.

Um sechs Uhr abends war meine Tagesarbeit beendet. Ich ging dann nach Hause, denn mein Zuhause war für mich mein Paradies. Jedesmal zu dieser Stunde, wenn ich unser privates Wohnzimmer betrat, löste sich die Direktorin vor meinen Augen in ein Nichts auf, und wie durch Zauberei befand sich plötzlich meine kleine Spitzenausbesserin wieder in meinen Armen. Sie wäre sehr enttäuscht gewesen, wenn ihr Gebieter dieses Stelldichein nicht genauso treu und gewissenhaft eingehalten hätte wie sie selbst und wenn sein von Herzen kommender Kuß nicht die prompte Reaktion auf ihr sanftes »Bonsoir, monsieur« gewesen wäre.

Immer wieder sprach sie mich auf französisch an und erhielt manche Strafe für diese ihre Halsstarrigkeit. Ich befürchte allerdings, daß die gewählten Methoden der Züchtigung ungeeignet gewesen sein müssen, denn anstatt sich zu bessern, schien sie sich ermutigt zu fühlen, das Vergehen zu wiederholen. Die Abende gehörten ganz uns; diese Phase der Entspannung war notwendig, damit wir wieder Kraft schöpfen konnten, um unsere Aufgaben gewissenhaft zu erfüllen. Manchmal verbrachten wir die Abende nur mit Unterhaltung, und meine junge Genferin, die ihren Englischlehrer und englischen Professor nun durch und durch kannte, die ihn jetzt viel zu bedingungslos liebte, um Angst vor ihm zu haben, setzte ein so unbegrenztes Vertrauen in ihn, daß die Gegenstände der Unterhaltung für ihn hauptsächlich Anlässe waren, um mit ihrer Seele zu kommunizieren. In diesen Momenten war sie glücklich wie ein Vöglein mit seinem Partner, und dann zeigte sie mir, was an Lebhaftigkeit, Frohsinn und Natürlichkeit in ihrem von der Natur reicht ausgestatteten Charakter steckte. Sie zeigte auch, was ihr an Sticheleien und Schalkhaftigkeit zur Verfügung stand, und manches Mal zog sie mich auf und ärgerte und neckte mich wegen meiner ›englischen Skurrilität‹ oder meiner ›insularen Grillenhaftigkeit‹ mit einer ausgelassenen und witzigen Boshaftigkeit, die einen richtigen (gutartigen) Kobold aus ihr machte, solange sie andauerte. Dies geschah jedoch selten, und die koboldhaften Verrücktheiten hielten nie lange an. Gelegentlich, wenn ich im Krieg der Worte etwas zu hart bedrängt wurde – denn ihre Zunge ließ der Prägnanz, dem Witz und dem Nuancen ihrer französischen Muttersprache, in der sie mich zu attakkieren pflegte, ausgiebigst Gerechtigkeit widerfahren –, ging ich mit meiner früheren Bestimmtheit auf sie los und nahm den kleinen Dämon, der mich so reizte, in körperlichen Arrest. O törichtes Unterfangen! Kaum hatte ich ihre Hand oder ihren Arm ergriffen, war die Elfe auch schon verschwunden, das provozierende Lächeln in den ausdrucksvollen braunen Augen erloschen, und an seiner Stelle erschien ein Schimmer sanfter Ehrerbietung unter den Lidern. Ich hatte nach einer neckischen Fee gegriffen und fand eine unterwürfige und demütig um Gnade bittende irdische kleine Frau in meinen Armen. Als Buße ließ ich sie dann ein Buch holen und mir eine Stunde lang einen englischen Text vorlesen. Bei diesen Gelegenheiten verordnete ich ihr häufig Wordsworth, welcher sie schnell wieder ins Gleichgewicht brachte. Sie hatte ihre Schwierigkeiten, seinen tiefschürfenden, ruhigen und klaren Geist zu begreifen. Auch seine Sprache fiel ihr nicht leicht; sie war gezwungen, Fragen zu stellen, um Erklärungen zu bitten, wie ein Kind und Anfänger, und mich als ihren Vorgesetzten und Direktor anzuerkennen. Die eher gefühls- und phantasiebetonten Schriftsteller durchdrang und erfaßte sie instinktiv. Byron begeisterte sie; Scott liebte sie; an Wordsworth rätselte sie nur herum und zögerte, über ihn eine Meinung zu äußern.

Aber gleichgültig, ob sie mir vorlas und sich mit mir unterhielt, ob sie mich auf französisch neckte oder auf englisch anflehte, ob sie geistreiche Späße machte oder respektvolle Fragen stellte, engagiert erzählte oder aufmerksam zuhörte; gleichgültig, ob sie mich an- oder auslachte: Immer um neun Uhr wurde ich verlassen – im Stich gelassen. Da pflegte sie sich aus meinen Armen zu entwinden, vom Platz neben mir aufzustehen, ihre Lampe zu nehmen und aus dem Zimmer zu gehen. Die selbstauferlegte Pflicht rief sie nach oben. Manchmal bin ich ihr gefolgt und habe sie beobachtet. Zuerst öffnete sie immer die Tür des *dortoir*, der Schlafkammer der Internen, schwebte dann geräuschlos den langen Gang zwischen den zwei Reihen weißer Betten entlang und musterte die Schlafenden. Wenn jemand noch wach war, besonders wenn jemand traurig war, dann sprach sie mit ihnen und besänftigte sie. Danach stand sie einige Minuten im Raum und vergewisserte sich, daß alles ruhig und friedlich war, richtete das Nachtlicht, das in diesem Raum die ganze Nacht hindurch brannte, zog sich anschließend zurück und schloß lautlos die Tür hinter sich. Von dort aus schwebte sie zu unserem eigenen Schlafzimmer, von dem noch ein kleines Zimmer abgeteilt war. Dieses suchte sie auf. Auch darin kam ein Bett zum Vorschein, aber nur ein einziges, und dazu noch ein sehr kleines. Ihre Miene (in der Nacht, in der ich ihr folgte und sie beobachtete) veränderte sich, als sie sich dieser winzigen Liegestatt näherte; aus besorgter Nachdenklichkeit wurde warmer Ernst. Mit einer Hand schirmte sie die Lampe ab, die sie in der anderen hielt. Sie beugte sich über das Kissen und sah auf ein schlafendes Kind hinab. Sein Schlaf war (zumindest an jenem Abend, und auch sonst, wie ich glaube) tief und ruhig. Keine Träne benetzte die dunklen Wimpern, kein Fieber erhitzte die runden Backen, keine schlimmen Träume verzerrten die sich langsam entfaltenden Gesichtszüge. Frances betrachtete es lange; sie lächelte nicht, und doch erfüllte tiefstes Entzücken ihre Miene und rötete ihr Gesicht. Freudige und starke Gefühle arbeiteten in ihrem Inneren, während sie äußerlich bewegungslos verharrte. Ich sah, wie sich ihre Brust hob; ihre Lippen waren leicht geöffnet, ihr Atem leicht beschleunigt. Das Kind lächelte, und jetzt endlich lächelte auch die Mutter und sagte in leiser Rede zu sich selbst: »Gott schütze meinen kleinen Sohn!« Sie beugte sich noch näher über ihn, hauchte ihm den allersanftesten Kuß auf die Stirn, bedeckte seine winziges Händchen mit der ihren, riß sich dann schließlich los und verließ das Zimmer. Ich erreichte das Wohnzimmer vor ihr. Als sie zwei Minuten später eintrat, sagte sie ganz ruhig, als sie ihre gelöschte Lampe niederstellte:

»Victor schläft tief. Er hat im Schlaf gelächelt. Er hat Ihr Lächeln, Monsieur.«

Bei dem besagten Victor handelte es sich natürlich um ihren eigenen Jungen, geboren im dritten Jahr unserer Ehe. Sein Taufname war ihm zu Ehren von M. Vandenhuten gegeben worden, der auch weiterhin stets unser vertrauensvoller und innigst geliebter Freund war.

Frances war mir eine gute und teuere Ehefrau, denn ich war ihr ein guter, gerechter und treuer Ehemann. Wie sie geworden wäre, wenn sie einen groben, mißgünstigen, lieblosen Mann geheiratet hätte – einen Liederjan, Verschwender, Trunkenbold oder Tyrannen –, das ist eine andere Frage, die ich ihr einst unterbreitete. Ihre Antwort, die nach einiger Überlegung gegeben wurde, war:

»Ich hätte versucht, das Übel eine Zeitlang zu ertragen oder es zu kurieren; und wenn ich es unerträglich und unheilbar gefunden hätte, hätte ich meinen Peiniger still und heimlich verlassen.«

»Und wenn dich das Gesetz oder die Gewalt zu ihm zurück gezwungen hätte?«

»Was? Zu einem Trunkenbold, Verschwender, egoistischen Geizhals und ungerechten Dummkopf?«

»Ja.«

»Dann wäre ich zurückgegangen, hätte mich noch einmal vergewissert, ob seine Laster und mein Elend geheilt werden könnten, und falls nicht, hätte ich ihn wieder verlassen.«

»Und wenn du wieder zur Rückkehr und zum Bleiben gezwungen worden wärst?«

»Ich weiß es nicht«, sagte sie hastig. »Warum fragen Sie mich das, Monsieur?«

Ich bestand auf einer Antwort, denn ich sah einen seltsamen Ausdruck in ihren Augen, von dem ich wissen wollte, was er bedeutete.

»Monsieur, wenn sich die Natur einer Frau vor der des

Mannes ekelt, dem sie angetraut ist, dann muß die Ehe für sie eine Sklaverei sein. Alle wahren Philosophen begehren gegen die Sklaverei auf, und wenn auch Qualen der Preis des Widerstands sein mögen, dann müssen sie in Kauf genommen werden; und wenn auch der einzige Weg zur Freiheit durch die Pforten des Todes führt, dann müssen diese Pforten durchschritten werden, denn Freiheit ist unverzichtbar. Dann, Monsieur, würde ich mich wehren, soweit es meine Kräfte zuließen. Und wenn diese nicht mehr ausreichten, dann würde mir sicher ein Ausweg einfallen. Der Tod würde mich bestimmt sowohl vor den erbärmlichen Gesetzen als auch vor deren Folgen schützen.«[103]

»Tod von eigener Hand, Frances?«

»Nein, Monsieur. Ich würde den Mut aufbringen, mich jedem einzelnen Schmerz zu stellen, den mir das Schicksal zudiktierte, und die moralische Kraft, für Gerechtigkeit und Freiheit bis zum letzten zu kämpfen.«

»Ich sehe schon, du hättest kein still vor sich hinleidendes Jammerlieschen abgegeben. Aber einmal angenommen, das Schicksal hätte dir lediglich die Rolle einer alten Jungfer auferlegt – was dann? Wie hätte dir die Ehelosigkeit gefallen?«

»Sicherlich nicht sehr. Das Leben einer alten Jungfer ist bestimmt leer und öde, ihr Herz ist verkrampft und ohne Liebe. Wäre ich eine alte Jungfer geworden, hätte ich mein Leben lang versucht, die Leere auszufüllen und die Schmerzen zu lindern. Wahrscheinlich wäre mir das nicht gelungen, und ich wäre enttäuscht und des Lebens überdrüssig gestorben, verspottet und überflüssig, wie andere alleinstehende Frauen. Aber ich bin keine alte Jungfer«, fügte sie schnell hinzu. »Ich wäre es geworden, wenn es nicht meinen Lehrer gegeben hätte. Ich wäre keinem anderen Mann gefolgt als Professor Crimsworth. Kein anderer Herr, ob Franzose, Engländer oder Belgier, hätte mich für liebenswert oder hübsch gehalten, und ich bezweifle, ob mir die Artigkeiten vieler anderer etwas bedeutet hätten, wenn ich sie erhalten hätte. Jetzt bin ich seit acht Jahren Professor Crimsworths Frau, und was ist er in meinen Augen? Ist er rechtschaffen, geachtet, geliebt –?« Sie hielt inne; ihre Stimme versagte, ihre Augen quollen plötzlich über. Sie und ich standen nebeneinander. Sie warf ihre Arme um mich und zog mich an ihr Herz mit leidenschaftlichem Ernst. All ihre Lebensenergie glühte in ihren dunklen und jetzt weit aufgerissenen Augen und strömte purpurrot in ihre erhitzten Wangen. Blick und Bewegung vermittelten den Eindruck einer plötzlichen Eingebung: Im einen lag ein diesbezügliches Aufblitzen, in der anderen eine entsprechende Kraft. Eine halbe Stunde später, als sie sich beruhigt hatte, fragte ich sie, wohin diese ungestüme Energie verschwunden sei, die sie vorhin so verwandelt und ihren Blick so erregend und glühend gemacht hatte, ihre Bewegungen so schnell und stark. Sie senkte die Augen und lächelte sanft und ergeben:

»Ich weiß nicht, wohin sie verschwunden ist, Monsieur«, sagte sie, »aber ich weiß, daß sie immer dann, wenn sie gebraucht wird, wieder zurückkommt.«

Wenn wir uns jetzt am Ende von zehn Jahren betrachten, so müssen wir sagen, daß wir einen gewissen Grad an Unabhängigkeit verwirklicht haben. Die Schnelligkeit, in der wir dieses Ziel erreichten, hat ihre Ursache in drei Gründen: Erstens haben wir hart dafür gearbeitet. Zweitens hatten wir keine Schuldenlasten, die den Erfolg verzögert hätten. Drittens: Sobald wir Kapital für Investitionen übrig hatten, haben uns zwei sachverständige Ratgeber, einer in Belgien, einer in England, nämlich Vandenhuten und Hunsden, bezüglich der Art der Geldanlage beraten. Deren Vorschläge erwiesen sich als klug und, da sie prompt ausgeführt wurden, als gewinnträchtig. Ich brauche nicht zu sagen, wie gewinnträchtig; Einzelheiten habe ich den Messieurs Vandenhuten und Hunsden mitgeteilt, und sonst kann niemand daran interessiert sein, sie zu hören.

Nun, da wir unsere Konten aufgelöst und unsere geschäftlichen Transaktionen abgeschlossen hatten, kamen wir beide darin überein, daß wir – da Mammon weder unser Gebieter war noch seine Dienste das, worin wir unser Leben zu verbringen trachteten (zumal unsere Ansprüche gemäßigt und unsere Lebensgewohnheiten nicht aufwendig waren) – nunmehr in Wohlstand und Reichtum leben konnten; einem Reichtum, den wir unserem Jungen hinterlassen wollten und der ausreichte, um über ein Guthaben zu verfügen, mit dem man – wenn es mit rechtem Mitgefühl und tätiger Nächstenliebe verwaltet wurde – der Philanthropie bei ihren Unternehmungen helfen und der Caritas Trost in die Hand geben konnte.

Gen England entschlossen wir uns jetzt aufzubrechen. Wir trafen wohlbehalten ein. Frances verwirklichte ihren Lebenstraum. Wir verbrachten den ganzen Sommer und Herbst damit, um von einem Ende der Britischen Inseln zum anderen zu reisen, und danach verlebten wir den Winter in London. Anschließend hielten wir es für höchste Zeit, uns einen festen Wohnsitz zu schaffen. Mich zog es in meine heimatliche Grafschaft -shire, und in -shire lebe ich jetzt auch und schreibe diese Zeilen in der Bibliothek meines eigenen Zuhauses. Dieses Zuhause liegt inmitten einer abgeschiedenen und recht hügeligen Region, dreißig Meilen von X- entfernt; einer Region, deren frisches Grün der Rauch der Fabriken noch nicht besudelt, deren Gewässer noch klar fließen, auf deren sanften Höhen es Moore gibt, die in den farnbewachsenen Tälern, die dazwischen liegen, noch die ursprüngliche Wildheit der Natur bewahren, ihre Moose, ihre Farnkräuter, ihre Glockenblumen, den Duft von Riedgras und Heidekraut, die frischen Brisen, die ungehindert herüberstreichen. Bei meinem Haus handelt es sich um ein malerisches und nicht zu geräumiges Wohnhaus, mit niedrig angesetzten, hohen Fenstern, mit einer laubenartigen Überdachung über dem Haupteingang, deren Spalier mit Blättern zugewachsen ist und gerade jetzt, an diesem sommerlichen Spätnachmittag, aussieht wie ein Bogen aus Efeu und Rosen. Der Garten ist in der Hauptsache als Rasen angelegt, wofür Grassoden aus den Bergen genommen wurden, mit niedrigwachsenden Gräsern und Kräutern, die weich wie Moos sind und voller einzigartiger einheimischer Blumen, sehr klein und sternenförmig, eingebettet in die zierliche Umrandung ihres schönen Blattwerks. Am tiefsten Punkt des sanft abfallenden Gartens ist ein Gatter, das sich auf einen Weg öffnet, der genauso grün wie der Rasen ist und sehr lang, schattig und wenig benutzt. Auf dem Gras dieses Weges erscheinen für gewöhnlich die ersten Gänseblümchen des Frühjahrs, von denen er auch seinen Namen hat: Daisy Lane, Gänseblümchenweg; von daher stammt auch der Name unseres Hauses.

Er endet (der Weg, meine ich) in einem waldbestandenen Tal. Dieser Wald, hauptsächlich aus Eichen und Buchen, erstreckt sich schattenspendend bis in die Nachbarschaft eines sehr alten Herrensitzes, einem im elisabethanischen Stil, viel größer und auch viel älter als Daisy Lane, Eigentum und Wohnsitz eines Individuums, das sowohl mir als auch dem Leser gut bekannt ist. Jawohl, in Hunsden Wood – denn so werden jene Lichtungen und das graue Gebäude mit den vielen Giebeln und den noch zahlreicheren Schornsteinen genannt – residiert Yorke Hunsden, noch immer unverheiratet. Vermutlich hat er sein Ideal immer noch nicht gefunden, obwohl ich mindestens ein Dutzend junger Damen im Umkreis von vierzig Meilen kenne, die gerne bereit wären, ihm bei seiner Suche behilflich zu sein.

Der Besitz fiel ihm durch den Tod seines Vaters vor fünf Jahren zu. Er hat den Kaufmannsberuf aufgegeben, nachdem er damit genügend verdient hatte, um einige Hypotheken zu tilgen, mit denen das Familienerbe belastet war. Ich sage, er residiert hier, aber ich glaube nicht, daß er fünf von zwölf Monaten dort wohnt. Er reist von Land zu Land und verbringt jeden Winter zum Teil in der Stadt. Häufig hat er Besucher bei sich, wenn er nach -shire kommt, und diese Besucher sind oft Ausländer. Mal bringt er einen deutschen Metaphysiker mit, mal einen französischen Gelehrten. Einmal war es auch ein mürrisch und wild aussehender Italiener gewesen, der weder sang noch spielte und von dem Frances behauptete, er habe *»tout l'air d'un conspirateur«*[104].

Wenn Hunsden englische Gäste einlädt, so handelt es sich hierbei entweder um Männer aus Birmingham oder um solche aus Manchester – um finstere Männer, die mit gerunzelter Stirn anscheinend nur über eine einzige Sache nachdenken und deren Gespräche sich um die Liberalisierung von Wirtschaft und Gesellschaft drehen. Unter den ausländischen Besuchern sind auch Politiker. Deren Gesprächshorizont ist weiter: Fortschritt in Europa, die Verbreitung liberalen und freiheitlichen Gedankenguts über den Kontinent. Die Namen ›Rußland‹ und ›Österreich‹ und der Papst sind für sie wie rote Tücher der Unterdrückung. Ich habe einige von ihnen engagiert und vernünftig reden hören; ja, ich war bei vielsprachigen Diskussionen in dem alten, eichengetäfelten Speisezimmer in Hunsden Wood anwesend gewesen, wo ich einen unvergleichlichen Einblick erhielt in die Geisteshaltungen resoluter Köpfe, wenn sie über die alten despotischen Herrschaftssysteme im Norden Europas sprachen bzw. über den alten Aberglauben des Südens. Ich habe auch viel Unsinn gehört, hauptsächlich auf französisch und deutsch vorgetragen, habe ihn aber ignoriert. Hunsden selbst tolerierte die faselnden Theoretiker; mit den Realisten schien er sich mit Herz und Hand verbündet zu haben.

Wenn Hunsden sich alleine auf Hunsden Wood aufhält (was selten vorkommt), dann findet er meist zwei- bis dreimal wöchentlich den Weg nach Daisy Lane. Sein Beweggrund, um herüberzukommen und an den Sommerabenden seine Zigarre unter der Überdachung des Haupteingangs zu rauchen, ist philanthropischer Art: Er sagt, er tue es, um die Ohrwürmer in den Rosen abzutöten, da wir von selbigen Insekten sonst sicherlich aufgefressen werden würden, wäre nicht er mit seinem wohltätigen Ausräuchern. Auch an regnerischen Tagen können wir fast immer mit ihm rechnen; nach seiner Meinung ist es dann an der Zeit, mich dadurch zum Wahnsinn zu treiben, daß er mir auf meine geistigen Hühneraugen tritt, oder Mrs. Crimsworth zu Enthüllungen – den Drachen in ihr betreffend – zu zwingen, indem er das Andenken Andreas Hofers oder Wilhelm Tells beleidigt.

Wir selbst gehen auch häufig nach Hunsden Wood, und sowohl Frances als auch ich genießen einen Besuch dort sehr. Wenn andere Gäste anwesend sind, dann bilden deren Charaktere interessante Studienobjekte; ihre Unterhaltungen sind mitreißend und nicht alltäglich; die Abwesenheit jeglicher provinziellen Engstirnigkeit beim Gastgeber und bei der von ihm ausgewählten Gesellschaft gibt den Gesprächen einen weltstädtischen, fast kosmopolitisch zwanglosen Rang. In seinem eigenen Haus ist Hunsden ein höflicher Mensch. Er hat, wenn ihm danach zumute ist, eine unerschöpfliche Fähigkeit, Gäste zu unterhalten. Auch das Haus selbst ist interessant; die Räume sehen geschichtsträchtig aus, die Gänge sagenumwoben, die Zimmer mit den niedrigen Decken und ihren langen Reihen rautenförmiger Fensterscheiben vor den Gittern vermitteln eine mittelalterliche Atmosphäre von Geisterspuk. Auf seinen Reisen hat er Unmengen wertvoller Gegenstände gesammelt, die schön und geschmackvoll in seinen getäfelten oder gobelingeschmückten Räumen ausgestellt sind. Ich habe dort ein oder zwei Bilder und eine oder zwei Plastiken gesehen, um die ihn wohl manch aristokratischer Kunstkenner beneidet hätte.

Wenn ich und Frances bei Hunsden zum Dinner sind und den Abend mit ihm verbringen, dann begleitet er uns oft zu Fuß nach Hause. Sein Wald ist ausgedehnt, und einige der Bäume sind alt und von riesenhaftem Wuchs. Es gibt Schlängelpfade darin, die kreuz und quer durch die Lichtungen führen und den Spaziergang zurück nach Daisy Lane zu einer längeren Angelegenheit machen. Gar manches Mal, wenn wir in den Genuß des Vollmondes kamen und wenn die Nacht mild und voller Düfte war, wenn zudem noch eine bestimmte Nachtigall sang und ein gewisser Bach, zwischen den Erlen versteckt, zu dem Lied seine sanfte Begleitmusik beisteuerte – gar manches Mal hatte dann die entfernte Kirchenglocke des einzigen Weilers in einem Bereich von zehn Meilen schon die Mitternacht geschlagen, ehe uns der Herr des Waldes an unserer Eingangslaube verließ. Ungehemmt war dann sein Redefluß in solchen Stunden, und viel gelöster und freundlicher als tagsüber und vor anderen. Dann pflegte er Politik und Diskussionen zu vergessen und von der Geschichte seines Hauses und seiner Familie zu erzählen, von sich und seinen eigenen Empfindungen – Themen, die er allesamt mit besonderer erzählerischer Würze ausstattete, denn sie waren allesamt einzigartig. In einer wunderbaren Nacht im Juni, nachdem ich ihn lange genug mit seiner idealen Braut aufgezogen und ihn gefragt hatte, wann sie denn nun kommen und mit ihrer exotischen Schönheit die alte Eiche Hunsden veredeln würde, antwortete er plötzlich:

»Sie nennen sie ideal; doch sehen Sie her: da ist ihr Schatten, und es gibt keinen Schatten ohne Substanz.«

Er hatte uns aus den Tiefen des ›Schlängelpfades‹ zu einer Lichtung geführt, aus der sich die Buchen zurückgezogen hatten, so daß der Himmel offen über uns lag. Das Licht eines wolkenlosen Mondes ergoß sich auf diese Lichtung, und Hunsden hielt eine Miniatur aus Elfenbein in dessen Schein.

Frances studierte sie voller Eifer zuerst. Dann gab sie sie mir, wobei sie jedoch ihr kleines Gesicht ganz nahe an meines schob und in meinen Augen forschte, was ich von dem Porträt hielt. Ich hielt es für die Darstellung eines sehr hübschen und sehr individuell aussehenden weiblichen Gesichts, mit – wie er einst sagte – »ebenmäßigen und harmonischen Zügen«. Es war von dunkler Hautfarbe. Das Haar, rabenschwarz, fiel nicht nur von der Stirn, sondern auch von den Schläfen lose herab; es schien nachlässig zur Seite geworfen worden zu sein, als verzichte diese Schönheit auf Ordnung, ja, als verachte sie diese. Die italienischen Augen sahen einen direkt an, und der Blick drückte Unabhängigkeit und Bestimmtheit aus. Der Mund war so fest wie schön, das Kinn dito. Auf der Rückseite der Miniatur stand in Goldlettern ›Lucia‹.

»Diesen Kopf gibt es wirklich«, war meine Schlußfolgerung.

Hunsden lächelte.

»Ich denke schon«, erwiderte er. »Alles an Lucia war wirklich.«

»Und sie war jemand, den Sie gerne geheiratet hätten, aber nicht konnten?«

»Ich hätte sie ganz bestimmt gerne geheiratet, und daß ich das nicht *getan* habe, ist der Beweis dafür, daß ich es nicht tun *konnte.*«

Er holte sich die Miniatur zurück, die jetzt wieder in Frances' Hand gelegen hatte, und steckte sie weg.

»Was halten *Sie* davon?« begehrte er von meiner Frau zu wissen, während er seine Jacke über dem Bildchen zuknöpfte.

»Ich bin sicher, daß Lucia irgendwann einmal Ketten getragen hat, die sie zerbrach«, lautete die merkwürdige Antwort. »Ich meine damit nicht eheliche Ketten«, fügte sie hinzu und korrigierte sich, als fürchtete sie mißverstanden zu werden, »sondern gesellschaftliche Ketten irgendeiner Art. Das Gesicht ist das eines Menschen, der Anstrengungen unternommen hat, und zwar erfolgreich und triumphal, um ein starkes und wertvolles Talent aus unerträglichen Zwängen zu befreien; und als sich Lucias Talent frei entfalten konnte, dann – da bin ich mir sicher – hat es weit seine Flügel ausgebreitet und sie höher hinauf getragen als –«, sie zögerte.

»Als was?« bohrte Hunsden.

»Als es *›les convenances‹*[105] erlaubte.«

»Ich glaube, jetzt werden Sie boshaft und impertinent.«

»Lucia ist zur Bühne gegangen«, fuhr Frances fort. »Sie haben nie ernsthaft daran gedacht, sie zu heiraten. Sie haben ihre Originalität bewundert, ihre Furchtlosigkeit, ihre körperliche und geistige Energie. Sie erfreuten sich an ihrem Talent, was immer das war, ob Gesang, Tanz oder Schauspielerei. Sie haben ihre Schönheit verehrt, die so ganz nach

Ihrem Herzen war. Ich bin mir sicher, daß sie sich in einem Milieu bewegte, aus dem Sie sich nie im Traum eine Frau genommen hätten.«

»Sehr klug«, bemerkte Hunsden. »Ob es stimmt oder nicht, ist eine andere Frage. Etwas anderes: Spüren Sie nicht, wie die kleine Leuchte Ihres Geistes sehr blaß wird neben solch einem Lüster wie Lucia?«

»Doch.«

»Wenigstens ehrlich. Und der Professor wird wohl auch bald unzufrieden mit dem trüben Licht sein, das Sie spenden?«

»Stimmt das, Monsieur?«

»Meine Augen waren schon immer zu schwach gewesen, um grelles Licht auszuhalten, Frances«, und damit waren wir am Gatter angelangt.

Ich sagte einige Seiten weiter vorne, daß dies heute ein lieblicher Spätnachmittag im Sommer sei. Und so ist es auch. Wir haben mehrere schöne Tage nacheinander gehabt, und heute ist der schönste. Das Heu wird gerade von den Feldern eingebracht, und sein Duft liegt noch in der Luft. Frances hat mir vor ein oder zwei Stunden vorgeschlagen, den Tee im Freien auf dem Rasen zu nehmen. Ich sehe den runden Tisch, mit Geschirr beladen und unter einer bestimmten Buche plaziert. Hunsden wird erwartet – nein, ich höre, er ist schon da. Da ist seine Stimme, selbstherrlich und im Brustton der Überzeugung über irgend etwas dozierend; Frances' Stimme erwidert; natürlich widerspricht sie ihm. Sie streiten über Victor, von dem Hunsden behauptet, daß er von seiner Mutter zum »Schlappschwanz« erzogen wird. Mrs. Crimsworth schlägt zurück:

Er solle tausendmal lieber ein Schlappschwanz sein als das, was er, Hunsden, einen »richtigen Kerl« nennt; und weiterhin sagt sie, daß – im Falle Hunsden zukünftig zum seßhaften Inventar der Nachbarschaft werden sollte, statt, wie bisher, wie ein Komet zu kommen und zu gehen, von dem niemand wisse, wann, wohin oder warum – sie sich dann so lange unbehaglich fühlen würde, bis sie Victor fort und in eine Schule gebracht hätte, die mindestens hundert Meilen weit weg sein müßte, da Hunsden mit seinen ketzerischen Ansichten und wirklichkeitsfremden Dogmen Dutzende von Kindern verderben würde.

Ich muß noch ein Wort über Victor verlieren, ehe ich dieses Manuskript in der Schublade verschließe; und es muß ein kurzes sein, denn ich höre das Klirren von Silber auf Porzellan.

Victor ist genausowenig ein hübsches Kind wie ich ein gutaussehender Mann bin oder seine Mutter eine schöne Frau ist. Er ist blaß und dünn, mit großen Augen, die so dunkel wie die von Frances sind und so tief liegen wie die meinigen. Sein Körperbau ist einigermaßen gleichmäßig, doch schmächtig; seine Gesundheit ist gut. Ich habe noch nie ein Kind weniger lächeln sehen als ihn und auch noch nie eines, das mit einer so fürchterlich nachdenklichen Stirn über einem Buch sitzt, das es interessiert, oder den Geschichten von Abenteurern, Gefahren und Wundern zuhört, die ihm von seiner Mutter, Hunsden oder mir erzählt werden. Aber dennoch ist er nicht unglücklich. Obwohl er ernst ist, ist er nicht mürrisch. Gegenüber angenehmen Empfindungen ist er fast zu empfänglich, denn sie arten in hemmungslose Begeisterung aus. Das Lesen hat er auf die altmodische Art aus einem Buchstabierheft und auf Mutters Knien gelernt, und da er mit dieser Methode Fortschritte machte, ohne daß man ihn antreiben mußte, hielt Frances es für unnötig, ihm Elfenbeinbuchstaben zu kaufen oder irgendwelche anderen Anreize auszuprobieren, die heutzutage für das Lernen unverzichtbar zu sein scheinen. Sobald er lesen konnte, wurde er zum Bücherwurm, und das ist er noch immer. Er hat wenige Spielzeuge, und er wollte auch nie mehr haben. Für die, die er hat, scheint er eine Vorliebe zu empfinden, ja, eine richtiggehende Zuneigung zu ihnen. Das gleiche Gefühl hegt er auch gegenüber ein oder zwei Haustieren, bei denen es sich aber schon zur Liebe verstärkt.

Mr Hunsden schenkte ihm einen Mastiffwelpen, den er – nach seinem Gönner – Yorke taufte. Er wuchs zu einem prächtigen Hund heran, dessen angeborene Wildheit jedoch durch den liebevollen Umgang mit seinem Herrn stark gemildert wurde. Victor ging nirgendwohin und tat nichts ohne Yorke. Yorke lag zu seinen Füßen, wenn er seine Lektionen lernte, spielte mit ihm im Garten, ging mit ihm auf dem Weg und im Wald spazieren, saß beim Essen neben seinem Stuhl, wurde immer von ihm persönlich gefüttert, war der erste, nach dem er am Morgen suchte, und der letzte, von dem er sich am Abend verabschiedete. Eines Tages begleitete Yorke Mr Hunsden nach X- und wurde auf der Straße von einem tollwütigen Hund gebissen. Gleich nachdem Hunsden ihn nach Hause gebracht und mich von dem Vorfall unterrichtet hatte, ging ich in den Hof, wo er lag und seine Wunden leckte, und erschoß ihn auf der Stelle. Er war sofort tot. Er hatte nicht gesehen, wie ich das Gewehr hob; ich hatte mich hinter ihn gestellt. Ich war noch kaum wieder zehn Minuten im Haus, als gequälte Laute an mein Ohr drangen. Ich begab mich noch einmal in den Hof, denn sie kamen von dort. Victor kniete neben seiner toten Dogge, hatte sich über sie gebeugt, umarmte ihren Stiernacken und gab sich ungehemmt seinem wilden Schmerz hin. Dann sah er mich.

»Oh, Papa, das werde ich dir nie verzeihen! Das werde ich dir nie verzeihen!« rief er aus. »Du hast Yorke erschossen. Ich habe es vom Fenster aus gesehen. Ich hätte nie geglaubt, daß du so grausam sein könntest. Ich kann dich nie mehr lieben!«

Ich hatte erhebliche Mühe, ihm mit ruhiger Stimme die absolute Notwendigkeit meiner Tat zu erklären. Mit jenem Ton untröstlicher Bitterkeit, den ich nicht wiedergeben kann, wiederholte er:

»Vielleicht hätte man ihn heilen können. Du hättest es versuchen müssen. Du hättest die Wunde mit einem heißen Eisen ausbrennen und sie mit Ätzkali abdecken müssen. Du hast zu schnell gehandelt. Und jetzt ist es zu spät – jetzt ist er tot!«

Er brach auf dem leblosen Kadaver völlig zusammen. Ich wartete lange und geduldig, bis ihn sein Schmerz etwas erschöpft hatte. Dann hob ich ihn auf und trug ihn zu seiner Mutter in der Gewißheit, daß sie ihn am besten trösten konnte. Sie hatte die ganze Szene von einem Fenster aus mitangesehen. Sie wollte nicht hinausgehen, aus Angst, meine Schwierigkeiten durch ihre Emotionen noch zu vergrößern; doch jetzt war sie bereit, sich um ihn zu kümmern. Sie nahm ihn an ihr liebevolles Herz und auf ihren warmen Schoß, tröstete ihn eine Zeitlang nur mit den Lippen, den Augen und einer zärtlichen Umarmung, und als sein Schluchzen nachließ, erklärte sie ihm, daß Yorke beim Sterben keine Schmerzen verspürt hatte und daß sein Ende außerordentlich schrecklich gewesen wäre, hätten wir ihn bis zu seinem natürlichen Tod am Leben gelassen. Vor allem sagte sie ihm, daß ich kein grausamer Mensch sei (denn diese Vorstellung schien dem armen Victor besondere Pein zu verschaffen), daß es meine Zuneigung zu Yorke und zu ihm gewesen sei, die mich so hatte handeln lassen, und daß es mir jetzt fast das Herz breche, ihn so bitterlich weinen zu sehen.

Victor wäre nicht der wahre Sohn seines Vaters gewesen, wenn diese Überlegungen, diese Argumente, die mit so leiser und süßer Stimme geflüstert, von so wohltuenden, zärtlichen Liebkosungen und von Blicken aufrichtigsten Mitleids begleitet wurden, bei ihm keine Wirkung gezeigt hätten. Und sie zeigten Wirkung: Er wurde ruhiger, legte seinen Kopf auf ihre Schulter und ruhte still in ihren Armen. Er sah noch einmal kurz auf und bat seine Mutter, all das zu wiederholen, was sie ihm darüber gesagt hatte, daß Yorke schmerzlos gestorben und ich nicht grausam war. Die besänftigenden Worte wurden wiederholt, und er barg seine Wange wieder an ihrer Brust und wurde ruhig.

Ein paar Stunden später kam er zu mir in die Bibliothek, um sich mit mir auszusöhnen, und er fragte, ob ich ihm verzeihen würde. Ich zog den Knaben zu mir her, hielt ihn lange fest und redete ausführlich mit ihm, wobei er mir manche Gefühle und Gedanken enthüllte, die mir an meinem Sohn gut gefielen. Ich fand tatsächlich wenige charakterliche Ansätze eines ›lustigen Burschen‹ oder ›tollen Kerls‹ bei ihm und nur spärliche Funken jenes Geistes, die gerne über einem Glas Wein aufzublitzen pflegt oder der Leidenschaften zu einem zerstörerischen Feuer entflammt. Statt dessen sah ich in seinem Herzen gesunde und knospende Keime von Mitgefühl, Zuneigung und Treue. Im Garten seines Verstandes entdeckte ich ein reiches Wachstum an guten Grundsätzen: die Pflänzchen Vernünftigkeit, Gerechtigkeit und moralische Courage versprachen reiche Frucht zu tragen, solange sie nicht erstickt wurden. Daher gab ich ihm auf seine große Stirn und auf seine immer noch blasse und mit Tränen benetzte Wange einen zufriedenen und stolzen Kuß und schickte ihn getröstet fort. Doch am nächsten Tag sah ich ihn auf dem kleinen Erdhügel liegen, unter dem Yorke begraben lag, das Gesicht mit den Händen bedeckt. Mehrere Wochen hindurch war er deprimiert, und es verstrich über ein Jahr, ehe er etwas von dem Vorschlag hören wollte, einen neuen Hund anzuschaffen.

Victor lernt schnell. Bald wird er nach Eton müssen, wo die ersten ein oder zwei Jahre für ihn eine Katastrophe sein werden, wie ich vermute. Mich, seine Mutter und sein Zuhause zu verlassen, wird seinem Herzen einen schmerzhaften Stich versetzen. Außerdem wird ihm das *fagging* nicht gefallen, jene englische Internatssitte, nach der die jüngeren Schüler den älteren Dienste leisten müssen. Doch Wetteifer, Wissensdurst und Stolz auf den Erfolg werden sich entwikkeln und ihn zu gegebener Zeit belohnen. Unterdessen verspüre ich in mir selbst einen starken Widerwillen dagegen, die Stunde festzulegen, in der mein einziges Ölbäumchen entwurzelt und weit weg von mir verpflanzt werden wird; und wenn ich über dieses Thema mit Frances spreche, dann hört sie mir mit geduldig ertragenem Schmerz zu, als spräche sie von einer schrecklichen Operation, vor der ihre Natur zurückschaudert, der sich zu entziehen aber ihre Stärke nicht zuläßt. Der Schritt muß jedoch getan werden, und er *wird* getan werden; denn obwohl Frances aus ihrem Jungen kein Muttersöhnchen machen würde, so würde er sich doch an eine Art der Behandlung, der Nachsicht und Güte, der wesensverwandten Zärtlichkeit gewöhnen, der er nie wieder begegnen würde. Sie sieht, ebenso wie ich, etwas in Victors Charakter – eine Art elektrischer Glut und Energie, die ab und zu unheilvolle Funken versprüht. Hunsden nennt das seinen ›Geist‹ und meint, man solle ihn nicht an die Kette legen. Ich nenne es das Erbgut des sündigen Adams, und nach meiner Meinung sollte es zwar nicht aus ihm heraus *geprügelt*, aber doch auf eine vernünftige Art diszipliniert werden, damit er leichter mit jeder Art von körperlichem und seelischem Leid fertig wird und die

Kunst der Selbstkontrolle um so besser beherrscht. Frances gibt diesem Etwas in dem ausgeprägten Charakter ihres Sohnes keinen Namen; aber wenn es sich in dem Knirschen von Zähnen, im Funkeln seiner Augen, in dem wilden Sichaufbäumen seiner Gefühle gegen Enttäuschungen, Mißgeschick, jähem Kummer oder angenommener Ungerechtigkeit äußert, dann zieht sie ihn an ihre Brust oder geht mit ihm allein auf einen Spaziergang in den Wald. Dann argumentiert sie vernünftig mit ihm wie ein Philosoph, und für Argumente ist Victor stets zugänglich. Dann sieht sie ihn mit liebevollen Augen an, und mit Liebe kann Victor mit unfehlbarer Sicherheit gebändigt werden. Doch werden Vernunft oder Liebe die Waffen sein, mit der in der Zukunft die Welt seinen Ausbrüchen von Heftigkeit begegnen wird? Oh nein! Für dieses Aufblitzen in seinen schwarzen Augen, für diese düstere Wolke auf seiner breiten Stirn, für dieses Zusammenpressen seiner versteinerten Lippen wird der Bursche eines Tages Schläge statt Schmeicheleien bekommen, getreten wird er werden statt geküßt. Dann vertraue ich darauf, daß aus den Anfällen stummer Wut, die ihn körperlich krank und seelisch verrückt machen werden, daß aus den Qualen verdienten und heilsamen Leides ein klügerer und besserer Mensch entstehen wird.

Jetzt gerade sehe ich ihn. Er ist bei Hunsden, der auf dem Rasen unter der Buche sitzt. Hunsdens Hand ruht auf dem Kragen des Jungen, und er flüstert ihm gerade Gott weiß welche Lehrsätze ins Ohr. Im Augenblick sieht Victor gut aus, denn er hört mit einer Art lächelndem Interesse zu. Er sieht seiner Mutter nie so ähnlich, wie wenn er lächelt; schade, daß dieser Sonnenschein so selten durchbricht! Victor hat eine besondere Schwäche für Hunsden, eine stärkere, als ich sie für wünschenswert erachte, da sie um ein Beträchtliches heftiger, entschiedener und unkritischer ist als irgendein Gefühl, das ich je selbst gegenüber dieser Persönlichkeit gehegt hatte. Auch Frances beobachtet es mit einer unausgesprochenen Besorgnis. Während ihr Sohn gegen Hunsdens Knie lehnt oder an seiner Schulter ruht, streicht sie mit nervösen Bewegungen umher, wie eine Taube, die ihre Jungen vor dem schwebenden Falken beschützt. Sie sagt, sie wünschte, sich, daß Hunsden eigene Kinder hätte, denn dann würde er die Gefahr besser kennen, die darin liegt, den Stolz der Kinder anzustacheln oder ihren Schwächen nachzugeben.

Frances kommt an das Fenster der Bibliothek, schiebt das Geißblatt beiseite, das es zur Hälfte bedeckt, und sagt mir, daß der Tee fertig sei. Da sie sieht, daß ich eifrig weiterschreibe, betritt sie das Zimmer, stellt sich ruhig neben mich und legt mir die Hand auf die Schulter.

»Monsieur est trop appliqué.«[106]

»Ich bin gleich fertig.«

Sie zieht sich einen Stuhl heran, setzt sich und wartet, bis ich fertig bin. Ihre Anwesenheit ist meiner Seele genauso angenehm, wie es der Duft des frischen Heus und der würzigen Blumen, das Glühen der untergehenden Sonne, die Ruhe eines Mittsommerabends für meine Sinne sind.

Aber da kommt Hunsden. Ich höre seinen Schritt, und schon ist er da und steckt seinen Kopf durch das Spalier, von dem er rücksichtslos das Geißblatt weggeschoben und dabei zwei Bienen und einen Schmetterling aufgeschreckt hat.

»Crimsworth! Hallo, Crimsworth! Nehmen Sie ihm diesen Stift da aus der Hand, Mistress, und veranlassen Sie ihn, daß er den Kopf hebt.«

»Ja, bitte, Hunsden? Ich höre.«

»Gestern war ich in X-. Ihr Bruder Ned wird mit seinen Eisenbahnspekulationen noch reicher als Krösus. In der

Piece Hall nennen sie ihn den Börsenhai, und von Brown habe ich gehört, daß Monsieur und Madame Vandenhuten und Jean Baptiste vorhaben, Sie nächsten Monat zu besuchen. Er erwähnt auch die Pelets. Er sagt, mit ihrer häuslichen Harmonie sei es nicht weit her, aber geschäftlich ginge es ihnen *›on ne peut mieux‹*[107], ein Umstand, so schließt er, der den beiden ausreichend Trost für kleine Trübungen der Zuneigung sein wird. Warum laden Sie die Pelets nicht nach -shire ein, Crimsworth? Ich würde so gerne einmal Ihre erste Flamme sehen, die Zoraïde. Mistress, seien Sie nicht eifersüchtig, aber er liebte jene Dame bis zum Wahnsinn. Ich weiß es hundertprozentig. Brown sagt, sie wiegt jetzt eineinhalb Zentner. Sie sehen, was Sie verloren haben, Mr Professor. Und jetzt, Monsieur und Madame, wenn Sie nicht zum Tee kommen, dann fangen Victor und ich ohne Sie an.«

»Papa, komm!«

ANMERKUNGEN

1 Die immer wieder zutage tretende Vorliebe der Autorin für die Beschreibung von Physiognomien muß vor dem Hintergrund der damaligen Mode-›Wissenschaft‹ der Phrenologie gesehen werden, deren Theorie im frühen 19. Jahrhundert von Gall und Spurzheim entwickelt worden war und die behauptete, Charaktereigenschaften aus der Schädelform lesen zu können. Die Autorin hat sich selbst einmal ihre »Begabungen und Veranlagungen« von einem Phrenologen analysieren lassen.

2 ›Das ist für heute alles, meine Herren; morgen beginnen wir wieder, und ich hoffe, daß alles gutgehen wird.‹

3 ›Ich sehe, daß Monsieur psychologische Geschicklichkeit besitzen; das gefällt mir, denn beim Unterrichten ist die Psychologie genauso wichtig wie das Wissen.‹

4 ›Das verschlossene Fenster weist auf einen Garten hinaus, der zu einem Mädchenpensionat gehört, und die Schicklichkeit gebietet es – naja, Sie verstehen schon – nicht wahr, Monsieur?‹

5 Spielgerät, das aus einem starken Pfahl mit drehbarem Kopf besteht, woran Seile befestigt sind.

6 Der von der Autorin im Original verwendete Begriff ›Low Countries‹ umfaßt in seiner korrekten Bedeutung die Gebiete des heutigen Belgiens, Luxemburgs und der eigentlichen ›Niederlande‹. In diesem Sinn sind die Begriffe ›niederländisch‹ oder ›die Niederlande‹ in diesem Roman zu verstehen.

7 ›Pah, das sind ja bloß Flamen!‹

8 Bauersfrau

9 Gastwirtin

10 ›Falls Sie klug sind, und offen gesagt, machen Sie diesen Eindruck.‹

11 ›denn Zoraïde tut alles wie eine Königin, sie ist wirklich eine höchst bemerkenswerte Frau und Schulleiterin‹,

12 ›Genau wie mein Sohn!‹

13 ›Was, Sie gehen schon?‹

14 ›Nehmen Sie doch noch etwas zu sich, Monsieur; einen gebratenen Apfel, Kekse, eine Tasse Kaffee?‹

15 ›Ah, das ist typisch englisch!‹

16 ›Sie strahlen ja über das ganze Gesicht! Ich habe Sie noch nie so heiter gesehen. Was ist denn passiert?‹

›Offensichtlich liebe ich die Abwechslung.‹

›Ah, ich verstehe – deswegen – aber seien Sie klug. Sie sind sehr jung – zu jung für die Rolle, die Sie jetzt spielen werden; Sie müssen auf der Hut sein – wissen Sie das?‹

›Aber welche Gefahren gibt es?‹

›Ich weiß es nicht – aber geben Sie nicht impulsiven Eindrücken nach – das ist alles.‹

17 ›Nehmen Sie Ihre Diktathefte heraus, meine Damen.‹

18 ›Eulalie, ich platze bald vor Lachen.‹

›Wie er beim Sprechen rot geworden ist!‹

›Ja, er ist ein richtiger Grünschnabel.‹

›Schweig, Hortense – er hört uns.‹

19 ›Diktieren Sie uns für den Anfang etwas Leichtes, Monsieur.‹

20 ›Was heißt *point et virgule* auf englisch, Monsieur?‹

›Semi-colon, Mademoiselle.‹

›Simi-collong? Ah, wie komisch.‹

›Ich habe eine kaputte Feder – unmöglich, damit zu schreiben!‹

›Aber Monsieur – ich komme nicht mit – Sie diktieren so schnell.‹

›Ich habe überhaupt nichts verstanden.‹

21 ›Englisch ist so schwierig!‹

›Ich hasse Diktate.‹

›So etwas Langweiliges, etwas niederzuschreiben, was man nicht versteht!‹

22 ›Geben Sie mir Ihr Heft!‹

23 ›Und Sie, Mademoiselle, geben mir das Ihre!‹

24 ›Das ist eine Schande!‹

25 ›Gut gemacht – ich bin mit Ihnen zufrieden.‹

26 ›Und die drei Damen aus der ersten Bank?‹

27 ›Da gibt es keine Probleme!‹

28 ›Na, Sie schlimmes Subjekt!‹

29 ›Wohin gehen Sie? Kommen Sie ins Eßzimmer, damit ich Sie ein bißchen ausschimpfen kann.‹

30 ›Aufsicht zu führen, ist eine verantwortungsvolle Tätigkeit‹

31 ›Lastesel‹

32 ›Bedienen Sie sich, mein Junge‹

33 ›Das ist aber nett‹

34 ›Ein Narr, wer Schlechtes dabei denkt‹

35 ›Ich kenne meine kleine Nachbarin ein bißchen, wissen Sie.‹

36 ›sie ist noch jung, vielleicht älter als du, aber gerade alt genug, um die Zärtlichkeit einer kleinen Mutter mit der Liebe einer hingebungsvollen Ehefrau zu verbinden; wäre das nicht genau das Richtige für dich?‹

37 ›und dann sage mir, ob da nicht etwas von einer Katze in der einen und etwas vom Fuchs in der anderen ist.‹

38 ›Samtpfote‹

39 ›Gibt es da nicht schöne Studienobjekte unter den jungen Köpfen?‹

40 ›Ich kenne sie! In der Kirche und bei den Spaziergängen sind sie immer ganz vorne; eine superbe Blonde, ein hübscher kleiner Racker, eine schöne Brunette.‹

41 ›junges Mädchen‹

42 ›Wann ist also der Hochzeitstag, meine Geliebte?‹

43 ›Aber François, du weißt doch genau, daß es mir unmöglich wäre, vor den Ferien zu heiraten.‹

44 Jeremia 8,22

45 ›Maria, himmlische Jungfrau, Königin der Engel, goldener Hort, elfenbeinener Turm!‹

46 ›Das wäre alles, meine liebe Freundin; im Moment möchte ich Sie nicht länger aufhalten.‹

47 ›Auf seinem Weg nach Perth stieß der König auf eine Frau aus den Highlands, die sich selbst eine Seherin nannte; sie stand neben der Fähre, die gerade nach Norden ablegen sollte, und rief mit lauter Stimme: »Mein Herr und König, wenn Ihr über dieses Wasser reist, werdet Ihr nie mehr lebend zurückkehren!‹«

48 ›Mama ist gestorben, schon vor zehn Jahren.‹

49 ›Das ist so schwer, Sir, wenn man es nicht mehr gewohnt ist.‹

50 ›Noch nicht, Monsieur – in einem Monat werde ich neunzehn.‹

51 ›Dennoch habe ich meinen Plan.‹

52 ›Mademoiselle Henri, ich glaube, es wird regnen; Sie täten gut daran, meine liebe Freundin, sogleich nach Haus zu gehen.‹

53 ›Aber, Monsieur, Sie verstehen mich doch.‹

54 ›Mlle Henri – Mlle Reuter bittet Sie um den Gefallen, die kleine Dorlodot nach Hause zu bringen, sie wartet auf Sie im Zimmer von Rosalie, der Pförtnerin – es ist, weil ihr Kindermädchen nicht gekommen ist, um sie abzuholen, verstehen Sie?‹

55 ›Wie schön! Bin denn ich ihr Kindermädchen?‹

56 ›Wo ist denn Mlle Henri?‹

57 ›Sie ist weggefahren, Monsieur.‹
›Weggefahren! Und für wie lange? Wann kommt sie wieder?‹
›Sie ist für immer weggefahren, Monsieur, sie kommt nicht mehr wieder.‹

58 ›Und dessen sind Sie sich ganz sicher, Sylvie?‹
›Ja, Monsieur, das Fräulein Direktorin hat es uns vor zwei oder drei Tagen selbst gesagt.‹

59 ›Grisette‹ bedeutet eigentlich ›Graukleid‹, und das Wort wurde sowohl für junge Näherinnen und Putzmacherinnen, meist aus Paris, verwendet als auch für leichtfertige junge Mädchen allgemein.

60 ›schön romantisch, schön sauber, ganz umgeben von Feldern und Wäldern; was gibt es Reizenderes als das Leben auf dem Lande! Ist es nicht so, Monsieur?‹

61 ›Das kommt darauf an, Mademoiselle.‹

62 ›Was für ein schöner und erfrischender Wind!‹

63 Die letzten beiden Halbsätze entsprechen fast wörtlich Psalm 39,3

64 ›Kommen Sie, Herr Professor, setzen wir uns; ich werde Ihnen eine kleine Lektion über die Ausübung Ihres Berufes geben.‹

65 ›Ein kleiner Botenjunge, Monsieur.‹

66 ›Nichts‹.

67 C. B. meint wahrscheinlich einen koek, was das flämische Wort für Kuchen ist.

68 Eine Art Rosinenbrötchen

69 Eine Straße im Arbeiterviertel von Brüssel

70 ›die Katze meiner Tante Julienne‹

71 ›verfluchten Engländer Crimsworth‹

72 ›eine dumme und verkommene Frau‹

73 ›Von der Moral eines Cato hat sie gesprochen, dieses dumme Stück!‹

74 ›Wie gut ihm doch die Arroganz steht!‹

75 ›Er ist schön wie Apoll, wenn er sein hochmütiges Lächeln aufsetzt.‹

76 ›Was mich angeht, so erinnert er mich an eine Eule, mit seiner Brille.‹

77 Der Tag der Hochzeit

78 Name eines sagenhaften christlichen Königs und Priesters – auch ›Presbyter John‹ oder ›Priester Johannes‹ genannt –, der im Mittelalter irgendwo in Asien regiert haben soll.

79 ›So soll es sein.‹

80 »Und einmal nur, mein Sohn«, er sprach, / »Ward jene dunkle Höhl' betreten, / In der Verfolgung grimmen Zeit, / Als Gott vom Land sich abgewandt. / Vom Bewley Moor, vom Schlachtblut rot, / Zog einen Wand'rer es hierher, / Und er hält ein und dreht den Kopf, / Dieweil der Nachtsturm wütet schwer. / Und über die Hügel von Cheviot / Hört man Getrappel von Soldaten. / Es blitzt vom Whitelaw Kamm der Tod / Im Hagel der Granaten«, etc.

81 Sir Walter Scott, ›The Covenanter's Fate‹

82 *Prosaübersetzung*

Zunächst war ich nur sehr aufmerksam. Daraus entwickelte sich ein warmes Interesse, und aus dem Interesse wurde, bei fortschreitendem Erfolg, schließlich Dankbarkeit.

Gehorsam empfand ich bald nicht mehr als Mühsal und Arbeit nicht als Last. Wenn ich ermüdete, bedurfte es nur eines Wortes, eines Blickes, um mir wieder Kraft zu geben.

Aus unserer Gruppe der Lernbegierigen hob er mich binnen kurzem heraus, doch nur auf Grund erhöhter Anforderungen und strenger Unnachsichtigkeit.

Arbeiten, die er von anderen annahm, wies er bei mir zurück. Er übersah nicht die kleinste Nachlässigkeit und duldete nicht einen Fehler.

Wenn meine Mitschülerinnen um etwas herumredeten, dann tadelte er ihre Abschweifungen so gut wie nicht; aber sobald ich auch nur stockte, entflammte schon sein Zorn.

(Diese und die nachfolgenden Strophen scheint die Autorin 1843, während ihres Aufenthalts in Brüssel, verfaßt zu haben.)

83 *Prosaübersetzung*
Als ich eine Weile krank darnieder lag, schien er ungeduldig zu sein, weil die erlahmende Kraft seiner Schülerin nun nicht seinem Willen gehorchen konnte.
Eines Tages wurde er ans Krankenbett geholt, wo ich mit meinen Schmerzen rang, und als er sich herabbeugte, hörte ich ihn sagen: »Lieber Gott, sie *muß* wieder gesund werden!«
Ich fühlte, wie seine Hand mit sanftem Druck einen Augenblick lang auf der meinen lag, und bemühte mich mit all meiner Kraft, ihm ein Zeichen der Erwiderung zu geben.
Aber ich war zu schwach, um zu sprechen oder mich zu bewegen. Ich spürte nur in meinem Innern, wie das Gefühl der Hoffnung und die Kraft der Liebe ihr heilendes Werk begannen.
Und als er sich dann aus dem Zimmer zurückzog, ging meine Seele mit ihm mit. Ich sehnte mich danach, durch erneute Anstrengungen meine stumme Dankbarkeit zu beweisen.
Als ich schließlich wieder meinen so lange leer gebliebenen Platz in der Klasse einnahm, huschte einen Augenblick lang ein seltenes Lächeln über sein Gesicht.
Am Ende der Stunde ertönte das Zeichen zur ersehnten Pause und zum Spiel, und beim Vorbeigehen blieb er kurz auf ein freundliches Wort stehen:
»Jane, du bist bis morgen von anstrengender Arbeit und vom Unterricht befreit. Ich möchte dieses noch immer blasse Gesicht heute nachmittag nicht in der Schule sehen.
Suche dir einen Sitzplatz im schattigen Garten, abseits des Lärms vom Spielplatz. Die Sonne scheint warm, die Luft ist mild; bleibe draußen, bis ich dich wieder hereinrufe.«
Ich verbrachte einen langen und angenehmen Nachmittag an jenem schattigen Plätzchen, ganz still und ruhig und allein mit den Vögeln, Bienen und Blumen.
Doch als ich die Stimme meines Lehrers vom Fenster aus »Jane!« rufen hörte, betrat ich voller Freude wieder das geschäftige Haus. Er schritt im Korridor auf und ab und blieb stehen, als ich vorbeiging. Die strengen Falten auf seiner Stirne entspannten sich, und er hob den Blick und sah mich aus tiefliegenden Augen an. »Nicht mehr ganz so blaß«, murmelte er leise. »Ruhe dich noch

ein bißchen aus, Jane.« Und als ich lächelte, erwiderte er mit einem sanften und ebenso glücklichen Lächeln.
Nachdem meine Gesundheit völlig wiederhergestellt war, setzte er erneut seine gestrenge Miene auf, und wie zuvor duldete er bei Jane nicht den kleinsten Fehler.
Wie früher erhielt ich die längsten und schwierigsten Aufgaben zugeteilt, und wieder arbeitete ich hart, um meinen Namen stets an erster Stelle zu sehen.
Noch immer spendete er nur sehr kärglich Lob, aber ich hatte gelernt, seinen Gesichtsausdruck zu durchschauen, und das war mein schönster Lohn.
Selbst wenn er aus Gereiztheit bittere Bemerkungen machte, wurde mein Kummer durch ein sanftes Wort genauso schnell wieder besänftigt, wie er entstanden war.
Und wenn er ein wertvolles Buch verlieh oder eine duftende Blume verschenkte, verzagte ich nicht vor Neid, denn die Kraft der Freude stützte mich.
Schließlich fanden die Abschlußprüfungen statt, und ich gewann den umkämpften ersten Platz. Um meine klopfende Stirn wurde ein Lorbeerkranz als Preis gewunden.
Ich kniete mich vor meinem Lehrer nieder, um die verliehene Krone in Empfang zu nehmen. Ihre grünen Blätter jagten mir einen zugleich heftigen und süßen Schauer durch die Schläfen meiner Seele.
Der starke Pulsschlag der Sehnsucht pochte durch jede Ader meines Körpers, und im selben Augenblick brach blutend eine geheime innere Wunde auf.
Die Stunde des Triumphes war für mich auch die Stunde bitteren Leids. Noch am gleichen Tag mußte ich über das Meer fahren, um nie mehr zurückzukehren. Eine Stunde später saß ich im Zimmer meines Lehrers, mit ihm allein, und ich erzählte ihm, welch düsteren Schatten der Abschied über meine Freude warf.
Er sagte nur wenig. Die Zeit war kurz, und das Schiff würde bald ablegen. Und während ich in tiefem Schmerz schluchzte, sah mein Lehrer nur ganz blaß drein.
Man rief und drängte mich, und er hieß mich gehen. Dann riß er mich wieder zurück und flüsterte leise: »Warum trennt man uns, Jane?

Warst du nicht glücklich unter meiner Obhut? Habe ich nicht immer zu dir gehalten? Werden andere meinen kleinen Liebling genauso aufrichtig und innig lieben?
Oh Gott! Behüte mein Pflegekind! Beschirme ihren zarten Kopf und beschütze sie vor den ungestümen Stürmen des Lebens!
Man ruft erneut. Geh' nun von meiner Brust, Jane, und verlasse den, der dir stets Schutz gewährt hat. Doch wenn man dich betrügt, verstößt oder erniedrigt – dann komm wieder nach Hause, zu mir!«

84 ›Monsieur, Sie tun mir weh; haben Sie die Güte, meine rechte Hand ein bißchen loszulassen.‹

85 ›Mein Lehrer und Gebieter, sehr viel.‹

86 ›Monsieur verlangt zu wissen, ob ich zustimme – ob – nun ja, ob ich Sie heiraten möchte?‹
›Genau das.‹
›Monsieur wird als Ehemann genauso gut sein wie als Lehrer?‹

87 ›Lächeln, zugleich kokett und schüchtern.‹

88 ›Das heißt, Monsieur wird immer ein bißchen starrköpfig, streng, eigensinnig sein –?‹

89 ›Aber ja; das wissen Sie doch ganz genau.‹

90 ›Aber ja; Sie sind mein bester Freund.‹

91 ›Ihre ergebene Schülerin, die Sie von ganzem Herzen liebt.‹

92 ›Monsieur ist vernünftig, nicht wahr?‹

93 ›Darum geht es nicht.‹

94 ›zahnlos, kurzsichtig, runzlig oder bucklig‹

95 Charlotte Brontë selbst hatte als Lehrerin unter der ›Tyrannei der Hypochondrie‹ gelitten, deren körperliche und geistige Symptome in dem medizinischen Handbuch, das die Familie Brontë benutzte, so beschrieben wurden: ›Manchmal wird der hypochondrische Patient von einem eingebildeten oder übertrieben empfundenen Schmerz oder von einer verdeckten Krankheit gequält; von einer wunderlichen, launenhaften Abneigung gegenüber bestimmten Personen, Orten oder Dingen; von grundlosen Ängsten vor Gefahren für die eigene Person oder vor Armut; von allgemeiner Lustlosigkeit und von Ekel; oder von Lebensüberdruß und Lebensmüdigkeit; in anderen Fällen ist die Krankheit auffällig begleitet von Übellaunigkeit und allgemeiner Feind-

seligkeit; die Patienten haben schnell alles satt; sind unzufrieden; unruhig . . . oft in Versuchung, sich selbst zu beseitigen; sie können nicht sterben, sie wollen nicht leben; sie klagen, weinen, lamentieren und glauben, sie führten ein elendes Leben; nie sei es jemand anderem so schlecht gegangen.‹ Thomas John Graham, Modern Domestic Medicine, 1826. – Das Wort Hypochondrie hat seiner Herkunft nach etwas mit der griechisch-lateinischen Bezeichnung für ›Unterleib‹ zu tun, dem Körperteil, der als Sitz der Melancholie vermutet wurde. Daher erklärt sich auch die gelegentliche Übersetzung von ›Hypochondrie‹ als ›Melancholie‹.

96 ›Esel, Dummkopf‹

97 ›starker Wille‹

98 Romanfiguren des 18. Jh., Prototypen romantischer Empfindsamkeit

99 ›Du lieber Himmel! Er macht Komplimente. Das hätte ich nicht erwartet.‹

100 ›Arbeiterin‹

101 ›schwächlich‹

102 ›ohne Substanz‹

103 Da im frühen 19. Jh. der Ehemann von Rechts wegen nahezu uneingeschränkte Macht über seine Frau, die Kinder und den Besitz hatte und eine Scheidung faktisch nicht durchsetzbar war, war es für eine – auch mißhandelte – Ehefrau so gut wie unmöglich, ihren Verhältnissen zu entfliehen.

104 ›ganz das Gehabe eines Verschwörers.‹

105 ›die Schicklichkeit‹

106 ›Monsieur ist viel zu beschäftigt.‹

107 ›es könnte nicht besser sein‹

Zu dieser Ausgabe

insel taschenbuch 1354
Charlotte Brontë, Der Professor

Titel der englischen Originalausgabe: The Professor. Erstveröffentlichung: Smith, Elder & Co., London 1857. Der vorliegende Text folgt der Ausgabe: Charlotte Brontë, Der Professor. Ins Deutsche übertragen von Gottfried Röckelein (deutsche Erstübersetzung). Umschlagabbildung: Frank Stone. The Tryst.

Englische und amerikanische Literatur im insel taschenbuch

Jane Austen: Die Abtei von Northanger. Aus dem Englischen von Margarete Rauchenberger. Mit Illustrationen von Hugh Thomson. it 931

– Anne Elliot. Aus dem Englischen von Margarete Rauchenberger. Mit Illustrationen von Hugh Thomson. it 1062

– Emma. Aus dem Englischen von Charlotte Gräfin von Klinckowstroem. Mit Illustrationen von Hugh Thomson. it 511

– Lady Susan. Ein Roman in Briefen. Die Watsons. Sanditon. Zwei Romanfragmente. Aus dem Englischen von Angelika Beck und Elizabeth Gilbert. it 1192

– Stolz und Vorurteil. Aus dem Englischen von Margarete Rauchenberger. Mit Illustrationen von Hugh Thomson und mit einem Essay von Norbert Kohl. it 787

Harriet Beecher-Stowe: Onkel Toms Hütte. In der Bearbeitung einer alten Übersetzung. Herausgegeben und mit einem Nachwort versehen von Wieland Herzfelde. Mit 27 Holzschnitten von Georg Cruikshank aus der englischen Ausgabe von 1852. it 272

Ambrose Bierce: Aus dem Wörterbuch des Teufels. Auswahl, Übersetzung und Nachwort von Dieter E. Zimmer. it 440

– Mein Lieblingsmord. Erzählungen. Mit einem Nachwort von Edouard Roditi. Aus dem Amerikanischen von Gisela Günther. it 39

– Der Mönch und die Henkerstochter und andere Schauermärchen. Deutsch von Karl Bruno Leder. it 1268

Anne Brontë: Agnes Grey. Aus dem Englischen von Elisabeth von Arx. it 1093

Charlotte Brontë: Jane Eyre. Eine Autobiographie. Aus dem Englischen von Helmut Kossodo. Mit einem Essay und einer Bibliographie herausgegeben von Norbert Kohl. it 813

– Shirley. Aus dem Englischen von Johannes Reiher und Horst Wolf. it 1145

– Über die Liebe. Herausgegeben von Elsemarie Maletzke. Übertragen von Eva Groepler und Hans J. Schütz. it 1249

Emily Brontë: Die Sturmhöhe. Aus dem Englischen von Grete Rambach. it 141

Edward George Bulwer-Lytton: Die letzten Tage von Pompeji. Aus dem Englischen von Friedrich Notter. it 801

Lewis Carroll: Alice hinter den Spiegeln. Mit einundfünfzig Illustrationen von John Tenniel. Übersetzt von Christian Enzensberger. it 97

– Alice im Wunderland. Mit zweiundvierzig Illustrationen von John Tenniel. Übersetzt und mit einem Nachwort von Christian Enzensberger. it 42

153/1/10.90

Englische und amerikanische Literatur im insel taschenbuch

Lewis Carroll: Briefe an kleine Mädchen. Herausgegeben und übersetzt von Klaus Reichert. Erweiterte Ausg. mit dreißig Fotografien des Autors. it 172

– Geschichten mit Knoten. Eine Sammlung mathematischer Rätsel. Herausgegeben und übersetzt von Walter E. Richartz. Mit Illustrationen von Arthur B. Frost. it 302

– Die Jagd nach dem Schnark. Übersetzt und ausgeleitet von Klaus Reichert. Mit Illustrationen von Henry Holiday. it 598

Geoffrey Chaucer: Die Canterbury-Erzählungen. Vollständige Ausgabe. Aus dem Englischen übertragen und herausgegeben von Martin Lehnert. Mit Illustrationen von Edward Burne-Jones. it 1006

Gilbert Keith Chesterton: Alle Pater-Brown-Geschichten. 2 Bände in Kassette. it 1263/1149

– Neue Pater-Brown-Geschichten. Die Ungläubigkeit des Pater Brown. Das Geheimnis des Pater Brown. 19 Detektivgeschichten. it 1263

– Pater-Brown-Geschichten. 24 Detektivgeschichten. Mit einem Nachwort von Norbert Miller. it 1149

James Fenimore Cooper: Der Lederstrumpf. Vollständige Ausgabe in fünf Bänden. In der Bearbeitung der Übersetzung von C. Kolb durch Rudolf Drescher. Mit Illustrationen von O. C. Darley. it 760

– Der letzte Mohikaner. Vollständige Ausgabe. In der Bearbeitung der Übersetzung von C. Kolb durch Rudolf Drescher. Mit Illustrationen von O. C. Darley und einem Nachwort von Peter Härtling. it 1212

Daniel Defoe: Glück und Unglück der berühmten Moll Flanders, die, im Zuchthaus Newgate geboren, nach vollendeter Kindheit noch sechzig wertvolle Jahre durchlebte, zwölf Jahre Dirne war, fünfmal heiratete, darunter ihren Bruder, zwölf Jahre lang stahl, acht Jahre deportierte Verbrecherin in Virginien war, schließlich reich wurde, ehrbar lebte und reuig verstarb. Beschrieben nach ihren eigenen Erinnerungen. Deutsch von Martha Erler. Mit Illustrationen von William Hogarth und einem Essay von Norbert Kohl. it 707

– Robinson Crusoe. Mit Illustrationen von Ludwig Richter. In der Übersetzung von Hannelore Novak. it 41

Charles Dickens: Bleak House. Aus dem Englischen von Richard Zoozmann. Mit Illustrationen von Phiz. it 1110

– David Copperfield. Mit Illustrationen von Phiz. it 468

– Detektivgeschichten. Aus dem Englischen von Franz Franzius. it 821

– Eine Geschichte aus zwei Städten. Mit Illustrationen von Phiz. it 1033

– Große Erwartungen. Aus dem Englischen von Margit Meyer. Mit Illustrationen von F. W. Pailthorpe. it 667

153/2/10.90

Englische und amerikanische Literatur
im insel taschenbuch

Charles Dickens: Harte Zeiten. Aus dem Englischen von Paul Heichen. Mit Illustrationen von F. Walker und Maurice Greiffenhagen. it 955

– Das Leben unseres Herrn Jesus Christus. Von Charles Dickens geschrieben für seine Kinder. Mit Zeichnungen von Gunter Böhmer. Aus dem Englischen von Hans Mardersteig. it 1154

– Martin Chuzzlewit. Mit Illustrationen von Phiz. it 1233

– Oliver Twist. Aus dem Englischen von Reinhard Kilbel. Mit einem Nachwort von Rudolf Marx und 24 Illustrationen von George Cruikshank. it 242

– Die Pickwickier. Mit Illustrationen von Robert Seymour, Robert William Buss und Phiz. it 896

– Der Raritätenladen. Aus dem Englischen von Leo Feld. Mit Holzschnitten von George Cattermole, H. K. Browne, George Cruikshank und Daniel Maclise. it 716

– Weihnachtserzählungen. Mit Illustrationen von Leech, Stanfiels, Stone u. a. it 358

Charles A. Eastman: Indianergeschichten aus alter Zeit. Deutsch von Elisabeth Friederichs. Mit einem Nachwort herausgegeben von Dietrich Leube. Illustrationen und Anmerkungen von Frederick Weygold. it 861

Henry Fielding: Mr. Jonathan Wild der Große. Die Geschichte eines Helden. Aus dem Englischen übersetzt von Horst Höckendorf. it 535

– Tom Jones. Die Geschichte eines Findelkindes. 2 Bde. Mit Illustrationen von Gravelot und Moreau le jeune. Herausgegeben und mit einem Nachwort von Norbert Kohl. it 504

Bret Harte: Goldgräbergeschichten. Aus dem Amerikanischen von Wilhelm Lange. Mit zeitgenössischen Fotografien. it 803

Nathaniel Hawthorne: Der Marmorfaun. Aus dem Englischen von Gisela Günther. Mit Zeichnungen von Michael Schroeder. it 1043

Samuel Johnson: Reisen nach den westlichen Inseln bei Schottland. Nach einer anonymen Übertragung aus dem Jahr 1775. Herausgegeben von Volker Wolf und Bernd Zabel. Mit zahlreichen Abb. it 663

James Joyce: Die Katze und der Teufel. Eine Geschichte von James Joyce. Deutsche Übertragung von Fritz Senn. Mit Bildern von Richard Erdoes. Vierfarbendruck. it 2024

Edward Lears kompletter Nonsens. Limericks, Lieder, Balladen und Geschichten. Ins Deutsche geschmuggelt von Hans Magnus Enzensberger. Mit Illustrationen von Edward Lear. it 1119

153/3/10.90

Englische und amerikanische Literatur im insel taschenbuch

Matthew Gregory Lewis: Der Mönch. Aus dem Englischen von Friedrich Polakovics. Mit einem Essay und einer Bibliographie von Norbert Kohl. it 907

Lord Byron. Ein Lesebuch mit Texten, Bildern und Dokumenten. Herausgegeben von Gert Ueding. it 1051

Charles Robert Maturin: Melmoth der Wanderer. Roman. Aus dem Englischen von Friedrich Polakovics. Mit einem Nachwort von Dieter Sturm. it 1279

Herman Melville: Moby Dick. 2 Bde. Übertragen von Alice und Hans Seiffert. Mit einem Nachwort von Rudolf Sühnel. Mit Illustrationen. it 233

Samuel Pepys: Das geheime Tagebuch. Herausgegeben von Anselm Schlösser und übertragen von Jutta Schlösser. Mit Abbildungen. it 637

Edgar Allan Poe: Der entwendete Brief und andere Erzählungen. Ausgewählt von Franz-Heinrich Hackel. Aus dem Amerikanischen von Werner Beyer u. a. Mit Holzschnitten von Fritz Eichenberg. Großdruck. it 2309

– Das Geheimnis der Marie Rogêt und andere Erzählungen. Aus dem Amerikanischen von Werner Beyer, Felix Friedrich und anderen. it 783

– Grube und Pendel. Und andere Erzählungen. Mit einem Nachwort von Franz Rottensteiner und Illustrationen von Harry Clarke. Aus dem Amerikanischen von Günther Steinig. ›Grube und Pendel‹ wurde von Elisabeth Seidel übersetzt. it 362

Walter Scott: Im Auftrag des Königs. Die gefährlichen Abenteuer des Quentin Durward. Mit Illustrationen aus dem neunzehnten Jahrhundert und einem Nachwort von Traude Dienel. it 188

– Ivanhoe. Roman. Deutsch von Leonhard Tafel. Textrevision und Nachwort von Paul Ernst. it 751

Charles Sealsfield: Das Kajütenbuch oder Nationale Charakteristiken. Herausgegeben von Alexander Ritter. it 1163

William Shakespeare: Hamlet. Prinz von Dänemark. Aus dem Englischen von August Wilhelm von Schlegel. Durchgesehen von Levin L. Schücking. Mit Illustrationen von Eugène Delacroix. Herausgegeben und mit einem Essay versehen von Norbert Kohl. it 364

– Richard III. Aus dem Englischen von Thomas Brasch. it 1109

– Was ihr wollt. Aus dem Englischen von Thomas Brasch. it 1205

Mary W. Shelley: Frankenstein oder Der moderne Prometheus. Mit einem Essay von Norbert Kohl. it 1030

153/4/10.90

Englische und amerikanische Literatur im insel taschenbuch

Muriel Spark: Mary Shelley. Eine Biographie. Deutsch von Angelika Beck. Mit zahlreichen Abbildungen. it 1258

Laurence Sterne: Leben und Meinungen von Tristram Shandy Gentleman. In der Übersetzung von Adolf Friedrich Seubert. Durchgesehen und revidiert von Hans J. Schütz. Mit einem Essay und einer Bibliographie von Norbert Kohl. Illustrationen von George Cruikshank. it 621

– Yoricks Reise des Herzens durch Frankreich und Italien. Aus dem Englischen übersetzt und mit einem Nachwort versehen von Helmut Findeisen. Mit zwölf Holzschnitten nach Tony Johannot. it 277

Robert Louis Stevenson: Entführt oder Die Erinnerungen des David Balfour an seine Abenteuer im Jahre 1751. Mit einem Vorwort von E. Y. Meyer. Aus dem Englischen übersetzt von Michael Walter. Mit den Illustrationen der Erstausgabe. it 321

– Die Schatzinsel. Aus dem Englischen von Karl Lerbs. Mit Illustrationen von Georges Roux. it 65

– Der seltsame Fall von Dr. Jekyll und Mr. Hyde. Deutsch von Grete Rambach. Mit Illustrationen von S. G. Hulme Beaman. it 572

Bram Stoker: Dracula. Aus dem Engl. von Karl Bruno Leder. it 1086

Jonathan Swift: Ausgewählte Werke in drei Bänden. Herausgegeben, eingeleitet und kommentiert von Anselm Schlösser. Mit einem Essay von Martin Walser. it 654

– Ein bescheidener Vorschlag, wie man verhindern kann, daß die Kinder der Armen ihren Eltern oder dem Lande zur Last fallen und andere Satiren. Mit einem Essay von Martin Walser, Die notwendigen Schritte. Übersetzt von Felix Paul Greve. Revision der Übersetzung von Walther Freisburger und Klaus Reichert. it 131

– Gullivers Reisen. Mit Illustrationen von Grandville und einem Vorwort von Hermann Hesse. Aus dem Englischen übersetzt von Franz Kottenkamp. Vervollständigt und bearbeitet von Roland Arnold. it 58

William Makepeace Thackeray: Das Buch der Snobs. Aus dem Englischen von H. Conrad. Mit Illustrationen von W. M. Thackeray. Herausgegeben von Norbert Kohl. it 372

– Jahrmarkt der Eitelkeit. Ein Roman ohne Held. 2 Bde. Mit Illustrationen von Thackeray. Herausgegeben und mit einem Nachwort von Norbert Kohl. Dem deutschen Text wurde eine Übertragung aus dem Nachlaß von H. Röhl zugrunde gelegt. it 485

153/5/10.90

Englische und amerikanische Literatur im insel taschenbuch

Mark Twain: Gesammelte Werke in 10 Bänden. Ausgewählt und zusammengestellt von Norbert Kohl. it 831-840
- Band 1: Durch dick und dünn. Deutsch von Hans J. Schütz. Mit Illustrationen von Klaus Ensikat. it 831
- Band 2: Tom Sawyers Abenteuer. Bearbeitet von Karl Heinz Berger. Mit Illustrationen von True W. Williams. it 832
- Band 3: Tom Sawyer im Ausland. Tom Sawyer als Detektiv. it 833
- Band 4: Bummel durch Europa. Deutsch von Gustav Adolf Himmel. Mit Illustrationen der Erstausgabe von W. Fr. Brown, True W. Williams, B. Day u. a. it 834
- Band 5: Prinz und Bettelknabe. Deutsch von Walter Scherf. Mit Illustrationen der Erstausgabe von Frank T. Merill, John J. Harley und L. S. Ipsen. it 835
- Band 6: Leben auf dem Mississippi. Deutsch von Helene Ritzerfeld. Mit Illustrationen von Klaus Ensikat. it 836
- Band 7: Huckleberry Finns Abenteuer. Deutsch von Barbara Cramer-Nauhaus. Mit Illustrationen von Edward W. Kemble. it 837
- Band 8: Ein Yankee am Hofe des Königs Artus. Deutsch von Maja Ueberle. Mit Illustrat. der Erstausgabe von Daniel C. Beard. it 838
- Band 9: Der berühmte Springfrosch und andere Erzählungen. it 839
- Band 10: Der geheimnisvolle Fremde und andere Erzählungen. Deutsch von Walter Hasenclever u. a. Mit Illustrationen der Erstausgabe von Lucius Hitchcock, W. T. Smedley und N. C. Wyeth. it 840
- Der gestohlene weiße Elefant und andere Erzählungen. Ausgewählt von Franz-Heinrich Hackel und Norbert Kohl. Mit zahlreichen Abbildungen. Großdruck. it 2308

Horace Walpole: Die Burg von Otranto. Aus dem Englischen von Joachim Uhlmann. Mit farb. Illustrationen der Ausgabe von 1796, einem Aufsatz von Walter Scott und einem Essay von Norbert Kohl. it 1087

Oscar Wilde: Gesammelte Werke in zehn Bänden. Herausgegeben von Norbert Kohl.
Band 1: Das Bildnis des Dorian Gray
Band 2: Märchen und Erzählungen
Band 3: Theaterstücke I
Band 4: Theaterstücke II
Band 5: Gedichte
Band 6: Essays I
Band 7: Essays II
Band 8: Briefe I
Band 9: Briefe II
Band 10: Briefe III it 582

153/6/10.90

Englische und amerikanische Literatur im insel taschenbuch

Oscar Wilde: Aphorismen. Herausgegeben von Frank Thissen. it 1020
– Das Bildnis des Dorian Gray. Deutsch von Hedwig Lachmann und Gustav Landauer. Mit einem Essay, einer Auswahlbibliographie und einer Zeittafel herausgegeben von Norbert Kohl. it 843
– Die Erzählungen und Märchen. Mit Illustrationen von Heinrich Vogeler. Aus dem Englischen übersetzt von Felix Paul Greve und Franz Blei. it 5
– Das Gespenst von Canterville. Erzählung. Mit Illustrationen von Oski. Aus dem Englischen von Franz Blei. it 344
– Der glückliche Prinz und andere Märchen. Aus dem Englischen von Franz Blei. Mit Illustrationen von Michael Schroeder und einem Nachwort von Norbert Kohl. it 1256
– Lord Arthur Saviles Verbrechen und andere Geschichten. Mit Illustrationen von Michael Schroeder. Aus dem Englischen von Christine Hoeppener. it 1151
– Salome. Dramen, Schriften, Aphorismen und ›Die Ballade vom Zuchthaus zu Reading‹. Mit Illustrationen von Marcus Behmer. it 107

153/7/10.90

Französische Literatur im insel taschenbuch

Honoré de Balzac: Das Chagrinleder. Aus dem Französischen von Hedwig Lachmann. Herausgegeben von Erika Wesemann. it 1278
- Eugénie Grandet. Aus dem Französischen von Gisela Etzel. Herausgegeben von Eberhard Wesemann. it 1127
- Die Frau von dreißig Jahren. Aus dem Französischen übertragen von Werner Blochwitz. it 460
- Glanz und Elend der Kurtisanen. Aus dem Französischen von Felix Paul Greve. it 1232
- Das Mädchen mit den Goldaugen. Aus dem Französischen von Ernst Hardt. Mit einem Vorwort von Hugo von Hofmannsthal. Zehn Illustrationen von Marcus Behmer. it 60
- Tolldreiste Geschichten. Aus dem Französischen von Benno Rüttenauer. Mit Illustrationen von Gustave Doré. it 911
- Über die Liebe. Sein Weltbild aus seinen Werken. Zusammengestellt und mit einem Essay herausgegeben von Stefan Zweig. it 715
- Vater Goriot. Aus dem Französischen von Franz Hessel. Herausgegeben von Erika Wesemann. it 1167

Charles Baudelaire: Die Blumen des Bösen. Übertragen von Carlo Schmid. it 120

Pierre Augustin Caron de Beaumarchais: Die Figaro-Trilogie. Der Barbier von Sevilla oder Die nutzlose Vorsicht. Der tolle Tag oder Figaros Hochzeit. Die Schuld der Mutter oder Ein zweiter Tartuffe. Deutsch von Gerda Scheffel. Nachwort von Norbert Miller. Mit zeitgenössischen Illustrationen. it 228

William Beckford: Vathek. Aus dem Französischen von Franz Blei. Mit einem Vorwort von Stéphane Mallarmé. it 1172

Hector Berlioz: Groteske Musikantengeschichten. Aus dem Französischen von Elly Ellès. it 859

George Clémenceau: Claude Monet. Betrachtungen und Erinnerungen eines Freundes. Mit farbigen Abbildungen und einem Nachwort von Gottfried Boehm. it 1152

Alphonse Daudet: Briefe aus meiner Mühle. Aus dem Französischen übertragen von Alice Seiffert. it 446
- Montagsgeschichten. Aus dem Französischen von Eva Meyer. it 1251
- Tartarin von Tarascon. Die wunderbaren Abenteuer des Tartarin von Tarascon. Mit 45 Zeichnungen von Emil Preetorius. it 84

Denis Diderot: Erzählungen und Gespräche. Übersetzt von Katharina Scheinfuß. it 554
- Jakob und sein Herr. In der Übersetzung von Mylius. Herausgegeben von Horst Günther. it 772

152/1/10.90